강남길의 명화와 함께 후루룩 읽는

그리스 로마 신화

2권

DELPHI
STUDIO

강남길의 명화와 함께 후루룩 읽는

그리스 로마 신화

2권

프롤로그

안녕하세요, 미남 탤런트 강남길입니다! 2000년부터 4년 동안 아이들 유학 관계로, 영국에서 생활한 적이 있었습니다. 그때부터 지금까지 영국부터 시작해 프랑스, 독일, 러시아, 오스트리아, 그리스, 터키까지 여러 차례 여행할 기회가 많았는데, 유럽 여행을 하다 박물관이나 미술관에 가면 거의 50%가 그리스 로마 신화에 관련된 조각과 회화인 것을 보며, 새삼 놀랄 때가 많습니다.

그러니까 그리스 로마 신화를 모르고 유럽 여행을 하면, 그 유명한 대영 박물관이나 루브르 박물관, 상트 페테르부르크 박물관 등의 세계 3대 박물관을 비롯해, 이탈리아와 그리스 대부분의 미술관과 박물관 관람은 거의 무의미하고 불가능합니다. 멀고 먼 유럽 여행에서 남는 것은 몇몇 유명 관광지와 높게 솟은 교회뿐이고, 수박 겉핥기 식 관광이 되기 쉽습니다. 서구인들이 수천 년 역사에서 찬란하게 내세우는 회화는 차치하고라도, 수많은 조각 작품들은 그저 돌덩이로 보일 뿐이지요.

비싼 돈 주고 유럽까지 여행하고 왔는데, 나중엔 마음에 남는 것은 별로 없고, 본전도 못 뽑는 느낌이 없는 여행이면 되겠습니까? 이젠 우리의 여행 문화도 조금은 달라져야 한다고 생각합니다. 소위, 7박 8일 서유럽 5개국 패키지여행 같은 것을 돌며, 버스에서 자다가 벌떡 일어나 사진만 찍는 그런 여행보다는 그들의 문화를 접하고, 마음에 남는 좀 더 실속 있고 영양가 있는 여행이 되어야 한다는 말씀입니다.

아니, 꼭 유럽 여행을 가지 않으셔도 좋습니다. 흔히, 서구 문화의 두 축은 기독교의 헤브라이즘과 헬레니즘으로 대표되는 그리스 로마 신화라고 합니다. 서로 다른 성격인 두 문화가 오묘하게 합쳐져, 서구인들 문화와 예술, 정신세계에 지대한 영향을 미쳐온 것이지요.

그리스 로마 신화는 우리 문화와 전혀 다른 서구 문화를 이해하기 위해 꼭 알아야 하는 기본 중의 기본입니다. 지금도 이 신화는 높은 예술적 가치로 미술 작품과 문학, 영화뿐 아니라, 연극과 오페라 등에서 우리는 너무 자주 접하고 있는 것이 현실입니다. 디지털 정보화 시대를 살아가는 우리에겐 필수 교양인 셈입니다.

누구나 그리스 로마 신화는 조금은 알고 있을 것입니다. 우리 시대와는 달리, 심지어 요즘은 유치원과 초등학생들이 성인보다 더 많이 알고 있을 정도입니다. 우리 아이들도 마찬가지지만, 많은 사람들이 그리스 로마 신화는 재미는 있는데, 신과 영웅뿐 아니라 등장인물이 너무 많아 헷갈리고 어렵다고 합니다. 그러나 실제로 알고 보면 그리 어렵진 않습니다. 단지, 그리스 로마 신화가 워낙 스케일이 방대하고 또한 이야기가 다양하다 보니까, 여러분 머릿속에 시간대별로 정리가 잘 안되어 혼동되고, 스스로 전체를 안다는 것은 어렵다고 먼저 포기하기 때문입니다.

저는 그리스 로마 신화의 전문가도 아니고, 학자도 아닙니다. 그냥 그동안 그에 관한 그림과 조각들을 보며 관심이 많았고, 관련 책을 많이 읽은 사람입니다. 그런 제가 13년 전 어느 날, 사람들이 그리스 로마 신화를 좀 더 쉽게 접하고 알 수 있는 방법은 없을까 하는 건방진(?) 생각이 들었습니다. 신화 전체를 일목요연하게 시간대별로 목차를 쉽게 정리하고, 직접 촬영한 사진과 함께 지루하지 않고 쉬운 책을 써보고 싶었습니다.

특히, 그리스 비극과 로마 신화를 대표하는 오비디우스 변신 이야기에 나오는 그림과 조각을 하나라도 빼먹지 않고 꼭 다루고 싶었지요. 방송 일이 없을 때 조금씩 쓰다 보니, 원고가 쌓이더군요. 그 원고를 예쁘게 다듬고, 수년에 걸쳐 영국부터 터키까지 그리스 로마 신화에 대한 사진들과 동영상을 수만 장 찍어, 이번에 이렇게 여러분들 앞에 3권의 책을 출간하게 되었습니다. 3권을 후루룩 읽다 보면, 절대 어렵지 않다고 느낄 겁니다. 편안하고 재미있게 읽어 주셨으면 하는 바람입니다.

이 책의 특징은 이렇습니다

1. 그리스 로마 신화의 전체 내용을 거의 빠짐없이 모두 다루었습니다.

지금까지 그리스 로마 신화를 어렴풋이 뜨문뜨문 알고 계시는 분, 유치원과 초등학교 다니는 자녀들보다 잘 모르시는 분, 좀 알기는 아는데 뒤죽박죽 정리가 잘 안되시는 분, 대학 논술시험을 준비하는 학생들, 서구 문화와 서구 문학, 인문학에 관심이 많으신 분, 배낭여행을 비롯해 유럽 여행을 준비하는 분, 또 이 기회에 그리스 로마 신화를 첨부터 끝까지 관련 그림을 비롯해, 전체 내용을 꼭 알고 싶으신 분들. 어서 오십시오! 여러분, 환영합니다!

이 책은 우리에게 가장 많이 알려진 오비디우스의 변신 이야기 등의 로마 신화뿐만이 아니라, 서구 문학의 시작인 호메로스의 일리아스와 오디세우스를 비롯해, 그리스 3대 비극 작가의 주요 비극과 트로이 전쟁에서 베르길리우스의 아이네이아스까지, 그리스 로마 신화의 전체 내용 및 관련 그림과 조각을 거의 빼먹지 않고 상세히 다루었습니다.

그렇다고 너무 겁먹거나 긴장하지 마십시오. 어렵게 쓰지 않았습니다. 이야기 순서대로 헷갈리지 않게, 후루룩 페이지가 넘어가도록 쉽게 썼습니다. 그러니까 이 기회에 그리스 로마 신화 전체를 명화와 함께 완전 정복하는 것입니다. 정말이냐고요? 리얼리, 정말입니다. 자신 있게 말씀드립니다. 그리스 로마 신화의 모든 것을 거의 빼먹지 않고, 몽땅 정복하는 셈입니다.

그리스 로마 신화는 신과 인간의 아름다운 사랑 이야기와 박진감 넘치고 흥미진진한 영웅들의 이야기도 나오지만, 때론 선정적이고 좀 끔찍한 이야기도 나옵니다. 지금까지 그리스 로마 신화 책들은 대부분 청소년을 대상으로 한 책이 많았기 때문에 이런 내용은 거의 빠져있어, 어떤 때는 신화 내용이 잘 연결이 안 될 때가 많았습니다.

그러나 이 책은 영화의 노컷 필름같이, 19금 이상의 내용들도 과감하게 무삭제 판으로 소개했습니다. 특히, 로마 신화는 그 내용이 서로 꼬리에 꼬리를 물고 연결되기 때문에, 그런 내용을 건너뛰면 마치 영화 필름이 뚝뚝 끊기는 것처럼, 서로 이야기가 연결이 잘 안 되는 것이 사실입니다. 그래서 여러분이 뜨문뜨문 알게 되고 헷갈리는 것입니다. 이 기회에 그리스 로마 신화 전체를 감독판 영화같이 알아두시면 신상에 좋습니다.

2. 이 책은 그리스 로마 신화의 관련 조각과 그림들을 빠짐없이 상세히 소개하였습니다.

또한, 이 책은 그리스 로마 신화에 나오는 유명한 조각과 우리가 꼭 알아야 할 명화를 거의 빼먹지 않고 소개했습니다. 그리스 로마 신화에 대해 잘 알고 계신 분이라도, 가끔 '어? 이건 어떤 내용에 나오는 그림과 조각이지?' 하고, 머리를 갸우뚱하실 때가 있었을 겁니다. 그렇습니다! 저도 바로 그런 궁금증에서 이 책을 쓰기 시작했습니다. 그래서 이 책에서는 비록 짧은 이야기 속에 나오는 조각과 명화라도, 악착같이 관련 신화 내용을 모두 다루었습니다.

사실 이 책을 처음부터 기획할 때도 신화 내용은 물론, 관련된 그림과 조각을 빠뜨리지 않고 모두 알려주자는 것이 기획 의도였습니다. 신화 내용도 중요하지만, 관련 그림을 알면 그만큼 이해하기 쉽고, 친숙하게 다가오기 때문이지요. 그리스 로마 신화 내용을 알고 그림이나 조각을 보면, 정말 느낌이 새롭고 재미 또한 쏠쏠합니다. 특히, 유럽 여행하면서 알고 있는 그림이나 조각을 현장에서 직접 보면 가슴이 벅차오르고, 그 느낌은 두고두고 마음속에 남는 여행이 될 겁니다. 그렇습니다. 아는 것만큼 보이는 것이지요!

3. 각 신화의 내용마다 에필로그를 하나도 빠짐없이 썼습니다.

이 책은 각각의 이야기를 시작할 때 그 내용에 나오는 등장인물뿐 아니라, 대략 4줄로 전체 내용을 축약해, 신화의 관전 포인트와 내용을 이해하기 쉽게 구성했습니다.

또 쓸데없이 중복되는 어려운 이름들을 과감히 생략하고, 꼭 필요한 인물만 등장시켜 책장을 후루룩 넘기도록 만들었습니다. 반면, 꼭 알아야 할 중요 신이나 인물은 자세한 설명을 곁들여, 자연스레 캐릭터를 알 수 있도록 구성했습니다. 그렇다고 곶감 빼먹듯, 스리슬쩍 빼먹지는 않았습니다. 안심하십시오!

이 밖에도 이 책의 특징은 각 신화 내용이 끝날 때마다 에필로그를 하나도 빠짐없이 썼습니다. 그래서 그 신화 이야기가 의미하는 것과 신화 속의 인물에 대한 고급 정보를 정리해 놓았습니다. 집필하는데 가장 힘든 부분이었지요.

4. 이 책은 연도별, 시간대별 순서로 목차를 배열하고, 또 관련 이야기들을 하나로 묶어 이해하기 쉽게 구성했습니다.

그리스 로마 신화에도 엄연히 연도별, 시간대별로 내용상 순서가 있습니다. 이 책은 처음부터 끝까지 꼬리에 꼬리를 물고 이어지는 신화 이야기를 순서대로 구성했습니다.

또 그리스 로마 신화에는 비슷한 이야기들이 많습니다. 이 책은 그런 비슷한 이야기를 하나로 묶어, 여러분들이 이해하기 쉽게 목차를 구성했습니다. 예를 들면, 헤라의 질투, 감동적인 사랑 이야기, 이루어질 수 없는 사랑 이야기, 금지된 사랑 이야기 등을 비롯해 신들의 복수 시리즈, 가문의 저주 등을 하나로 묶어 이해와 가독성을 높였습니다.

5. 제우스를 비롯한 올림포스 주요 신과 영웅들, 또 주요 캐릭터를 상세히 설명했습니다.

그리스 로마 신화에는 수많은 인물들이 등장합니다. 최고 주인공인 제우스를 비롯해 올림포스 주요 12신, 승리의 여신 니케를 비롯한 조연급 신들뿐 아니라, 헤라클레스와 테세우스를 포함한 영웅들과 우리네 같은 인간들이 등장합니다.

이 책에서는 이들 이외에도, 중요한 캐릭터들을 아주 자세하게 정리해 놓았습니다. 그러니까 그들의 출생부터 지위와 역할, 외모와 성격부터 그들을 대표하는 상징물까지 상세하게 설명했습니다. 주요 신들과 영웅들 캐릭터를 알면, 그만큼 내용을 이해하는데 쉽기 때문이지요.

또 앞으로 여러분들이 그리스 로마에 관한 조각이나 명화를 보고, 주요 신들과 영웅 등을 단번에 알 수 있게 설명해 놓았습니다. 그러니까 이 책을 읽다 보면 자신도 모르게 저절로 명화나 조각에서 중요 신들은 누가 누군지 단번에 알 수 있습니다. 다시 말하면, 앞으로 여러분이 유럽의 박물관과 이탈리아와 그리스 등을 가서 조각이나 명화를 보고 최소한 그 인물이 누구인지를 알 수 있다는 말씀입니다.

요거 아무것도 아닌 말 같지만, 유럽 여행 시 박물관 등을 관람할 때 엄청 중요합니다. 거금 들이고 멀리 유럽까지 갔는데, 최소한 누가 누군지는 알아먹고, 무엇인가 하나라도 알고 가는 그런 실속 있는 여행이 되어야 하지 않겠습니까? 오케이?

6. 전반적인 구성은 드라마 형식을 취하여 재미와 가독성을 높였고, 장문이 아닌 단문을 사용해, 가볍고 속도감 있게 구성했습니다.

여러분도 빡빡하게 글만 도배되어 있는 책은 피곤하시고 싫으시죠? 저도 그렇습니다. 그런 책은 진도도 안 나가고, 도중에 다시 책을 펼치지 않는 경우가 많지요. 그런데 방송 드라마 대본이나 희곡은 일반 서적과 달리, 빡빡하게 공간을 차지하지 않습니다. 그래서 책장도 술술 넘어가고, 내용을 이해하는데 유리합니다.

이 책의 전반적인 구성은 드라마 형식을 취해 재미와 속도감을 높였고, 장문이 아닌 단문으로 구성했습니다. 또 조금 지루하다 싶은 부분은 나름 약간의 위트를 섞어 재미를 주려 했고, 쉬운 대화체로 바꾸어 가독성을 높였습니다.

많은 나라들을 여행을 하면서 느낀 점은 잘 사는 나라든 못 사는 나라든, 어디를 가나 사람 사는 것은 똑같다는 생각을 합니다. 아마도 우리보다 수천 년 전에 살았던 그리스 로마 사람들도 생활 방식만 틀릴 뿐, 지금의 우리와 거의 비슷하지 않을까 합니다. 서로 사랑하고 이별하고, 시기하고 질투하고, 치고받고 싸우고, 욕심내다 폭망하고..!

수천 년 전 서양 사람들은 어떤 생각을 하고, 어떻게 살았을까? 또 한때는 서양인들의 종교였던 그리스와 로마 신들은 대체 어떤 신들일까? 왜 서양인들은 제우스를 비롯해, 아폴론과 아테나 등의 거대한 신전을 짓고 왜 그런 종교를 가졌는지, 거의 모든 해답은 그리스 로마 신화에 담겨 있습니다. 그리고 여러분은 그 속에서 인간적인, 너무나 인간적인 그리스와 로마 신들을 만나고, 그들의 세상 이야기에 푹 빠질 겁니다.

신화는 환상적인 상상의 세계입니다. 그 무한한 상상력 속에서 변화와 혁신과 창조가 탄생하는 것입니다. 여러분들을 그 무한하고 흥미진진한 상상의 세계로 모시겠습니다. 출발할 준비되셨습니까? 자 그럼 지금부터 저와 함께 재미있는 그리스 로마 신화에 같이 빠져봅시다. 렛츠 고! 백 투 더 퓨처!!

P.S> 그동안 이 책을 같이 공동 작업을 해주신 강나리 작가님, 표지 및 편집 디자인을 해주신 데이비드 강 (강경완)님, 교정을 해주신 오세순 일당들 등등.. 많은 분들에게 감사 인사드립니다.

송승환 추천사

배우 / 공연 제작자 / PMC 프로덕션 예술감독
성균관 대학교 문화예술 미디어 원장 /
평창 동계 올림픽 개폐막식 총감독

강남길이란 배우는 저와 같이 아역 배우로부터 시작해, 지금까지 동료이자, 선후배, 친구로서 지내는 사이입니다. 그런 그가 이번에 10년 이상을 집필하고, 또 직접 촬영한 수많은 명화와 조각과 함께 그리스 로마 신화에 관한 책을 3권 내놓았다고 합니다. 저도 기대되지만, 아마 여러분들의 반응도 대단할 거라 믿어 의심치 않습니다.

그동안 저도 오이디푸스 같은 연극 작품 때문에 그리스 로마 신화를 알기는 했지만, 처음부터 끝까지 전부 완벽하게 알지는 못했습니다. 그런데 이번에 추천사를 써주면서 이 친구가 쓴 원고를 3권까지 읽으며, 새롭게 이해하는 계기가 되었습니다. 책 제목을 물었더니, '강남길의 명화와 함께 후루룩 읽는 그리스 로마 신화'라고 하더군요. 정말 책 제목과 같이 쉽게 읽히는 이 친구의 글과 명화들을 보면서, 시간 가는 줄 모르고 후루룩 읽었습니다.

강남길이란 배우는 90년대 후반엔 컴퓨터 전도사로서 활약하더니, 아무래도 이번엔 그리스 로마 신화의 전도사로서 나설 것 같습니다. 이 친구가 책 출간과 함께 유튜브도 오픈한다고 합니다. 여러분들도 많이 찾아오셔서 성원해 주시고, 이 기회에 그리스 로마 신화를 쉽게 이해하고 정복하는 계기가 되었으면 합니다. 건강하십시오. 감사합니다.

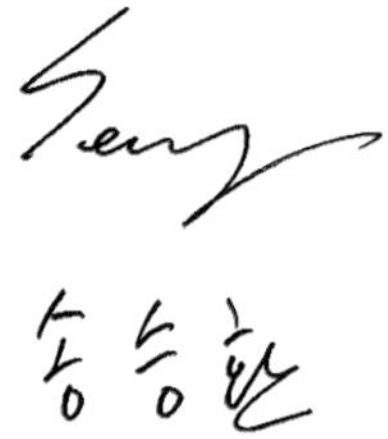

2021년 10월 5일 송승환

2권 차례

크레타 미노스와 아테네 케팔로스

아테네의 영웅 테세우스

인간의 시대와 자연의 소중함

인간의 죽음과 영원한 사랑

3권 차례

1권 차례

신들의 탄생과 제우스

인간의 탄생과 대홍수

헤라의 질투 편

달달하면서 감동적인 사랑 이야기

이루어질 수 없는 사랑 이야기

사랑해서는 안 되는 금지된 사랑 이야기

영웅 페르세우스의 모험

테베의 카드모스 왕가 시리즈

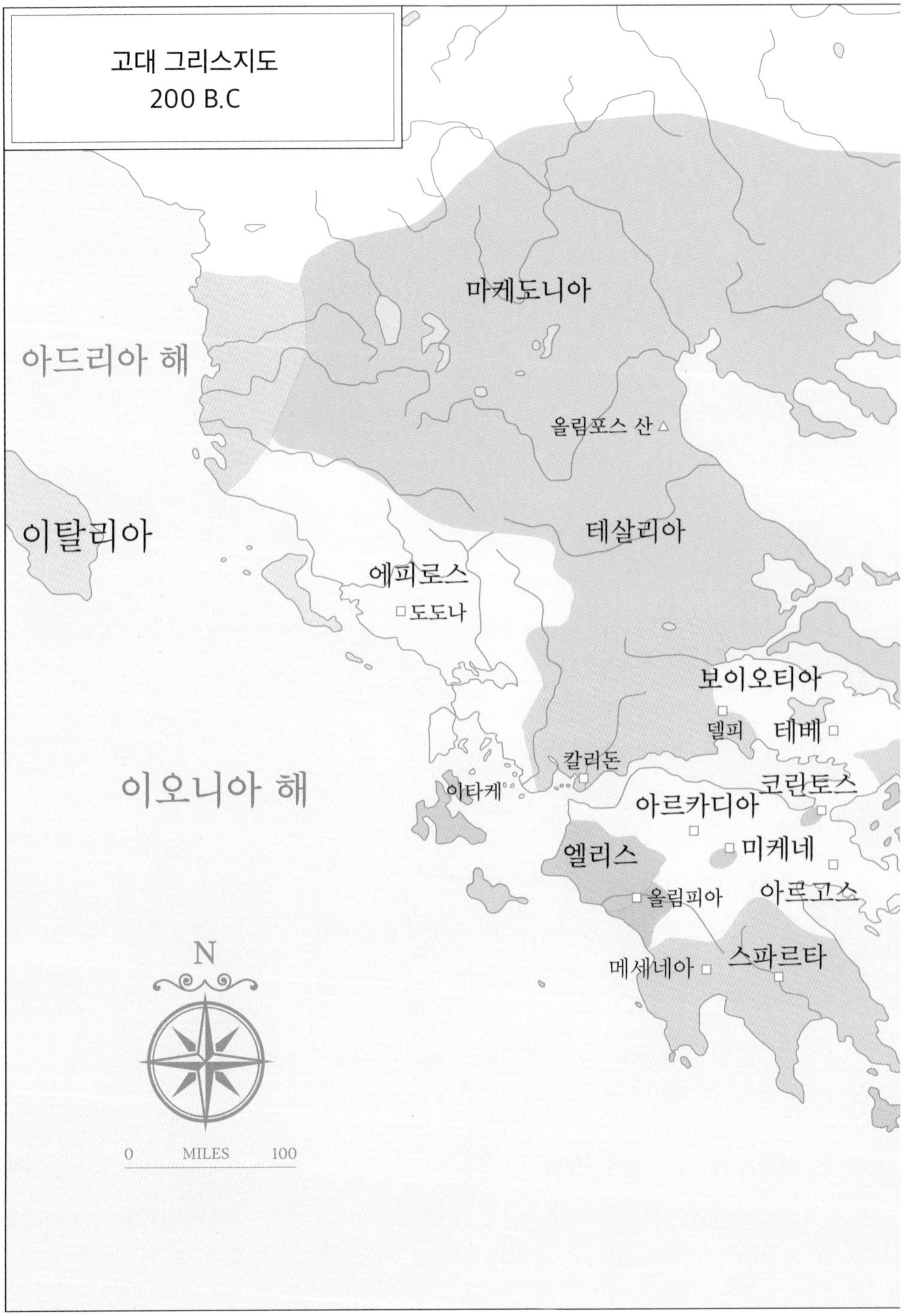

고대 그리스지도
200 B.C
마케도니아
아드리아 해
올림포스 산
이탈리아
테살리아
에피로스
도도나
보이오티아
델피
테베
칼리돈
이오니아 해
이타케
코린토스
아르카디아
미케네
엘리스
올림피아
아르고스
메세네아
스파르타
N
0
MILES
100

흑해
트라케(트라키아)
프로폰티스 해
프리기아
트로이
미시아
렘노스
리디아
에게 해
레스보스
스키로스
키오스
에우보이아
에페소스
사모스
리키아
밀레토스
아테네
아이기나
파로스
낙소스
로도스
델로스
지중 해
크레타
크노소스

에로스와 프시케의 사랑

에로스와 프시케의 사랑

등장 인물

에로스 : 아프로디테 아들
프시케 : 에로스 아내
아프로디테 : 사랑과 미의 여신
제피로스 : 서풍
데메테르 : 대지, 곡물의 여신
페르세포네 : 지하 세계의 왕비

이 이야기는 유명한 에로스와 프시케의 달달하고, 애틋한 러브 스토리다. 그런데 이번 신화에서 에로스는 개구쟁이 꼬마 신이 아니라, 어엿한 청년으로 등장한다. 참 사랑이란 무엇인지, 달달하면서 시큼새콤한 러브 스토리가 이제부터 시작한다.

나비 날개가 있는 프시케 - 알템프 궁

뽀뽀하는 에로스와 프시케 - 피티 궁

생각하는 프시케 - 우피치 미술관

아프로디테의 질투

옛날에, 어느 나라 왕과 왕비 사이에 3명의 아름다운 딸이 있었다. 첫째와 둘째 딸도 예쁘긴 했지만, 특히 셋째 딸인 '프시케 Psyche'는 세상의 어떤 단어로도 표현할 수 없을 정도로 눈부시게 아름다웠다.

그러자 프시케의 눈부신 완벽한 아름다움을 보기 위해, 수많은 사람들이 여기저기서 몰려들었다. 그녀를 한번 본 사람들은 너무 놀라, 그녀를 사랑과 미의 여신 '아프로디테 Aphrodite'와 비교하며 극찬을 아끼지 않았다.

구경꾼 1 와우, 뷰티풀! 아프로디테 여신이 인간의 모습으로 태어난 거 아냐?

구경꾼 2 무슨 소리야? 프시케가 여신보다 더 아름답지.
왜냐고? 그녀는 처녀고 순결하잖아. 요즘 대세는 프시케라니깐!

그녀의 명성이 나날이 더해가자, 이제는 구경꾼들이 먼 나라에서까지 구름처럼 왔다. 그러자 아프로디테 신전엔 점점 가는 사람이 없어졌다. 이어, 여신의 신전은 차츰 칠이 벗겨지더니, 제단에는 아무런 제물도 놓이지 않았다. 한마디로 손님이 끊겨, 폐업 일보 직전이라고나 할까?

사람들은 이제 여신 대신, 여신같이 아름다운 프시케에게 소원을 빌기 시작했다. 또 그녀가 거리를 지나가면 길에 꽃과 화관을 바치고, 그녀를 위해 축제를 벌였다. 사태가 이 지경에 이르자, 아프로디테는 심기가 불편했다. 아니, 너무 화가 나서 ...

아프로디테 흥! 내가 이런 대접을 받아야 하다니!
내가 누구야? 여신 중에 최고 미인이자, 절대 미녀 아니던가?
미의 상징인 나를 그딴 별 볼 일 없는 계집이랑 비교한다고?
안 돼! 이건 절대로 그냥 넘길 수 없어.
오냐, 프시케야! 더 이상 내 명예에 먹칠을 못 하게 만들어 주마.
넌 너의 보잘것없는 미모를 후회하게 될 것이다. 흥칫뿡!

여신은 즉시, 자기 아들인 '에로스 Eros'를 불렀다. 에로스는 사랑의 신으로, 영어로는 '큐피드 Cupid'라 불린다. 우리가 흔히 '사랑의 큐피드 화살을 맞았다!'할 때, 그 사랑의 큐피드 화살을 쏘는 신이 바로 에로스다. 여신은 장난꾸러기 아들 에로스를 데려가서, 자신의 경쟁 상대인 프시케를 보여주며 …

아프로디테 아들! 사랑의 화살로 저 계집을 쏘아, 내 복수를 해다오.
저 계집을 가장 비참한 인간과 사랑에 빠지게 만들어라.
그러니까, 저 계집이 명예도 재산도 없고,
가장 타락한 인간 쓰레기 같은 남자를 만나,
평생 절망 속에서 추접하게 살게 하란 말야. 알았지?

사람들이 프시케에게 꽃을 바치며 소원을 빌고 있고, 그것을 그림 위의 아프로디테가 에로스에게 보여주고 있다 - 윈저 성

장례식 같은 결혼식

그 후, 프시케에게 이상한 일이 생겼다. 사람들은 여전히 그녀의 미모를 칭송했지만, 정작 누구도 그녀에게 청혼하는 사람이 한 명도 없었다. 그냥 조각 감상하듯, 감상만 할 뿐이었다. 그녀보다 훨씬 못한 두 언니들은 벌써 다른 남자들이 낚아채, 결혼했는데도 말이다.

이런 시추에이션을 군중 속의 고독이라고 해야 하나? 프시케는 구혼하는 사람도 없이 비참한 독신 생활을 하자, 자신의 아름다움을 증오하기 시작했다. 그녀 아버지도 그런 딸이 걱정됐다. 그래서 아폴론 신탁소를 찾아가, 대체 막내딸의 신랑감은 어디 있는지 물어보았다. 그러자 신탁의 예언은 …

프시케의 아버지가 아폴론의 신전을 찾아가, 막내딸의 신랑감은 대체 어디 있는지 신탁의 예언을 듣고 있다 - 지오다노 그림

아폴론 신탁 프시케는 인간과 결혼할 운명이 아니다.
그녀의 남편은 뱀과 맹수같이 생긴 장난꾸러기인데,
날개를 달고 하늘을 날아다니며,
모든 사람을 불행하고, 슬프게 만드는 자다.
또한 그자는 엄청 위대한 힘을 갖고 있어,
제우스와 다른 신들도 그를 보면, 겁먹고 도망칠 정도다.
그녀의 남편은 지금 바위산에서 프시케를 기다리고 있다!

아버지는 딸의 불행한 신탁을 듣고 돌아와, 모든 사실을 아내와 딸에게 말해주었다. 그러나 어쩔 도리가 없었다. 아무리 잔혹한 신탁이라도, 복종할 수밖에 없었다.

드디어, 끔찍한 결혼식이 거행되었다. 이날 하루 모든 집에 조기를 게양하라는 왕의 칙령이 선포되었다. 결혼 행진곡 소리는 마치, 장례식 장송곡같이 비탄의 멜로디가 흘러나왔고, 참석한 하객들은 왕가에 닥친 재앙을 안타까워했다.

신랑도 없는 결혼식이 끝나자, 장례식 같은 행렬로 산 위로 올라가는 프시케와 부모, 그리고 하객들 - 에드워드 번 존스 그림

신랑도 없는 결혼식을 마치자, 곧 결혼 행진이 시작되었다. 그 행렬도 장례식 행렬과 같았다. 신부는 첫날밤 신혼 방에 들어가는 것이 아니라, 무덤으로 가는 것처럼 보였다. 프시케가 한발 한발 산 위를 향해 걸어가자, 부모는 서럽게 통곡하다 딸을 잡으며 …

어머니 아이고, 내 딸아! 가지 마라, 널 절대 보낼 수 없다. 흐흐흑 …

프시케 (부모를 떼어내며) 이러지 마세요.
두 분 모습을 보는 제 마음은 얼마나 찢어지는지 아세요?
하지만 이젠 너무 늦었어요.
전 지금 제 미모 때문에, 신의 저주를 받고 있는 거예요.
사람들이 제게 지나친 칭송을 했기 때문이죠.
두 분은 사람들이 절 칭송하고, 제게 제물을 바치고,
저를 새로운 아프로디테라고 말할 때,
그때 제가 죽은 것처럼 슬퍼하셨어야 했어요. 전 이제 알겠어요.
제 죄는 여신의 이름을 함부로 사용했기 때문이란 것을요!

그러며 그녀는 단호히 바위산을 향해 걸어갔다. 이윽고 행렬이 험한 바위산에 도착하자, 부모는 딸을 그곳에 두고 가야 했다. 그러자 혼자가 된 프시케는 바위 위에 걸 터 앉아, 두려움에 떨며 눈물을 흘리기 시작했다.

그런데 그때, 부드러운 서풍 '제피로스 Zephyros'가 오더니, 그녀 옷자락을 살랑살랑 부풀리며 공중으로 붕 들어 올렸다. 그리고는 천천히 산 아래 골짜기로 데려가, 꽃이 활짝 핀 잔디 위에 살포시 내려놓았다.

프시케를 안고 나는 제피로스 - 루브르

긴장이 풀리자, 그만 깜빡 잠이 든 프시케. 저 멀리 웅장하고 화려한 멋진 궁이 보인다 - 내셔널 갤러리 (클로드 로랭 그림)

프시케의 신혼 첫날밤

프시케는 긴장이 풀리자, 스르르 잠이 들었다. 그러다 눈을 떴을 때는 따뜻한 햇볕이 내리쬐고 있었다. 그녀는 자리에서 일어나, 근처의 울창한 숲으로 들어가 보았다.

졸졸 흐르는 샘물을 따라 조금 깊숙하게 들어가자, 아주 크고 멋진 궁전이 나타났다. 그 궁전은 너무 웅장하고 화려해, 인간이 만든 것이 아니라 신이 만든 궁전이 분명했다. 그녀는 안으로 들어가며 ...

프시케 와 ~ ! 정말 멋지고 화려한 궁전이네. 근데, 이곳엔 어떤 신이 살고 있지?

궁 안은 온통 황금 기둥과 대리석으로 되어있었다. 또 벽엔 세상의 모든 야생 동물이 은으로 정교하면서 예술적으로 그려져 있었고, 밑바닥에는 각종 보석들과 진주로 만든 모자이크가 있었다. 프시케는 그 바닥 위를 걸으며 ...

프시케 이 멋진 바닥을 걷는 사람은 얼마나 행복하고 복받은 사람일까?

그녀가 이런 생각을 하며 더 안으로 들어가자, 이번에는 벽이 온통 금으로 된 너무도 아름답고 잘 설계된 방들이 나타났다. 그 방들은 환한 금으로 되어있어, 햇볕이 없어도 불을 밝힐 필요가 없을 정도였다. 또 방안의 가구들도 화려함 못지않게 배치가 잘 되어 있었고, 서로 멋진 조화를 이루고 있었다.

프시케 어메이징 ~ ! 혹시 이 궁전은 제우스께서,
인간 세상에 내려와 계실 때에 사용하는 궁전 아냐?

그녀가 거실을 지나 좀 더 안으로 깊숙이 들어가자, 그곳에는 상상을 초월하는 값비싼 귀금속으로 장식된 화려한 침실이 나타났다. 그녀가 입을 다물지 못하고, 멍하니 보고 있을 때였다. 이때, 갑자기 모습은 보이지 않는 '목소리'가 다가와 말을 건네며 ...

목소리 하인 뭘 그렇게 놀래서 멍하니 보고 있어요?
프시케 (깜짝 놀라며) 엄마야, 놀래라!
목소리 하인 이 멋진 보물들은 모두 그대 것이니까요,
이제 걱정 마시고, 방에 가서 편히 쉬세요.
아 참! 지금 목소리로만 말하는 저희는 그대의 하인들이고요,
앞으로 항상 옆에서 정성을 다해 모시겠습니다.
오늘의 일정은 일단 목욕이 끝나면,
잠시 후 결혼식 만찬이 있을 예정입니다.
그럼 먼저 목욕부터 하실까요?

프시케는 목욕하기 위해 욕실로 갔다. 그런데 이게 어찌 된 일인가? 보이지 않는 손이 옷을 벗겨주더니, 씻겨주고, 닦아주고, 또 결혼 드레스까지 척척 입혀주는 것이 아닌가! 그야말로 오토매틱 풀 서비스였다. 그런 후에 그녀가 식탁에 앉자, 테이블 위에 맛있는 요리가 담긴 접시들이 바람에 실려 풀코스로 착착 놓였다.

왼쪽 아래부터 보면, 보이지 않는 하인들이 목욕시켜 주고, 만찬을 내오고, 위에선 연주와 노래하고 있다 - 윈저성 (지오다노 그림)

이어 푸짐한 만찬을 마치자, 이번엔 또 보이지 않는 다른 이들이 들어오더니, 하프를 연주하며 노래를 부르기 시작했다. 특히, 여럿이 부른 합창은 아주 멋진 조화를 이루는 감미로운 합창이었다.

프시케 (손뼉 치며) 브라보, 브라보! 앙콜 ~~

그날 밤이었다. 아니, 첫날밤이라고 해야 하나? 프시케는 긴장이 되어, 잠을 이룰 수 없었다. 그런데 한밤중이 되자, 그녀의 귀에 조용히 사근사근 속삭이는 소리가 들렸다. 바로 그녀 남편의 속삭임이었다.

그 목소리만 들리는 남편은 어느새 침대 위에 올라왔다. 그러더니 프시케를 껴안고, 자기 아내로 만들었다. 그리고 다음날 동이 트기가 무섭게 신방을 빠져나갔다.

매일 밤마다 찾아와, 날이 밝기 전에 슬그머니 신방에서 사라지는 프시케의 눈에 보이지 않는 남편 - 피코 그림

프시케와 언니들의 만남

프시케의 눈에 보이지 않는 남편은 그렇게 밤마다 찾아와, 날이 밝기 전에 침대에서 사라졌다. 그녀는 비록 남편 얼굴은 볼 수 없지만, 목소리와 감촉을 통해 남편의 사랑을 느낄 수 있었다.

신혼 생활이 얼마 지난 후였다. 프시케는 불현듯 시집간 언니들이 너무 보고 싶었다. 그래서 두 언니들을 한번 만나게 해달라고, 남편에게 간절히 애원했다. 그러자 남편은 경고의 멘트와 함께 허락을 해주며 …

목소리 사랑하는 내 아내 프시케여!
당신 언니들은 사악한 마음을 가지고 있거든?
그들은 분명히 당신에게 내 모습을 확인하라고 부추길 건데,

절대 그런 사악한 말에 속아선 안 돼, 알았지?
만일, 당신이 호기심에 내 얼굴을 보는 날엔,
당신은 두 번 다시 나를 만나지 못할 것이고,
지금 우리의 행복은 끝이야. 언더스탠?

프시케 예, 여보! 난 절대 당신을 놓치고 싶지 않아요.
난 당신과의 이 달콤한 결혼 생활을,
절대로 포기하고 싶지 않거든요.
난 당신이 누군지, 또 어떻게 생겼는지는 모르지만,
정말 당신을 사랑해요.
난 나 자신보다 당신을 더 사랑하고 있걸랑요?

프시케가 언니들을 보고 싶다며 애원하자, 언니들의 사악한 유혹에 속지 말라고 경고하는 남편 - 프랑스와 라그레네 그림

만약 에로스 신이 오더라도,
당신과는 절대로 바꾸지 않을 거예요. 헤헤헤 …

목소리 ??

프시케 (남편을 껴안더니, 키스를 퍼부으며) 여보! 당신은 내 영혼이며,
나 프시케는 당신의 꿀이에요, 허니!

다음 날, 프시케는 서풍 제피로스를 불러, 남편의 지시 사항을 전했다. 그러자 명령을 받은 제피로스는 두 언니를 바람에 실어 궁으로 데려왔다. 프시케는 언니들을 만나자, 끌어안고 해후의 눈물을 흘렸다. 그리고 집 안으로 안내하며 …

프시케 웰컴 투 마이 홈! 얼른 와요, 여기가 우리 집이야.
내가 언니들이 여기 지내는 동안, 최고 대접을 해 드릴게요.

그녀는 언니들에게 황금과 보석으로 가득 찬 방들을 보여주었다. 그리고 눈에 보이지 않는 하인들을 시켜, 언니들의 목욕 시중을 들게 하고, 산해진미를 대접했다.

'헐! 오잉, 요것 봐라!' 언니들은 질투가 났다. 괴물한테 잡혀 먹힌 줄 알았던 동생이 여신처럼 부귀영화를 누리며 살고 있는 거 아닌가! '우씨!' 질투심은 이내 증오심으로 변했다. 작은언니가 슬쩍 이것저것 따발총같이 속사포로 물어보며 …

작은언니 근데, 이렇게 화려한 집주인이 누구니? 남편 집이야? 남편이 잘 해주니?
아 참! 남편은 어떻게 생겨 먹었 .. 아니, 생겼니?
뭐 하는 사람인데? 응, 응, 응?

프시케 (남편의 경고가 생각나, 둘러대며) 내 남편?
으응 .. 내 남편은 아주 매력이 넘치는 근사한 남자야.
얼굴엔 솜털이 뽀송뽀송 .. 좀 덥수룩한가? .. 아닌가?
뭐 암튼, 낮엔 주로 산과 들로 사냥하는 남자야. 헤헤 ..

하인들이 언니들을 시중들고 있고, 프시케가 언니들에게 선물을 보여주고 있다 - 런던 내셔널갤러리 (프라고 나르 그림)

그녀는 생각나는 대로 즉석에서 둘러댔다. 그러다가 언니들이 계속 꼬치꼬치 캐묻자, 비밀이 탄로 날까 봐 괜스레 두려웠다. 그래서 재빨리 언니들에게 보석 반지와 목걸이를 걸어주었다. 그리고는 제피로스를 불러 그녀들을 데려다주라고 부탁했다.

사악한 언니들의 음모

집에 돌아온 언니들은 속이 쓰렸다. 동생이 잘 사는 꼴을 보니까 정말로 배가 아프고, 아리고, 꼬이고, 뒤틀리다 못해 복통까지 일어나 …

큰언니 왜 이렇게 배가 아프냐? 왜 이렇게 속이 뒤집히지?
우린 시집가서 식순이처럼 살고 있는데,
막내는 우리보다 뭐가 잘났다고,
그렇게 화려한 궁전에, 근사한 남편이랑 사는 거야?
아아 .. 배가 막 꼬이는 같아!

작은언니 언니도 그래? 난 첨부터 그랬어.

큰언니 얘! 근데 듣고 보니까, 매력 넘치는 남편과 살고 있는 거 같더라, 그치?
정말 그 계집애가 얄미워 죽겠어! 내 남편은 얼굴에 주름이 자글자글,
우리 아버지보다 더 늙어 보인다니깐 ...! 또 머리는 홀랑 다 까져서,
어떨 땐 내가 사람이랑 사는 건지, 늙은 호박이랑 사는 건지, 원!

작은언니 언니! 난 언니보다 더 맛탱이 간 남편을 데리고 산다우.
내 남편은 허리 디스크 때문에 밤일도 못해요.
난 하루 종일 빨래만 해서, 손마디가 굵어질 대로 굵어졌지 뭐야.
언니, 이 손 좀 봐봐!
이게 어디 여자 손이유, 남자 손이지?

큰언니 어디? 너무 굵다, 얘! 어쩐지 폭삭 늙어 보이더라니, 그런 아픔이 ...!

작은언니 흥! 난 자격도 없는 애가 그렇게 사는 꼴은 절대 볼 수 없어.
언니! 아까 걔가 얼마나 많은 보석을 갖고 있는지, 봤지?
우리를 얼마나 거만하고, 건방지게 대했는지 봤잖아?
거드름이란 거드름은 다 피우면서,
그 많은 재산 중에 겨우 코딱지만큼 보석을 주고,
우리를 지겨운 듯이, 그냥 급히 내쫓은 거 봤지?

큰언니 글쎄 말이야! 내가 쪼금만 더 줬어도, 이렇게까지 속상하지 않거든?

작은언니 난 정말 그 애가, 그런 사치스러운 생활하는 것을 눈 뜨고 볼 수 없어.
걔를 그 집에서 내쫓지 않으면, 난 당장 죽고 말 테야.

큰언니 미투다! 그러니까 우리가 힘을 합치자고, 응?

못된 언니들은 순진한 동생을 파멸로 이끌 음모를 꾸미기 시작했다. 아니, 죄도 없는 동생을 죽일 계획을 세웠다. 드디어 각본이 완성되자, 몇 개월 후 언니들은 다시 동생을 찾아갔다. 그사이 프시케는 임신해서 배가 뽈록 나와 있었다.

큰언니 어머나! 너 그사이 임신했구나?

작은언니 축하한다, 얘! 이제 머지않아 엄마가 되겠네. 으호호호 ....
(함정을 꺼내며) 근데 참, 네 남편이 어떻게 생겼다고 했지?
어떤 가문 출신이야? 상류층 사람이라고 그랬나?

프시케 (전에 한 말을 까먹고) 내 남편? 으응 .. 우리 남편은 돈 많은 상인이야.
중년의 나이에 .. 머리가 좀 희끗희끗 한가? 헤헤헤 ...

작은언니 (이때다 싶어) 어머머, 얘 좀 봐!
지난번엔 솜털이 뽀송뽀송한 애송이라더니,
근데, 그 사이에 그렇게 폭삭 맛이 갔다는 거니?
너 .. 우리에게 뭔가 숨기는 거 있지?
너 .. 남편이 누군지도 모르는 거 아니니?

프시케 (우물쭈물하며) 응? 아니 그게 ...

큰 언니 내 말 잘 들어! 네 남편은 입에서 독을 질질 흘리는 커다란 뱀이야.
전에 왜 아폴론의 신탁도 그랬잖아.
네가 무서운 얼굴을 한 괴물과 결혼할 거라고 말이야,
아 참! 오다가 이 근방 사냥꾼과 농부한테 들었는데 말야.
그 커다란 뱀이 네가 만삭이 되었을 때 잡아먹을 거래.
그러니까, 이제 모든 건 너한테 달려있어, 이것아!
우리한테 솔직하게 말해봐, 응? 얼른!

순진한 프시케는 그 말을 듣자, 소름이 돋으며 겁이 났다. 남편이 독을 질질 흘리는 커다란 뱀이라니! 그래서 남편의 경고를 깜빡 잊고, 떨리는 목소리로 털어놓으며 ...

프시케 그럼 솔직히 말할게요, 언니!
사실, 난 내 남편의 얼굴을 한 번도 본 적이 없고,
또 그가 누구고, 어떤 존재인지도 몰라.
모습은 보이지 않은 남편은 단지 밤에만 찾아와,
목소리만 속삭이다가, 항상 날이 밝기 전에 가버리거든.
(그러다) 맞아! 그가 햇빛을 싫어하는 거 보면, 괴물이 틀림없어.
자기 모습을 보면 놀랄 거고, 재앙이 생긴다나 어쩐다나.
하이고, 무시라! 내 남편이 끔찍한 괴물 뱀이었다니 ...
언니들! 나 이제 어떡하면 좋지?

임신한 프시케에게 칼과 등잔을 쥐여주며 꼬드기는 언니들. 요런 상황을 그림 왼쪽 위에서 보는 에로스 - 지오다노 그림

사악한 언니들은 서로 얼굴을 마주 봤다. '오잉? 그래, 딱 걸렸어!' 하는 표정들이었다. 그때, 큰언니가 준비해 간 칼을 주며 …

큰 언니 잘 들어! 이것만이 네가 살 수 있는 유일한 방법이니까 말야.
먼저, 이 칼을 침대 밑에 숨겨둬. 그리고 …
네 남편이 깊은 잠에 빠질 때까지 기다렸다가, 등잔불을 켜는 거야.
그런 다음, 이 칼로 뱀의 목을 단숨에 싹둑 잘라버려, 알았지?
넌 분명히 성공할 거야! 성공하면 우리가 보물 가져가는 건 도와줄게.
파이팅! 마음 단단히 먹고, 오케이?

언니들이 돌아가자, 프시케는 갈등했다. 그런 끔찍한 일을 하는 것이 너무나 슬프고 두려웠다. 언니들 말대로 비록 그가 무서운 뱀일지라도, 그녀는 남편을 정말 사랑하고 있었기 때문이었다. 프시케는 한참을 갈등하다, 마침내 해가 질 무렵이 돼서야 마음을 굳히고, 칼과 등불을 준비했다.

사랑의 신 에로스

그날 밤에 남편은 어김없이 침대로 찾아왔다. 그리곤 서로 키스하고 격렬한 사랑을 나누었다. 이어, 프시케는 남편이 깊은 잠에 빠지자, 살며시 일어나 칼을 들고 등불을 켰다.

도대체 남편이 어떻게 생겨 먹은 놈인가, 아니 어떻게 생긴 괴물인가 보고 싶어서였다. 그런데 그녀는 등잔을 들어 비춰보더니 너무 놀라 …

등불로 확인하는 프시케
- 루브르 박물관

프시케 헉, 이럴 수가! 오 마이 갓!
아니, 괴물이 아니고 이 얼굴은 …?

마침내, 남편의 모습이 등잔불 밑에 드러났다. 그러나 침대에는 흉측한 괴물이 아닌, 아름답고 사랑스런 얼굴이 누워있었다. 바로 사랑의 신, '에로스'였다. 그녀는 에로스의 아름다운 얼굴을 천천히 감상하기 시작했다.

남편이 어떻게 생겨먹은 괴물인지 궁금해서, 등불을 비춰 확인하는 프시케 - 루브르 박물관 (프랑스와 라그레네 그림)

금발의 곱슬머리와 하얀 이마, 곱슬머리 사이의 붉은 볼, 하늘을 나는 신의 어깨에는 촉촉이 젖은 날개가 흰빛을 발산했고, 날개 안의 깃털이 살랑살랑 나부꼈다. 에로스의 매끈하고 윤기나는 몸매는 거의 완벽에 가까웠다.

침대 옆엔 에로스의 무기인 활과 화살통이 놓여있었다. 그녀는 남편의 신성한 무기를 감탄하다, 호기심을 참을 수가 없어 화살통에서 화살 하나를 꺼내려 했다. 그런데 그만 화살촉을 더듬다, 화살에 손을 찔리고 말았다. 그러자 그녀는 자신도 모르게 ...

프시케 오우, 허니 ~ 오, 마이 달링 ~

사랑의 큐피드 화살에 콕 찔리자, 그녀는 갑자기 미칠 것 같은 욕정이 솟았다. 그래서 잠든 에로스의 입술을 애무하기 시작했다.

등잔을 들어, 자는 에로스를 보는 프시케를 표현한 조각. 그런데 등잔에서 뜨거운 기름방울이 톡 떨어진다 - 에르미타주 박물관

그런데, 너무 흥분했나? 이때 그녀가 들고 있던 등잔에서 뜨거운 기름방울이 에로스 어깨 위에 톡 떨어졌다. 그러자 에로스가 깜짝 놀라 일어나며 …

에로스 앗 뜨거워! (프시케를 보고는) 응, 당신이 왜?
(그러다) 당신이 .. 결국?

그는 화상을 입자, 고통스럽게 신음하며 침대에서 일어났다. 그리고는 아내가 배신한 것을 알고, 하늘로 올라가려 했다. 프시케는 남편의 다리를 잡고, 잘못했다며 매달렸다. 그러나 에로스가 그녀를 뿌리치며 …

에로스 순진하지만 어리석은 프시케여!
난 당신 때문에 내 어머니의 명령을 어겼어, 알아?
어머니는 당신을 가장 쓰레기 같은 자를 사랑하게 하여,
평생 불행한 결혼 생활을 하게 하라고 했는데,
난 당신을 처음 보는 순간 사랑에 빠져,
내 스스로 활로 찔러, 당신의 남편이 되었던 거야!
근데, 이제야 알겠군!
내가 얼마나 바보 같은 짓을 했는지 말이야.
흥! 당신은 날 괴물로 여기고, 칼로 내 목을 베려 했지?
당장 나가! 더 이상 당신을 보고 싶지도 않으니깐, 어서 가라고!
아 참! 사악한 당신 언니들은 엄한 벌을 받게 될 거고,
당신에겐 내가 떠나는 것만으로도 벌이 될 거야.

결국, 그는 날개를 펄럭이며 하늘로 훨훨 날아갔다. 프시케는 남편이 사라질 때까지 울다가, 어쩔 수 없이 궁을 떠나야 했다.

에로스가 하늘로 날아가고 있고, 좌우 그림들은 그 뒤에 벌어질 프시케의 험난한 고행을 묘사하고 있다 - 지오다노 그림

다음날, 프시케는 큰언니가 사는 궁을 찾아가, 간밤에 일어난 일을 모두 말해주며 ...

프시케 큰언니! 언니 말대로 칼과 등잔을 들고 남편을 보았는데,
그 사람은 아프로디테 여신의 아들인 에로스였지 뭐야!

큰언니 (놀라며) 뭐? 너희 남편이 에로스 신이었다고?

프시케 응! 근데 내가 실수로 어깨에 등잔 기름을 떨어뜨렸거든.
그러자 그이가 깜짝 놀라 일어나, 칼을 든 나를 보더니 ...
'이런 못된 여자 같으니! 어서 당장 여길 떠나지 못해?
난 당신 대신, 당신 큰언니와 결혼할 거야. 알았어?' 이러더라고.

큰언니는 그 말을 듣자, '얼씨구나!' 너무 좋아서 입이 찢어졌다. 멋진 신과 잠자리도 하고, 동생처럼 호화로운 궁에서 사는 환상에 사로잡혔다. 큰언니는 즉시 산 위로 갔다.

그때 바람은 서풍이 아닌, 동풍이 불고 있었다. 큰언니는 전처럼 당연히 제피로스가 자기를 안아서, 에로스에게 데려다줄 거라고 믿었다. 그래서 공중으로 과감히 몸을 휙 던지며 ...

큰언니 에로스여! 제가 왔어요.
당신이 사랑하는 제가 왔다고요.
제피로스야! 이제부터 내가 너의 주인이다.
어서 날 궁전으로 데려가 다오. 얏 ~ 호 ~
어머나! (잠시 후, 퍽 하는 소리가 나더니) 쿠다 쿵쾅 ~ ~

그러나 제피로스는 그녀를 받아주지 않았다. 그래서 허공으로 몸을 휙 던진 큰언니는 곧바로 절벽 아래로 떨어져, 온몸이 산산조각 났다. 새들과 짐승이 뜻하지 않게 횡재한 날이었다.

작은언니도 마찬가지였다. 프시케가 궁에 찾아가 똑같은 얘기를 전하자, 작은언니도 허겁지겁 산 위로 달려갔다. 그녀는 큰언니보다 더 먼저 도착하기 위해, 더욱더 힘차게 허공 속으로 몸을 날렸다. 그리고 그녀도 똑같이 개같은 죽음을 맞았다.

작은 언니 야호 ~~
퍽! 쿠다 쿵쾅 ~~

에로스와 화가 난 아프로디테

한편, 에로스는 등불에 화상을 입고, 침대에 쓰러져 신음하고 있었다. 이미 에로스와 프시케의 스캔들은 순식간에 하늘뿐 아니라, 세상 곳곳에 퍼졌다. 아프로디테도 그러한 소문을 듣고, 아들을 찾아가 분노에 찬 목소리로 소리 지르며 ...

먼저 그림 위를 보면, 아프로디테가 헤라와 데메테르의 얘기를 듣고 찾아와, 부상당한 에로스를 꾸짖고 있다 - 지오다노그림

아프로디테 뭐? 네 상대가 프시케라고?
나와 아름다운 미(美)를 경쟁하고,
또 내 미인의 명예를 빼앗고 더럽힌,
그 철면피 같은 계집애와 사랑에 빠졌다, 이거야?
그럼 넌 나 때문에 그 계집을 알게 된 거 아냐?
그럼 내가 뭐, 너희들을 연결해 준 뚜쟁이냐, 이놈아?

에로스 …

아프로디테 야, 이놈아! 이게 무슨 막돼먹은 짓이야?
내가 그 계집을 추악한 사랑으로 고통을 주라고 했는데,

네가 어떻게 내 명령을 무시하고,
어떻게 그따위 짓을 할 수 있어?
야, 이놈아! 이 엄마 나이를 한번 생각해 봐.
내가 벌써 손자가 생겨 할망구가 되라고?
결국 네놈이 그 계집과 함께 살면,
내가 그 계집을 며느리로 맞아야 한다는 얘기 아냐.
넌 내가 고년을 며느리로 맞으면 좋아할 줄 알았니, 이놈아?

에로스 …

아프로디테 이 배은망덕하고, 가증스러운 놈아!
내가 화살을 그딴 식으로 사용하라고, 너한테 줬어?
오냐! 넌 이제 곧 네가 한 짓을 후회하게 될 거다.
내가 확실히 결혼의 쓴맛, 신맛, 매운맛을 알게 해주지!

이럴 즈음, 프시케는 임신한 무거운 몸으로, 밤낮으로 남편을 여기저기 찾아다녔다. 사랑하는 남편을 다시 만나면 잘못을 빌고, 다시 그의 품에 안기고 싶었다. 그런 어느 날 그녀는 높은 산 위에 있는 신전을 발견하고…

프시케 혹시, 저 신전에 남편이 있지 않을까?

그곳은 대지와 곡물의 여신 '데메테르 Demeter' 신전이었다. 프시케가 그 신전에 올라가자, 제단 주변에는 밀과 보리 등이 쌓여있었고, 바닥에는 농기구들이 여기저기 마구 흩어져있었다.

프시케 에고, 이를 어째!
날씨가 더우니까, 일꾼들이 그냥 팽개치고 갔나 보네.
모든 신전은 소홀히 하면 안 되는데! 쯧쯧..

그러며 무질서하게 쌓인 곡식을 종류별로 정돈하고, 흩어져 있던 농기구를 제자리에 놓았다. 그럴 때, 데메테르가 착한 프시케를 보더니 ...

데메테르 넌 가엾은 프시케 아니냐?
지금 아프로디테가 화가 나서 널 찾고 있는데,
넌 한가롭게 내 농기구를 정리하고 있었어? 이런, 쯔쯔 ..
얘야! 넌 이제 상상할 수 없는 고통을 참아내야 할 거다.
여신이 너에게 온갖 복수를 준비하고 있으니 말이야.

프시케 (무릎을 꿇고 울며) 오, 여신이시여!
제가 어떻게 하면 좋겠습니까?

데메테르 무조건 여신을 찾아가 복종해라.
그럼 아마 여신의 분노를 줄일 수 있을 거다.

아프로디테의 신전을 찾아가, 여신 앞에 엎드려 고개 숙이고 있는 프시케 - 헨리에타 래이 그림

프시케의 험난한 4가지 시험

프시케는 여신의 말에 따라 아프로디테 신전을 찾아갔다. 그녀를 보자, 아프로디테는 화가 치밀어 부르르 떨면서도, 괜히 호탕한 척 웃으며 …

아프로디테 오, 웰컴! 호호호호 ….
드디어 시어머니한테 인사하러 온 거냐?
아니면, 네년 때문에 사경을 헤매는 남편을 보러 온 거냐?
호호 .. 저년 꼬락서니를 좀 봐라.
저 올챙이같이 뽈록 나온 배를 보니까, 왜 이렇게 눈물이 나오지?
그럼 이렇게 젊은 내가 벌써 할머니가 된다는 거야?
저년 아이가 내 손자가 되는 거냐고! 호호호호 ….
(그러다 고개를 흔들고 정색하며) 노노노 … 안 되지!
이건 말도 안 되는 일이야! 뭐, 신과 인간의 결혼?
더구나 내 허락도 없이 산에서 몰래 한 결혼은,
난 절대 법적으로 인정할 수 없어.
오냐! 내가 얼마나 좋은 시어머니인지, 한번 맛을 보여주마.

그러더니 프시케에게 달려들어 옷을 쫙쫙 찢더니 … 머리를 휘감아 흔들고, 돌리고, 마구 때린 뒤 … 바닥에 내동댕이쳤다. 그런 다음, 밀, 보리, 수수, 완두 콩, 강낭콩 등을 마구 뒤섞어 산더미처럼 쌓더니 …

아프로디테 너 이년! 저 뒤섞인 곡식들 보이지?
니가 진정 내 며느리가 되고 싶으면,
또 사랑하는 남편을 다시 만나고 싶다면,
넌 열심히 일하는 수밖에 없어, 알았어?

오냐! 네가 얼마나 열심히 일하는지 시험해 볼 거다.
그럼 저녁 전까지, 저 곡식을 종류별로 분류해 놔라.
난 신들의 만찬이 있어서 가봐야겠다. 당장 실시 ~ !

여신이 가버리자, 프시케는 그저 멍하니 곡식 더미를 바라봤다. 도저히 엄두가 나지 않았다. 어떻게 저녁 전까지 저 산더미처럼 뒤죽박죽 뒤섞여 있는 곡식들을 분류한단 말인가!

그런데 아까부터 그런 장면을 본 개미 한 마리가 프시케를 불쌍히 여겼다. 그 개미는 다름 아닌 개미들의 대빵, 그러니까 왕초 개미였다. 왕초 개미는 시어머니의 잔인함에 화가 치밀었다. 그래서 자기 부하 개미들을 왕창 불러 모으며 ...

왕초 개미 부지런한 일꾼들이여!
저 여인은 신의 아내인데, 시어머니는 순 악질이오.
우리 모두 힘을 합쳐, 저 여인을 구합시다.
자, 에브리 바디. 분류 시작 ~

그러자 개미들이 순식간에 몰려들어 일하기 시작했다. 개미들은 곡식 낱알을 어깨에 이고, 굴리고, 밀고, 던지며, 곡식 더미에서 낱알을 하나씩 종류별로 분류했다. 그리고는 임무를 마치자, 행군가를 부르며 사라졌다. 청소 끝 ~♪ 아니, 분류 끝 ~ ♬

황혼이 질 무렵, 여신은 알딸딸하게 술이 취해, 진한 향수를 풍기며 신들의 만찬에서 돌아왔다. 그런데 '울랄라?' 프시케가 자기 명령을 말끔히 끝내버린 것이 아닌가!

아프로디테 어쭈, 요거 봐라! 요런 나쁜 년!
이건 분명히 네가 혼자 한 게 아냐.
너 잔머리 굴려, 네 남편을 꼬드겨 시킨 거지?
오냐, 그렇다면 내일 새벽에 다시 보자!

다음 날 새벽이 되자, 여신은 프시케를 불러 또다시 일을 시켰다. 두 번째 명령이자, 시험이었다.

아프로디테 저기, 저 강가에 있는 숲이 보이지?
거기에 황금 양털을 가진 양들이 풀을 뜯고 있을 거다.
어서 가서 양털 한 타래를 가져와, 얼른!

그러자 프시케는 강가로 걸어가, 물에 풍덩 몸을 던지려 했다. '에라이, 그냥 퐁당 ~, 꽥!' 고달픈 인생을 마감하기 위해서였다. 그러나 그때 목동의 신인 '판'이 ...

프시케에게 방법을 알려주는 판 - 에드워드 번 존스 그림

판 잠깐, 스톱!
잠깐 기다려요, 프시케!
이 신성한 물을 당신의 죽음으로,
더럽히지 마시고요.
내가 요령을 알려줄 테니까,
내 말대로 하세요. 알았죠?

프시케 ... ?

판 일단, 저 난폭한 양들한테 절대 가까이 가지 마세요.
지금같이 더운 날씨엔 미쳐 날뛰기 때문에,
자칫 날카로운 뿔로 당신을 죽일 수 있거든요.
그러니까, 한낮의 더위가 꺾일 때까지 조금만 기다리면,
양들도 시원한 물소리를 들으며 잠을 잘 거예요.
그럼 그때, 덤불에 걸린 양털을 룰루랄라 줍는 거예요.
어때요? 참 쉽죠?

그녀는 판이 가르쳐준 대로 따라 했더니, 쉽게 황금 양털을 가져올 수 있었다. 그러나 그것으로 여신의 분노를 풀 수는 없었다. 두 번째 시험을 통과하자, 여신은 못마땅한 듯 웃음을 지으며 세 번째 시험을 냈다.

아프로디테 제법이구나! 좋아, 이번엔 더 힘든 시험을 내겠다.
저기 저, 험한 산 위에 있는 높은 꼭대기 보이지?
바로 저곳에서 죽음의 샘물이 솟아나,
저승의 강인 스틱스로 흘러들어 간다.
자, 어서 이 항아리에 저 샘물을 가득 채워 와라.
만약, 빈손으로 오는 날엔 단단히 각오해. 알았쥐?

'스틱스 강'은 저승을 흐르는 강으로, 맹세의 강이다. 이번에는 그 저승으로 흘러가는 죽음의 샘물을 떠오란 것이었다. 프시케는 단단히 마음을 먹고, 정상까지 간신히 올라갔다. 그런데 그 샘물엔 무시무시한 용들이 꼬리를 흔들며, 샘물을 감시하고 있었다.

이번 일은 여신이 파놓은 함정에서 도저히 살아 돌아올 수 없을 것만 같았다. 그녀가 눈물을 흘리며 낙담하고 있을 때였다. 그럴 때, 제우스 새인 독수리 한 마리가 하늘에서 날개를 펄럭이며 내려오더니 ...

독수리 이봐요, 프시케! 아니 날개도 없이, 용들이 지키는 샘물을 떠가려고요?
당신은 항아리는 고사하고, 한 방울도 못 뜰걸요.
자, 항아리 주세요. 제가 대신 떠다 드리죠.

독수리는 항아리를 발톱으로 잡더니, 하늘을 날아 샘물로 갔다. 그러나 용들이 혀를 날름거리며, 물 뜨는 것을 허락지 않았다. 그러자 독수리는 자기가 모시는 아프로디테 여신이 샘물을 떠오라는 특명을 내렸다면서 둘러댔다. 그러고는 샘물을 항아리에 가득 담아 프시케에게 주었다.

무시무시한 용들이 지키고 있는 스틱스 강으로 흐르는 물을 프시케를 대신해, 항아리에 떠주는 독수리 - 벤자민 웨스트 그림

프시케는 독수리 도움으로, 3번째 시험을 겨우 통과했다. 그러자 여신은 마지막으로 그녀를 파멸시킬 최후의 시나리오를 내놓았다.

아프로디테 지금까지 내 시험을 모두 통과한 것을 보니까,
넌 역시, 내 아들을 꾀어낼만한 영악한 마녀가 틀림없구나.
자, 이제 마지막으로 널 시험해 보겠다.
(상자 하나를 주며) 이 상자를 가지고 저승에 가라.
그리고, 저승의 여왕인 페르세포네 왕비에게 상자를 주며,
이 상자 안에 그녀의 미(美)를 조금만 넣어달라고 해라.
아 참! 너무 늦게 돌아오면 안 돼.
난 그걸 바르고, 신들 파티에 참석해야 되거든. 실시! 어허, 동작 봐라 ~

프시케는 '이제는 정말 죽을 때가 왔구나!' 생각했다. 인간이 죽지 않고, 어떻게 저승에 내려간단 말인가! 저승에 가려면, 먼저 자기가 죽어야 가능한 일이었다. 그래서 그녀는 높은 탑의 꼭대기에 올라가, 그냥 몸을 아래로 던지려 했다. 그런데 그때 '탑'이 그녀를 말리며...

탑 목소리 잠깐, 저스트 모먼! 불쌍한 프시케여!
아니, 그딴 식으로 몸을 던져, 목숨을 끊으려 하면 어떡해요.
물론 그렇게 죽으면, 당신의 영혼은 저승에 가겠지만,
당신의 육신은 다시 살아 돌아올 수 없잖아요.
내가 알려줄 테니까, 내 말대로 하세요. 오케이?

프시케 예! 고맙습니다.

탑 목소리 먼저 그리스의 남부로 가서, 저승의 신의 샛별을 찾으면,
그 밑에 숨겨진 동굴이 바로 저승으로 가는 길이거든요.
근데, 저승에 갈 때는 빈손으로 가지 말고,
양손에 꿀이 묻은 빵 한 조각과, 입에 2개의 동전을 물고 가세요.

프시케 동전과 빵은 왜요?

탑 목소리 동전은 저승의 강을 오갈 때,
뱃사공 노인에게 왕복 요금을 내야 하거든요.
또 저승 입구엔 사나운 개가 지키고 있는데,
오갈 때 빵을 던져줘야, 통과할 수 있기 때문이죠.
그럼 곧바로 저승의 여왕을 만날 수 있어요.
돌아올 때는 갔던 길을 똑같이 오면 되는 거고요. 알았죠?

프시케 아하.. 쌤쌤으로 하는 거네요.

탑 목소리 그런데, 여기서 잠깐! 돌아올 때 꼭 지켜야 할 주의 사항이 있는데요,
절대 미(美)의 상자를 열어보지 마세요.
인간은 신들의 미(美)의 비밀을 알아서는 안 되거든요.

하여튼, 인간들은 절대 열어보지 말라면, 꼭 절대 열어보는데,
알았죠? 절대 상자를 열어보면 안 돼요. 네버 ~~

그녀는 탑이 알려 준대로 했더니 무사히 저승 세계에 도착했다. 그리고 페르세포네를 만나, 상자를 주며 여신의 부탁을 전했다. 그러자 페르세포네는 아무도 모르게 살짝궁 상자 안에 무언가를 넣더니 다시 돌려주었다. 프시케는 갔던 길과 똑같은 코스를 거쳐, 마침내 저승 세계를 빠져나올 수 있었다.

그녀는 지상으로 나와 다시 햇빛을 보자, 햇빛이 너무나 사랑스럽고 좋았다. 그러나 제시간에 심부름을 마치려면 서둘러야했다. 그런데 그때였다. 그녀는 문득 상자 안에 무엇이 들었는지 호기심이 생겼다.

프시케 너 바보 아니니? 여신들의 미(美)가 담긴 상자를 그냥 갖다 바친다고?
가만! 내가 쪼금 사용해도 별문제 없는 거 아닌가?
맞아! 내가 더 예뻐지면, 남편도 좋아할 테지?

카론의 배를 타고 저승의 강을 건너는 프시케

미의 상자를 든 프시케

상자를 여는 프시케 - 워터하우스 그림

그녀는 조심스럽게 상자를 열었다. 그러나 그 상자 안에는 아름다운 미(美)는 없었다. 단지 지옥의 수면, '잠'만이 있었다. 지옥의 잠은 안개처럼 상자에서 빠져나와 프시케를 덮쳤다. 그러자 그녀는 온몸이 나른해지며, 의식을 잃고 그 자리에 쓰러졌다. 마치 죽은 시체처럼 그녀는 그렇게 계속 누워있었다.

한편, 에로스는 마침내 화상이 회복되어 원기를 찾았다. 그러자 프시케가 너무 보고 싶어 하늘로 날아올랐다. 그러다 저 멀리 프시케가 쓰러져 있는 것을 발견하고 날아가, 그녀의 몸에서 잠을 떼어내고, 다시 상자에 집어넣었다.

에로스가 의식을 잃고 쓰러져 누워있는 프시케를 발견하고, 급히 다가가고 있다 - 로열 컬렉션 (반 다이크 그림)

그리고는 프시케를 화살촉으로 콕 찔러 깨우며 …

에로스 오, 내 사랑 프시케!
어서 서둘러, 어머니 명령을 마쳐.
난 그 사이, 우리의 중대사를 해결하고 올 테니까, 알았지?

그러며 하늘로 힘차게 날아가자, 프시케는 여신에게 심부름 상자를 무사히 전달했다. 네 번째 마지막 시험을 무사히 통과한 것이었다.

에로스가 의식을 잃고 지옥의 잠에 빠져있는 프시케를 사랑의 화살로 찔러 깨우려 하고 있다 - 미쉘 필리베르 주노 그림

잠에 빠진 프시케를 깨워, 키스하려고 하는 에로스. 죽기 전에 꼭 감상해야 할 유명한 조각 작품이다 - 루브르 박물관

프시케를 일으키는 에로스 - 에르미타주 박물관

프시케를 안고 나는 에로스 - 쉰브룬 궁

에로스와 프시케의 신화를 대표하는 유명 그림. 두 사람의 머리 위를 보면, 자그맣게 나비가 있다 - 루브르 박물관 (제라드 그림)

에로스와 프시케의 결혼

에로스는 올림포스에 올라가, 제우스를 찾아갔다. 그리고는 그동안 있었던 모든 일을 상세히 설명하며, 제발 도와 달라고 간청했다. 그러자 제우스가 손을 잡으며...

제우스 요놈, 내 손자 에로스야! 넌 내 가슴에 사랑의 화살을 쏘아,
여신은 물론, 인간 여성과 사랑에 빠지게 하여, 내 명예를 실추시켰다.
더구나 내 몸을 뱀, 새, 백조, 황소, 황금 소나기 등으로 변신시켜,
내 권위에 먹칠을 한 놈이야. 알고는 있냐?

에로스 그거야 제 직업.. 아니 제가 하는 일인데요, 뭐!

제우스 뭐? 으하하... 하긴, 그렇긴 하지!
좋아! 내가 널 어릴 때부터 키웠기 때문에 도와는 주는데,
근데, 한 가지 조건이 있거든?
그 보답으로 모든 인간의 여자 중에서,
제일 예쁜 여자를 나한테 한 명 바쳐라. 알았쥐?

에로스 약속할게요, 할아버지! 크크크...

제우스는 즉각 신들의 회의를 소집했다. 그는 신들이 전원 참석한 자리에서...

제우스 친애하는 신들이여!
에로스는 내가 어릴 때부터 애정을 갖고 키운 녀석인데,
이 아이의 뜨거운 사랑의 열정은 억제해야 한다고 생각하오.
이제 요놈이 사랑의 화살을 마구 쏘아대는 장난질과,
젊은 시절의 방탕한 생활에 종지부를 찍으려면,
녀석에게 결혼이란 족쇄를 채워야만 합니다.
에로스는 프시케를 아내로 선택했소.

난 에로스가 프시케를 아내로 맞아 그녀를 부양하고,
그녀와 영원히 행복하게 살아야 한다고 선언하오!

그러고는 못마땅한 표정을 짓고 있는 시어머니 아프로디테에게 …

제우스 내 딸 아프로디테여! 이젠 더 이상 슬퍼하거나 노하지 마라.
또, 네 아들이 인간하고 결혼한다고 해서, 혈통 걱정은 하지 마라.
난 이 결혼이 신과 인간의 불평등한 결혼이 되지 않고,
완전하고 합법적인 결혼이 되게 할 테니까 말이다. OK?

그리고 즉시 프시케를 하늘에 데려오라 했다. 얼마 후 프시케가 도착하자, 제우스는 그녀에게 신들의 술인 암브로시아를 권하며 …

헤르메스가 프시케를 하늘로 데려오고 있고, 올림포스의 신들이 떼거리로 모여 신부를 구경하고 있다 - 슈프랑거 그림

제우스 자, 프시케야! 쭈욱 원샷으로 마셔라.
그럼 넌 죽지 않는 불사의 몸이 될 것이다.
자, 이제 너와 에로스를 짝으로 맺어줄 테니까,
검은 머리가 파뿌리가 될 때까지, 행복하게 잘 살아야 한다, 알았지?
그럼 이제 너희들은 부부가 되었음을 선포하노라! 땅땅땅!!!

제우스의 간단한 주례사와 성혼선언문 낭독이 끝나자, 결혼 만찬이 이어졌다. 술잔이 돌고 아폴론이 하프를 연주하자, 뮤즈 여신들이 달콤한 결혼 축하곡을 불렀다.

남편 에로스는 아내 프시케를 품에 꽉 껴안았다. 그리고 이후, 그들 사이에 금방 딸이 태어났는데, 아이 이름은 '쾌락'이었다.

마차를 탄 아프로디테가 보는 가운데, 결혼의 신 히멘의 도움으로 프시케에게 반지를 껴주는 에로스 - 폼페오 바토니 그림

올림포스의 중요 신들이 모두 참석한 가운데, 에로스가 제우스에게 자신의 결혼을 도와달라고 애원하고 있다 - 라파엘로 그림

에로스와 프시케의 결혼식 피로연. 우측 상석엔 에로스와 프시케가 앉아 있고, 신들이 술을 마시며 춤추고 있다 - 라파엘로 그림

에필로그

프시케를 안고 나는 에로스
부게로 그림

에로스와 프시케는 서기(AD) 170년경, 로마 시인 '루키우스 아풀레이우스 Lucius Apuleius'가 지은 '황금 당나귀'라는 작품 속에 있는 일화다.

'황금 당나귀'는 마법에 걸려 당나귀가 된 남자가 동물의 눈으로 인간의 온갖 악행과 욕망을 보는 소설인데, 나중에 세르반테스의 '돈키호테'와 보카치오의 '데카메론'에 지대한 영향을 주었다. 한번 읽어보시라! 익살맞고, 음탕하고, 정말 다양한 소재가 들어있는 참 재미있는 소설이다.

에로스와 프시케 이야기는 지금까지 러브 스토리의 고전 중의 고전이다. 이 소재를 토대로 '미녀와 야수', '숲속의 잠자는 공주', '신데렐라' 등등 동화뿐 아니라, 수많은 소설과 드라마가 만들어졌다.

그런데 이 '에로스와 프시케'는 나름, 작가의 심오한 뜻이 숨어있다. 즉, 단순한 사랑 이야기가 아니라, 육체적인 사랑과 또 정신적인 영혼의 갈등을 그린 것이다. 그러니까 에로스는 '애욕'을 뜻하는 사랑의 신이고, 프시케는 그리스어로 '영혼'이라는 뜻과 함께 '나비'란 의미를 갖고 있다. 따라서 이들이 이룬 사랑은 육체와 영혼을 모두 충족시키는 완전한 참 사랑을 의미하는 것이다.

프시케는 사랑을 확인하는 순간, 사랑은 저 멀리 떠나버렸다. 그 사랑을 되찾기 위해 그녀는 시어머니의 온갖 박해 속에 시련과 고통을 견뎌내고, 마침내 신이 되어 불멸의 참 사랑을 얻게 된 것이다.

진정한 사랑이란 무엇인가? 완전한 사랑은 무엇일까? 믿음이 없으면, 사랑은 더 이상 유지되기 힘들다. 또한 사랑은 수없이 많은 갈등과 시련이 따르기 마련이다. 참 사랑은 사랑과 믿음 속에, 시련을 극복해가는 과정 아닐까? 에로스와 프시케의 러브 스토리는 사랑에는 정신적인 영혼이 존재해야, 참된 사랑이란 메시지를 담고 있다.

에로스와 프시케 - 루브르

프시케 - 여름 궁전

나비를 만지는 에로스 - 루브르

칼과 등잔불을 들고 남편의 모습을 확인하는 프시케

에로스 Eros

태생과 이름

'사랑과 연애' 신으로, 이름은 '애욕'이란 뜻이다. 아프로디테 아들로, 로마 신화에서는 '쿠피드 Cupid', 또는 사랑이란 뜻의 '아모르 Amor'라 불린다. 영어로는 '큐피드' 다.

지위와 역할

깜찍하고 귀여운 에로스 - 루브르

에로스는 올림포스 12신 중에 포함되지는 않는다. 그가 사랑의 신과 연애의 신이 된 것은 그리스 시대가 아닌 그 이후였다.

원래 에로스는 태초에 신과 인간을 지배한 위대한 신이었다. 그러나 헬레니즘 시대와 로마 시대에 와서 위엄은 없어지고, 점차 귀엽고 깜찍한 연애의 신으로 탈바꿈했다.

이때부터 에로스는 신과 인간을 가리지 않고, 눈에 보이지 않는 사랑의 화살을 쏘는 장난꾸러기, 꼬맹이 캐릭터로 나온다. 그의 황금 화살을 맞은 자는 상대를 열렬히 사랑하고, 반대로 납 화살을 맞은 자는 사랑을 혐오한다.

외모와 성격

활을 구부리는 에로스 - 루브르

보통 에로스는 날개 달린 꼬맹이로 등장하지만, 프시케 신화에는 웨이브가 있는 곱슬머리와 홍조를 띤 소년으로 등장한다.

성격은 천진난만하고 순수하지만, 또 가끔은 토라지는 면도 있다. 그렇지만, 어머니 아프로디테 명령에는 절대 복종하는 순종 형이다.

상징물

수많은 그림과 조각에서 에로스는 날개 달린 귀여운 어린아이의 모습으로 등장하며, 어깨엔 화살통을 메고, 손엔 활과 화살을 든 모습으로 나온다. 에로스는 아프로디테와 주로 함께 나오지만, 그 외에도 사랑에 관한 내용에서는 늘 약방의 감초같이 등장한다. 그림이나 조각에서 대표적인 상징물은 '날개, 화살, 화살통'이다.

귀여운 표정의 에로스 - 루브르

활에 기댄 에로스 - 우피치

장난치며 까부는 에로스 - 루브르

아폴론의 사랑과 데메테르의 모정

태양 마차를 운전한 파에톤

레우코토에와 클리티에 사랑

아폴론의 동성애 사랑

(1) 삼나무가 된 키파리소스

(2) 꽃이 된 히야킨토스

데메테르와 페르세포네 모녀

태양 마차를 운전한 파에톤

등장 인물

아폴론 : 태양, 궁술, 예술, 의술의 신
파에톤 : 그의 아들
클리메네 : 파에톤 어머니
에오스 : 새벽의 여신
호라이 : 계절의 여신들
데메테르 : 대지, 곡식의 여신

태양신 아폴론은 매일 아침에 4마리 천마들이 끄는 마차를 타고, 동쪽에서 서쪽으로 달리면서 세상에 빛을 비춘다. 그런데 그의 아들 파에톤이 겁 없이 위험한 태양 마차를 운전하겠다고 나섰다. 이 신화는 파에톤이 자기 아버지를 찾는 것부터 시작된다.

아버지를 찾아가는 파에톤

'파에톤 Phaethon'은 '아폴론'과 바다 요정인 '클리메네 Clymene' 사이에서 태어났다. 한때, 클리메네는 이집트에서 아폴론과 사랑한 적이 있었는데, 그 후에 태어난 아이가 파에톤이다.

어느 날, 소년으로 성장한 파에톤은 자기 친구인 에파포스(이집트 왕자이자, 암소로 변한 이오 아들)에게 자기 아버지가 태양신 아폴론이라고 큰소리치며 우겼다. 그러자 친구가 콧방귀를 뀌며 ...

머리에 세상을 비추는 관을 쓴 태양신 아폴론이 원래는 4마리지만, 여기선 2마리의 천마를 타고 달리는 멋진 모습 - 루브르

에파포스 뭐? 너희 아버지가 태양신이라고?

파에톤 그렇다니까! 우리 어머니가 분명히 그랬어.

에파포스 이런 바보! 그럼 아폴론이란 증거라도 있니, 있어?

파에톤은 얼굴이 붉어졌다. 화를 내고 싶어도 부끄러워서 화도 내지 못했다. 소년은 씩씩거리며 집으로 돌아와, 어머니에게 친구의 모욕적인 말을 얘기했다.

파에톤 어머니! 이런 말을 해서 어머니도 힘들겠지만,
전 그런 모욕적인 말을 듣고도 대답도 못했어요.
어머니! 저 진짜 태양신의 아들 맞아요?
아폴론께서 제 아버지가 맞아요?
제가 정말 그분의 아들이라면, 증거를 보여주세요.
신의 아들이란 증거를 보여 달란 말이에요.

그러자 어머니는 아들의 말에 마음이 움직였는지, 아니면 자신에 대한 모욕 때문에 그랬는지는 몰라도 자리에서 벌떡 일어났다. 그리고는 두 팔을 쫙 벌려, 하늘의 태양을 바라보며...

클리메네 얘야! 난 지금 하늘에서 우리를 내려다보시고,
우리말을 듣고 계시는 저 태양신께 맹세하마.
맞다! 넌 저 우주를 다스리는 태양신의 아들이다.
만일 내 말이 거짓이라면, 난 그분을 두 번 다시 못 볼 것이고,
그분이 내 눈을 앗아가도 여한이 없다.

파에톤 정말이죠, 어머니?
앗싸~! 그럼 아버지는 어디 계시죠?

클리메네 너의 아버지가 계신 곳은 어렵지 않다.
태양이 떠오르는 곳은 우리 땅과 가까이 있거든.
네가 정 확인하고 싶다면, 그분께 직접 가서 물어봐라.

파에톤 옛썰! 지금 당장 떠나겠습니다, 어머니!

소년은 즉시 출발했다. 마음은 벌써 하늘나라에 가있었다. 소년은 이집트를 출발해, 에티오피아와 인도를 지나, 태양이 솟는 곳으로 쉬지 않고 달려갔다. 그리고는 마침내 태양신의 궁전에 도착했다.

태양신의 궁전 모습

그럼 과연 태양신이 사는 궁전은 어떻게 생겼을까? 태양신 궁전은 원기둥 위에 높이 솟아 황금과 보석으로 빛났고, 천장은 윤기나는 상아로 되어있었다. 은으로 된 대문은 보기만 해도 눈이 부셨는데, 재료도 재료였지만 더 훌륭한 것은 문에 새겨진 멋진 조각 솜씨였다. '헤파이스토스'가 그 위에 하늘, 땅, 바다를 멋지게 그려놓았기 때문이었다.

뒷모습의 트리톤과 도리스의 50명의 딸들 중 한 명인 바다의 요정이 파도 위에서 노는 조각 작품 - 루브르 박물관

먼저, 바다엔 수많은 바다의 신과 소라고둥을 부는 '트리톤', 바다의 여신 '도리스'와 그녀의 50명의 딸들이 있었다. 딸들 중에 일부는 수영을 하고 있었고, 또 일부는 바위에 앉아 머리를 말리며 물고기와 함께 놀고 있었다. 요정들의 얼굴은 똑같지도 않았지만, 전혀 다르지도 않았다.

땅에는 사람, 마을, 숲, 짐승, 강들이 그려져 있었다. 그리고 그 위 하늘에는 영광스런 하늘 그림들이 새겨져 있었는데, 황도 12궁은 오른쪽과 왼쪽 문에 각각 6궁씩 조각되어 있었다. 소년은 대문의 조각품을 감상하며…

파에톤 히야! 정말 멋진 작품이군. 그럼 이제 안으로 들어가 볼까나?

소년은 가파른 길을 올라, 궁전 안으로 들어갔다. 그리고 아버지가 계신 곳에 갔지만, 더 이상 가까이 갈 수는 없었다. 태양신이 발산하는 빛이 너무나 강해, 도저히 견딜 수 없었기 때문이었다.

태양신은 보라색 용포를 입고, 빛나는 옥좌에 앉아있었다. 그리고 그 좌우에는 날(日), 달(月), 해(年), 세기(世紀)의 신들과 또 계절의 여신 '호라이 Horai'들이 일정한 거리를 두고 도열해 있었다.

또한 그곳에는 4계절의 신들도 있었다. 젊은 <봄>은 머리에 꽃 화환을 쓰고 있었고, 알몸의 <여름>은 곡식으로 된 화환을, <가을>은 발로 포도송이를 밟다가 즙이 물든 채로 서있었으며, 얼음같이 차가운 <겨울>은 하얀 백발이 얼어붙은 채 있었다.

파에톤의 소원

태양신은 중앙에 앉아 있다가, 신기한 듯 쳐다보는 파에톤에게 ...

아폴론 어서 와라, 내 아들 파에톤아! 여긴 무슨 용건으로 왔니?
파에톤 앗! 제가 파에톤이란 걸 어떻게 아셨어요?
아폴론 알고말고! 네가 내 아들이란 걸 내가 어떻게 모르겠니?

파란 옷을 입은 파에톤이 아폴론을 만나고 있고, 주변은 날개 달린 시간의 신 크로노스, 계절의 신과 여신들이다 - 푸생 그림

파에톤 그럼, 아버지! 제가 정말 아버지의 아들이라면,
어머니가 거짓말하신 게 아니라면, 제게 증거를 보여주세요.
사람들한테 제가 아버지 아들이란 걸 증명하게 해주시고,
제 마음에 있는 의심들이 사라질 수 있도록 해주세요, 예?

그러자 아폴론이 머리에 쓰고 있던 세상을 비추는 태양 관을 벗고, 아들에게 가까이 오라고 했다. 그리고는 아들을 끌어안으며 …

아폴론 짜식! 넌 내 아들임에 틀림없다.
왜? 어머니가 네 출생의 비밀에 대해 말해주지 않았니?

파에톤 그래도 증거가 없잖아요, 증거가?

아폴론 증거? 흐음 .. 증거라!
그럼 네가 더 이상 의심을 갖지 않도록, 네가 원하는 소원을 말해봐.
그럼 내가 어떤 거라도 들어줄 테니까 말이야.
내 '스틱스 Styx 강'에 걸고 맹세할게.
그 강에 맹세하면, 신들도 절대 번복할 수 없거든.

파에톤 정말이죠? 제 소원은 뭐냐 하면요,
아버지의 태양 마차를 하루만 운전하는 거예요.

아폴론 (그러자 너무 놀라며) 뭐, 태양 마차를?

그는 아차 싶었다. 그 위험한 태양 마차를 운전하고 싶다니! 아폴론은 방금 자신이 한 약속을 후회하며 …

아폴론 내가 너무 경솔한 말을 했나!
근데, 얘야! 솔직히 그 소원만은 들어줄 수가 없거든.

파에톤 아니, 왜요?

아폴론 네가 원하는 것은 정말 위험하기 때문이야. 그러니까 어서 취소해, 응?
너의 소원은 네 힘으로 감당할 수 없고, 그건 신만이 할 수 있는 일이야.
아니, 신이라고 다 할 수 있는 일이 아니다.
신들은 각자 맡은 분야가 다른데,
태양 마차는 나 말고, 그 누구도 몰 수 없거든.
벼락을 던지는 제우스 신도 태양 마차는 몰 수가 없단다.
내 말 알아들었니?

파에톤 (삐져서) 아니요! 난 왜 못 모는데요, 왜요?

아폴론 잘 들어봐. 태양 마차가 출발하는 언덕길은 매우 가파르기 때문에,
원기 왕성한 말들도 아침에 간신히 올라간단다.

태양신의 궁전을 찾아가, 아버지 아폴론에게 태양 마차를 몰고 싶다고 얘기하는 파에톤 - 피티 궁전 천장화

또 마차가 지나가는 중간 지점은 고도가 최고로 높기 때문에,
거기서 밑의 땅과 바다를 내려다보면,
나도 어떨 땐 겁이 덜컥 나고, 가슴이 떨릴 지경이지.
또 마지막 길은 내리막 급경사라서, 안전 운전이 필요한데,
매일 물속에서 날 받아주는 바다의 여신도,
항상 내가 거꾸로 떨어질까 봐, 마음을 졸인다고 하신다.

파에톤 ??

아폴론 또 하늘은 계속 빙빙 회전하기 때문에,
수많은 별들도 그에 따라 엄청난 속도로 움직이거든.
그래서 나도 궤도에서 이탈하지 않으려면,
항상 정신을 바짝 차리고, 경계를 단단히 해야만 하지.
그래! 만약 내가 너에게 마차를 빌려주었다 치자,
그럼 넌 다음엔 어떻게 할 건데?
네가 엄청 빨리 도는 천구에 휩쓸리지 않고 갈 거 같니?

파에톤 그거야 뭐 ...

아폴론 아하! 아마 넌 그곳에 신들이 사는 도시와,
또 신전이 있다고 생각하는구나, 그렇지?

파이톤 아닌가요?

아폴론 천만에! 전혀 그렇지 않아.
태양 마차가 지나가는 길은 무서운 야수들 사이에 있거든.
네가 다행히 길을 이탈하지 않더라도,
넌 곧바로 달려드는 황소 뿔(황소자리)과,
궁수(궁수자리)와, 사나운 사자 이빨(사자자리)과,
집게발을 구부린 전갈(전갈자리)과,
게(게자리) 옆을 지나가야 한다.

파에톤 헉! 근데 .. 괜히 겁주시는 거 아니에요?

아폴론 겁을 주다니! 어디 그뿐인 줄 아니?

넌 아마 천마(天馬)를 다루기도 힘들 거다.

천마들은 가슴에 불을 품었다가, 입과 코로 불을 내뿜고,

또 일단 녀석들이 흥분해서 반항하기 시작하면,

내가 아무리 고삐를 당겨도, 모른 척 애먹이는 놈들이 천마야. 알아?

파에톤 헐 ~

아폴론 그러니까 아들아!

아직 늦지 않았으니까 다른 소원을 말해 봐.

아 참! 너 좀 전에 내 아들이란 증거를 보여 달라고 했지?

이 아빠가 널 걱정하는 마음! 그게 바로 확실한 증거 아니겠니?

파에톤 (침울하게 고개를 숙이고 있자) …

아폴론 자, 고개를 들고 내 얼굴을 봐봐!

(답답해서) 에헤, 참! 내 이 가슴을 활짝 열어,

이 아빠의 걱정을 보여줬으면 좋으련만 …

얘야! 하늘, 땅, 바다에서 원하는 어떤 거라도 좋으니까,

네가 원하는 건 뭐든지 해줄게.

그러니까, 제발 태양 마차를 모는 것은 하지 마라.

그건 명예가 아니라, 죽음이자 파멸이니까 말이야.

파에톤 (그러자 목을 끌어안으며) 아빠 ~, 아버지 잉 ~~

아폴론 (엄하게) 어허, 이 녀석이!

왜 이렇게 징징대며 응석 부리는 거야?

안 된다면 안 되는 줄 알아?

파에톤 아버지! 제발 태양 마차를 운전하게 해주세요.

정말 제 소원이란 말이에요. 아까 약속하셨잖아요?

아폴론 (한숨을 내쉬며) 하아! 그래, 어쩔 수 없지.

이미 스틱스 강에 맹세를 했으니 …!

태양 마차를 운전하는 파에톤

그렇다! 스틱스 강에 한 맹세는 아무리 제우스라도 절대로 번복할 수가 없다. 그것은 신들의 불문율이었다. 아폴론은 할 수 없이 아들을 '헤파이스토스'가 만든 태양 마차가 주차된 곳으로 데려갔다.

태양 마차의 바퀴와 굴대는 황금이지만, 바퀴는 은으로 되어 있었다. 그리고 마부석 자리에는 감람석과 보석이 나란히 박혀있었는데, 그것은 태양빛을 사방으로 반사하기 위한 것이었다. 파에톤은 감탄이 절로 나와 입을 다물지 못했다.

파에톤 우와! 뷰티풀 ~ 러블리 ~

그때였다. 동쪽에서 망을 보던 새벽의 여신 '에오스 Eos'가 장미로 가득한 방의 자줏빛 문을 열었다. 그러자 샛별을 마지막으로 별들이 서서히 하늘을 떠나기 시작했다.

아폴론이 명령하자, 계절의 여신 호라이들이 4마리 천마들을 끌고 와, 마차에 묶으려 하고 있다 - 벤자민 웨스트 그림

아폴론은 세상이 붉어지고 달이 사라지는 걸 보자, 계절의 여신들 '호라이 Horai'에게 얼른 말들을 준비하라고 했다. 그러자 암브로시아를 잔뜩 배불리 먹은 천마(天馬)들이 마구간에서 끌려 나와, 철커덕 고삐가 채워졌다.

아폴론은 아들의 얼굴에 뜨거운 화염에도 견딜 수 있는 신비스런 연고를 발라주었다. 그리고 빛의 관을 벗어, 아들의 머리에 씌어주었다. 그러나 왠지 불길한 예감이 드는 듯, 근심에 찬 표정으로 연신 한숨을 쉬며 …

아폴론 아들! 지금부터 내가 하는 말을 꼭 명심해, 응?
되도록 채찍은 사용하지 말고,
고삐는 있는 힘껏 꽉 쥐고 있어야 한다.
고삐가 느슨하면, 말들이 제멋대로 날뛰거든.
그리고 하늘의 다섯 궤도를,
곧장 직선으로 통과하려고 해서는 안 된다.
마차 길은 3궤도 안에 곡선처럼 휘어져있는데,
그 길을 따라가면 북극과 남극을 피할 수 있다.
그리고 가다 보면, 내가 지나간 마차 자국을 보게 될 거야. 알았니?

파에톤 예스, 오케이!

아폴론 또 하늘과 땅이 적당히 열을 받게 하려면,
마차를 너무 낮게 몰지도 말고,
또 너무 높게 몰아서는 안 된다.
너무 높게 몰면 하늘의 궁전을 태우고,
너무 낮게 몰면 땅을 태울 수가 있거든.
그러니까 중간을 가는 게 제일 안전하고 좋다. 오케이?

파에톤 옛썰. 돈 워리 파파!

아폴론 까불지 말고! 이젠 너를 행운의 여신에게 맡기는 수밖에!
이런, 어서 서둘러야겠다.

파란 옷의 아폴론이 태양 마차를 모는 방법을 알려주고, 밝아 오는 하늘을 가리키며, 어서 출발하라고 손짓하고 있다 - 루브르

내가 말하는 동안, 벌써 밤이 서쪽 해안에 도착했거든.
더 이상 꾸물댈 시간이 없다. 이젠 태양 마차가 나타나야 할 차례다.
자, 고삐를 단단히 잡고, 그만 출발해!

파에톤 그럼 다녀올게요, 아버지!

아폴론 행운을 빈다! 굿 럭!

소년은 의기양양하게 마차에 올라 고삐를 꽉 잡고, 아버지께 고맙다는 인사를 했다. 그러자 4마리의 천마들이 불을 내뿜는 소리와 함께, 하늘 높이 날아가기 시작했다. 그들 앞에 무한히 넓은 하늘이 펼쳐 있었다. 천마들은 허공 사이로 발들을 구르며, 앞을 가로 막는 구름들을 헤치고, 날개를 펄럭이며 힘차게 달렸다. 그러다가 어느새, 같이 출발한 동풍을 앞질러 내달렸다.

천마들이 마차 무게가 평소와 다르게 가볍자, 지들끼리 서로 흘낏 보다가, 급기야 코스를 이탈하기 시작했다 - 바르젤로

그런데 천마들은 마차 무게가 평소와 달리, 좀 가볍다는 느낌을 받았다. 마치 배 밑에 적당한 짐이 없으면, 배가 중심을 못 잡고 이리저리 떠밀려 다니는 것과 같이, 천마들도 무게가 예전과 같지 않자, 빈 마차처럼 껑충껑충 마구 뛰어오르며 하늘 높이 솟구쳤다. 그러더니 급기야 항상 다니던 코스를 이탈했다.

파에톤 (겁먹으며) 어어, 왜 이러지? 이 녀석들이 왜 이렇게 미친 듯이 날뛰는 거지?

궤도를 이탈한 태양 마차

소년은 덜컥 겁이 났다. 그러나 고삐를 어떻게 다루어야 할지, 또 어느 길로 가야 할지 도통 알 수가 없었다. 아니 설령 안다고 해도, 천마를 통제할 수도 없었다. 태양 마차는 그렇게 통제 불능 상태가 되어 계속 질주했다.

그러자 맨 처음, '북두칠성'과 또 '큰 곰과 작은 곰(큰 곰자리와 작은 곰자리)'이 불에 그슬렸다. 그들은 바닷속으로 뛰어들려 했지만, 그럴 수도 없었다.

원래, 북극에 있는 '뱀(뱀자리)'은 너무 추워 꼼짝하지 않았다. 그래서 전엔 무섭지도 않았다. 그러나 갑자기 뜨거운 열기를 느끼자, 뱀은 무시무시한 광기가 되살아났다. 또 '목동자리'의 목동들은 짐수레를 팽개치고, 허둥지둥 도망치기에 바빴다.

파에톤은 하늘 꼭대기에서 저 아래의 까마득히 먼 땅을 내려다보더니, 공포에 질려 무릎이 바들바들 떨렸다. 또한, 너무 많은 빛 때문에 정신이 혼미했다. 소년은 그때서야 후회하기 시작하며 ...

파에톤 아아 .. 내가 왜 아버지의 태양 마차를 운전한다고 했던가!
차라리 아버지를 찾지 말았으면 좋았을 것을 ...

소년은 날뛰는 천마들에게 끌려가고 있었다. 그 모습은 마치, 사공이 갑작스런 거친 북풍을 만나자, 그냥 키를 놓고 신께 기도를 드릴 때와 같았다.

파에톤 이제 어떻게 하지? 내가 어디까지 왔고, 또 어디로 가야 하지?

소년은 마음속으로 양쪽의 거리를 계산해 보았다. 출발한 동쪽과 도착할 가망이 없는 서쪽을 번갈아 보았다. 그러나 정신이 혼미해, 어떻게 해야 할지 알 수가 없었다. 고삐를 놓을 수도, 또 쥐고 있을 힘도 없었고, 이젠 천마들의 이름도 기억나지 않았다.

설상가상이란 이럴 때에 쓰는 말인가? 거기다 하늘 곳곳에 커다란 야수들이 흩어져 있는 것을 보자, 소년은 너무 겁이 났다.

파에톤 으헉! 저 괴물들은?

하늘의 황도 12궁 중에서 전갈이 2개의 집게발을 구부려, 두 궁의 자리를 차지한 곳이 있었다. 소년은 전갈이 무시무시한 독을 질질 흘리는 것을 보았다. '헉!' 그러다 전갈이 꼬리 침으로 찌르려고 위협하자, 그만 소리를 지르며 고삐를 놓치고 말았다.

파에톤이 황도 12궁을 지나다. 사자자리와 뱀자리 등의 무서운 야수들을 보자, 말고삐를 놓치고 있다 - 루브르 (모로 그림)

천마들은 고삐가 풀리자 코스를 이탈하더니, 이곳저곳을 멋대로 질주하기 시작했다. 때로는 하늘 끝까지 오르는가 하면, 때로는 대지 가까이 곤두박질치며 계속 내려갔다. 그야말로 난리 브루스였다. 달의 여신은 자기 오빠 말들이 자신의 말보다 더 낮게 마구 달리는 것을 보고 깜짝 놀랐다.

불바다가 된 세상

태양 마차가 낮게 날자, 구름들은 그 열기에 그슬려 연기가 피어올랐다. 이어 대지는 높은 곳부터 불이 붙기 시작하더니, 습기가 마르자 쩍쩍 갈라졌다. 그러자 풀밭은 잿빛 벌판으로 변했고, 나무와 풀과 추수한 곡식은 화염 속에 휩싸였다. 그러나 이것은 단지 시작에 불과했다. 이어 거대한 도시의 성벽이 무너지고, 화마는 모든 나라와 백성들을 잿더미로 만들었다.

산도 마찬가지였다. 아토스산, 타우루스산, 트몰루스산, 오이테산, 이다산, 옷사산, 헬리콘산, 에트나산, 파르나소스산, 하이모스산, 키타이론산, 카우카소스 산, 핀두스 산보다 더 높은 올림포스 산도 불에 탔다.

파에톤은 땅에서 올라오는 열기가 너무 뜨거워서 견딜 수 없었다. 소년이 호흡하는 공기는 마치 용광로에서 나온 것처럼 뜨거웠고, 마차 바닥은 벌겋게 달아올랐다. 어디 그뿐인가? 하늘에 흩날리는 재, 불똥, 연기 때문에 질식할 것만 같았다.

소년은 칠흑 같은 어둠 속에서 자기가 어디에 있는지, 어디로 가고 있는지, 전혀 알지 못했다. 그저 천마들이 가는 대로 끌려갈 뿐이었다.

전하는 말에 의하면… 오늘날 아프리카의 에티오피아 사람들이 피부가 새까만 것도 이때부터라 한다. 그때의 뜨거운 열기로 인해, 피가 살갗에 몰려서 그렇다 한다.

또한 리비아도 그때 물이 증발해, 사막이 되었다. 물의 요정들은 머리를 풀어헤치고, 자기 호수와 샘이 없어진 것을 애통해 했다.

강들도 무사하진 못했다. 유프라테스강, 갠지스강, 또 나일강을 비롯한 모든 강들이 말라버렸다. 특히, 나일강은 기겁을 하더니, 이 세상 끝까지 도망쳐서 머리를 처박았다. 그래서 지금도 그 강의 원천지가 어딘지 모르는 것은 바로 이런 이유에서다.

그렇게 대지가 갈라지자, 그 갈라진 틈 사이로 저승까지 햇볕이 스며들었다. 그래서 저승 세계를 다스리는 왕과 왕비를 깜짝 놀라게 했다.

바다 또한 점점 마르더니, 어느새 모래사장이 되기 시작했다. 그러자 전엔 바다 밑에 잠겨있던 산들이 모습을 드러냈고, 에게해의 섬들이 엄청 불어났다.

물고기는 마지막 남은 물을 찾아서 모여들었고, 돌고래는 전처럼 물 위로 뛰어오르지 못했다. 또한 물개들 시체가 뒤집힌 채, 바다 수면 위로 떠다녔다. 전하는 말에 의하면, 바다의 신 부부와 50명의 딸들은 깊은 바다의 동굴에 숨어 지냈다 한다.

그림 맨 위의 파에톤의 태양 마차가 너무 낮게 날자, 그 열기로 신과 인간, 모든 삼라만상이 너무 더워 고통받고 있다.

바다의 신 '포세이돈'은 3번이나 얼굴을 내밀려 했지만, 그럴 때마다 열기를 견디지 못하고…

포세이돈 (인상을 팍 쓰며) 우씨! 우메 더운 것.
요것이 뭔 난리여! 우씨..

'데메테르 Demeter' 여신도 마찬가지였다. <대지, 곡물의 여신으로, 제우스 누나이자 아내다.> 여신은 너무 목이 마르자, 괴로운 듯 이마를 짚으며 제우스에게…

데메테르 오오, 최고신 제우스여!
내가 이런 대우를 받아 마땅하다면,
내가 불에 타 죽을 운명이라면,
왜 당신은 내게 벼락을 던지지 않는 거죠?
차라리 당신 손에 죽게 해주세요, 그게 훨씬 낫겠어요.
아아.. 정말 너무 뜨거워, 입을 열기도 힘이 드네요.

여신은 뜨거운 열기에 콜록거리며…

데메테르 자, 여기 불에 그슬린 내 머리털과 눈을 보세요.
이 얼굴 위에 수북이 쌓인 재를 보시라고요.
이것이 내가 그동안 당신께 봉사했던 보답입니까?
난 가축에겐 풀을, 인간에겐 곡식을,
신들에겐 유향을 바쳤는데,
이것이 그 보답이냐, 이 말이에요.
그래요! 난 이런 푸대접을 받아 마땅하다고 칩시다.
근데, 당신 형제인 포세이돈은 왜 이런 벌을 받아야 하는 거죠?

저와 당신의 형제를 배려할 생각이 없다고 하더라도,
이젠 당신이 사는 하늘을 좀 걱정하세요.
자, 한번 주위를 둘러보세요.
지금 남극과 북극에서 연기가 나고 있어요.
하늘의 양축이 불타면, 하늘의 우리 궁전도 곧 무너질 거예요.
또 저기 하늘의 축을 어깨에 메고 있는 아틀라스도,
뜨거운 천구를 간신히 메고 있는 거 안 보세요?
만약 바다와 육지와 하늘의 궁전이 없어지면,
우린 그 옛날, 혼돈의 시대로 떨어지고 말 거예요.
자, 아직 남아있는 것이라도 화염에서 구하고,
이 우주의 안위를 걱정하소서! 켁켁 ..

여신은 뜨거운 열기 때문에, 더 이상 말을 할 수가 없었다. 그래서 저승 세계에 가까이 있는 동굴로 모습을 감추었다.

유성이 된 파에톤

제우스는 더 이상 이 사태를 방관할 수 없었다. 그래서 아폴론을 비롯한 모든 신들을 집합시킨 자리에서 신들에게 ...

제우스 내가 지금 손을 쓰지 않으면, 이 세상은 비참한 운명을 맞게 될 것이오.
그래서 난 즉시 최후 수단을 쓸 것이오!

그러면서 하늘 꼭대기로 올라갔다. 그곳은 제우스가 구름으로 천둥을 만들어, 벼락을 던지는 곳이었다. 그러나 그곳에도 구름 한 점 없었고, 내려보낼 비조차 없었다. 그래서 제우스는 어쩔 수 없이 천둥을 한번 친 다음, 번쩍하는 벼락을 파에톤에게 던졌다.

그러자 파에톤은 벼락을 맞아 즉사했고, 놀란 천마들은 서로 다른 방향으로 날뛰다 뿔뿔이 흩어졌다. 곧이어 하늘에서 마차의 고삐, 부서진 바퀴, 바큇살 등등의 파편들이 우수수 떨어졌다.

즉사한 파에톤은 머리에 불이 붙어, 긴 꼬리를 남기며 지상으로 떨어졌다. 그 모습은 마치, 맑은 하늘에서 땅에 낙하하는 유성과 같았다.

제우스의 벼락을 맞고 추락하는 파에톤 - 프라도 미술관 (루벤스 그림)

제우스가 벼락을 던지자, 추락하는 파에톤 - 보르게세 미술관

유성처럼 불에 타 떨어지는 파에톤 - 런던 내셔널갤러리

소년은 먼 이탈리아 강에 떨어졌는데, 그곳 강의 신이 소년의 시신을 식혀주었다. 또 그곳 강의 요정들은 시신을 묻어주며, 비석에 다음과 같은 묘비명을 새겼다.

묘비명 〈파에톤이 여기 잠들다. 아버지의 태양 마차를 몰던 파에톤!
그는 비록 마차를 잘 다루진 못했지만, 큰일을 시도하다 추락했다!〉

한편, 아폴론은 슬픔과 괴로움에 얼굴을 감춰버렸다. 전하는 말에 의하면 ... 태양은 그날 하루 나타나지 않고, 대신 그날은 활활 타는 불길이 세상에 빛을 비추었다고 한다.

호박(琥珀) 구슬의 전설

파에톤이 죽자, 어머니 '클리메네'는 아들 유골을 찾아 온 세상을 돌아다녔다. 그러다 마침내, 머나먼 이탈리아의 강둑에 있는 아들 비석을 발견하고 통곡했다.

파에톤 누나들도 찾아와, 동생의 죽음을 슬퍼하며 눈물을 흘렸다. 그녀들은 밤낮으로 동생의 이름을 부르며 애도했다. 그렇게 4개월이 흐른 어느 날이었다.

첫째 누나가 두 발이 잘 움직이지 않는다며 비명을 질렀다. 그러자 둘째가 도우려다, 자기 발도 뿌리가 생기자 꼼짝하지 못했다. 이를 본 셋째는 비명을 지르며 머리를 움켜주었는데, 그녀가 움켜쥔 것은 나뭇잎이었다. 넷째는 두 다리가 나무들로 둘러싸인다며 소리쳤고, 다섯째 누나는 두 팔이 나뭇가지로 변한다면서 도움을 청했다.

그러는 사이, 나무껍질이 서서히 그녀들의 배, 가슴, 어깨를 덮기 시작했다. 그녀들은 어머니를 부르며 …

누나들 어머니 ~ / 살려 주세요. / 도와주세요, 어머니 ~

어머니가 놀래서 달려왔지만, 어떻게 할 방법이 없었다. 그저 딸들에게 입 맞춰주는 것뿐이었다. 어머니가 딸들을 빼내려고 가지를 꺾자, 가지에선 핏방울이 흘러내렸다. 그러자 딸들이 소리치며 …

누나들 제발 저를 꺾지 마세요. /
어머니가 꺾는 것은 제 몸이에요. /
어머니, 그럼 안녕히 …

그녀들의 마지막 말은 나무껍질이 덮었다. 그러나 그녀들이 변한 포플러 나무에선 계속 눈물이 흘러내렸다. 그 눈물은 방울이 되더니, 태양빛을 받아 '호박(琥珀 amber)'이란 보석이 되어 강물에 떨어졌다. 오늘날에, 최고의 장식 보석인 호박 구슬로 말이다.

포플러 나무가 되는 파에톤의 누나들 - 티토 그림

원래, 오리지널 태양의 신은 티탄 족 '히페리온 Hyperion'이었다. 그는 자신의 아들인 '헬리오스 Helios'에게 태양신 자리를 물려줬는데, 제우스를 비롯한 올림포스 신들과의 전쟁에서 패한 뒤, 그 직책을 아폴론에게 넘겨줘야 했다.

그런데 일설에 의하면, 이 신화에 등장하는 태양신은 아폴론이 아니고, 또 다른 태양신인 헬리오스라고 한다. 그 이유는 파에톤의 죽음을 애통해 하다가 포플러 나무가 된 누나들이 신화 족보상, 헬리오스의 딸들이기 때문이다. <그러나 골치 아프게 생각하지 말고, 태양신은 그냥 아폴론이라고 생각하면 된다.>

파에톤 콤플렉스

'파에톤 콤플렉스 Phaethon Complex'는 겁 없이 태양 마차를 운전한 파에톤 얘기에서 나온 정신 분석학적, 심리학적 용어다. 어릴 때 애정 결핍으로 자란 아이는 성인이 되면, 지나칠 정도로 자기 부모나 다른 사람들에게 인정받고 싶어 한다고 한다. 그래서 필요 이상으로 자기를 과시하고 오버 행동을 하는데, 이것을 '파에톤 콤플렉스'라 한다.

태양 마차를 운전한 파에톤 이야기는 각자의 느낌에 따라, 또한 시대에 따라 해석이 다르다. 한편으론, 젊은이의 과감한 모험 정신과 용기를 칭송한 신화라고 보는 시각이 있다. 하지만 이 신화는 자신의 능력이 안 되는 일을 무리하게 했을 때, 그 결과는 참담하다는 것을 경고하고 있다.

아무리 소중한 자식이라도 안 되는 것은 안 되는 법이다. 부모는 맹목적인 자식 사랑보다는 자식을 엄격하게 키워야 한다. 반면에, 자식은 자신과 남을 해칠 수 있는 무모한 만용을 부리지 말아야 한다. 파에톤의 신화에서 아폴론은 무면허 자식에게 스포츠카의 키를 주었다고나 할까?

루벤스의 파에톤의 추락
런던 내셔널갤러리

태양 마차를 몰다 추락하는 파에톤
에르미타주 박물관

레우코토에와 클리티에 사랑

등장 인물

아폴론　: 태양 신 (의술, 예술, 궁술, 예언의 신)
레우코토에 : 페르시아 공주
클리티에　: 여동생 (페르시아 공주)

이번 이야기는 해바라기와 유향목에 관한 전설이다. 해바라기와 유향목은 태양신인 아폴론과 페르시아의 공주 자매에 관한 신화가 담겨있다.

사랑의 큐피드 화살을 맞은 아폴론

이번 신화는 아폴론이 사랑에 빠지는 것부터 시작한다. 혹시, 그 사건 기억하시는가? 일전에 '아프로디테'가 '아레스'와 부적절한 관계를 하다가, 신들 앞에서 개망신을 당한 스캔들 말이다. 그때, 그들의 불륜을 남편 '헤파이스토스'에게 알려준 신이 아폴론이다. 그래서 불량 커플은 헤파이스토스가 만든 그물 올가미에 갇히는 치욕을 당했다.

아프로디테는 밀고한 아폴론에게 복수를 다짐했다. 자신의 은밀한 사랑을 망쳐놓은 아폴론에게 큐피드 화살로 복수하기로 마음먹은 것이다. 어느 날이었다. 아프로디테는 아들 '에로스'를 불러 ...

아프로디테　아들아! 나를 밀고한 아폴론에게,
복수의 큐피드 화살을 쏘아라. 실시 ~

아폴론은 즉시 사랑의 큐피드 화살을 맞자, 곧바로 상사병을 앓기 시작했다. 태양신이 누구던가? 매일 태양 마차를 몰고, 온 세상에 밝은 빛을 비추는 분 아니던가! 그런 그가 사랑에 빠지자, 태양신은 세상을 두루 비추지 않고, 오로지 페르시아 공주 '레우코토에 Leucothoe'만을 쳐다보았다.

그래서 그랬나? 태양은 어떤 때는 너무 일찍 동쪽 하늘에 뜨는가 하면, 또한 어떤 때는 너무 늦게 서쪽 물속으로 들어가곤 했다. 심지어 하늘에서 그녀를 오랫동안 훔쳐보다, 겨울이 올 시기를 놓칠 정도였다.

또 태양은 가끔 없어지는가 하면, 상사병으로 인해 창백한 색으로 나타나, 사람들을 깜짝 놀라게 했다. 그것은 달이 태양과 지구 사이에 들어가서 생기는 개기일식 때문이 아니었다. 바로 사랑이 그의 안색을 창백하게 만든 것이었다.

아폴론은 오직 그녀만을 좋아했다. 온리 유 (only you)였다! 그녀를 본 이후로, 그는 한때 그렇게 사랑했던 파에톤 어머니 '클리메네'를 비롯한, 그 어떤 여자도 마음에 두지 않았다. 오직 그녀만을 위해 노래 부르며 ...

아폴론 온리 유 ~ ♪, 나 그대에게 ~ 모두 드리리 ~ ♬

태양 마차를 모는 파에톤 - 알템프 궁

그렇다! 아폴론에게 다른 여자를 잊게 만든 건 레우코테에였다. 그녀는 향료의 나라 페르시아에서 가장 아름다운 미인이었다. 원래는 그녀의 어머니가 최고 미인이었지만, 그녀는 성장 후에 자기 어머니의 아름다움을 능가했던 것이다.

어머니로 변신한 아폴론

세상의 서쪽 끝의 하늘 아래에, 태양 마차를 끄는 천마들이 머무르는 목장이 있었다. 그 목장에서 천마들은 풀 대신 신들의 음식인 암브로시아를 먹고, 낮에 하늘을 달리느라 지친 피로를 회복했다. 어느 날 밤, 천마들이 암브로시아를 먹고, 목장에서 편하게 쉬고 있을 때였다.

그날 밤, 아폴론은 레우코토에 어머니로 변신하고, 그녀의 방을 찾아갔다. 방안에는 레우코토에가 12명의 하녀들과 등잔 밑에서 물레를 돌리며, 실을 감고 있었다. 변신한 아폴론은 마치 어머니가 딸에게 입 맞추듯, 그녀에게 살짝 입을 맞추며…

아폴론 얘야! 내가 너에게 은밀히 할 말이 있거든! (그러고는 하녀들에게) 너희들은 나가 있어라. 내가 딸에게 할 말이 있으니까!

서쪽에 도착한 태양신 아폴론이 접대를 받고 있고, 천마들은 암브로시아를 먹으며 피로를 회복하고 있다 - 베르사유 궁

하녀들이 나가자, 아폴론은 그녀에게 자신의 정체를 털어놓으며…

아폴론 난 사실 태양신이다.
하늘에서 삼라만상을 내려다보는 태양신 말이야.
예쁜아! 난 네가 정말 마음에 들거든!

'헉!' 그 순간 레우코토에는 너무 깜짝 놀라고 두려워, 손에 들고 있던 실패와 물레를 떨어뜨렸다. 아폴론은 그녀의 그런 표정까지도 사랑스럽게 느껴졌다.

아폴론 앙증맞고, 사랑스러운 것.
어쩌면 이렇게 깜찍하고 귀엽지?

그러며 지체 없이 광채 나는 본래의 자기 모습으로 돌아왔다. 그러자 그녀는 또다시 깜짝 놀라면서, 신이 뿜어내는 광채에 압도되었다. 너무도 멋졌다! 그래서 군소리 없이 그의 품에 안겨 사랑을 받아들였다.

아폴론이 '우메, 예쁜 것!' 하며 턱을 만지자, 레우코토에가 깜짝 놀라고 있다 - 대영 박물관의 화려한 도자기 그림

아폴론이 본래 모습을 드러내자, 레우코토에가 태양신의 광채에 압도되어, 멍하니 정신줄을 놓고 보고 있다 - 앙투앙 보이조 그림

여동생 클리티에의 질투

그녀에겐 '클리티에 Clytie'란 여동생이 있었다. 그런데 클리티에는 한때 아폴론에게 사랑을 고백했다가, 에누리 없이 한방에 퇴짜를 맞았다. 그녀는 그런 일로 마음속 깊이 상처를 받았지만, 그래도 아폴론을 사랑하고 있었다. 그러다 언니가 아폴론과 잠자리를 가진 사실을 알자, 질투가 났다. 아니, 너무 화가 났다!

이럴 때에 사용할 무기는? 고자질을 할까, 소문 퍼트리기를 할까? 클리티에는 후자를 택했다. 그래서 그녀는 주위 사람들에게 레우코토에가 순결을 잃었다는 것을 은근슬쩍 소문내고 다니며 ...

클리티에 글쎄 말이야, 귀 좀 줘봐!
고 순진한 척하는 앙큼한 레우코토에가,
(귀에 속닥속닥) 글쎄, 그랬다지 뭐야. 대박이지?

친구 (눈이 커지며) 덩말? 아니 .. 정말?

클리티에 그래! 왜 그런 말도 있잖아.
얌전한 곰탱이가 부뚜막에 먼저 올라간다는 말!

친구 곰탱이가 아니라, 고양이 아닌가?

클리티에 응? 아무튼, 어쨌든! 그리고 이건 절대, 절대로 너만 알고 있어.
이건 완전, 완전히 비밀이거든. 알았지?

그러나 세상에 비밀이란 없는 법! 소문은 꼬리에 꼬리를 무는 법! 하여튼, 절대로(?) 말하지 말라 하면, 꼭 절대로(!) 말하는 것이 소문의 법칙 아닌가!

유향 나무(乳香木)의 전설

결국 소문은 돌고 돌아, 아버지 귀에까지 들어갔다. 소문을 들은 아버지는 화가 나서 노발대발하더니, 레우코토에를 땅속에 묻으려 했다. 그러자 레우코토에는 애원하며 ...

레우코토에 아버지! 전 정말 제가 원해서 그런 게 아니고,
그분이 제 뜻과는 다르게, 강제로 그랬던 거예요.

그러나 아버지는 그녀 말을 믿지 않았다. 그래서 딸을 잔인하게 땅속에 파묻고, 위에 무거운 모래 언덕을 쌓았다.

그러자 하늘에서 이를 본 아폴론이 태양빛을 쏴주었다. 그녀가 얼굴을 내밀고, 숨을 쉴 수 있게 통로를 만들어주기 위해서였다. 그러나 그까짓 태양의 빛줄기로 되겠는가? 결국 그녀는 모래 무게에 눌려, 숨이 막혀 죽었다. 그러자 아폴론이 소리치며 ...

아폴론 안 돼~ 안 돼~~

그녀가 죽자, 아폴론의 슬픔은 이루 말할 수 없었다. 아들 파에톤이 불에 타 죽었을 때 못지않았다. 그는 싸늘하게 식은 그녀의 몸에 태양빛을 쏘아서 생명의 온기를 불어넣어 보았지만, 이미 그녀는 저세상의 사람이 된 후였다. 그러자 아폴론은 할 수 없이 그녀의 몸과 무덤에 향기 나는 신들의 술인 넥타르를 뿌리며…

아폴론 오오.. 나의 사랑 그대여!
비록 그대는 이렇게 죽었지만,
내 그대의 향기가 하늘까지 닿게 하리라!

그러자 넥타르에 젖은 그녀 몸이 금방 스르륵 녹더니, 주변이 온통 향기로운 냄새로 가득 찼다. 그리고 그 향기는 흙 속에 스며들어 깊이 뿌리를 내리고, 무덤 속에서 나무가 솟아올랐다. 이 나무가 바로 향기 나는 '유향목(乳香木)'이다.

해바라기 전설

그러면 여동생 '클리티에'는 어떻게 됐을까? 가짜 뉴스를 퍼트렸던 클리티에는 얻은 것이 아무것도 없었다. 아니, 그녀는 질투로 인해, 더욱더 찬밥 신세가 됐다. 아폴론은 유언비어를 퍼트린 그녀를 두 번 다시 거들떠보지 않았던 것이다.

그러자 클리티에는 짝사랑의 고통으로 나날이 쇠약해졌다. 친구들과 잘 어울리지도 않았고, 머리도 빗지 않은 채 밤이고 낮이고, 그저 멍하니 땅바닥에 앉아있었다.

그렇게 9일이 흘렀다. 하지만 그녀는 먹지도, 마시지 않고, 그 자리에서 꿈쩍 않았다. 눈물과 이슬이 그녀의 유일한 음식이었다. 그녀는 오로지, 하늘 위에 지나가는 태양을 좇아 얼굴을 돌리며…

클리티에는 저 멀리 태양 마차를 타고 가는 태양신만 바라보다, 결국 태양만 쫓는 해바라기가 되었다 - 샤를 포스 그림

클리티에 오, 나의 사랑 태양신이여! 흑흑흑 ...

클리티에 - 빅토리아 알버트 홀

전하는 전설에 의하면, 그 이후 그녀의 몸은 땅속 깊이 뿌리를 내려 핏기 없는 식물이 되었는데, 발그레한 그녀 얼굴엔 제비꽃과 비슷한 꽃이 피었다 한다.

비록 그녀의 몸은 땅에 뿌리를 내렸지만, 그녀 얼굴은 매일 태양신이 움직이는 방향으로 고개를 돌렸다.

그녀는 그렇게 '해바라기' 꽃이 되었다. 하지만, 태양신을 향한 그녀 마음은 변치 않았다. 해바라기는 그리스어로, '태양을 향하는 꽃'이란 뜻이다.

해바라기

에필로그

그리스와 로마 신화에는 꽃과 나무에 대한 전설이 수없이 많다. '월계수'가 된 다프네 이야기, 나르키소스의 '수선화', 또 아도니스의 '아네모네와 장미', '해바라기'와 '회양목' 그리고 다음 편 이야기에 나오는 '히아킨토스' 등의 신화가 있다. 이 밖에도 다른 꽃들에 담긴 신화를 간단히 소개하면 이렇다.

백합 Lily

제우스는 아기 헤라클레스에게 영원한 생명을 주기 위해, 헤라가 잠자고 있을 때 몰래 젖을 물렸다. 그러자 잠에서 깨어난 헤라가 화들짝 놀라, 아기를 밀쳤다. 이때 헤라의 젖은 계속 나와 밤하늘의 은하수가 되었고, 땅에 떨어진 다른 우유는 '백합'이 되었다 한다.

백합

달맞이꽃 Evening Primrose

달맞이꽃

별을 사랑하는 요정 사이에 혼자 달을 사랑하는 요정이 있었다. 그녀는 '별이 없어졌으면 좋겠어. 그럼 매일 달만 볼 수 있는데!' 그러다 쫓겨났다. 달의 여신인 '아르테미스'는 그녀를 찾았지만, 죽은 후였다. 그러자 여신은 그녀의 영혼을 달이 뜨는 밤에 피는 꽃으로 만들었다. 이 꽃이 '달맞이꽃'이다.

프리지아 Freesia

프리지아

숲의 요정 프리지아는 잘생긴 나르키소스를 짝사랑했다. 그러나 사랑하는 이가 죽자, 그녀 역시 샘에 몸을 던져죽었다. 그러자 신은 그녀 순애보에 감동해, 그녀를 달콤한 향기가 나는 '프리지아'로 만들어 주었다 한다.

튤립 Tulip

튤립

'튤립'이라는 미모의 처녀가 있었다. 어느 날, '가을의 신'이 그녀를 겁탈하려고 했다. 그러자 달아나던 튤립은 거의 잡히는 순간, 신들에게 구원을 청해 꽃이 되었다. 튤립은 가을의 신을 피해서, 봄철에 봉오리를 피운다.

아폴론의 동성애 사랑

등장 인물

아폴론 : 태양, 궁술, 예술, 의술의 신
키파리소스 : 케오스섬 미소년
히아킨토스 : 스파르타 미소년

고대 그리스에서 소년과의 동성애는 금기가 아닌 흔한 일이었다. 다음 2편의 신화는 아폴론과 아름다운 미소년과의 동성애 이야기다.

1. 삼나무가 된 키파리소스

키파리소스와 수사슴

케오스 섬의 잘 생긴 미소년 '키파리소스 Cyparissus'는 아폴론의 사랑을 듬뿍 받고 있었다. 그런데 그 작은 섬에는 요정에게 바친 수사슴 한 마리가 있었다. 이 수사슴 뿔은 황금으로 번쩍거렸고, 목엔 보석 목걸이가 걸려있었다. 또 이마 위엔 은으로 된 부적이 흔들거렸고, 귀엔 보석구슬이 번쩍였다.

흔히 사슴은 사람들을 두려워하지만, 이 수사슴은 겁이 없었다. 사람들이 사는 집에 오는가 하면, 생전 처음 보는 낯선 사람에게도 쓰다듬어 달라며, 목을 내밀 곤했다.

키파리소스와 수사슴 - 베르사유 궁

이 수사슴을 누구보다 좋아한 사람은 '키파리소스'였다. 소년은 사슴을 항상 신선한 풀과 맑은 샘터로 데려갔다. 또 때로는 다양한 꽃으로 화환을 만들어 뿔에 걸어주기도 하고, 때로는 사슴 등에 올라타, 이리저리 신나게 몰았다.

키파리소스 이랴, 이랴! 오케이, 이번엔 우측으로!

절규하는 키파리소스 - 아카데미

삼나무 전설

그러던 어느 무더운 여름이었다. 수사슴은 더위에 지쳐, 풀이 우거진 그늘에 누워서 쉬고 있었다. 그런데 아뿔싸! 소년이 그런 줄도 모르고 창을 던져, 사슴을 정통으로 맞추고 말았다. 소년은 사슴이 고통스럽게 죽어가는 것을 보자 ...

키파리소스 아아 .. 내가 너를 죽이다니!
나도 널 따라 죽을 거야.

그러자 아폴론이 사랑하는 소년을 위로하며 ...

아폴론 너의 슬픈 마음은 아는데, 이미 죽은 사슴은 어쩔 수 없잖니.
그러니까 이제 그만 진정해, 응?

키파리소스 신이시여! 제 마지막 소원이에요.
제가 사슴의 죽음을 영원히 슬퍼하게 해주세요, 예?

소년은 너무 울어서 그런지 몸에서 피가 모두 빠져나가, 온몸이 초록색으로 변하기 시작했다. 그러더니 머리털이 하늘로 뻗어, 꼿꼿한 삼나무가 되었다. 그러자 아폴론이 슬퍼하며 ...

아폴론 오오.. 난 지금 널 슬퍼하지만,
넌 남들을 위해 슬퍼하고,
무덤에서 죽음을 애도하는 자들과 함께할 것이다.
오, 나의 영원한 키파리소스여!

아폴론은 그를 라틴어로 삼나무란 뜻인 '키파리소스 Cupress' 나무로 만들어 주었다. 측백나무과의 삼나무는 죽음과 애도를 상징하는 나무로서, 그리스와 로마에서는 주로 묘지에 심었다. <삼나무의 영어식 이름은 '사이프러스 Cypress'다.>

죽은 사슴 위에 축 늘어져 죽어가는 키파리소스를 안고, 안타까워하는 아폴론 - 클로드 마리 뒤부페 그림

2. 꽃이 된 히야킨토스

죽음의 원반던지기 시합

아폴론은 스파르타 미소년 '히아킨토스 Hyakintus'를 그 어느 누구보다 매우 사랑했다. 그래서 소년을 만나러 갈 때에는 음악과 궁술의 신인 그가 정신머리 없이, 리라와 활을 놓고 가기도 하고, 또 예언의 신이기도 한 그가 신탁소를 지키지 않을 때도 있었다.

아폴론은 소년과 사냥을 할 때에 손수 사냥 그물을 들어주고, 사냥개들을 직접 끌며 험한 산을 따라다녔다. 그렇게 오래 지내다 보니까, 그들은 서로 사랑의 감정도 더욱더 깊어만 갔다.

그러던 어느 정오였다. 그들은 옷을 훌렁 벗고, 온몸에 올리브오일을 듬뿍 바른 다음, 원반던지기 시합을 했다. 먼저 아폴론이 자세를 잡더니, 원반을 힘껏 날렸다. 하늘 높이 구름을 뚫고 날아가던 원반이 한참 후 다시 땅으로 낙하하기 시작했다. 실로 아폴론의 힘과 기술을 보여주는 멋진 샷이었다.

그런데 이때 히아킨토스는 너무 시합에 열중한 나머지, 원반이 땅에 떨어지기도 전에 조심성 없이 원반을 집으러 달려갔다. 그러자 원반이 땅에 탕하고 튀더니, 그만 소년의 얼굴을 강타했다. 소년은 그 즉시 치명상을 입고 비명을 질렀다.

히아킨토스 억! 으으으...

놀란 아폴론 안색은 쓰러진 소년만큼 창백했다. 그는 얼른 달려가, 축 늘어진 소년을 끌어안더니 상처에 약초를 붙여, 달아나는 생명을 막으려고 안간힘 썼다. 그러나 그의 의술도 소용이 없었다. 소년의 상처가 너무 깊어, 이미 치료 단계를 넘어선 것이다.

소년의 모습은 마치, 정원에 핀 꽃이 누군가의 손에 한번 줄기가 툭 꺾이면, 더 이상 똑바로 서지 못하고 추욱 늘어져 시드는 것처럼, 고개가 푹 꺾여 늘어져있었다. 그러자 아폴론이 절규하며...

장 브로의 히아킨토스의 죽음. 바로 앞에 있는 원반을 맞아, 치명상을 입고 죽어가는 히아킨토스를 안고, 슬퍼하는 아폴론

아폴론 아아 .. 나 때문에 한창 나이에 생을 마감하다니,
너의 상처가 날 원망하는 거 같구나.
그래! 너의 죽음은 모두 내 책임이다.
내가 널 죽게 했으니 말이야.
아아.. 내가 대신 죽으면 좋으련만,
아니, 나도 너와 함께 죽을 수만 있으면 좋으련만,
그러나 난 신이라 죽을 수조차 없구나!
아, 나의 소년이여! 난 항상 너와 함께 할 것이고,
너를 기억하며 이름 부를 것이며,
리라 연주와 노래로 널 찬미할 것이다.
그리고 너를 새로운 꽃으로 만들어,
이 슬픈 흐느낌을 꽃잎에 아로새길 것이다.
아아 .. 나의 히아킨토스여!

그가 슬프게 울부짖고 있을 때였다. 땅에 흐르던 소년의 피는 더 이상 피가 아니었다. 그 피는 땅에 스며들더니, 티로스 자주색보다 더 빛나는 꽃이 되어 피어나기 시작했다. 그 꽃은 백합과 비슷하게 생겼지만, 색깔만은 자주색이란 것이 다를 뿐이었다.

아폴론은 그것으로 만족하지 않고, 그 꽃에 더 큰 명예를 주고 싶어 자기 신음 소리를 꽃잎에 적어 넣었다. 그리스어로 '아아 .. 슬프다.'란 애도의 의미를 가진 '아이 아이 AI AI'를 말이다.

오늘날까지 스파르타 사람들은 히아킨토스를 기억하고 있다. 그래서 해마다 히아킨토스 축제가 돌아오면, 그들은 조상들 관습에 따라 축제를 열어 그를 기념하고 있다.

히아킨토스

고대 그리스 시대에는 소년과의 동성애는 금기가 아니었다. 어린 소년들은 성인들과 사냥과 운동을 하며, 어른들의 관습을 배우고 익히는 것이 일종의 통과 의례였다. 또한 성인들은 어린 소년과의 사랑을 가장 이상적인 사랑이라 여겼을 정도로, 동성애는 흔한 일이었다고 한다.

제우스의 가니메데스 납치 사건

동성애에 관한 가장 유명한 신화는 제우스가 미소년 '가니메데스'를 납치한 사건이다. '가니메데스 Ganymedes'는 인간 중에서 가장 아름다운 트로이의 미소년이었다. 그런데 이 소년을 사랑한 제우스가 독수리로 변신하여, 물을 먹는 척하다가 하늘로 납치했다. 그 이후, 소년은 올림포스에서 청춘의 여신 '헤베 Hebe'를 대신해 신들에게 술을 따르는 시종이 되었다.

런던 내셔널갤러리

제우스에게 술잔을 주는 가니메데스

가니메데스와 독수리 - 나폴리 국립

비록 짧은 내용이지만, 제우스가 가니메데스를 납치한 사건은 수많은 그림과 조각이 있기 때문에 꼭 알아야 할 내용이다. 이 이야기를 소재로 루벤스와 렘브란트 등의 많은 화가들이 '가니메데스의 납치'란 명화를 남겼다.

데메테르와 페르세포네 모녀

등장 인물

하데스　　　: 저승, 지하 세계의 왕
데메테르　　: 대지, 곡물의 여신
페르세포네 : 데메테르 딸
키아네　　　: 샘의 요정
아레투사　　: 샘의 요정

이번 이야기는 저승의 왕 하데스와 대지와 곡물의 여신 데메테르, 그리고 그녀의 딸인 페르세포네에 관한 신화다.

저승의 왕 하데스

저승의 왕 하데스 - 크레타 박물관

'하데스 Hades'는 죽은 자들을 다스리는 저승의 왕, 즉 지하 세계 왕이다. 그는 한때 제우스, 포세이돈 형제와 세상을 분할하는 제비뽑기를 하여, 결국 죽은 자들을 지배하는 저승의 왕이 되었다.

어느 날, 하데스는 검은 말들이 이끄는 마차를 타고 저승을 나와, 이탈리아 시칠리아를 조심스럽게 살피고 있었다. 혹시 땅이 갈라져 지하로 햇빛이 들어와, 죽은 자들을 놀라게 할까 봐 두려웠기 때문이었다.

하데스 정말 괜찮은 건가? 리얼 걱정되네.

이유는 시칠리아 에트나 화산의 밑에 갇혀있는 괴물 '티폰 Typhon' 때문이었다. 티폰 기억하시는가? 반인반수의 괴물로 머리가 하늘까지 닿고, 100개의 뱀 머리에서 불꽃을 내뿜는 괴물들의 최강자 말이다.

한때 티폰은 올림포스를 공격하다, 제우스에게 에트나산 밑에 갇히는 신세가 되었다. 그런데 이 괴물이 가끔 몸부림을 치면서 입에서 화염을 토하면, 대지가 마구 흔들렸다. <고대 그리스인들은 에트나 화산이 폭발하는 것은 티폰이 땅속 밑에서 화염을 내뿜는 것이라 상상했다.>

암튼, 하데스는 마차를 타고 여기저기 순찰했지만, 다행히 무너질 위험이 없다는 것을 확인하며, 안심하고 있을 때였다.

큐피드 화살을 맞는 하데스

이때, '아프로디테 Aphrodite'가 산 위에서 그를 보았다. 그녀는 하데스가 홀로 지상을 돌아다니자, 이때다 싶었다. 그래서 아들 '에로스'에게 ...

아프로디테 내 무기인 사랑의 화살을 가진 에로스야!
자, 어서 모든 것을 정복하는 사랑의 화살을 뽑아,
세상을 3등 분할 때 제비를 뽑아 저승의 왕이 된,
저 하데스의 가슴에 사랑의 화살을 쏘아라.

에로스 (놀라며) 아니, 저승의 왕을요?

아프로디테 그래, 인석아!
넌 제우스와 포세이돈도 정복한 사랑의 신 아니니?
근데, 넌 왜 지하 세계만은 정복할 생각을 하지 않지?

왜 우리 영역을 좀 더 확장하지 않느냐, 이 말이야.
이건 세상의 3분의 1이 걸린 문제다.
인석아! 우리가 마냥 참고 기다리는 사이,
우린 어느새 하늘의 조롱거리가 되어가고 있어.
내 사랑의 권위가 점점 줄고 있단 말이야.
봐라! 저기 처녀 여신인 아테나와 아르테미스가,
보란 듯이 처녀로 남아, 날 조롱하는 거 안 보이니?

그녀의 권위와 역할은 오직 사랑이다. 신과 인간에게 사랑을 권장하고, 애욕을 품게 하는 것이 그녀의 무기요 역할이다. 그녀는 오로지, 사랑밖에 모른다. '심수봉'의 '사랑밖에 난 몰라 ♬ ~ ' 같은 여신이다.

아프로디테 또 저 대지와 곡물의 여신의 딸인,
'페르세포네'도 마찬가지다.
우리가 가만 놔두면, 그녀도 처녀로 남을 게 분명하다.
자, 우리가 사랑의 신이란 자부심을 느낀다면,
어서 저승의 왕과 페르세포네를 엮어라.

에로스 (놀라며) 큰아버지와 조카를요?

아프로디테 그래! 두말하면 입 아프고, 세 말하면 잔소리지.
넌 그냥 내가 시키는 대로 하면 돼. 알았어?

에로스 옛썰! 실행하겠습니다, 맘!

에로스는 명령을 받자, 즉시 천 개의 화살 중에 하나를 골랐다. 그 화살보다 더 확실한 사랑의 화살은 없었기 때문이었다. 에로스는 그 큐피드 화살을 하데스의 심장을 향해 쏘았다.

하데스의 페르세포네 납치

도시 성벽에서 좀 떨어진 곳에 깊은 호수가 하나 있었다. 이 호수엔 수많은 백조들이 놀고 있었고, 주변을 빙 둘러 에워싼 숲이 시원한 그늘을 만들어주었다. 또 습기 찬 땅은 온갖 꽃들이 만발해 있어, 언제나 항상 봄이었다.

그곳에서 '페르세포네 Persephone'가 친구들과 제비꽃과 백합 등을 따며 놀고 있었다. 그녀가 친구보다 더 많은 꽃을 모으려고, 앞치마와 바구니에 꽃들을 가득 채우고 있을 때였다. 그때 저승의 왕 하데스가 그녀를 순식간에 납치하더니, 자신의 마차에 태웠다. 그러자 페르세포네가 겁에 질려 ...

하데스가 페르세포네를 납치해, 마차에 태우고 있다. 그림 위에서 이를 보는 아프로디테와 에로스 - 니콜라스 미그나르드 그림

베르니니의 하데스의 페르세포네 납치
- 실제로 실물 조각을 보면 울퉁불퉁한 근육, 흘리는 눈물 등의 섬세함에 감탄이 절로 나온다.

렘브란트의 페르세포네 납치
페르세포네가 납치하려는 하데스 얼굴을 손으로 밀치고 있고, 친구들이 옷을 잡아 못 가게 말리고 있다.

페르세포네 어머머, 이거 왜 이러세요?
(애절하게 소리치며) 얘들아 ~, 어머니 ~

그녀를 납치한 하데스는 검은 마차를 몰며, 급히 달리기 시작했다. 그리고는 말들을 재촉해 깊은 호수를 지나, 갈라진 땅 사이로 부글부글 유황 냄새나는 연못을 통과하여, 시칠리아 항구를 지나갔다.

하데스 자, 말들아. 조금만 힘내라! 거의 다 왔다. 이랴 ~, 이랴 ~

키아네 샘과 아레투사 샘 사이에 바다가 육지로 들어간 곳이 있었다. 그곳에 '키아네 Cyane'라는 요정이 있었는데, 그곳 연못 이름도 그녀 이름에서 가져온 것이었다. 그녀는 페르세포네가 납치당하는 것을 보더니, 마차를 급히 제지하며 …

키아네 스톱, 더 이상은 못 갑니다! 저승의 신이시여!
대지의 여신이 원치 않으면, 그대는 절대로 여신의 사위가 될 수 없습니다.
아니, 정식으로 청혼을 하셔야지, 납치하시면 어떡합니까?

하데스 (화를 벌컥 내며) 이런 무엄한 것,
감히 내 앞을 가로막다니.
어서 물러나지 못해? 어서!

키아네가 붙잡지만, 저승으로 들어가는 마차 - 루브르

하데스는 그녀가 팔을 벌리면서 길을 막자, 왕 홀로 샘의 바닥을 쿵 내리쳐, 지하 세계로 내려가는 길을 열었다. 그리고는 쩌억 갈라진 틈 사이로 마차를 몰아 저승으로 급히 들어가 버렸다.

딸을 찾아 나선 데메테르

한편, '데메테르 Demeter'는 납치된 페르세포네의 어머니며, 대지의 여신이자 곡물의 여신이다. 그녀는 족보상 제우스 누나지만, 제우스 사이에서 낳은 딸이 바로 페르세포네다.

데메테르는 갑자기 딸이 실종되자, 온 세상을 찾아 다녔다. 아침을 여는 새벽의 여신과 샛별들도 그녀가 쉬는 것을 보지 못했을 정도로, 그녀는 낮에도 밤에도 쉬지 않고 딸을 찾아다녔다.

그런 어느 날, 여신은 지칠 대로 지쳐 갈증이 났다. 그러다 때마침 오두막을 발견하고 노크하자, 안에서 노파가 나왔다.

대지와 곡물의 여신 데메테르 - 바티칸

데메테르 저 .. 너무 갈증이 나서 그러는데, 마실 물 좀 주시면 안 될까요?

그러자 노파는 볶은 보리를 띄운 영양가 있는 물을 갖다주었다. 여신이 너무 갈증이 나서, 물을 벌컥벌컥 마시고 있을 때였다. 그런데 그때, 지나가던 건방진 꼬맹이 녀석이 키득거리며 ...

꼬맹이 우와 ~ 이 할망구 진짜 욕심꾸러기네.
어떻게 그 많은 물을 다 처먹지?

그 말에 화가 난 여신은 마시던 보리가 섞인 물을 꼬맹이 얼굴에 쫙 끼얹었다. 그런데 이게 웬일인가! 꼬맹이 얼굴에 반점이 생기더니, 팔은 다리로 변하고, 점차 몸이 변해서 꼬리가 생기는 것이 아닌가! 그러자 꼬맹이가 ...

꼬맹이 어어, 내 몸이! 으악 ~ 도마뱀?

건방진 그 꼬맹이는 도마뱀이 되었다. 다시는 남들을 헐뜯고 깔보지 못하도록 여신이 도마뱀으로 만든 것이었다. 도마뱀은 반점이 별처럼 있는데, 반점 또는 별이란 말이 이 도마뱀의 이름이 되었다. 라틴어로 '스텔리오 Stellio'는 '별', 또는 '반점'이란 뜻이다.

시건방진 꼬맹이는 노파가 준 물을 마시는 여신을 놀리다가, 결국 반점이 있는 도마뱀이 되었다 - 아담 엘쉬머 그림

데메테르의 분노

결국, 데메테르는 온 세상을 헤매고 다녔지만, 딸을 찾지도 못하고 다시 시칠리아로 돌아올 수밖에 없었다. 그러다 우연히 딸이 저승으로 끌려간 키아네 샘을 지나고 있을 때였다.

키아네 요정은 여신을 가엾게 여겼다. 그래서 여신의 딸인 페르세포네가 떨어뜨렸던 허리띠를 수면 위로 슬며시 올려주었다. 그러자 데메테르는 그것을 집더니, 딸이 납치된 것을 직감했다.

데메테르 응, 이 허리띠는? 분명히 내 딸의 허리띠인데 ...
그렇다면, 내 딸이 납치를?

여신은 가슴을 치며 울부짖더니, 딸의 행방을 알려주지 않는 나라들을 원망하며 ...

데메테르 이 은혜도 모르는 배은망덕한 나라들아!
오냐! 너희들은 곡식을 기를 자격도 없다.
특히, 이곳 시칠리아는 내가 가만두지 않을 것이다.

화가 난 여신은 특히, 실종된 딸의 유품을 발견한 시칠리아에 대한 분노가 더욱 컸다. 그래서 그곳 농부와 소를 모두 죽게 만들고, 또 씨앗도 모두 말라죽게 만들었다. 그러자 비옥하기로 유명한 그 땅이 불모의 땅이 되었다.

아레투사가 샘이 된 사연

그런 광경을 안타깝게 지켜보던 또 다른 샘의 요정이 있었다. 그 요정은 아주 멀리서 그곳까지 흘러들어 온 '아레투사 Arethusa'였다. 아레투사는 물이 뚝뚝 떨어지는 머리를 획 넘기며 ...

아레투사 여신이여! 이제 그만 이 나라에 노여움을 거두세요.
이 나라는 죄가 없고, 단지 통로만 열어주었을 뿐이거든요.

데메테르 뭐? 죄가 없고 통로만 열어주다니. 넌 대체 누구냐?

아레투사 전 샘의 요정 '아레투사'라 합니다.
전 여기가 고향이 아니고, 그리스의 '엘리스'가 제 고국이지요.

데메테르 근데, 어떻게 이 먼 이탈리아까지 왔지?

아레투사 그럼 여신께서 노여움을 푸시는 동안,
제 기막힌 사연을 한번 들어보시겠습니까?

그러며 여신에게 자신이 샘의 요정이 되어, 그곳까지 오게 된 사연을 들려주었다.

아레투사 전 원래 지금처럼 시칠리아 '샘의 요정'이 아니라,
사냥을 좋아하는 그리스의 '숲의 요정'이었습니다.
전 얼굴이 예쁘다는 칭찬을 많이 들었는데,
전 그런 칭찬이 그다지 기쁘지는 않았어요.
그런 소리를 들을 때마다 전 얼굴을 붉혔고,
남자에게 예쁘게 보이는 것이 범죄라고 생각했거든요.

데메테르 …

아레투사 그런 어느 날, 사냥을 마치고 돌아오는 길이었어요.
그날은 날씨도 덥고, 또 사냥하느라 전 녹초가 된 상태였죠.
그런데, 마침 흐르는 시냇물을 발견하고 가보니까,
그 물은 어찌나 물이 맑은지, 깊은 곳의 돌도 셀 수 있을 정도였죠.
전 처음에 발을 담갔다가 무릎까지 담갔는데,
물이 너무 시원해, 옷을 모두 벗어 나무에 걸어두고,
알몸으로 물속에 풍덩 뛰어들었지요.
그리고는 물속에서 한참을 수영하며 놀고 있는데,

근데, 물속 깊은 곳에서 중얼거리는 소리가 들리지 뭡니까?

데메테르 물속에서 소리가?

아레투사 예! 전 너무 놀라 후다닥 강둑으로 뛰어올라 갔지요.
그러자 그 강의 신 '알페이오스'가,
'아레투사야! 어디를 그렇게 급히 가니?' 하며, 저를 부르지 뭐예요.
전 옷도 입지 못하고, 알몸으로 냅다 도망쳤지요.
제 옷은 반대편의 강둑에 걸려 있었거든요.
제가 달아나자, 강의 신은 사랑에 불타 절 쫓기 시작했어요.
그는 제가 알몸이라, 쉽게 잡힐 거라고 생각했나 봐요.
암튼 전 수많은 산을 넘어, 엘리스까지 계속 달아났죠.

아레투사가 달아나자, 그녀에게 사랑에 빠진 강의 신 알페이오스가 붙잡으려고 쫓아가고 있다 - 파올로 드 마티스 그림

그는 저보다 빨리 달리진 못했지만,
힘과 지구력에선 절 훨씬 앞섰지요.
제가 산과 절벽을 넘어, 길도 없는 곳을 달릴 때였습니다.
그때 저는 해를 등지고 달리고 있었는데,
그런데 그의 긴 그림자가 제 발을 앞서더니,
그의 헐떡이는 숨소리가 제 머리카락에 닿지 않겠어요?

데메테르 그래서?

아레투사 그래서 전 급히, 아르테미스 여신께 구원을 청했죠.
'여신님, 제발 당신의 시녀를 도와주세요, 예?'

데메테르 ??

아레투사가 구원을 청하자, 아르테미스가 검은 구름으로 가려주고 있다. 그러자 멈칫 놀라는 강의 신 - 카를로 마라타 그림

아레투사 다행히, 여신이 검은 구름을 보내어 절 가려주셨어요.
강의 신은 제가 갑자기 보이지 않자 어리둥절하더니,
제가 숨은 구름 주위를 돌며, 계속 기웃거렸습니다.
그러며 두 번이나 절 불렀지요.
'아레투사야! 내 사랑 아레투사, 어디 있어, 응?'
그때 제 심장은 쿵쾅쿵쾅 마구 뛰었어요.
마치, 늑대의 울음소리를 듣고 있는 어린 양이나,
덤불에 숨어서, 개의 주둥이를 보는 토끼라고나 할까요?

데메테르 ??

아레투사 그는 그곳을 떠나지 않고,
제가 숨은 구름을 계속 지키고 있었어요.
그러자 전 식은땀이 송송 흐르기 시작했고,
급기야는 온몸과 머리에서 물이 줄줄 쏟아져,
전 순식간에 연못이 되고 말았답니다.

데메테르 그래서?

아레투사 그러자 강의 신은 제가 연못이 된 걸 알고는,
잠깐 빌렸던 인간의 형상을 벗더니,
진짜 자신의 모습인 강물로 돌아와,
자기 강물과 내 연못을 섞으려 하지 않겠어요?

데메테르 그래서 .. 그자와 섞었나?

아레투사 아뇨! 바로 그 순간, 아르테미스 여신이 땅을 쩍 갈라주셨어요.
그래서 전 그 갈라진 틈 사이로 들어가,
캄캄하고 어두운 지하 세계를 계속 지나,
여기 시칠리아로 흘러 들어오게 되었답니다!

그리고는 여신에게 페르세포네에 관한 고급 정보를 말해주며 ...

아레투사 아 참, 근데 여신님!
제가 저승의 강인 스틱스를 지나오다가,
거기서 따님을 두 눈으로 똑똑히 보았습니다.

데메테르 (너무 놀라며) 뭐, 내 딸을 저승에서?

아레투사 예! 따님은 슬픈 표정을 하고 있었고,
아직도 두려운 기색이 보였는데,
따님은 그곳 저승의 왕비가 된 거 같았어요.
그러니까, 하데스의 아내가 된 거 같았습니다.

데메테르 (충격 먹으며) 뭐, 내 딸이 하데스의 아내가 됐다고?

횃불을 양손에 든 분노한 데메테르가 올림포스로 올라가, 헤라 옆의 제우스에게 저승에 납치된 딸을 돌려 달라고 항의하고 있다.

제우스의 한 가지 조건

여신은 그 소식에 충격 먹더니, 마치 망부석이 된 듯 자리에 멍하니 있었다. 그러다 즉시 마차를 몰고 하늘로 올라가, 제우스에게 분통을 터트리며 ...

데메테르 최고신 제우스이시여!
페르세포네는 내 딸이자, 당신의 딸 아닌가요?
그래요. 당신이 내게 관심조차 없다고 칩시다.
그렇지만 당신은 딸한테도 관심이 없나요?
전 마침내, 그토록 찾아 헤매던 딸을 찾았어요.
지금 내 딸은 납치되어, 저승 세계의 왕비가 되었답니다.
좋아요! 그 애를 돌려만 준다면, 납치한 건 참겠어요.
당신 딸이 도둑놈의 아내가 되어선 안 되니까요.
제발 부탁이에요, 제발 내 딸을 돌려주세요, 예?

그러자 제우스는 좀 생각을 하더니 ...

제우스 그 애는 내 딸이자, 당신 딸이오.
또 우리 공동의 책임이자, 걱정거리지. 허허허 ...
근데 하데스가 딸애를 납치한 것은,
그것은 좋게 생각하면 불법 행위가 아니라,
그 애를 사랑해서 벌인 사랑의 납치일 것이오.

데메테르 사랑의 납치요?

제우스 그렇소! 그는 우리에게 부끄럽지 않은 사윗감이오.
물론 당신이 그를 사위로 맞는다면 말이오.

데메테르 ...

제우스　뭐, 그가 딱히 자랑할 게 없다고 칩시다.
하지만, 그가 나 제우스의 형제란 것이 얼마나 대단한 일이오?
좋소! 당신이 그렇게 그들을 떼어놓기를 원한다면,
내 페르세포네를 다시 하늘로 불러올리겠소.
하지만, 한 가지 조건이 있소! 조건은 다름이 아니라,
그 애가 저승에서 어떤 음식도 먹지 말아야 한다는 거요.
이것은 운명의 여신들이 정해 놓은 법이라,
나로서도 어쩔 수 없는 일이오. 오케이 하겠소?

여신은 제우스의 제안을 받아들였다. 그저 자기 딸이 저승에서 아무것도 먹지 않고, 돌아오기를 바랄 뿐이었다. 그러나 먹지 말라고 하면 꼭 먹고, 하지 말라고 하면 꼭 하는 것이 신화고 동화 아닌가!

페르세포네 역시 마찬가지였다. 그녀는 저승에서 아무것도 먹지 말라는 조건을 그만 깜빡 하고, 저승의 정원을 걷다가 무심코 석류를 따먹고 말았다.

저승에서 석류를 먹는 페르세포네 - 테이트 브리튼

올빼미 전설

그녀가 그 석류를 먹는 것을 본 목격자는 '아스칼라포스'란 자였다. 그자의 고자질로 페르세포네는 어머니의 품으로 돌아갈 수 없었다. 그러자 이에 화가 난 페르세포네는 그자를 불길한 새로 만들어버렸다.

페르세포네가 그자의 머리 위에 저승의 강물을 뿌리자, 입에선 부리가 생기더니 ... 몸에서 깃털이 돋아났고 ... 눈은 왕눈으로 커지기 시작했다.

이어, 황갈색 날개와 꼬부라진 발톱이 생기고, 깃털을 거의 움직일 수 없는 그런 새가 되었다. 그 새는 다름 아닌, 불길한 재앙을 예고하는 기분 나쁜 새인 '올빼미'다. 그자는 그렇게 혀를 잘못 놀렸다가, 그런 벌을 받은 것이었다.

페르세포네의 운명

한편, 데메테르는 사랑하는 딸이 품 안에 돌아올 수 없게 되자, 슬픔과 비통에 빠졌다. 그러자 제우스는 데메테르의 애절한 마음과 반대로 아내를 내놓지 않으려는 하데스를 상대로 협상 카드를 제시하며 …

제우스 자, 그럼 둘 다 이러면 어떻겠소?
페르세포네가 1년 중, 반년은 어머니와 지내고,
그 나머지 반년은 남편과 지내는 게 말이오.
그러니까 1년 중 6개월은 어머니 품인 땅에서,
또 6개월은 지하 세계에서 지내는 것이 어떻소?
자, 어서 결정하시오!

데메테르 오케이예요!

하데스 미투 올시다!

양측은 제안을 받아들였다. 그러자 데메테르 여신은 비구름을 헤치고 나온 태양처럼 환한 표정이 되어, 전과 같이 땅에 은총을 내렸다.

페르세포네의 운명은 1년의 반은 땅속에 있고, 그 절반은 지상에 나와 있는 '씨앗'의 운명이라고 할까? <그녀의 또 다른 이름은 씨앗이란 의미의 '코레 Core'다.>

지상에 나온 씨앗

페르세포네의 귀환. 헤르메스가 저승에서 페르세포네를 데려오자, 반갑게 만나는 모녀
프레드릭 레이턴 그림

페르세포네의 신화는 곡식의 순환 과정과 씨앗의 운명을 은유적으로 표현한 것이다. 그러니까 그녀가 땅 위의 어머니 곁에 있는 기간엔 곡식이 싹트고, 성장하는 기간이다. 반대로, 그녀가 지하 세계의 아내로 지내는 기간은 수확이 끝나고, 곡식들이 땅 위에서 사라지는 기간을 암시한다.

이같이, 데메테르는 딸이 지하 세계에 있는 동안에는 그녀의 슬픔으로 인해 모든 잎들과 열매들이 떨어지고, 곡식도 자라지 않는다. 그러나 봄이 찾아와 딸이 돌아오면, 여신은 모든 땅에 생명을 불어넣어 은총을 베푼다. 모녀의 재회가 땅 위에 기쁨과 환희를 선사하는 것이다.

엘레우시스 밀교 (密敎) Eleusinian Mystery Religion

이 종교는 고대 그리스 도시 '엘레우시스'를 중심으로, 데메테르 여신과 페르세포네의 가르침을 전수받은 신비한 의식이다. 이 비밀스런 밀교는 바로 하데스가 페르세포네를 납치한 신화를 바탕으로 하고 있다.

'호메로스의 찬가'에 의하면, 데메테르는 딸을 찾던 중 엘레우시스로 간다. 그곳에서 노파로 변신한 여신은 왕자의 유모가 되고, 어린 왕자를 불사신으로 만들어주기 위하여 아이를 불속에 넣는다. 그러나 그 장면을 목격한 왕비가 소리를 지르자, 여신은 자신의 정체를 밝히고, 자신을 섬기는 비밀 의식을 가르쳐 주었다.

또 여신은 장남 트립톨레모스에게 농사짓는 법도 알려주었다. 그러자 장남은 여신의 날개 달린 용마차를 타고 각지를 다니며, 인간에게 농업기술을 전파하고 여신의 신앙을 보급했다 한다.

이 밀교는 고대 그리스의 중요한 축제로, 로마 시대까지 확산되었다. 그러나 그 신비 의식은 고대부터 비밀이었기 때문에, 아직까지 의식 내용은 수수께끼로 남아있다. 단지 식물의 순환 주기와 자연 만물의 죽음과 부활을 믿는 의식이라 전해질 뿐이다.

데메테르의 농업 기술을 전파하는 왕자 - 대영 박물관

엘레우시스 비밀 의식 - 그리스 국립 박물관

엘레우시스의 포세이돈 축제 - 러시아 국립 미술관

데메테르 Demeter

태생과 이름

'크로노스'와 '레아' 딸이다. 제우스 누나지만, 그들 사이에 낳은 딸이 페르세포네다. 라틴어 이름은 '케레스 Keres', 영어 이름은 '세레스 Ceres'다. 우리가 아침에 우유와 함께 먹는 곡물 음식인 켈로그 같은 '시리얼 Cereal'은 그녀 이름에서 유래한 것이다.

지위와 역할

올림포스 12신의 한 명으로, '대지'와 '곡물'의 여신이다. 또한 풀, 나무 등 모든 식물의 수호신이다. 그래서 그녀는 자연 환경을 파괴하는 인간을 엄벌한다.

넉넉한 풍채의 데메테르는 머리에 곡물 화환을 쓰고, 이삭이나 과일을 든 모습으로 등장한다 - 바르젤로

결혼과 자식

그녀는 제우스 사이에 '페르세포네'를 낳았다. 또한 말로 변신한 포세이돈 사이에는 신마 '아레이온'이 태어났고, 인간 '이아시온' 사이에 풍요의 신, '플루토스'를 낳았다.

외모와 성격

그림과 조각에서 중년의 어머니 상으로 나오며, 다른 여신들과 비교해 조금 넉넉한 풍채로 나온다. 성격은 단호하고, 자식이라면 끔찍이 위하는 모성애의 표본이다.

상징물

미술 작품에서 그녀는 머리에 '밀 이삭' 같은 곡물 화환을 쓰고, 손에는 '벼나 보리', 또 '과일'을 든 모습으로 등장한다. 곡식과 관련된 것이면, 데메테르 여신이라 생각하면 된다.

데메테르 - 루브르 박물관

데메테르와 디오니소스 - 빈 미술사

데메테르 - 베르사유 궁

하데스 Hades

태생과 이름

'크로노스'와 '레아'의 아들이다. 하데스란 '보이지 않는 자'라는 뜻이다. 그는 땅속에 매장된 금과 은 등의 부의 소유자로, 라틴어로는 '플루톤 Pluton', 영어식 이름은 '플루토 Pluto'다. 페르세포네를 납치하여 아내로 삼았다.

저승의 왕비 페르세포네와 저승을 지키는 개 케르베로스, 그리고 저승의 왕 하데스
크레타 박물관

지위와 역할

저승, 명계(冥界)라 불리는 죽은 자들을 다스리는 지하 세계의 왕, 즉 저승의 왕이다. 그러나 그는 예전의 TV 드라마 '전설의 고향' 등에 나오는 죽은 자를 이승에서 저승으로 데려가는 저승사자는 아니다. 죽은 자를 저승으로 데려가는 안내자 역할은 전령의 신인 '헤르메스'다. <참고로, 죽음의 신은 '타나토스 Thanatos'다.>

하데스는 제우스, 포세이돈과 세상을 3등분 할 때, 저승 세계의 지배권을 차지했다. 그러나 애석하게도, 저승 세계에 있기 때문에 올림포스의 12신에는 포함되지는 않지만 나름 중요한 캐릭터다.

하데스 - 팔라조 미술관

외모와 성격

조각과 그림 등에서 그의 모습은 준엄하고, 머리카락을 늘어뜨린 어둡고, 음울한 모습으로 등장한다. 표정이 거의 포커페이스다. 그는 냉정하고 가혹한 신이지만, 그렇다고 악마적인 나쁜 신은 아니다.

상징물

종종 도자기 그림에서는 머리엔 눈에 보이지 않는 투구를 쓰고 있으며, 손에는 '2개의 갈라진 창'이나, 저승을 상징하는 홀(笏)을 쥐고 있다. 그림과 조각에서는 주로 저승을 지키는 개인 '케르베로스'와 같이 나온다.

루브르 박물관

영웅 헤라클레스

1. 헤라클레스의 출생과 청년 시절

2. 헤라클레스의 12가지 과업

3. 헤라클레스의 결혼과 최후

1. 헤라클레스의 출생과 청년 시절

등장 인물

헤라클레스	:	제우스와 알크메네 아들
알크메네	:	헤라클레스 어머니
암피트리온	:	알크메네 남편
에일레이티이아	:	출산, 해산의 여신
갈란티스	:	알크메네 하녀
에우리스테우스	:	사촌 (미케네 왕)
테스피오스	:	보이오티아 왕
메가라	:	헤라클레스 첫 번째 아내
테세우스	:	아테네 왕

이 이야기는 그리스의 최고 영웅인 헤라클레스 신화다. 제우스의 아들 헤라클레스는 헤라의 질투로 12가지 힘든 과업을 완수하고, 불사의 몸이 된 영웅이다. 그의 다양하고 재미있는 이야기는 출생의 비밀부터 시작된다.

제우스와 알크메네

영웅이란 탄생부터 뭔가 특별한 것일까? '헤라클레스 Herakles'의 탄생 역시 흥미롭고 특별한 출생의 비밀을 가지고 있다.

플레이보이 제우스가 이번에 점찍은 여성은 미케네 공주인 '알크메네 Alcmene'였다. 알크메네가 제우스 레이더망에 포착된 것이다. 그럼 먼저, 그녀가 어떻게 헤라클레스를 임신했는지, 그 흥미로운 과정은 이렇다.

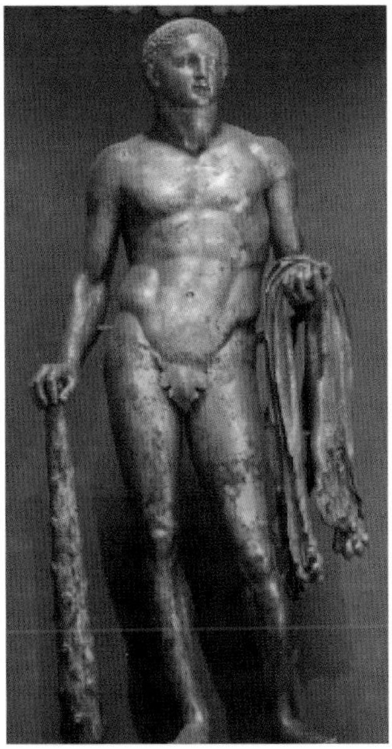

헤라클레스 - 바티칸 박물관

헤라클레스 - 피티 궁

헤라클레스 - 카피톨리노 박물관

알크메네는 미케네 왕의 9남 1녀 중, 외동딸이었다. 그녀의 아버지는 한때 소 때문에 친척과 싸움을 하여, 아들들을 모두 잃고 남은 자식은 알크메네뿐이었다. 그래서 왕은 자기 후계자 겸, 딸의 신랑감으로 조카 '암피트리온 Amphitryon'을 선택했다.

그런데 암피트리온이 커다란 실수를 하고 만다. 바로 자신의 장인이 될 왕을 실수로 죽인 것이다. 어느 날, 암피트리온은 미쳐 날뛰던 황소를 향하여 곤봉을 던졌다. 그런데 그 곤봉이 하필이면 소의 뿔에 튕겨, 왕의 머리를 강타한 것이다.

암피트리온 이럴 수가! 내가 실수로 장인어른을 살해하다니!

그는 관습에 따라 추방당해, 약혼한 알크메네와 함께 테베로 망명을 가야 했다. 물론, 미케네 왕의 자리도 빼기고 말이다. 암피트리온과 알크메네는 약혼만 했을 뿐, 결혼은 하지 않았다. 그래서 그녀는 순결을 지키고 있었다.

그러나 남녀 사이라는 것이 어디 그런가? 혈기 왕성한 암피트리온은 그녀와 잠자리를 하고 싶었다. 그러나 알크메네는 몸을 허락지 않으며…

알크메네 물론 저도 당신을 사랑해요.
하지만, 제 오빠들을 죽인 원수들에게 복수하기 전엔,
당신에게 몸을 허락하지 않을 거예요.
부탁이에요! 제발 우리 오빠들의 원수를 꼭 갚아주세요.

그러자 암피트리온은 즉시 테베 왕의 도움을 받아, 군사를 이끌고 원정길에 올랐다. 그런데 그가 원정을 떠나 집을 비운 사이, 그녀를 호시탐탐 노리는 자가 있었다. 그자는 바로 제우스였다. 사실, 제우스는 그 당시 용맹한 인간 아들이 꼭 필요했다. 이런 신탁 때문이었다.

신탁의 예언 제우스여! 앞으로 거인 족과의 싸움이 있을 것이다.
그런데, 그 거인 족은 신들에 의해선 절대 죽지 않는다.
강한 인간 동맹자가 참여해야, 전쟁에서 승리할 수 있다.

이러한 신탁 때문에, 제우스는 앞으로 전쟁에서 같이 싸울 자신의 특별한 인간 아들이 필요했다. 그러니까 알크메네한테서 튼튼한 영웅이 될 아들을 얻을 생각이었던 것이다.

암피트리온으로 변신해 알크메네를 찾아온 제우스

제우스는 이번에는 약혼자 암피트리온으로 변신해 접근했다. 약혼자가 전쟁터에 나가고 없는 사이에, 그녀의 방으로 찾아간 것이다. 제우스는 마치, 약혼자가 한밤중에 막 원수를 갚고 돌아온 것처럼 위장하고, 방안에 들어와 그녀와 동침했다.

그리고 그날 밤을 3배로 늘리고, 그러니까 태양을 3일 동안 못 뜨게 만들고, 계속 달만 뜨게 해놓고 불타는 사랑을 나누었다.

그렇게 제우스가 정력을 과시하고, 사라진 다음 날이었다. 이번엔 진짜 암피트리온이 전쟁터에서 돌아와 사랑을 나누었다. 그런데 암피트리온은 그녀가 자신을 별로 반기지 않는 눈치를 받았다. 그래서 그 이유를 묻자 ...

알크메네 어머머! 당신 어제 전쟁터에서 돌아오셨잖아요?
어젯밤 저하고 그렇게 사랑을 나누고서, 고새 까먹었어요?

암피트리온 내가? 어제 .. 당신하고?

'아니, 나 말고 다른 놈이 먼저 다녀가다니?' 그는 고심한 끝에 테베의 눈먼 예언가인 '테이레시아스'를 찾아가서 물어보았다. 그러자 족집게 예언가는 제우스가 먼저 그녀와 동침했다는 사실을 알려주며 ...

테이레시아스 모든 것은 신의 뜻이오.
알크메네는 곧 위대한 영웅이 될 아이를 낳을 것이오.
그 아이는 장차 수많은 괴물과 거인 족을 물리치고,
영원한 생명을 얻어 하늘로 올라갈 것이오!

헤라클레스의 탄생

그로부터 달이 차고 기울어, 알크메네가 해산할 날이 되었다. 그날 제우스는 자신의 위대한 아들이 태어날 것을 알고, 기분이 마냥 들뜬 나머지 신들 앞에서 공표하며 ...

제우스 오늘 위대한 페르세우스의 후손이 태어날 것인데,
그 아들은 내 피를 받아, 장차 미케네 지역을 다스리게 될 것이오!

이 소리에 헤라가 쫑긋했다. '그렇다면 이 양반이 또 ?' 헤라는 평소 남편의 바람기에 안테나를 곧추세우고 있었다. 그런데 이 작자가 또 자기 몰래 슬쩍 수작을 부렸다는 거 아닌가! 질투의 여신 헤라는 즉시, 제우스 아이를 가진 여인이 알크메네란 첩보를 긴급 입수하더니 …

헤라 안 되지! 그 앙큼한 계집의 아들이 미케네의 왕으로 되게 할 순 없지.
(잠시 고민하다) 가만! 그년의 아들을 오늘 태어나지 못하게 만들고,
그 대신, 다른 아이를 오늘 태어나게 해야겠군.

그녀는 출산의 여신인 '에일레이티이아 Eileithyia'를 불렀다. 이 출산의 여신은 헤라와 제우스 딸로, 해산을 담당하는 여신이다. 이 여신이 없으면 임산부는 해산할 수 없고, 또 순산이나 난산은 모두 이 여신에게 달려있었다. 헤라는 이 여신에게 …

헤라 내 딸아! 넌 즉시 알크메네를 찾아가, 그 계집의 출산을 막아라.
그 계집의 방 앞에 팔짱을 끼고 죽치고 앉아,
그년이 절대 아이를 못 낳게 하란 말이다.
그 대신, 지금 아르고스의 왕비가 임신한 상태다.
지금 낳으면 칠삭둥이가 되겠지만, 그 아이를 먼저 출산시켜라!

이렇게 하여 헤라클레스 대신에, 급하게 먼저 태어난 칠삭둥이가 '에우리스테우스 Eurysteus'다. 이 칠칠치 못한 칠삭둥이가 바로, 헤라클레스에게 12가지 고달픈 과업을 지시할 자다.

반면 알크메네는 진통이 시작됐지만, 뱃속 아이는 좀처럼 세상 밖에 나오지 못했다. 출산의 여신이 그녀 방 앞에서 팔짱을 끼고 앉아, 해산을 방해하고 있었기 때문이었다. 진통은 7일 계속됐지만, 산모는 비명만 지를 뿐 거의 초주검 상태였다. 그렇다! 헤라는 이참에 그녀를 뱃속의 아이와 함께 죽이려 했던 것이다.

그런데 알크메네 하녀 중, '갈란티스 Galantis'란 영리한 처녀가 있었다. 처녀는 산모가 해산을 못하고 끙끙대자, 출산의 여신이 방 앞에 앉아 훼방 놓고 있다는 것을 눈치챘다. 그래서 짱구, 아니 머리를 굴렸다. 처녀는 재치 있게 오버액션으로 호들갑 떨며...

갈란티스 어이구! 아들이네, 아들.
출산의 여신님! 어서 와 축하해 주세요.
글쎄 제우스께서 도와주시어,
방금 마님께서 아들을 낳으셨습니다.

에일레이티이아 (깜짝 놀라, 팔짱을 풀고 벌떡 일어서며) 응?
움마나, 이게 뭔 소리여?

출산의 여신은 그 소리에 깜빡 속아, 팔짱을 풀면서 방문을 벌컥 열었다. 여신이 방에 들어오자, 산모는 곧바로 쌍둥이를 쑥쑥 낳았다. 이 쌍둥이들이 바로 제우스의 아들인 '헤라클레스'와 암피트리온의 아들인 '이피클레스 Iphicles'다.

갈란티스 (신나서) 와! 쌍둥이 아들이네.
고마워요, 출산의 여신님! 호호호호....

그녀가 깔깔대며 웃자, 깜빡 속은 출산의 여신은 더욱더 화가 났다. 그래서 그녀를 족제비로 만들어, 앞으로 족제비는 새끼를 입으로 낳게 만들었다.

그런데 족제비가 입으로 새끼를 낳는다? 글쎄다. 아마 고대 그리스인들은 족제비가 입으로 새끼를 낳는다고 믿었나 보다! ㅋㅋㅋ ...

하녀의 재치로 간신히
출산하는 알크메네

은하수 전설

한편, 알크메네는 간신히 아이를 낳았지만, 그래도 헤라의 복수가 두려웠다. 그래서 어린아이를 아무도 모르는 들판에 버렸다. 이 들판을 먼 훗날 사람들은 '헤라클레스의 들판'이라 불렀다. 그런데 들판에 버려진 아이를 처녀 여신 '아테나'가 발견했다. 여신은 아이를 안고 올림포스로 올라가, 헤라에게 부탁하며 ...

아테나 여신이여! 불쌍하게 버려진 이 아이를 위해,
여신의 젖 좀 나누어 주시면 안 될까요?

헤라 왜 그쪽이 젖을 주지 않고, 나한테 ...?
(그러다) 아 참, 그렇지! 처녀라서 젖이 나올 리가 없지.
(아이를 안으며) 그럼 인정 많은 내가 젖을 좀 줘볼까?

헤라는 아이에게 젖을 물렸다. 물론, 그 아이가 제우스의 아들인 줄은 꿈에도 모르고 말이다. 아이는 젖을 물리자, 엄청 센 힘으로 젖을 빨았다. 그러자 헤라는 너무나 아파 비명을 지르며, 아이를 얼른 가슴에서 떼어냈다.

그런데 이때 헤라의 유두에서 흘러나온 젖은 멈추지 않고, 계속 밤하늘에 희뿌옇게 퍼져나갔다. 이렇게 밤하늘에 펼쳐진 뿌연 젖의 길, 즉 '은하수'를 서양에선 '밀키 웨이 Milky Way'라 부른다.

이와 비슷한 다른 전설이 있다. 제우스는 아기 헤라클레스에게 신과 같이 죽지 않는 영원한 생명을 주고 싶었다. 그래서 헤라가 잠든 사이, 몰래 아이를 그녀 젖에 물렸다. 그러자 아이는 엄청난 힘으로 젖을 빨았고, 여기서 나온 젖이 은하수가 되었다는 썰(?), 아닌 설이 있다.

백문이 불여일견이라! 오른쪽의 '루벤스'와 '틴토레토'가 그린 '은하수 기원'을 감상해 보시라. 한 폭의 그림 안에 밀키 웨이에 관한 내용이 흥미롭게 담겨있다.

제우스가 옆에서 슬쩍 보는 가운데, 헤라한테서 나온 젖이 밤하늘의 은하수가 되고 있다 - 프라도 미술관 (루벤스 그림)

제우스가 젖을 물려주자, 헤라 젖이 위로 뿜어져 나와 은하수가 되는 틴토레토 그림 - 런던 내셔널갤러리

어린 헤라클레스와 뱀

헤라클레스는 태어나서부터 죽을 때까지 헤라의 박해로부터 시작해, 헤라의 박해로 끝난다 해도 과언이 아니다. 그러나 이 그리스 최고 영웅은 초인간적인 힘으로 시련과 고통을 극복하고, 나중엔 불사(不死)의 몸이 된다.

'헤라클레스 Herakles'라는 이름은 '헤라 Hera'와 '영광 akles'이란 합성어다. 그러니까 '헤라의 영광'이란 뜻이다. 참으로 흥미롭고, 아이러니한 이름 아닌가?

헤라의 음모와 박해는 어릴 때부터 시작된다. 헤라클레스가 생후 10개월 되었을 때의 일이다. 헤라는 쌍둥이를 죽이려고, 뱀 2마리를 아이들 침실로 보냈다. 뱀들은 방문을 지나, 슬금슬금 침대 위로 올라갔다. 그러자 이윽고 '으앙 ~~ '하며, 소스라치는 아이의 울음소리가 메아리쳤다.

아이 울음소리에 부부가 급히 방에 들어가자, 놀랍게도 헤라클레스가 뱀의 목을 손으로 꽉 움켜쥐고 있다 - 피티 궁

양손에 뱀을 쥔 헤라클레스

에르미타주 박물관

카피톨리노 박물관

이 소리에 놀란 알크메네와 암피트리온 부부는 급히 방으로 들어갔다. 그런데 실로 방안에는 놀라운 일이 벌어졌다. 쌍둥이 이피클레스는 놀래서 울음을 터트리고 있는데, 어린 헤라클레스가 뱀들을 목 졸라, 양손에 쥐고 있는 게 아닌가! 이렇게 영웅은 어릴 적부터 남다른 괴력을 발휘하며 나날이 성장해갔다.

헤라클레스의 교육과 최초의 살인

헤라클레스는 어릴 때부터 많은 스승들 밑에서 온갖 다양한 교육을 배웠다. 요즘으로 치면, 조기 영재 교육을 받은 셈이었다. 영웅은 활쏘기와 검술, 궁술뿐 아니라, 노래와 하프도 배웠다. 그러나 연주 실력은 형편없었고, 노래는 거의 음치 수준이었다. 아무튼 그쪽 방면엔 재주가 꽝이었다.

영웅은 어릴 적부터 성격이 조금 욱하고, 급한 편이었다. 그 욱하는 성질머리 때문에 첫 번째 사고를 치고 만다. 바로 자기 하프 선생님을 죽인 것이었다. 이유는 이러했다. 선생님이 농땡이 친다고 매질하자, 그는 순간 욱해서 하프를 던졌다. 그러자 그 하프에 선생이 머리를 맞고, 그 자리에서 즉사하고 말았다.

그 사건으로 재판에 회부되었지만, 그는 무죄 판결을 받았다. 당시 '라다만티스 법'에 의하면, 부당하게 심한 체벌에 대항하는 것은 정당방위였던 것이다. 하지만, 그의 의붓 아버지 암피트리온은 또다시 그런 일을 저지를까 두려웠다. 그래서 ...

암피트리온 넌 비록 무죄를 선고받았지만,
앞으로 키타이론 산에서 소를 돌보며 지내라.
거기서 너의 앞날을 생각해 보면서 말이야.

영웅은 그 후, 18살이 될 때까지 산에서 목동 일을 하며 지냈다. 그는 차츰 청년으로 성장하자, 체격과 가공할 힘에 있어서 모든 다른 이들을 능가했다. 누가 보아도 제우스 아들이라 할 정도로 키는 2m에 육박했고, 눈에서는 불꽃이 번쩍였다. 또한 그의 화살은 백발백중, 목표를 빗나가는 일이 없었다.

인생 갈림길의 헤라클레스

그가 청년기에 들어설 무렵이었다. 어느 날, 영웅은 자신의 인생에 대해 깊은 생각에 잠겨있었다. 그런데 그때, 갑자기 양쪽 길에서 두 여인이 다가왔다. 두 여인 중, 흰옷을 입은 여인은 몸가짐이 단정하며 기품이 있었다.

그러나 또 다른 야한 옷을 입은 여인은 요염한 화장을 하고, 쭉쭉 빵빵 풍만한 몸매를 드러내고 있었다. 먼저 야시시한 여인이 눈썹을 자극적으로 치켜세우며 ...

쾌락의 여인 하이 ~ 헤라클레스!
당신은 지금 어떤 인생길을 선택할지 고민하고 있죠?
자, 제가 즐겁고 안락한 길로 안내해 드리죠.
저와 함께 하면, 모든 쾌락과 향락을 맛볼 거예요.
각종 산해진미와 술, 나른한 잠자리,

당신은 어떤 수고도 없이 모든 걸 즐길 수 있어요.
전 '쾌락의 여인'이에요! 호호호...

그러자 이번엔 단정하고, 기품 있는 여인이 말했다. 그녀는 '미덕의 여인'이었다.

미덕의 여인 헤라클레스여!
당신은 소질이 있고, 훌륭한 교육을 받은 사람이에요.
저와 함께 하면, 위대한 인물이 될 겁니다.
신은 노력하는 사람에게 그만큼의 대가를 주니까요.
친구에게 사랑받고 싶으면, 친구를 도와줘야 하고,

인생의 갈림길에서 고민하는 헤라클레스. 왼쪽이 미덕의 여신이고, 오른쪽의 야시시한 여인이 쾌락의 여신이다 - 카포디몬테

존경받고 싶으면, 나라를 위해 헌신하고 봉사해야 하며,
승리를 원하면, 몸을 단련하고 전술을 배워야 해요.

쾌락의 여인 (그러자) 아뇨, 아니죠! 전혀 그럴 필요가 없어요.
이 여인이 얼마나 험난한 길로 인도하는지 알아요?

미덕의 여인 오, 한심한 여인이여!
그대가 어찌, 힘든 노력 뒤에 얻는 기쁨을 알 리요.
헤라클레스여! 젊었을 때 힘든 일을 굳건히 헤쳐 나가면,
나중엔 명예와 명성이 뒤따르고,
후손들이 당신을 영원히 찬양할 겁니다.
당신은 그런 인생을 살도록 노력하세요.
비록 저와 함께 가는 길은 힘들고 고통이 따르지만,
정의롭고 참된 행복을 얻을 수 있을 거예요.

영웅은 고심 끝에 미덕을 선택했다. 황금이나 쾌락보다 명예와 명성을 택한 것이다. 이 이야기에서 '헤라클레스의 선택 The choice of Heracles'이란 용어가 나왔다. 이 말은 인생의 갈림길에서 쉽고 편안한 쾌락과 향락을 버리고, 힘들지만 정의로운 길을 택하는 중요한 결단을 의미한다.

헤라클레스의 첫 번째 업적

그가 키타이론 산에서 목동 일을 하고 있을 때였다. 그런데 사자 한 마리가 보이오티아 '테스피오스 Thespius'왕의 소 떼들을 마구 죽였다. 그러자 왕은 헤라클레스를 궁전으로 초대하여 …

테스피오스 젊은이! 제발 사자를 잡아 주시오.
이러다간 이 나라에 소가 남아나지 않을 거 같소.

왕은 영웅이 사자를 잡는 50일 동안, 극진하게 대접했다. 아니, 극진히 대접한 정도가 아니라, 매일 밤 50명의 자기 딸들을 한 명씩 방으로 보내어 잠자리를 하게 했다. 아마도 헤라클레스 같은 튼튼한 DNA를 가진 자손을 원해서 그랬을 것이다.

헤라클레스 오늘은 좀 쉬고 싶은데, 오늘도 또 여인이 들어오는구먼!
가만, 그나저나 어제 그 여인인가?

밤마다 술에 취한 헤라클레스는 항상 같은 여자가 들어오는 줄 알았다 한다. 글쎄다, 요건 정말 믿거나 말거 나다! 좀 비슷하게 생겼나? 나중에 이 50명 딸들은 모두 아들을 낳았는데, 전부 영웅의 아들인 셈이었다. 아무튼, 영웅은 50일 만에 날짜를 딱 맞춰서, 사자를 때려잡았다.

귀스타브 모로의 헤라클레스와 테스피오스의 50명 딸들. 그녀들 모두가 헤라클레스의 아들을 낳았다 한다.

그가 목동 일을 접고, 완전히 자기 고향인 테베로 돌아가는 길이었다. 그런데 도중에 '미니아스' 사절단과 딱 마주쳤다. 그들은 테베에서 소 100마리를 끌고 오는 길이었다. 헤라클레스는 그들이 자기 나라 소를 끌고 가자, 길을 가로막으며 ...

헤라클레스 잠깐! 왜 우리 테베의 소들을 끌고 가는 것이오?

미니아스 인 뭐? 이 소들은 테베가 우리에게 바치는 조공물이다.
테베는 매년 100마리의 소를,
20년 동안 우리에게 조공을 바치게 되어있지.

한때, 테베 사람이 실수로 그들 왕을 죽인 일이 있었다. 그러자 왕의 아들이 테베로 쳐들어와 강제로 조약을 맺고, 매년 소 100마리를 무려 20년 동안, 조공을 바치게 했던 것이다.

그런 불평등 조약에 화가 난 헤라클레스는 그 자리에서 그들의 귀와 코, 또 손을 잘라 소 대신 보냈다. 그러자 분개한 미니아스들이 테베로 쳐들어왔다. 그러나 테베 사람들은 헤라클레스를 지휘자로 그들과 맞서 싸운 끝에 상대를 전멸시켰다.

헤라클레스 이번엔 반대로 너희들이 매년 소 200마리를,
40년 동안 우리에게 조공으로 바쳐라. 알겠냐?

헤라클레스는 이런 공적으로, 테베 왕으로부터 공주 '메가라 Megara'를 아내로 얻었다. 그리고 그녀 사이에 3명의 아들이 태어났다.

헤라클레스의 발광

한동안, 헤라클레스는 가족과 행복한 날을 보냈다. 그런데 그런 행복한 꼴을 못 보는 여신이 있었다. 바로 헤라였다! 헤라는 '발광의 여신'을 부르더니 ...

헤라 '발광의 여신'이여! 헤라클레스를 미치게 하여, 자기 자식들을 죽게 만들어라.

'발광의 여신'은 사람을 미치게, 그러니까 실성시켜 정신 착란으로 만드는 여신이다. 헤라의 명령을 받자, 발광의 여신은 헤라클레스의 집을 찾아가, 공포의 피리를 불었다. 그러자 영웅은 미친 사람이 되어, 갑자기 활을 잡더니 자기 아이들을 향해 ...

헤라클레스 저기 적들과 사냥감이 있군! 야 이놈들아, 모두 죽어라 ~

실성한 그는 자기 자식들을 활로 쏘고, 던져서 죽였다. 아마 영웅들의 수호신 '아테나' 여신이 나타나 제지하지 않았다면, 그는 아내뿐 아니라 모든 사람들을 죽였을 터였다. 여신은 미쳐 날뛰는 그의 가슴에 돌덩이를 던져 잠들게 만들었다. 얼마 후였다. 정신이 돌아온 헤라클레스는 자기 손으로 자식을 죽인 것을 보더니 너무 놀라 ...

헤라의 공작으로 발광의 여신이 미치게 만들자, 정신착란이 일어나 자기 자식들을 활로 쏘고, 마구 던져 죽이는 발광한 헤라클레스

헤라클레스 내가 내 손으로 자식들을 모두 죽이다니!
아아.. 내가 살아서 무엇 하나!
절벽에서 확 뛰어내리거나, 칼로 가슴을 찔러 죽을까?
그것이 아이들을 죽인 참회가 아닐까? 그래, 죽자 죽어!

그럴 때 그의 오랜 친구이자, 사촌인 아테네 왕 '테세우스'가 찾아와 위로하며...

테세우스 이봐! 자넨 자식들을 죽였으니, 관습에 따라 이 나라를 떠나야 하네.
자, 어서 나와 같이 아폴론의 신탁소로 가지.
거기서 신의 정화를 받고, 앞으로의 거취를 의논해 보세.

헤라클레스는 조언에 따라, 아폴론 신탁소를 찾아갔다. 그리고 어떻게 하면, 자신의 죄를 씻을 수 있는지를 물었다. 그러자 아폴론 신탁은...

아폴론 신탁 헤라의 영광인 헤라클레스여!
미케네 왕인 에우리스테우스를 찾아가,
그의 하인이 되어, 그가 시키는 과업을 완수하라.
그럼 그대가 저지른 죄를 씻을 것이다.

미케네 왕 '에우리스테우스'가 누군가? 헤라가 헤라클레스 대신 그를 미케네 왕으로 만들기 위해, 허겁지겁 태어나게 했던 자 아니던가! 그자가 이제부터 등장한다. 우리의 영웅을 괴롭히기 위해서 말이다. 칠삭둥이 에우리스테우스는 겁이 많고, 약간 덜 떨어진 삐리리(?)한 인물이다. 이자는 한마디로, 영웅을 괴롭히기 위해 태어난 악당이라고나 할까?

헤라클레스는 신탁의 말씀을 따라, 이자의 하인이 되기 위해 미케네에 갔다. 그리고 이때부터 무려 12년 동안, 그가 지시한 어렵고 힘든 12가지 과업을 수행한다.

2. 헤라클레스의 12가지 과업

헤라클레스 복장 - 카피톨리노 박물관

등장 인물

헤라클레스	:	제우스와 알크메네 아들
에우리스테우스	:	미케네 왕 (헤라클레스 사촌)
이올라오스	:	이피클레스 아들
폴로스	:	켄타우로스 족
케이론	:	켄타우로스 현자
아우게이아스	:	엘리스 왕

1. 첫 번째 과업 - 네메아 사자 가죽

에우리스테우스가 헤라클레스에게 맨 먼저 지시한 과업은 ...

에우리스테우스 우선 '네메아의 사자 가죽'을 가져와라.
근데 그 사자는 덩치가 엄청 크고,
또 그 어떤 무기로도 가죽을 뚫을 수 없으며,
사람을 간식처럼 즐기는 사자지. 어때, 가져올 수 있겠어?

헤라클레스는 첫 번째 과업을 수행하기 위해 네메아 숲에 도착하여, 곤봉과 화살을 가지고 숲속에 들어갔다. 그러자 얼마 후, 몸집이 엄청 큰 사자 한 마리가 어슬렁어슬렁 다가왔다. 먼저 영웅이 화살을 쏘았다. 그러나 날아간 화살은 사자 가죽을 뚫지 못하고, 다시 튕겨 나왔다.

헤라클레스 듣던 대로 화살로는 안 되겠군.
그럼 곤봉과 힘으로 제압할 수밖에.
자, 덤벼라, 이 사자 놈아! 컴 온, 베이비!

영웅이 곤봉을 들고 달려들자, 사자 놈은 입구가 2개 있는 동굴 속으로 쏙 도망쳤다. 헤라클레스는 먼저 동굴의 한쪽 입구를 돌로 막고, 다른 동굴로 공격하며 쳐들어갔다. 그러자 코너에 몰린 사자가 갈기를 부풀리더니, 으르렁 위협하며 달려들었다.

영웅이 달려드는 사자의 머리통을 곤봉으로 강타하자, 녀석은 충격을 받아 휘청했다. 우리의 영웅은 그 기회를 놓치지 않았다. 이번에는 두 팔로 사자 목을 조르기 시작했다. 이런 기술을 이종 격투기에선 헤드록이나, 초크 기술이라고 하나?

헤라클레스 요놈! 어디 누가 이기나 보자. 으라차차 ~~

근육질의 헤라클레스가 사자 목을 조이자, 혀를 입 밖으로 내놓고, 캑캑거리며 고통스러워하는 네메아 사자 - 루벤스 그림

사자 입을 쫙 찢는 헤라클레스 - 빈 광장

목을 조르는 헤라클레스 - 마드리드 국립

사자 입을 찢는 헤라클레스 - 여름 궁전

그는 사자가 질식해 죽을 때까지 무려 30일 동안, 양팔을 풀지 않았다. 그러자 마침내 사자 숨통이 끊어졌다. 그는 사자 털 가죽을 벗겨 몸에 걸치고, 묵직한 나무 곤봉을 손에 들었다. 이 강남 스타일, 아니 이 스타일이 향후, 그의 트레이드마크가 되었다.

헤라클레스가 의기양양하게 사자 가죽 패션으로 돌아오자, 에우리스테우스는 잔뜩 겁을 먹더니, 얼른 청동 항아리 속으로 쏙 숨으며…

에우리스테우스 움마야, 사자다! 가까이 오지 마, 이놈아.
내가 제일 무서워하는 게 사자란 말이다.

헤라클레스 (장난치며) 으헝 ~

에우리스테우스 (더 쏙 숨으며) 아 ~ 악! 미친놈!

영웅이 이렇게 임무를 완수하자, 제우스는 자기 아들의 첫 번째 업적을 기리기 위해, 사자를 하늘로 올려서 별자리로 만들었다. 12궁의 '사자 별자리'가 바로 네메아의 사자 자리다.

2. 두 번째 과업 - 물뱀 히드라

에우리스테우스 이번엔 레르네 늪에 있는,
머리가 9개 달린 커다란 물뱀, '히드라'를 처치하라!
근데, 니가 아무리 죽이려 해도 소용없을걸? 으허헝 …

'히드라 Hydra'는 늪에 사는 거대 뱀으로, 들판까지 올라와 가축을 잡아먹고, 논밭들을 망가뜨렸다. 그런데 문제는 녀석의 머리 하나를 없애면, 바로 그 자리에서 2개의 머리가 새로 나오는 것이었다. 특히 9개의 머리 중에, 가운데 중앙의 머리는 죽지 않은 불사의 머리였다.

그는 먼저, 조카 '이올라오스 Iolaus'에게 도움을 청했다. 이올라오스는 쌍둥이 형제인 '이피클레스'의 아들이다. 드디어 두 사람이 마차에 올라, 히드라를 처치하러 갔다.

히드라는 늪의 동굴에 숨어있었다. 우선 숨은 히드라를 동굴 밖으로 유인해야 했다. 그래서 먼저 불화살을 쏘아, 녀석을 동굴 밖으로 내몰았다. 그러자 엄청난 몸집의 괴물 히드라가 9개 달린 뱀 머리에서 쉭쉭 소리를 내며 나왔다. 그러자 영웅이 달려들며 …

헤라클레스 자, 이놈 히드라야! 자, 내 몽둥이찜질 맛 좀 봐라!

그러며 곤봉을 휘두르며 달려들어, 히드라 머리를 부수기 시작했다. 그런데 영양가는 별로 없었다. 뱀 머리에서 원(1) 개를 박살내면, 다시 그곳에서 투(2) 개의 머리가 금방 생겨났기 때문이었다.

이번에는 히드라가 영웅의 한쪽 다리를 칭칭 감으며 역습을 했다. 또 설상가상으로, 헤라가 지원군으로 보낸 거대한 바다 게가 다른 쪽 다리를 물어뜯기 시작했다. 그러나 헤라클레스는 우선 곤봉으로 바다 게를 때려죽인 다음, 재빨리 이올라오스에게 도움을 청했다.

활을 든 헤라클레스가 몸집이 엄청나게 큰 무시무시한 히드라와 대결하려 하고 있다
- 귀스타브 모로 박물관 (모로 그림)

이올라오스는 작전대로, 미리 횃불을 준비하고 있었다. 이제 협공 작전이 시작됐다. 그러니까 헤라클레스가 뱀 머리를 박살 낼 때마다, 이올라오스가 잽싸게 히드라 머리를 횃불로 지졌다. 그래서 다시는 그곳에서 머리가 생기지 못하게 만들었다.

헤라클레스 자, 이제 불사(不死)의 가운데 대가리만 남았군!

그 문제는 간단했다. 가운데 불사의 머리는 싹둑 잘라내, 길에 파묻었다. 그리고 위에 무거운 바윗돌을 올려놓아, 평생 움직이지 못하게 만들었다. 그는 히드라의 담즙에서 독을 채취해, 독화살을 만들었다. 이때부터 그의 독화살에 맞으면, 누구든 죽음을 면치 못했다. 〈그러나 이 히드라 독 때문에, 그는 나중에 치명적인 실수와 함께 자기 자신도 죽게 된다.〉

제우스는 이번에도 자기 아들이 과업을 완수하자, 물뱀 히드라를 별자리로 만들었다. 이 별자리가 '물뱀자리'다. 그러자 질투의 여신인 헤라도 가만있지 않았다. 자신이 보낸 '바다 게'를 하늘로 올려 별자리로 만들었는데, 이 별자리는 밤하늘의 '게자리'다.

히드라를 강타하는 헤라클레스 - 빈

귀도 레니 - 루브르 박물관

횃불로 머리를 지지는 - 카피톨리노

3. 세 번째 과업 - 케리네이아의 아르테미스 사슴

에우리스테우스 이번엔 '아르테미스' 여신의 사슴을 잡아오는데,
절대 죽이지 말고, 꼭 산 채로 생포하여 모셔와라.
절대 못 잡으면, 절대로 오지 마라!

이 사슴은 사냥의 여신 '아르테미스'의 신성한 동물로, 황금 뿔과 청동 발을 가진 화살처럼 재빠른 사슴이었다. 헤라클레스는 이 사슴을 꼬박 1년 동안 쫓았다. 사슴을 다치지 않고, 생포해야 했기 때문이었다.

쫓으면, 도망가고… 잡았다 싶으면, 도망가고… 결국 추격전은 1년 만에 끝이 났다. 지친 사슴이 헥헥 거리며 강을 건너려 할 때, 그물을 던져 생포한 것이다. 영웅은 여신의 사슴을 가져갔다가, 다시 풀어주었다.

생포하는 헤라클레스 - 바르젤로

4. 네 번째 과업 - 에리만토스산의 멧돼지

에우리스테우스 이번 과제는 '에리만토스의 멧돼지'를 생포하는 것이다.
헤라클레스 까짓 멧돼지 정도야, 뭐. 하하하…
에우리스테우스 웃어? 어디 웃음이 다시 나오나 보자.
살아서 돌아올 지나 몰러. 크크크…

그 멧돼지 녀석은 산 위에서 마을로 내려와, 부근을 쑥대밭으로 만드는 골칫거리였다. 영웅은 멧돼지를 생포하기 위해 출발했다. 그런데 목적지로 가려면, '켄타우로스' 족이 사는 곳을 거쳐 가야 했다. 이것이 함정이라면 함정이랄까?

'켄타우로스 Centaurus'는 하체는 말(馬)이고, 허리 위쪽은 사람 모습을 한 반인반마의 야만적인 족속이었다.

켄타우로스 - 카피톨리노 박물관

켄타우로스와 아테나 - 우피치 미술관

켄타우로스 청동상 - 빈 미술사

이자들은 여자를 무척 밝히고 술을 좋아하는데, 특히 술만 마셨다 하면, 온갖 주정과 만행을 저질렀다. <켄타우로스는 나중에 영웅 '테세우스' 편에 더 자세히 나온다.>

영웅은 멧돼지를 잡으러 가는 도중, 평소 친분이 있는 폴로스 집에 들렀다. '폴로스 Pholus'는 비록 켄타우로스지만, 그들과는 달리 성격이 온순하고 지혜로운 자였다. 그는 손님에게 구운 고기를 대접하고, 자신은 날고기를 먹으며 ...

폴로스 이게 얼마 만인가, 친구! 자, 마음껏 드시게.

헤라클레스 근데, 이 좋은 음식에 술이 빠질 수 있나! 술 좀 없나, 술?

헤라클레스는 그리스 최고 애주가였다. 아니 두주불사(斗酒不辭), 거의 말술이라고 해야 하나? 그러자 폴로스가 걱정스럽게 ...

폴로스 창고 술통에 포도주가 있기는 한데,
근데, 그 술은 켄타우로스의 술이라서 열어도 되나 모르겠군.

술 냄새를 맡으면, 금방 그자들이 몰려와서 싸우러 할 텐데...

헤라클레스 이보게, 친구! 용기를 내게.

여기 나 헤라클레스가 있지 않은가? 으하하하...

그런데, 아니나 다를까? 술통을 열자마자, 켄타우로스들이 귀신같이 술 냄새를 맡고 떼거지로 몰려왔다. 그들은 몽둥이와 커다란 돌로 무장한 채 들어오더니...

켄타우로스 키야~ 술 냄새 죽인다. / 야 인마. 너 왜 우리 술을 처먹어, 엉? /

어서 꺼지지 못해? / 이놈아, 너 진짜 죽고 싶냐?

헤라클레스 뭐, 네놈들이 진짜 죽어 볼래? 덤벼라, 짜식들아.

곧이어, 한바탕 일전이 벌어졌다. 그러나 그자들은 헤라클레스 적수가 되지 못했다. 영웅은 우선 곤봉으로 묵사발 낸 뒤, 도망치는 그들을 멀리 그리스 남쪽까지 추격했다. 그러자 그들은 '케이론 Chiron'이 사는 동굴로 쏙 도망쳤다.

켄타우로스와 싸우는 헤라클레스 - 피티 궁

'케이론'은 켄타우로스와 같은 모습이지만, 그들과는 달리 선량하고 지혜로우며, 죽지 않는 불사의 몸이었다. 또 그는 의술과 활의 명사수로, 헤라클레스뿐만 아니라 그리스의 많은 중요 영웅과 인물을 가르친 스승이었다. 켄타우로스들이 바로 그의 동굴에 숨은 것이었다.

헤라클레스는 동굴까지 쳐들어가, 독화살을 쏘았다. 그런데 날아간 화살이 케이론의 무릎에 꽂혔다. 영웅은 그때서야 그가 자기 스승임을 알고, 얼른 급히 달려가 독화살을 뽑았다. 그러나 이미 히드라의 독이 퍼져, 치료할 수 없었다.

헤라클레스 정말 죄송합니다! 전 스승님인 줄도 모르고…

케이론 (신음하며) 으으으…

케이론은 너무나 고통스러워 죽기를 원했지만, 그는 불사(不死)의 존재라 죽을 수도 없었다. 이 문제는 제우스가 해결해 주었다. 제우스는 그의 생명을 '프로메테우스'에게 양보하고 죽음을 허락했다.

그리고 제우스는 활의 명사수인 케이론을 하늘로 올려, 궁수자리로 만들어주었다. 이 별자리가 밤하늘 '궁수자리'다. 헤라클레스의 신화는 이렇게 별자리에 관한 전설이 많이 나온다.

이후, 헤라클레스는 멧돼지를 잡으러 갔다. 숲속에 숨어있는 멧돼지를 발견하자, 영웅은 큰소리를 질러서 놈을 뛰쳐나오게 했다. 그리고는 놈을 눈이 많이 쌓인 눈밭으로 몰아넣고, 올가미를 씌워 생포했다.

멧돼지를 어깨에 멘 헤라클레스
- 베키오 궁

5. 다섯 번째 과업 - 아우게이아스의 외양간 청소

다섯 번째는 '아우게이아스 Augeas' 외양간을 하루 안에 깨끗이 청소하란 것이었다. 엘리스 왕 아우게이아스는 소를 무려 3,000 마리 기르고 있었는데, 이 소들의 외양간은 30년 동안, 단 한 번도 청소를 한 적이 없었다. 상상해 보시라! 가축들의 배설물이 산처럼 쌓여있을 거 아닌가! 그런데 그것을 혼자서, 단 하루 안에 말끔히 청소하라는 것이었다. 과연 가능할까?

그러나 우리의 영웅은 그저 사자나 물뱀, 멧돼지 같은 짐승만 때려잡는 단순무식한 영웅이 아니었다. 이번 과업은 짱구, 아니 머리를 써야 해결할 수 있었다. 영웅은 우선 왕을 찾아가 ...

헤라클레스 엘리스 왕이여! 제가 하루 안에 외양간을 청소하면, 제게 가축의 10분의 1인, 그러니까 300마리의 소를 주겠습니까?

아우게이아스 뭐, 하루 안에 저 많은 소똥을? 도저히 불가능할 텐데 ...! 좋아, 약속하지.

헤라클레스 그럼 아드님을 증인으로 세우시죠.

아우게이아스 맘대로 하게. 어차피 결과는 뻔한 거 아닌가?

그러나 결과는 뻔하지 않았다. 왕은 절대로 하루 안에 못할 거라 생각하고 덜렁 약속했다. 그러자 헤라클레스는 기발한 방법을 썼다.

먼저 외양간 주변에 땅을 파, 물길을 만들었다. 그리고 근처 2개의 강물을 끌어와, 순식간에 배설물들을 말끔히 씻어냈다.

소 외양간을 강물로 씻어내는 장면을 묘사한 그림

헤라클레스 그럼 약속대로 소 300 마리를 주시지요.

아우게이아스 약속? 무신 약속?

난 절대 보수를 줄 수 없네. 왜냐고?

왕은 그 일이 에우리스테우스 명령이란 것을 알고 보수를 거절했다. 결국, 이 문제로 재판이 열렸다. 다행히 그때 정직한 왕의 아들이 자신이 증인이라며, 영웅 편을 들었다. 그러자 왕이 버럭 화를 내며 ...

아우게이아스 자네와 내 아들 놈은 당장 이 나라를 떠나라.

그렇지 않으면 목숨이 위태로울 것이다. 어서 꺼져!

그러면 닭 잡아먹고, 오리발 내민 이 왕은 어떻게 되었을까? 결론부터 말씀 드리자면, 죽었다! 아니, 죽임을 당했다. 나중에 영웅은 12과업을 모두 마치고 군사를 몰고 왔다. 그리고는 오리발 왕을 죽이고, 정직한 왕의 아들에게 나라를 넘겨주었다.

이때, 헤라클레스는 이 승리를 기념하기 위해 올림피아에 제단을 세우고, 달리기와 원반던지기 등의 경기를 열었다. 이 운동경기가 바로, 지금의 올림픽 기원이라 한다.

6. 여섯 번째 과업 - 스팀팔로스의 새 떼

에우리스테우스 '스팀팔로스'의 늪에 새 떼가 엄청 많이 모여 있는데,

그놈들을 모두 그곳에서 쫓아내라.

아 참! 그 새들은 사람도 우습게 잡아먹는 맹금류거든.

잡혀 먹히든 말든, 그건 니 맘대로 해라!

그곳 새들은 청동으로 된 날개, 부리, 발톱을 가진 학만큼 큰 식인 맹금류였다. 더구나 이놈들은 무리를 지어 사람을 잡아먹고, 농작물에 막대한 피해를 입히고 있었다.

그곳에 도착한 영웅은 입을 다물지 못했다. 엄청나게 많은 새 떼가 하늘을 새까맣게 뒤덮고 있었기 때문이었다.

헤라클레스 저 많은 새들을 어떻게 다 몰아내지?
일일이 활을 쏘아 죽일 수도 없고...

그렇게 난감해 하고 있을 때였다. 이때, 영웅들의 수호신인 '아테나' 여신이 나타났다. 여신은 땡큐하게도, 헤파이스토스가 만든 커다란 청동 종을 주고 갔다. 그러자 영웅은 청동 종을 가지고 언덕에 올라가, 땡그랑 땡그랑 ~~ 마구 시끄럽게 종을 쳤다.

결국, 새들이 시끄러운 종소리에 날아가기 시작하자, 영웅은 활을 쏘아 새들을 차례로 추락시켰다. 오르세 미술관에 있는 '부르델 Bourdlle'의 '활 쏘는 헤라클레스' 동상이 바로 헤라클레스가 이 새들을 활로 쏘는 장면을 묘사한 것이다.

부르델의 스팀팔로스의 새를 활로 쏘는 헤라클레스 동상 - 앞면과 옆면에서 찰칵! - 오르세 미술관

7. 일곱 번째 과업 - 크레타의 미친 황소

일곱 번째 과업은 크레타섬의 미쳐 날뛰는 황소를 잡아오라는 것이었다. 그 황소가 미쳐 날뛰게 된 배경은 이러했다.

크레타 섬의 '미노스 Minos' 왕이 형제들과 왕권을 다투고 있을 때였다. 그때 미노스는 자신이 신에게 왕권을 부여받았다며, 그 징표로 포세이돈에게 기도를 올렸다.

미노스 오오, 포세이돈이시여!
제게 저 깊은 바다에서 황소를 보내주소서.
그럼 그 황소를 나중에 제물로 바치겠나이다.

그러자 포세이돈이 정말 바닷속에서 멋진 황소를 보내주었고, 백성들은 그를 왕으로 추대를 했다. 그러나 화장실 갈 때와 나올 때가 다르다고 했던가? 미노스는 막상 왕권을 차지하자, 그 멋진 황소 대신 다른 소를 제물로 바쳤다. 그러자 뿔따구가 난 포세이돈이 황소를 미치게 만들었는데, 그 미친 황소가 섬에 막대한 피해를 주고 있었다.

헤라클레스는 황소를 잡으러, 멀리 크레타 섬까지 갔다. 그리고는 미쳐 날뛰는 황소의 뿔을 잡아 가볍게 제압한 뒤, 황소 등에 타고 유유히 바다를 건넜다. 그런 다음, 여유 있게 그리스로 컴백했다.

에우리스테우스는 헤라클레스가 어렵게 멀리 크레타까지 가서 잡아온 황소를 그냥 쓱 한번 쳐다보더니, 고작 한다는 말이 …

크레타의 미친 황소를 힘으로
제압하는 헤라클레스 - 빈 광장

에우리스테우스 참으로 멋진, 미친 크레이지 황소구먼.
자, 이제 봤으니까 그만 풀어줘 버려!

잡아오란 명령도 간단했고, 풀어주란 명령도 간단했다. 헤라클레스가 황소의 고삐를 놓아주자, 맛이 간 녀석은 온 그리스를 미친 듯이 휘젓고 다니며, 또다시 소란을 피우기 시작했다. 결국, 이 황소는 나중에 아테네의 영웅 테세우스에게 잡혀 죽고 만다.

8. 여덟 번째 과업 - 디오메데스의 식인 암말

에우리스테우스 트라케 '디오메데스 Diomedes' 왕에겐 4마리 식인 암말이 있는데,
그 사람의 고기 먹는 말들을 끌고 오던지,
아니면, 니가 걔네들의 한 끼 식사가 되든지 해라.

트라케 왕은 사람 고기를 먹는 4마리의 식인 암말이 있었다. 그런데 그자는 지나가는 나그네에게 강제로 씨름을 제안하고, 패한 자는 사나운 말들의 먹이로 던져주었다.

헤라클레스가 가자, 역시 왕이 씨름을 한판 붙자며 도전을 해왔다. 드디어 임자 만났다고나 할까? 영웅은 업어치기로 한판승을 거둔 뒤, 그자를 사나운 암말들 먹이로 주었다. 그랬더니 희한하게도, 그 식인 말들은 왕의 고기를 먹은 뒤 온순해졌다고 한다.

요 옆의 조각이 재미있다. 자세하게 보시라! 영웅이 거꾸로 상대를 메다꽂는 순간, 디오메데스가 영웅의 생식기인 남근을 손으로 붙잡고, 악착같이 저항하고 있다. 크크크 ...

바르젤로 미술관

헤라클레스가 디오메데스의 허리를 잡아, 한판으로 제압하고 있다.

디오메데스를 잡아 식인 암말들의 먹이로 주는 헤라클레스

9. 아홉 번째 과업 - 아마존 여왕의 허리띠

아홉 번째 과업은 아마존 여왕, '히폴리테 Hippolyte'의 허리띠를 가져오란 것이었다. 아마존은 흑해의 연안에 사는 여자 부족으로, 전쟁에 관해서는 타의 추종을 불허했다. 여자들만이 사는 아마존은 남자들과 잠자리를 하여, 아이를 낳으면 여자아이만 기르고, 사내아이는 죽이거나 아이의 아버지 나라로 보냈다.

'아마존'이란 '가슴이 없는 ...'이란 뜻인데, 그녀들은 활을 쏠 때 방해가 되지 않도록, 오른쪽 가슴을 잘라버려 붙인 이름이었다. 키가 크고, 말을 잘 타는 이 용맹한 여 전사를 보통 '아마조네스 Amazones'라고도 부른다. 그녀들의 여왕 히폴리테는 황금 허리띠를 차고 있는데, 그 띠는 모든 여자 가운데 최고 여자란 뜻으로 용맹의 상징이었다.

헤라클레스는 그 황금 허리띠를 가져오기 위해서, 머나먼 흑해로 원정을 가야 했다. 원정을 떠나기 전, 왜 황금 허리띠를 가져와야 하는지 물었다. 그러자 고작 이유가 ...

에우리스테우스 뭐, 대단한 이유는 아니고, 그냥 우리 딸이 갖고 싶대서!

헤라클레스 뭐? 이걸 기냥, 콱!

영웅은 즉시 선원들을 모집해, 배 한 척으로 출발했다. 마침내 일행이 우여곡절 끝에 아마존이 살고 있는 항구에 도착하자, 여왕이 소식을 듣고 마중을 나와 있었다. 여왕은 헤라클레스를 보더니, 마음에 든 표정을 지었다.

그러나 이때, 헤라가 또 방해 공작을 했다. 헤라클레스와 일행이 각자 아마존 여자를 끼고, 한참 재미 보고 있을 때였다. 그때에 아마존 여자로 변신한 헤라가 온 동네방네를 돌아다니며, 여왕을 납치하려고 한다는 헛소문을 퍼트렸다.

헤라 지금 이방인들이 여왕을 납치하려고 해요! 어서 여왕을 구합시다, 어서!

그러자 아마존들이 무장을 하고 달려와, 헤라클레스와 그 일행을 죽이려 했다. 곧바로 치열한 싸움이 벌어졌다. 이 싸움에서 헤라클레스는 수많은 아마존을 죽이고, 여왕에게 허리띠를 넘겨받아, 급히 귀향길에 올랐다.

아마존 여왕을 죽이는 헤라클레스 - 빈

여왕과 싸우는 - 마드리드 국립

여왕을 강타하려는 - 바르젤로

한쪽 가슴을 내놓은 아마존의 여전사들이 말을 탄 상태에서, 도끼와 칼을 휘두르며 남자들을 상대로 용맹하게 싸우고 있다.

트로이 침공

귀향길 배는 지금의 터키 서북쪽에 있는 '트로이'를 통과하고 있었다. 트로이는 바로 트로이 전쟁과 트로이 목마로 유명한 나라다. 3권에 나오는 그리스와 10년 동안 치열한 전쟁을 벌이며, 숱한 이야기를 남긴 나라가 트로이다.

그런데 그 트로이 해안의 절벽 바위에, 어떤 처녀가 쇠사슬에 묶여있었다. 마치 1권의 페르세우스의 모험에 나오는 안드로메다 공주처럼 말이다. 이 처녀는 트로이 왕의 딸인 '헤시오네'였다. 그녀가 절벽에 묶여 있는 이유는 그녀의 아버지 '라오메돈' 왕이 신들을 기만했기 때문이었다.

한때, 포세이돈과 아폴론은 감히 제우스를 끈으로 묶는 역모를 일으켰다. 그러나 그 쿠데타는 실패로 끝났다. 그때 테티스 여신의 도움으로 간신히 풀려난 제우스는 괘씸한 놈들을, 아니 두 신을 트로이로 귀양 보냈다. 이때 두 신은 라오메돈에게 보수를 받기로 하고, 트로이 성벽을 지어주었다.

그러나 라오메돈은 그 약속을 어기고, 보수를 주지 않았다. 그러자 아폴론은 트로이에 질병을 퍼트렸고, 포세이돈은 무시무시한 바다 괴물을 보내어 응징했다. 이에 다급해진 왕이 신탁에 조언을 구하자 …

신탁의 예언 공주를 바다 괴물의 먹이로 내놓으면, 재앙에서 벗어날 수 있다!

이런 이유로, 공주는 절벽에 묶여있었다. 헤라클레스가 방문하자, 라오메돈 왕이 급히 도움을 청했다. 그러자 영웅은 공주를 구해주는 대신, 조건을 내걸었다.

헤라클레스 내가 공주를 구하면, 트로이의 신마(神馬)를 주겠소?

당장에 코가 석자인데, 물불을 가릴 틈이 있겠는가? 왕이 신마를 주겠다고 약속하자, 헤라클레스는 바다 괴물을 죽이고 공주를 구했다. 그러나 라오메돈은 또 약속을 지키지 않았다. 그러자 영웅이 화가 나서 …

헤라클레스 요런, 약속을 밥 먹듯이 어기는 나쁜 놈!
오냐! 내가 지금은 할 일이 많아 그냥 가지만,
다음에 찾아오면 가만두지 않을 것이다.

그렇게 위협하고 돌아갔다. 그러나 그의 위협은 그냥 위협으로 끝나지 않았다. 헤라클레스는 정말 12가지 과업을 모두 마치고, 트로이를 쳐들어갔다. 그리고는 약속을 지키지 않은 라오메돈과 그자의 아들들을 죽였다.

라오메돈을 죽이는
헤라클레스

10. 열 번째 과업 - 게리오네스의 붉은 소 떼

에우리스테우스 어서 가서, '게리오네스'의 붉은 소 떼를 빼어 와라.
제발, 이번엔 살아 돌아오지 않기를 바란다. 부탁이다!

거인 '게리오네스'는 스페인의 남쪽에서 붉은 소 떼들을 기르고 있었는데, 그 소들을 머리가 2개나 달린 괴물 개 '오르토스 Orthus'가 지키고 있었다. 그런데 게리오네스는 한 몸에 3명의 상체와 하체가 배에 함께 붙은 모습을 하고 있었다. 그러니까 이자는 3개의 머리와 6개의 팔 다리가 한 몸에 달린 괴물이었다.

이번 과업은 저 멀리 세상 서쪽 끝까지 가야 하는 험난한 여정이었다. 영웅은 크레타와 리비아를 가로질러, 계속 서쪽으로 걸었다. 그러다 마침내 대서양 끝에 도착하자…

헤라클레스 휴우! 정말 멀고도 먼 힘든 여행이구먼.
가만, 여기에 내 여행 기념물을 세워야겠군.

그는 그곳에 자신의 여행 기념물을 세웠는데, 이것이 유명한 '헤라클레스 기둥'이다. 헤라클레스 기둥은 지금의 지브롤터 해협의 급격한 낭떠러지 바위를 말한다.

그는 거기서 최종 목적지인 이베리아 반도로 건너가려면, 다시 바다를 건너야 했다. 그런데 태양이 너무 뜨거워 짜증이 나자, 그는 대담하게 태양신을 향해 활을 쏘겠다고 위협했다.

헤라클레스 태양신이여! 도저히 더워서 못 참겠소. 좋은 말 할 때 좀 비키시오.

'요런 건방진 녀석이 있나?' 그러나 태양신은 제우스 아들의 건방진 용기에 감탄했던 모양이다. 그래서 화를 내는 대신, 영웅에게 멀리 날아갈 수 있는 황금 잔을 빌려주었다. 영웅은 그 황금 잔을 타고 바다를 사뿐히 건너, 드디어 목적지에 도착했다.

영웅이 도착하자, 먼저 '오르토스'란 괴물 개가 덤벼들었다. 그러나 영웅이 곤봉으로 때려죽이고 소 떼를 몰고 가려는데, 이번에는 게리오네스가 뒤쫓아와, 서로 치열한 싸움이 벌어졌다.

하지만, 결국 이자도 영웅이 쏜 독화살에 배를 정통으로 맞아 죽고 말았다.

게리오네스와 싸우는 헤라클레스 - 대영 박물관

소도둑 카쿠스와 이탈리아의 탄생

헤라클레스는 소 떼를 몰아, 이번엔 스페인을 지나는 육로로 귀향길에 올랐다. 지금의 로마 언덕을 지나갈 때였다. 그는 너무 피곤해서, 산 중턱에서 잠시 깜빡 졸았다. 그런데 '카쿠스 Cacus'란 놈이 이틈에 소 4마리를 훔치더니, 교묘하게 소꼬리를 잡아 뒷걸음질 치면서, 소들을 산 위의 동굴 속으로 끌고 갔다.

거인 카쿠스는 입에서 불을 뿜는 괴물로서, 사람도 잡아먹기 때문에 그자의 동굴에는 사람의 뼈가 수북이 쌓여있었다. 얼마 후, 헤라클레스가 잠에서 깨어나더니 ...

헤라클레스 응? 잠시 졸고 있는 사이에 소 4마리가 없어졌네.
근데, 왜 소들을 끌고 간 흔적이 없지?

그러며 주변을 수색했지만, 소들을 찾을 수 없었다. 할 수 없이 포기하고, 소 떼들을 몰아 동굴 앞을 막 지나칠 때였다. 그런데 입구가 막힌 동굴 안에서 소들의 울음소리가 들리는 것이 아닌가!

헤라클레스 바위 안에서 나는 소린데? 어쭈, 그렇다면?

헤라클레스와 카쿠스 - 시뇨리아

'까불면 알쥐?' 하는 표정의 헤라클레스

피렌체 다비드 상 옆의 헤라클레스

영웅이 동굴 바위를 박살 내며 안으로 쑥 들어가자, 카쿠스가 불을 뿜으며 대항했다. 그러나 상대가 누군가! 결국, 카쿠스는 헤라클레스의 한방에 목숨을 잃었다.

헤라클레스는 다시 귀향길에 올랐다. 그런데 갑자기 황소 한 마리가 이탈리아 남부로 도망치더니, 바다를 건너 시칠리아로 갔다. 그곳 사람들은 황소를 '이탈로스'라 불렀다. 그래서 이 황소 때문에, 지금의 '이탈리아'란 나라 이름이 생겼다 한다.

11. 열한 번째 과업 - 헤스페리데스의 황금 사과

헤라클레스 헤스페리데스의 '황금 사과'를 가져오라니? 그게 어디 있는데?

에우리스테우스 그걸 왜 나한테 물어봐? 나도 몰러, 어딘가에 있겠지.
어디 있는지 몰라도 분명 있으니까, 얼른 가져와. 당장!

이 황금 사과는 제우스와 헤라가 결혼할 때에 신들이 준 결혼 선물이었다. 제우스는 그 황금 사과를 아무도 모르게, 3명의 처녀 여신인 '헤스페리데스 Hesperides'와 머리가 100개 달린 뱀 '라돈'에게 지키게 했다.

그런데 문제는 그 황금 사과가 어디에 있는지 모른다는 것이었다. 이런 것을 남산에서 김서방 찾기라고 하나?

아무튼, 헤라클레스는 멀고도 험한 여행길에 올라, 먼저 이탈리아 강의 요정에게 물어보았다. 그러자 요정이 …

헤스페리데스 - 에드워드 번 존스 그림

요정　바다의 노인, 네레우스한테 가보세요.
그분은 예언의 능력이 있기 때문에,
아마도 알고 있을 거예요.

'네레우스 Nereus'는 예언과 변신의 능력을 가진 늙은 바다의 신이다. 그는 '도리스'를 아내로 맞아 50명의 아름다운 딸들을 두었는데, 그가 긴 수염을 기르고 있어, 그를 흔히 '바다의 노인'이라 부른다.

헤라클레스는 지중해를 샅샅이 뒤져, 마침내 그를 찾았다. 그러나 그는 뱀과 불 등의 온갖 모습으로 변신해 달아났다. 그러나 결국 헤라클레스가 그를 붙잡아, 황금 사과가 있는 곳을 알려줄 때까지 놓지 않자, 그는 어쩔 수 없이 …

네레우스　카우카소스 산에 묶인 프로메테우스를 구하면,
그분이 황금 사과가 있는 장소와 방법을 알려줄 것이오!

안타이오스와 부시리스

무슨 퍼즐 같은 과업이었다. 그래서 영웅은 이번엔 카우카소스 산을 향해 출발했다. 그곳을 가려면 리비아를 거쳐야 했는데, 리비아는 '안타이오스 Antaius'란 덩치 큰 거인 왕이 다스리는 나라였다.

그런데 이자는 지나가는 사람에게 레슬링 시합을 강요해 죽였다. 지금까지 이 거인을 상대하여, 이긴 사람이 없었다. 이자는 '대지의 여신'의 아들이었기 때문이었다. 그래서 발이 땅에 닿을 때마다 더욱 힘이 생기기 때문에, 도저히 이자를 이길 수 없었다. 아니나 다를까? 이자는 헤라클레스가 지나가자 다짜고짜 ...

안타이오스 어이! 여기를 통과해 지나가려면,
나와 레슬링 시합을 해야 하는 거 알고는 있냐?

헤라클레스 뭐요? 그딴 법이 어디 있소?

안타이오스 내가 만들었다, 왜?
잔말 말고, 나와 목숨을 걸고 한판 겨루어 보자고. 자, 덤벼!

죽음의 레슬링 시합이 시작되었다. 헤라클레스는 여러 번 그를 땅에 내동댕이쳤다. 그런데 이자는 땅에 닿으면 닿을수록, 힘이 더 세지는 것이 아닌가! 영웅은 상대 약점을 간파했다. 바로 발이 땅에 닿지 않게 하는 것이 키포인트였다.

번쩍 들어 허리를 꺾는 헤라클레스 - 루브르

안타이오스를 번쩍 든 - 빈 광장

번쩍 들어 꺾는 - 우피치 미술관

그래서 상대를 공중에 번쩍 들어 기운을 뺀 다음, 허리를 뚝 부러뜨려 죽였다.

헤라클레스 이 기술을 헤라클레스식, 공중 허리꺾기 기술이라고 하지!

그런 후 이집트로 갔는데, 그곳은 '부시리스 Busiris' 왕이 다스리던 나라였다. 그런데 이 잔혹한 왕도 지나가는 이방인을 잡아, 제우스의 희생 제물로 바치고 있었다. 이유는 이러했다. 부시리스는 이집트에 9년 동안 가뭄과 흉년 등이 계속되자, 다른 나라에서 온 이방인 예언가에게 해결책을 물었다. 그랬더니 이방인 예언가가 ...

예언가 지나가는 이방인을 붙잡아 희생 제물로 바치면,
가뭄과 흉년이 사라질 것입니다.

부시리스 이방인을 제물로? 그럼 너부터 1호로 하면 되겠구먼.

예언자가 제가 .. 1호요?

부시리스 너도 이방인이니까, 너부터 제물로 바치겠다고. 얘기되지?

그래서 이방인 예언자를 1호 제물로 바친 뒤, 그 후로는 재미 삼아 계속 지나가는 이방인을 붙잡아, 이유 없이 제물로 바치고 있었다.

아니나 다를까? 헤라클레스도 그곳을 지나가다 붙잡혀, 제단 위로 끌려갔다. 하지만 영웅은 잽싸게 묶인 밧줄을 끊고, 왕을 몽둥이로 강타해 죽였다. 그리고는 그 몹쓸 놈의 왕놈을 제우스 제단에 대신 제물로 바쳤다.

부시리스를 강타하려는 헤라클레스 - 빈 광장

독수리를 활로 쏘아 죽이는 헤라클레스 - 칼 브로치 그림

프로메테우스를 풀어주는 헤라클레스 - 니콜라스 베르틴 그림

프로메테우스와 아틀라스

드디어, 영웅은 '프로메테우스 Prometheus' 신이 묶여있는 카우카소스산에 도착했다. 기억하시는가, 프로메테우스? 인간을 창조하고, 인간을 위해 불을 훔쳐다 준 분 말이다. 그는 그때까지 바위에 묶여, 매일 독수리에게 간을 쪼아 먹히는 고통을 당하고 있었다. 마침내 영웅이 독수리를 활로 쏘아 죽이고 구해주자, 앞날을 예견하는 그가 ...

프로메테우스 고맙소! 난 그대가 나를 구하러 올 줄 이미 알고 있었소.

헤라클레스 아, 예! 전 지금 황금 사과를 가지러 가는데,
그게 어디에 있고, 어떻게 하면 되는지 알려줄 수 있나요?

프로메테우스 그럼 먼저 내 동생 '아틀라스'를 찾아가시오.
천구를 어깨로 메고 있는 내 형제 말이오.

그런데 황금 사과는 직접 가지러 가지 말고,
그를 대신 보내, 가져오게 하시오.
그는 내 형제지만 좀 교활한 구석이 있는데 ...
그래서, 내가 충고 한마디 하리다!

무슨 충고일까? 사람들이 이 부분을 가장 재미있어하는데, 그 충고는 금방 밝혀진다. 아무튼, 헤라클레스는 천구를 무려 천 년 동안, 어깨에 메고 있는 아틀라스를 찾아갔다. 그리고는 그에게 전후 사정을 우쩌고 저쩌고 설명한 뒤 ...

헤라클레스 그럼 제가 당신 대신, 하늘의 천구를 메고 있는 동안,
황금 사과를 좀 가져다주시겠습니까?
아틀라스 (회심의 미소를 짓더니) 까짓것, 그럽시다.

그러자 헤라클레스는 아틀라스 어깨 높이까지 돌계단을 쌓은 다음, 그 위에 올라가 천구를 왼쪽 어깨로 건네받았다. 그리고 한참 후, 아틀라스가 황금 사과를 가져오자 ...

헤라클레스 정말 고맙습니다!
아틀라스 아니야, 내가 고맙지.
헤라클레스 그럼 어서, 이 천구를 좀 받아주시지요.
너무 무거워서 견딜 수가 없어서요.
아틀라스 너만 무겁고, 난 안 무거운 줄 알아? 난 절대 두 번 다시 안 들 테니까,
이제부터 그게 당신 하늘이다 생각하고, 수고하시오! 그럼 바이 ~
헤라클레스 (급히) 잠깐, 내 말 좀 들어보세요! 사실 전 오른손잡이거든요.
근데 왼쪽 어깨로 메고 있으려면, 너무 힘들 거 같아서요.
정말 죄송한데, 천구를 좀 .. 요 오른쪽 어깨로 옮겨주시겠어요?
아틀라스 내 대신 평생을 메고 있어야 하는데, 그 정도 부탁쯤이야. 허허허 ...

그러며 아틀라스가 황금 사과를 땅에 놓고, 천구를 번쩍 들어 옮겨주려고 할 때였다. 바로 그때, 헤라클레스는 재빨리 계단에서 뛰어내렸다. 이런 것을 자승자박(自繩自縛), 자기 꾀에 자기가 넘어갔다고 해야 하나? 요것이 바로 프로메테우스가 한 충고였다.

헤라클레스 (사과를 가지고 가며) 그럼 지금까지 그랬던 것처럼, 앞으로도 계속 수고하세요. 바이 ~ 안뇽 ~

아틀라스 약속이 다르잖아? 이봐, 사실 나도 오른손잡이야. 어이, 잠깐만!

결국, 아틀라스는 또다시 천구를 어깨에 떠받히는 신세가 되고 말았다. 헤라클레스가 황금 사과를 가지고 돌아가자, 에우리스테우스는 황금 사과를 영웅에게 선물로 주었다. 애당초 그것이 목적이 아니었기 때문이었다. 그러자 영웅은 신성한 황금 사과를 아테나 여신의 제단에 바쳤다.

또 다른 간단한 이야기로는 ... 헤라클레스가 괴물 라돈이 지키고 있는 헤스페리데스 정원을 찾아가, 괴물을 한방에 때려눕히고 황금 사과를 가져왔다는 설이 있다.

천구를 어깨에 멘 아틀라스와 헤스페리데스 - 싱거 사전트 그림

헤라클레스에게 사과를 주는 헤스페리데스 - 펠레그리니 그림

황금 사과를 등 뒤의 손에 쥐고 있는 헤라클레스 (나폴리 국립 박물관) / 로마 전철역 입구에 알몸으로 서있는 헤라클레스

12. 열두 번째 과업 - 저승의 개, 케르베로스

에우리스테우스는 11가지의 과업을 마치자, 이번에는 마지막으로 도저히 불가능한 일을 지시하며 ...

에우리스테우스 저승에 가서, 저승의 개인 '케르베로스'를 데려와라.

헤라클레스 (놀라며) 뭐, 저승까지 가라고?
그건 도저히 불가능한 일이잖아, 인마?

에우리스테우스 불가능하니까 시키는 것이지, 가능하면 시키겠냐?
또 불가능하니까, 도전해 볼 가치가 있는 거 아냐, 인마?

헤라클레스 뭐, 인마?

'케르베로스 kerberus'는 머리가 3개고, 꼬리와 등에 뱀 머리가 달려 있는 저승 입구를 지키는 무시무시한 개다. 그렇다! 저승의 개를 데려오려면, 무엇보다 먼저 저승 세계로 가는 것이 관건이었다.

헤라클레스 그래 맞아! 엘레우시스 밀교를 통해 가는 거야.
내가 알고 있는 신관은 저승 가는 길을 알고 있을 거야.

'엘레우시스 밀교'는 앞에 나왔던 데메테르 여신과 페르세포네를 숭배하는 비밀스런 밀교인데, 그 신관이 저승 세계로 가는 길을 알고 있었다. 그래서 헤라클레스는 신관을 통해 저승 세계로 내려가, 저승의 왕 '하데스'를 만났다. 하데스가 ...

하데스 넌 제우스 아들 아니냐? 여기까지 무슨 일로 왔지?
헤라클레스 '케르베로스'를 잠시 데리러 왔습니다.
임무를 마치면, 금방 다시 돌려드리죠.
하데스 그래? 그럼 한 가지 조건이 있다.
무기 없이 싸워 이기면, 잠시 데려가는 것을 허락하겠다.

그래서 영웅은 무기도 없이, 저승의 개와 일대일로 맞짱 붙었다. 먼저 케르베로스가 컹컹 짖으며, 무서운 이빨을 드러내고 달려들었다. 그러자 영웅은 살짝 피한 다음, 팔로 잽싸게 녀석의 목을 조르기 시작했다. 녀석도 만만치 않았다! 꼬리에 있는 뱀의 입으로 영웅의 다리를 물고 늘어졌다. 그러나 헤라클레스가 녀석의 목을 더욱더 조이자, 결국 녀석은 축 늘어지며 항복했다. TKO 승이었다.

헤라클레스는 저승의 개를 끌고 나오다, 저승 의자에 꽁꽁 묶여있던 친구 '테세우스'와 '페이리토스'를 발견했다. 그런데 이때 그는 테세우스는 함께 데려왔지만, 페이리토스는 하데스가 반대해 데려올 수 없었다. 암튼, 영웅이 저승의 개를 생포해 오자, 어리버리한 에우리스테우스는 무시무시한 개를 보더니 괴성을 지르며 ...

에우리스테우스 카악 ~ ! 이놈이 진짜 미친놈이구먼.
저승의 개까지 데려올 줄은 꿈에도 몰랐네.
(청동 항아리 속으로 숨어버리며) 이제 가, 꺼져 버려.
다시는 내 앞에 나타나지 마, 알았어?
이런 나쁜, 미친놈!

헤라클레스는 임무를 마친 후, 약속대로 케르베로스를 다시 저승으로 돌려보냈다. 이렇게 영웅은 12년 동안 12가지 과업을 완수하여, 자식을 죽인 죄를 씻을 수 있었다.

그럼 악당 '에우리스테우스'는 어떻게 되었을까? 결국 이자는 나중에 헤라클레스의 아들에게 죽고 만다. 아들이 이자의 목을 사정없이 베어버리자, 헤라클레스의 어머니인 알크메네가 이자의 두 눈마저 파내 버렸다 한다.

저승에서 케르베로스를 잡아오는 헤라클레스 - 빈 광장

케르베로스를 질질 끌고 오는 헤라클레스 - 요한 쾰러 그림

3. 헤라클레스의 결혼과 최후

등장 인물

에우리토스 : 오이칼리아 왕
이올레 : 그의 딸
이피토스 : 그의 아들
옴팔레 : 리디아 여왕
데이라네이라 : 헤라클레스 두 번째 아내 (오이네우스 딸)
네소스 : 켄타우로스 족

헤라클레스의 두 번째 발작

헤라클레스는 12가지 과업을 마치고, 고향 테베로 컴백했다. 하지만 아내 '메가라'와 더 이상 살 수 없었다. 자꾸만 그녀가 낳은 자식을 죽인 악몽이 되살아났기 때문이었다. 일종의 트라우마였다! 그래서 그는 자기 아내 메가라를 조카 이올라오스에게 넘기고, 자신은 새로 결혼하려고 했다.

이올레와 헤라클레스 - 카라치 그림

이때, 그의 귀를 쫑긋하는 소식이 들려왔다. 오이칼리아 왕 '에우리토스 Eurytus'가 활쏘기 대회를 열어, 자기를 이긴 자에게 딸 '이올레 Iole'를 준다는 소식이었다. 왕은 활의 명사수며 또 어릴 때 헤라클레스에게 활쏘기를 가르쳐준 스승이었다.

헤라클레스는 왕과 시합을 벌여 승리했지만, 왕은 딸을 주는 것을 거절했다. 그러나 장남 '이피토스 Iphitus'가 아버지를 설득하자, 왕은 단호하게 ...

에우리토스 그자는 실성하여 자기 자식을 죽인 자다.
그런 자가 내 딸과 결혼해 자식을 낳으면,
또 자기 자식을 안 죽인다는 보장이 어디 있냐. 절대로 안 돼!

그리고 얼마 후였다. 어떤 도둑놈이 왕의 소 떼를 훔친 사건이 발생했다. 그러자 왕은 헤라클레스를 의심했다.

에우리토스 이건 분명히 그놈 짓이 틀림없어.
딸을 주지 않는다고, 소를 훔친 게 분명하다고. 이런 나쁜 놈!

이피토스 그 사람은 절대 그런 짓을 할 사람이 아닙니다, 아버님!
그럼 제가 그와 함께 소를 찾아보겠습니다.

그래서 이피토스와 헤라클레스는 함께 소를 찾아다녔다. 그러던 어느 날, 두 사람이 절벽을 걸어가고 있을 때였다. 그런데 그때, 헤라클레스는 다시 헤라의 공작으로 미친 광기가 일어나, 갑자기 이피토스를 절벽 밑으로 떨어뜨렸다.

광기로 인한 두 번째 살인이었다. 헤라클레스는 다시 죄를 씻기 위해, 아폴론 신전을 찾았다. 그러나 신탁소 여사제인 '피티아'가 살인자란 이유로 신탁을 거절했다.

피티아 당신처럼 두 번이나 살인한 자는 신탁의 예언을 해줄 수 없습니다!

그러자 뿔따구가 난 헤라클레스는 겁 없이 신탁 의식 때 사용하는 세발솥을 가져가며, 자기 스스로 새로운 신탁소를 차리겠다고 신전을 떠났다. 그러자 델피의 신탁소의 주인 '아폴론'이 화가 나 길을 막으며 ...

아폴론 잠깐! 어디서 감히 내 신탁소의 세발솥을 훔쳐 가는 거냐?
내가 너 같은 놈을 가만둘 거 같아?

헤라클레스 가만두지 않으면 어쩔 건데요?
나와 한번 맞짱 떠보겠다, 이거요?

드디어 세기의 대결이 성사될 것인가? 그러나 그 대결은 성사되지 않았다. 제우스가 둘 사이에 벼락을 던져, 형제간 싸움을 막았던 것이다. 암튼, 이 사건으로 영웅은 간신히 신탁을 들을 수 있었다.

신탁의 예언 그대는 앞으로 3년간 종살이하여 번 돈을,
자식을 잃은 에우리토스 왕에게 보상하라.
그럼 살인죄를 씻을 수 있을 것이다.

옴팔레 여왕의 노예가 된 헤라클레스

영웅은 살인죄를 씻기 위해, 리디아의 '옴팔레 Omphale' 여왕에게 노예로 팔려갔다. 그리고 그곳에서 3년간 여왕에게 종살이하며, 그곳 도둑과 악당을 소탕하고, 그 나라를 위협하며 침략하는 주변 나라를 굴복시켰다.

그러나 영웅은 점차 여왕의 사랑의 노예가 되어, 여왕과 결혼을 하더니 그들 사이에서 아들도 하나 두었다. 하늘도 무섭지 않던 영웅이 사랑에 빠지자, 그는 점차 영웅 기질이 퇴색되었다. 아니, 나중에는 그냥 여왕이 영웅을 가지고 놀았다.

옴팔레는 영웅의 몽둥이와 사자 가죽은 자신이 걸치고, 영웅에게는 여자 옷을 입혀서 시중을 들게 했다. 정말로 맛이 가도 단단히 맛이 간 것일까? 이제 영웅은 여자 팔찌와 목걸이를 하고, 여왕 옆에서 털실을 짰다. 또 파티에 가는 여왕을 위해 양산을 들어주고, 알몸으로 여왕을 등에 태우고, 말 흉내를 내기도 했다.

그뿐 아니었다. 여자 시종들과 털실을 감으며 시시덕거리다, 여왕에게 야단을 맞기도 했다. 또 여자 옷을 입고, 여왕과 하녀들에게 자기 영웅담을 들려주는 것이 일상생활이 되어버렸다. 이러한 영웅의 엽기적인 행위는 화가들의 흥미로운 소재가 되었다. 그래서 루벤스를 비롯한 화가들은 아래와 같이 재미있는 작품을 남겼다.

움팔레와 침대에 있는데 사티로스가 자꾸 찝쩍거리자, 발로 냅다 엉덩이를 뻥 차버리는 헤라클레스 - 아브라함 얀센 그림

거인들과의 전쟁

그러다 마침내 3년간 종살이를 마치자, 헤라클레스는 여자 옷을 훌러덩 벗어던졌다. 그가 제우스의 부름을 받은 것이다. 이번에 영웅에게 막중한 임무가 주어졌는데, 바로 거인들과의 전쟁이었다. 제우스는 거인들이 하늘로 쳐들어오자 …

제우스 내 아들 헤라클레스야! 지금이 네가 활약할 때다.
어서 힘을 합쳐, 거인 '기간테스'들을 무찌르자.

거인 '기간테스'들이 커다란 바위와 불덩이를 던지며, 올림포스를 공격해오고 있었다. 신들이 밀리고 있을 때였다. 그런데 헤라클레스가 투입되자, 전세는 곧바로 역전됐다. 제우스가 벼락을 던지면, 헤라클레스가 화살을 쏘아, 상대를 모두 쓰러뜨렸던 것이다. 이 싸움이 베를린의 '페르가몬 박물관'에 있는 기간테스와의 싸움이다.

강의 신, 아켈로오스와의 대결

헤라클레스는 전쟁이 끝나고, 칼리돈 '오이네우스 Oeneus' 왕의 딸에게 청혼을 했다. '데이아네이라 Deianeira'는 미모의 공주였기 때문에 수많은 이들이 청혼했다.

청혼자 중에는 강의 신 '아켈로오스 Achelous'도 있었다. 이자는 그리스 서부 지방에서 가장 큰 강의 신으로, 상반신은 긴 머리에 황소 뿔이 있는 사람의 모습이지만, 하반신은 물고기 모습을 한 자였다. 이자의 특기는 변신인데, 특히 뱀과 황소로 변신하는 재주가 있었다. 이자도 왕궁을 찾아와 …

아켈로오스 왕이시여! 저를 사위로 삼아주십시오.
헤라클레스 (자신도 나서며) 왕이시여, 저에게 따님을 주십시오.

이들 경쟁자 사이에 팽팽한 긴장감이 오갔다. 이때 헤라클레스가 왕에게 …

헤라클레스 왕이시여! 저에 대해 간단히 말씀드리면,
전 하늘의 최고신인 제우스 아들입니다.
따라서 따님이 저와 결혼하면, 제우스 신의 며느리가 될 것입니다.
또, 전 12가지 과업을 마친 명성을 가지고 있습니다.
아켈로오스 왕이시여! 난 저자와 같은 이방인이 아니고,
이 나라를 흐르는 토박이 강의 신입니다.
그리고 이보게, 헤라클레스!
자네 어머니는 제우스의 본부인이 아니지 않는가?
따라서, 자네 아버지가 제우스라고 자랑하면,
자네 어머니가 불륜을 저질렀다는 반증 아니겠나. 어허허허 ….

헤라클레스는 자신의 어머니를 모욕하자 분노하여 …

헤라클레스 뭐라고? 난 말보단 주먹 쓰는데 자신 있는 사람이다.
좋다! 난 싸움에서 이길 테니, 넌 주둥이로 이겨라.
자, 덤벼라 이놈아!

그러며 달려들자, 강의 신도 맞짱을 붙었다. 헤라클레스는 상대의 목과 다리를 노리는 기술을 구사하며 공격했다. 그러나 상대의 덩치가 워낙 커서 꿈쩍하지 않았다. 그들은 결코 물러서지 않겠다는 듯, 이마를 마주 대고, 서로가 서로를 밀어붙였다.

그러다 헤라클레스가 주먹으로 한방을 먹이자, 상대가 휘청했다. 이틈을 노려 영웅이 재빨리 특기인 조르기로 들어갔을 때, 강의 신은 뱀으로 변신해 빠져나왔다. 그러더니 그는 똬리를 틀고 혀를 날름거리며, 무시무시한 소리로 상대에게 겁을 주었다. 그러자 헤라클레스가 껄껄 웃으며…

뱀으로 변신한 강의 신, 아켈로오스의 목을 잡아, 강타하려는 헤라클레스 - 루브르 박물관

헤라클레스 으하하하 …. 난 갓난아이 때 이미 뱀을 잡고,
머리가 9개 달린 괴물 히드라도 처치한 사람이다.
넌 히드라에 비하면 열라 작구나. 그럼 어디, 나한테 맛 좀 보실까?

그러며 뱀의 목을 잡아 죄기 시작하자, 상대는 이번엔 거대한 힘센 황소로 변신했다. 그러나 영웅이 황소의 목을 팔로 감아, 뿔을 땅바닥에 처박았다. 그래도 상대가 항복을 하지 않자, 영웅은 황소 뿔 하나를 우지직 분질러 버렸다.

헤라클레스 자, 맛이 어떠냐? 이 뿔 하나 없는 황소야.
아켈로오스 내가 졌소. 기브 하고도, 업이오. 항 ~ 복!

영웅은 이렇게 하여, 미모의 데이아네이라를 아내로 맞았다.

이번엔 거대하고 힘센 황소로 변신하자, 황소 뿔 하나를 우지직 분질러 버리는 헤라클레스 - 반 하를렘 그림

데이아네이라와 네소스

신혼 생활을 하던 어느 날이었다. 그런데 헤라클레스는 본의 아니게, 또다시 살인을 했다. 사건은 어떤 잔치 중에 벌어졌다. 손님에게 시중을 들던 소년이 물을 쏟는 실수를 저질렀다. 그러자 영웅이 가볍게 주먹으로 머리를 툭 치며 …

헤라클레스 인마! 조심 좀 해, 응?

그런데 그의 손힘이 어디 보통 힘인가? 머리를 맞은 소년은 그 자리에서 죽고 말았다. 소년의 아버지는 고의가 아니기 때문에 용서했지만, 그래도 헤라클레스는 관습에 따라 다른 나라로 망명을 가야 했다.

영웅은 갓 결혼한 아내와 함께 망명길에 올라, 물살이 거센 강에 이르렀다. 그 강물은 겨울철 비로 물이 많이 불어있었고, 소용돌이가 많아서 건너는 것이 그리 쉽지 않았다. 이때에 음흉한 켄타우로스 '네소스 Nessus'가 다가왔다. 네소스는 그 강에서 돈을 받고, 사람들을 반대편으로 건네주고 있었다.

네소스 (은근슬쩍) 안녕하시오. 크흐흐 …
제가 댁의 부인을 강 건너로 모셔 드리죠.
전 여기 물살을 잘 알고 있거든요.

헤라클레스 (돈을 주며) 그럼 내 아내를 잘 부탁하네.

우선 네소스가 아내를 업고 출발하자, 영웅은 몽둥이와 활을 건너편 강둑에 던지고, 거센 물살을 헤치며 강을 건너갔다. 영웅이 다시 몽둥이와 활을 집으려 할 때였다. 이때 아내의 날카로운 비명 소리와 다급한 목소리가 들려왔다.

데이아네이라 아 ~ 악! 여보, 이 자가 나를 납치해 가려 해요. 여보 ~ !

귀도 레니의 네소스의 데이아네이라 납치
- 루브르 박물관

뻔뻔한 네소스가 아내를 납치하여, 겁탈하기 위해 다급하게 달아나고 있었다. 그러자 격분한 헤라클레스가 고함지르며 …

헤라클레스 야, 이 천하의 나쁜 놈아! 거기 서지 못해?
감히 내 아내한테 그딴 짓을 해?
오냐! 네놈이 발 빠른 것만 믿고 까부는 모양인데,
어디 도망칠 테면 도망 쳐봐라.
내 이 치명적인 독화살이 너를 따라잡을 것이다.

헤라클레스가 강 건너편에서, 아내를 납치하는 네소스에게 활을 쏘고 있다. 말을 붙잡는 이는 강의 신 - 루브르 박물관

그러며 화살을 쏘자, 날아간 화살이 등을 통과하여 가슴까지 뚫었다. 네소스는 몸에 깊이 박힌 화살을 간신히 뽑았다. 그러자 히드라의 독이 섞인 피가 콸콸 쏟아졌다. 그때 네소스는 죽기 전에 복수로, 자기 피에 젖은 옷을 아내에게 주며 …

네소스 부인! 이 피 묻은 옷을 소중하게 간직하세요.
이건 남편의 마음을 사로잡는 사랑의 묘약인데,
남편의 애정이 식었을 때, 이 피를 속옷에 넣으면,
남편의 사랑이 다시 돌아올 겁니다.

그자는 이런 멘트를 남기고, 숨을 거두었다. 그러자 아내는 그자 말을 믿고, 그 옷을 몰래 숨겨두었다.

헤라클레스 아내를 납치하는 네소스 - 파리 룩상공원

네소스를 붙잡아 강타하려는 헤라클레스 - 피렌체 시뇨리아 광장

헤라클레스의 최후

그 후, 오랜 세월이 흘렀다. 헤라클레스는 예전에 활쏘기 대회를 열어 공주를 주기로 했지만, 그 약속을 어겼던 에우리토스 왕에게 복수하기 위해 군사를 몰고 쳐들어갔다. 그리고는 왕을 죽이고, 공주 '이올레'를 포로로 잡았다. 그런데 이것이 화근이었다.

그는 귀국 도중 승리의 기념으로, 오이타 산에 제우스 제단을 세웠다. 그러더니 전령 '리카스 Lichas'를 아내에게 보내, 제사 때에 입을 예복을 가져오라 했다.

한편, 아내 '데이아네이라'는 집에서 남편을 걱정하며 기다리고 있었다. 그런데 전령 리카스가 승리의 소식과 함께 포로로 잡은 이올레 공주를 집에 데려왔다. 아내는 젊고 아름다운 이올레를 보자, 측은한 생각이 들어...

데이아네이라 쯔쯔.. 불쌍한 아가씨는 대체 누군가?
외모를 보니까 양갓집 규수 같은데,
(전령에게) 이 아가씨 부모는 누구죠?

리카스 (우물쭈물하며) 글쎄요.. 그걸 제가 어떻게 알겠습니까?

그때 아내의 시종이 다가와, 장터에서 들은 소문을 알려주었다. 공주 이올레는 한때 헤라클레스가 사랑했던 처녀며, 남편이 원정을 간 것은 그녀 때문이라고 귀띔해 주었다. 그러자 아내는 망연자실하여...

데이아네이라 아아.. 이게 무슨 날벼락이란 말인가!
이제 보니까 노예가 아니라, 내 연적이었다니!

아내는 전령 리카스를 추궁했다. 그러자 전령은 처음에는 시치미를 잡아떼다, 나중엔 모든 사실을 털어놓았다.

데이아네이라 뭐라고? 이를 어쩌면 좋지?
저 젊고 아름다운 처녀가 첩으로 오면, 내가 어떻게 경쟁을 하지?
남편이 저 처녀를 나보다 더 사랑하면 어떡하지?

그녀는 남편의 사랑을 잃을까 두려웠다. 그러다 문득, 옛날 네소스한테 받은 피 묻은 사랑의 묘약이 생각났다. 그녀는 몰래 보관했던 그 피 묻은 옷이 남편의 사랑을 되찾는 묘약이라 믿었다. 그래서 남편이 입을 예복에 피 묻은 옷의 천 조각을 잘라 꿰맨 다음, 전령에게 보냈다.

헤라클레스는 아내가 보내 준 독이 묻은 예복을 입고 제사를 드렸다. 제단에 불길이 타오르고, 그는 신에게 제물을 드리며 술을 부었다. 그런데 제단 불의 열기로 인해 점점 독이 데워지더니, 그의 온몸에 퍼지기 시작했다. 그는 고통을 참으려고 했지만, 더 이상 참을 수 없었다. 그래서 바닥을 뒹굴고, 산이 떠나가도록 울부짖었다.

헤라클레스 아아악 ~ 으아아악 ~~

그는 있는 힘을 다해 옷을 뜯으려 했다. 그러나 그럴수록 옷이 몸에 찰싹 달라붙어, 살점과 함께 뜯겨 나갔다. 그러다가 나중엔 그의 속살과 뼈들이 앙상하게 드러났다. 또 상처에서 나온 피는 부글부글 소리를 내며 끓고 있었다.

이어, 부글부글 끓는 독은 영웅의 내장을 삼키더니, 힘줄에선 탁탁하며 튀는 소리가 났다. 마침내, 독이 골수까지 퍼져서 뼈들이 녹아내리자, 그는 하늘을 향해 두 팔을 벌려 소리치며 …

헤라에게 울분을 토하는 헤라클레스 - 루브르

헤라클레스　오, 잔인한 헤라 여신이여!
저의 이 고통스러운 모습을 보고 있습니까? 그래요, 즐기시오!
실컷 즐기고, 이 가증스러운 목숨을 어서 거두어 가시오.
나의 이 죽음은 계모인 당신이 주기에 좋은 선물이니까요.
이러자고 내게, 그 고된 12가지 과업을 시켰습니까?
이것이 겨우 당신이 내게 주는 상입니까?
당신의 대리인 에우리스테우스는 잘 살고 있는데,
난 왜 이렇게 비참히 죽어야만 하지요? 아아, 불공평한 세상이여!
그럼 어느 누가 하늘에 신들이 있다고 믿겠습니까?

그는 괴로운 듯 울부짖다가, 소리 지르다, 옷을 뜯다가, 산의 나무를 마구 뽑아버렸다. 그러다 바위 뒤에 숨어서 덜덜 떨고 있는 전령 리카스를 발견하고…

분노한 헤라클레스가 전령 리카스를 한 손으로 번쩍 들어 돌리더니, 바다에 던지고 있다 - 보르게세 미술관

헤라클레스 리카스, 너였냐? 나에게 죽음의 선물을 가져다준 자가?

리카스가 영웅의 무릎을 잡고, 무언가 변명을 하려 할 때였다. 그때 영웅이 리카스를 번쩍 들어 올려, 공중에서 몇 번 빙빙 돌리더니 바다에 휙 던져버렸다.

헤라클레스 에이, 나쁜 놈! 죽어라.

(그러다) 으윽 .. 나도 이제 죽을 준비를 해야겠구나.

그는 스스로 산의 나무를 잘라 화장용 장작을 쌓더니, 그 위에 사자 가죽과 몽둥이를 베고 누웠다. 그러고는 부하들에게 어서 불을 지피라고 명령했다. 그러나 어느 누구도 무서워 명령을 따르지 않았다. 이때 친구 '필록테테스 Philoctetes'가 ...

장작 위에 누워있는 헤라클레스 밑에 필록테테스가 불을 붙이자, 활활 타오르는 화장 장작불 - 보르게세 미술관

필록테테스 더 이상 자네가 고통당하는 걸 못 보겠네.
내가 불을 붙여 주겠네. 잘 가게, 친구!

헤라클레스 고맙네! 그 대신 자네에게 내 무적의 활과 화살을 주겠네.

필록테테스가 받은 이 무적의 활과 화살은 나중에 트로이 전쟁 때, 승패를 결정짓는 중요한 역할을 한다. 그가 나무에 불을 붙이자, 장작은 곧바로 활활 타오르기 시작했다. 그러다 점점 불길이 거세지더니, 탁탁 소리를 내며 사방으로 번졌다. 그러면서 천하를 호령하던 영웅의 몸을 사정없이 태웠다.

신이 된 헤라클레스

하늘의 신들은 지상의 영웅이었던 그의 죽음을 모두 안타까워했다. 그러자 제우스가 신들의 마음을 헤아리더니 흐뭇한 듯 …

제우스 신들이여! 그대들이 내 아들을 염려해 주는 걸 보니까 매우 기쁘오.
그러나, 그렇게 걱정할 필요는 없소.
내 아들 헤라클레스는 저 불도 정복할 것이오.
저 아이가 어머니한테 받은 것은 오직 육신뿐,
난 저 아이에게 이미 영원한 생명을 주었기 때문에,
저 아이는 불속에서도 안전할 것이오.
난 이제 헤라클레스가 지상의 삶을 마치면, 하늘로 불러들일 것이오.
난 모든 신들이 그것을 기뻐하리라 믿고 있소.
(헤라를 슬쩍 보며) 근데 혹시, 누구든 그가 신이 되는 걸 못마땅해 하거나,
그에게 그런 특혜 주는 걸 원치 않는다 해도, 무조건 내 말에 복종하시오.
그리고 괴롭더라도 내 말에 찬성하시오.
그는 그런 상을 받을만한 충분한 자격이 있기 때문이오!

신들은 제우스의 말에 모두 찬성했다. 헤라도 마찬가지였다. 그러나 제우스의 마지막 멘트가 자기를 겨냥한 멘트란 걸 알고는 슬쩍 얼굴을 찌푸려 불쾌감을 표시하며 …

헤라 (괜히 입을 삐죽이다) 칫, 알았어요! 나도 찬성이에요, 뭐!

마차를 타고 하늘로 승천하는 헤라클레스 - 베르사유 궁

하늘 위에서 이러는 동안, 헤라클레스의 불타던 육신은 모두 사라졌다. 그의 어머니가 준 육신은 전부 사라지고, 제우스가 준 영원한 생명만이 남았다. 마치 뱀이 허물을 벗고 새 비늘을 반짝이는 것처럼, 영웅은 육체를 벗고, 불사의 몸으로 다시금 태어난 것이다. 그러자 제우스가 몸소 지상으로 내려가, 헤라클레스를 마차에 태우며 ...

제우스 아들아! 그동안 지상에서 수고했다. 자, 나와 같이 하늘로 올라가자.

제우스는 아들을 마차에 태워 하늘로 올라가, 영웅을 반짝이는 별 사이에 박아주었다. 그 별자리가 '헤라클레스 별자리'다. 이렇게 하늘로 올라 신이 된 헤라클레스는 마침내 헤라와 화해했다. 그러자 헤라는 그에게 자신의 딸인 청춘의 여신 '헤베 Hebe'를 아내로 주었고, 이들 사이에 2명의 아들이 태어났다. 디 엔드!

하늘의 모든 신들이 모인 가운데 헤라와 화해하고, 헤베를 아내로 맞는 헤라클레스 - 피티 궁

에필로그

헤라클레스 - 팔라조 미술관

헤라클레스는 제우스와 알크메네 아들로, 그리스 최고 영웅이다. 라틴어로는 '헤르쿨레스 Hercules', 영어이름은 '허큘리스'다.

헤라클레스란 이름은 '헤라'와 '영광'이 합쳐진 '헤라의 영광'이란 뜻이다. 그의 일생은 태어나기 전부터 시작해 죽을 때까지, 헤라의 질투와 박해로 계속 고난과 역경의 길을 걷는다.

그는 평범한 인간이 할 수 없는 '미션 임파서블'한 많은 업적과 힘겨운 12가지 과업을 완수하고, 마침내 죽은 후 신이 되어, 밤하늘의 별자리로 빛나고 있다.

올림픽의 창시자

올림픽 창시자는 여러 다양한 설들이 있지만, 일반적으로 헤라클레스로 알려져 있다. 그는 엘리스 왕에게 승리한 후, 그 승리를 기념하기 위해서 올림피아에 신들의 제단을 세우고, 감사의 제사를 올렸다. 그리고 전차 경주, 창던지기 ... 등의 경기를 개최했는데, 이 경기가 지금의 올림픽의 기원이라 한다.

기원전 770년경에 시작된 올림픽 경기는 4년에 한 번씩, 5일 동안 거행되었다. 경기 종목으로는 '달리기, 레슬링, 멀리뛰기, 원반던지기, 창던지기, 전차 경주 ..' 등이라 전해진다. 이 올림픽 경기는 그리스 인들이 스포츠를 통해 육체와 정신을 단련하고, 평화를 추구하는 것을 이상으로 삼았는데, 전쟁 중에도 휴전하고 경기를 거행했다 한다.

신들의 복수

아테나와 아라크네의 베 짜기 시합

레토와 개구리가 된 농부들

교만한 니오베

뮤즈 여신들의 노래 시합

온몸의 살갗이 벗겨진 마르시아스의 형벌

미다스의 황금 손과 임금님 귀는 당나귀 귀

(1) 미다스의 황금 손

(2) 임금님 귀는 당나귀 귀

아테나와 아라크네의 베 짜기 시합

등장 인물

아테나　　: 지혜, 전쟁, 방직의 여신
아라크네 : 베를 짜는 달인

이 신화는 아테나와 아라크네의 베 짜기 시합이다. 그런데 그리스와 로마 신화에서 인간이 감히 신들에게 겁 없이 도전하거나, 대결하는 것은 금물이다. 그것은 신에 대한 모독이요, 신성에 대한 경멸이기 때문이다.

베 짜기의 달인, 아라크네

터키 서북부 리디아에 '아라크네 Arachne'란 처녀가 있었다. 이 처녀는 베를 짜는 여자, 이름하여 직녀(織女)였다. 왜 우리 설화에도 등장하지 않는가? 1년에 한 번 오작교에서 애틋하게 만나는 견우와 직녀 할 때 그 직녀 말이다.

아라크네는 베 짜기와 자수의 달인이었다. 얼마나 베를 잘 짜고 또 자수를 잘 놓던지, 방직의 여신 '아테나 Athena'도 그녀에 대한 소문과 명성은 익히 알고 있을 정도였다.

그녀가 유명한 것은 그녀의 신분이나 가문 때문이 아니었다. 순전히 기술 때문이었다. 그녀의 아버지는 양모를 염색하는 직업을 가진 평민이었고, 세상을 떠난 그녀의 어머니 역시, 남편과 다를 바 없는 가난한 집안 출신이었다.

9명의 뮤즈 여신들을 방문한 전쟁과 지혜의 여신이자, 또 공예, 방직, 예술의 여신이기도 한 아테나 - 루브르 박물관

이렇게 아라크네는 금수저가 아닌 흙수저 가정에서 태어나, 지방의 소도시에서 살고 있었지만, 베를 짜는 뛰어난 솜씨로 인기 짱이었다. 그녀가 얼마나 유명한 스타였으면, 그녀의 작품을 구경하기 위해 산과 강의 요정들까지 멀리서 구경하러 오겠는가!

단지 그녀의 완성된 작품을 보는 것만이 구경거리가 아니었다. 그것을 만드는 달인의 작업 과정을 보는 것 또한 커다란 즐거움이었다.

구경꾼 1 우와! 정말 기똥찬 솜씨 군.

구경꾼 2 어디 솜씨뿐이야? 저 작업하는 손놀림을 보라고. 크아악 ~

그녀가 양털을 공처럼 감아 부드러운 실을 뽑아내고, 민첩하게 물레를 돌리고, 이어 우아하게 바늘로 자수를 놓는 과정은 보는 이들의 탄성을 자아냈다.

구경꾼들은 그녀가 그런 기술을 아테나 여신에게 배웠을 거라고 생각했다. 하지만, 그녀는 그것을 단호히 부정했다. 부정만이 아니라, 자신과 여신을 비교하는 것을 매우 불쾌하게 생각했다. 그녀는 그런 인터뷰, 아니 그런 질문을 받을 때마다 화를 내며…

아라크네 뭐라고요? 허참, 기가 막히고 코가 막혀서!
내가 이 기술을 아테나한테 배웠다고요?
흥! 그럼 그녀한테 저와 한번 대결해 보라고 하세요.
까짓것, 제가 지면 어떤 벌도 받죠, 뭐.

이런 소문을 듣자, 아테나는 몹시 불쾌하고 화가 났다. 그래서 여신은 백발의 노파로 변신한 다음, 지팡이를 짚고 비틀거리는 걸음으로 아라크네를 찾아가…

아테나 이것 보세유, 아가씨! 나이 든 할망구의 얘기라 혀서,
그냥 한쪽 귀로 흘려버리면 안돼유.
나이를 먹으면, 그만큼 경험도 쌓이는 법이니께유.
그러니까 제 충고를 무시 말고 들으세유.
그래유! 아가씨는 인간들을 상대로는,
그 어느 누구보다 베 짜는 솜씨가 최고쥬.
하지만 여신과는 경쟁하지 말고, 그냥 양보하세유.
그리고, '제가 그딴 말 혀서 잘못했습니다!'하고,
여신께 겸손하게 용서를 구하세유.
그럼 여신께서도 분명히 용서해 주실 거예유, 아시겄쥬?

아라크네는 그러한 말을 듣자, 손질하던 실을 놓더니 노파를 째려보았다. 당장이라도 한대 칠 기세였지만, 가까스로 참는 표정이 역력했다. 처녀는 얼굴에 성난 빛을 띠면서, 자기 앞에 있는 노파가 아테나인 줄도 모르고…

아라크네　　이 할머니가 나이를 너무 먹어 노망이 드셨구먼!
할머니! 너무 오래 살았다는 생각 안 드세요?
그딴 충고는 댁의 딸이나 며느리한테나 하세요.
제 일은 제가 알아서 할 거니까요.
흥! 내가 뭐 그딴 소리 듣는다고 달라질 줄 아세요?
천만에요. 전 제 생각에 추호도 변함이 없걸랑요.
그나저나, 왜 그녀가 직접 오지 않는 거죠?
왜 아테나는 저하고 시합하는 걸 피하는 거죠?

아테나　　(그러자 곧바로) 그래, 이것아.
내가 여기 왔다!

여신은 그 즉시 노파의 모습을 벗고, 본래 자신의 모습을 드러냈다. 그러자 모여 있던 구경꾼들은 깜짝 놀라, 얼른 여신께 경의를 표했다. 놀라지 않은 사람은 단지 아라크네뿐이었다. 아니, 사실 그녀도 놀라긴 했다. 그렇지 않은 척했지만, 어느새 그녀의 양쪽 볼은 갑자기 붉은 홍조가 나타났다가, 이내 창백해졌다.

베틀을 사이에 놓고, 마주 앉은 아테나 여신과 아라크네 - 틴토레토 그림

아테나 이런 발칙한 거 같으니라고.

정말 나하고 시합하고 싶은 거냐?

아라크네 ....

아테나 어때, 응?

지금이라도 마음을 달리 먹는 것이?

아라크네 아닙니다.

제 생각엔 추호도 변함이 없습니다.

아테나 좋다! 더 이상 충고도 필요 없군.

그럼 당장 시합을 시작하도록 하자.

아테나와 아라크네의 베 짜기 시합

시합은 지체 없이 시작됐다. 아테나와 아라크네의 베 짜기 시합! 여신과 처녀는 각자 자리를 잡고 앉아, 베틀 위에 날실을 걸었다. 그런 다음 뾰족한 볼을 사용하여, 재빠른 손놀림으로 씨실을 날실 사이로 집어넣었다. 그리고는 씨실이 날실을 통과하자, 바디가 그것을 쳐서 다시 원상태로 가게 했다.

여신과 처녀는 달인다운 솜씨로 재빨리 손을 움직였다. 시합에 열중한 나머지, 힘든 줄도 모르는 것 같았다. 그 두 달인이 베에 짜 넣는 실은 티로스의 염료로 염색된 자줏빛 실이었는데, 그 실은 색상의 차이가 미미하여, 거의 구별조차 힘들었다.

그것은 마치 소나기가 지나간 뒤, 부채꼴 모양의 무지개가 파란 하늘을 물들일 때와 같았다. 무지개 속에는 각각 수천 가지 색깔이 빛을 내지만, 보는 사람 눈엔 한 색깔에서 다른 색깔의 작은 변화는 느낄 수 없다.

바로 그러한 것처럼, 그녀들이 짜 넣은 자줏빛 실은 가까운 색깔이 같아 보여도, 양쪽 끝의 색깔은 판이하게 달라 보였다. 거기에 황금색으로 된 금실이 짜 넣어지자, 어느새 베틀의 직물 안엔 옛이야기들이 그림으로 그려지고 있었다.

아테나 여신의 작품 내용

먼저, 아테나 작품은 이러했다. 여신은 작품 안에 오래전에 '아테네'라는 도시를 두고, 자신과 포세이돈이 벌였던 영토 분쟁에 관한 내용을 그려 넣었다. 그림 속엔 제우스를 중심으로 12명의 올림포스 신들이 위풍당당하게 앉아있었다. 각각의 신들은 모습만 딱 보아도, 누가 어떤 신인지 금방 구별할 수 있었다.

'포세이돈'이 삼지창으로 내려치자, 바위 중앙에서 말과 바닷물이 솟아나고 있었다. 아마, 그 도시가 자기 거라고 주장하는 것 같았다. 반면, 아테나는 머리에 투구를 쓰고, 한 손엔 방패 또 다른 손엔 창을 들고, 메두사 목이 새겨진 갑옷을 입고 있었다.

여신이 창으로 대지를 탁 치자, 땅에서 열매가 주렁주렁 달린 올리브나무 한 그루가 솟았고, 신들은 놀란 표정을 짓고 있었다. 여신은 마지막에, 승리의 여신 '니케 Nike'를 그려 넣음으로써 자신의 작품을 마무리했다.

아테네의 수호신 자리를 놓고 대결하는 아테나와 포세이돈 - 르네 앙투안 우아스 그림

그러나 여신은 그것만으로는 부족했던지, 그림 4모퉁이에 4개의 그림들을 추가했다. 그것은 감히 신들에게 도전하면 어떠한 응분의 대가가 따르는지, 경쟁자 아라크네에게 보여주기 위해서였다.

먼저, 한 모퉁이에 트라키아 '로도페'와 '하이모스' 그림을 그려 넣었다. 그들은 감히 신의 이름을 도용했다가, 지금은 차가운 산(山)으로 된 인간들이었다.

두 번째 모퉁이엔, 에티오피아 난쟁이 부족인 '피그마이오이' 여왕의 비참한 운명을 보여줬다. 헤라가 여왕을 학으로 만들어, 자기 백성에게 전쟁을 선포하는 그림이었다.

세 번째 모퉁이엔, 전에 헤라와 미모를 경쟁하다, 새가 된 '안티고네'를 그려 넣었다. 그리고 네 번째 모퉁이엔, 딸을 모두 잃은 '키니라스 Cinyras'를 보여주었다. 그자는 한때 자기 딸이었던 계단을 안고, 우는 것처럼 보였다.

아테나는 이렇게 4개의 모퉁이에, 인간이 오만하면 어떤 대가를 치르는지 암시하는 그림을 그려 넣었다. 그리고 맨 가장자리에 평화의 상징인 올리브 나뭇가지를 장식해, 자신의 작품을 마무리했다.

아라크네의 작품 내용

반면에, 아라크네는 먼저 황소로 변신한 제우스에게 납치당한 '에우로페'의 그림을 짜 넣었다. 그림 속 황소는 진짜 살아서 움직이는 것 같았고, 파도는 정말 넘실거리는 것만 같았다. 에우로페는 멀리 떨어진 육지를 돌아보며 친구들을 부르고 있었고, 찰랑거리는 파도에 발이 닿을까 봐, 두 발을 살짝 움츠리고 있었다.

아라크네는 또 독수리로 변신한 제우스에게 붙잡혀 간 '아스테리아 Asteria'도 넣었고, 백조로 변신한 제우스에게 붙잡혀, 날개 밑에 깔린 '레다 Leda' 그림도 넣었다. 그리고는 제우스가 사티로스로 변신해, 테베의 공주 '안티오페'를 어떻게 임신을 시켰는지, 또한 미케네의 왕비 '알크메네'를 어떻게 유린했는지도 짜 넣었다.

이 밖에도 황금 소나기로 변신해, 아르고스의 공주 '다나에'를 잉태시킨 사건과, 이어 '아이기나'를 납치했던 사건도 집어넣었다. 또한, 제우스가 기억의 여신 '므네모시네'와 9일 밤을 격렬하게 보낸 사건과, 마지막으로 제우스가 얼룩 뱀이 되어, '페르세포네'를 속인 사건도 넣었다.

아라크네는 이렇게 제우스의 부도덕한 애정 행각만을 그린 것이 아니었다. 다음으로 포세이돈의 치부에 관한 그림도 그려 넣기 시작했다.

우선, 포세이돈이 '바람의 신'의 딸을 겁탈하려고, 황소로 변신했던 그림을 짜 넣었다. 또 그가 강의 신으로 변신해 쌍둥이 형제들을 낳은 사건과, 이번에는 숫양으로 변신해, 트라키아 공주를 납치한 사건도 넣었다.

벨라스케스의 아테나와 아라크네의 시합. 그림 중앙 뒤편에 투구를 쓴 아테나와 아라크네가 보인다 - 프라도 미술관

이 외에도, 포세이돈이 '데메테르'에게 수작 부리는 그림과, 괴물 '메두사'를 겁탈하여 천마 '페가수스'를 낳은 사건, 그리고 돌고래로 변신하여 프티아 공주와 관계한 사건을 집어넣었다.

아라크네가 표현한 내용들은 거의 정확했다. 그녀는 그러한 것을 각각 적절한 공간에 배치했다. 그리고 이번엔 '아폴론'과 '디오니소스', 그리고 '켄타우로스 케이론'에 관한 그림을 넣기 시작했다.

먼저, 아폴론이 매의 깃털과 사자로 변신한 그림을 그렸고, 또 어떻게 양치기 목동이 되어, 레스보스 섬의 공주를 속였는지를 넣었다. 그리고 '디오니소스'가 어떻게 농부의 딸을 속였는지를 넣더니, 맨 마지막으로 '크로노스'가 말로 변신하여, 반인반마의 현자 '켄타우로스 케이론'이란 아들을 두었는지를 그려 넣었다.

아테나가 감히 신들을 기만한 것에 화가 나, 회양목 북을 들고 때리려 하자, 황급히 도망치는 아라크네 - 베르사유 궁

아라크네는 그림을 마치며, 모퉁이 좁은 테두리에 담쟁이덩굴과 꽃을 그려 넣었다. 그녀의 작품은 아테나가 보기에도, 흠잡을 데가 없는 완벽한 솜씨였다. 그러나 여신은 경쟁자의 뛰어난 솜씨에 질투와 화가 났지만, 감히 신들의 비행만을 그려 넣은 것에 더 분노했다. 그래서 여신은 아라크네가 그린 천을 찢더니, 회양목 북으로 그녀의 이마를 몇 번 내리치며 …

아테나 이런 무엄하고, 발칙한 것! 어디서 감히 신들을 조롱해?

거미의 전설

그러자, 모욕감을 느낀 아라크네는 용감하게 나무에 목을 매달았다. 그것을 보더니, 여신은 좀 불쌍한 생각이 들었는지, 그녀를 들어 올리며 …

아테나 이 못되고, 건방진 것!
그래! 넌 죽지 말고 살아서, 항상 이렇게 매달려 있어라.
이러한 벌은 너의 후대까지 계속되어,
너의 후손들도 두고두고, 이런 벌을 받을 것이다!

여신은 자리를 뜨며, 그녀 몸에 마법의 약초 즙을 뿌렸다. 그러자 아라크네 머리가 숭숭 빠지며, 코와 입이 없어졌다. 그리고는 온몸이 줄어들더니, 손가락은 양 옆구리에 붙어 다리가 되었고, 나머지 부분은 배가 되었다.

아라크네는 그렇게 거미가 되었다. 그래서 거미는 오늘날까지 자기 배 꽁무니에서 실을 뽑으며, 옛날에 특기였던 베를 짜고 있다. 그리스어로 아라크네는 '거미'란 뜻이다.

거미가 된 아라크네

그리스 로마 신화에서 아라크네같이 신에게 도전하고, 신을 조롱하는 인간은 반드시 참혹한 보복을 받는다. 그런데 이 이야기 속엔 아테나에 대한 중요한 내용이 있다. 바로 여신이 '아테네'라는 도시의 영유권을 두고 포세이돈과 겨루었던 내용인데, 그 내용을 좀 더 자세히 설명하면 이렇다.

아테네 도시의 수호신, 아테나

한때, 아테나와 포세이돈은 그리스 최고 도시 '아테네 Athens'를 두고, 서로 수호신이 되기 위하여 경쟁했다. 이때, 심판을 맡은 신들은 그 도시 사람들에게 더 유용한 선물을 주는 신에게 수호신 자격을 주는 것으로 의견을 모았다. 그러자 포세이돈은 삼지창으로 땅을 쳐, '말'과 '샘물'을 만들어주었고, 아테나는 '올리브나무'를 선사했다.

하지만, 포세이돈이 만들어 준 샘물은 바닷물이라, 사람이 먹지 못하는 짠물이었다. 신들은 올리브나무가 평화와 풍요를 상징하고, 사람들에게 더욱 유익하다고 판단하여, 아테네란 도시를 여신에게 주었다. 그래서 아테네란 도시는 아테나 여신의 이름을 따와, '아테네'라 불리게 된 것이다.

아테네 수호신 자리를 놓고 경쟁을 벌이는
아테나 여신과 포세이돈
루브르 박물관

이렇게, 고대 아테네는 처녀 여신인 아테나를 수호신으로 삼았는데, 유명한 유네스코 세계 문화유산 1호인 '파르테논 Parthenon' 신전은 '처녀의 집'이라는 뜻으로, 처녀 여신 아테나에게 바쳐진 신전이다.

'처녀의 집'이란 뜻으로, 아테나 여신에게 바쳐진 세계 문화유산 1호인 파르테논 신전

상상 복원도

복원도 속의 거대 아테나 조각상

아테나 Athena

태생과 이름

'제우스'와 지혜의 여신 '메티스' 사이의 딸이다. 그녀는 '팔라스 Pallas'라고도 불리며, 라틴어와 영어로는 '미네르바 Minerva'다.

탄생 비화

아테나의 탄생 비화는 특이하다. 제우스는 '메티스' 여신이 처음엔 딸을 낳고, 다음엔 자신을 능가하는 아들을 낳을 것이란 예언을 듣는다. 그러자 그는 자기도 축출 당할까 두려워, 임신한 메티스를 작게 만들어 통째로 꿀꺽 **삼켰다**.

그런데 얼마 후, 제우스는 참을 수 없는 심한 두통에 시달렸다. 그러자 제우스는 내가 7년 동안 광고 모델을 한 두통, 치통, 생리통에 잘 듣는 삼진제약의 '게보린'을 먹는 대신, '헤파이스토스'에게 자기 머리를 도끼로 쪼개달라고 부탁했다.

제우스 머리에서 탄생하는 아테나 - 루브르

그래서 헤파이스토스가 그의 머리를 도끼로 쪼개자, 서프라이즈하게도 제우스 머릿속에서 갑옷을 입고 완전 무장한 아테나가 튀어나왔다. 좀 황당하고 웃기는 짜장면 같은 이야기지만, 요거 중요한 내용이다.

지위와 역할

아테나는 올림포스 12신 중, 아폴론 다음가는 넘버 쓰리(3)다. 권력 서열이 제우스와 아폴론 다음으로 막강한 위치라는 말씀이다.

아테나 - 카피톨리노 박물관

그녀는 '지혜'의 여신이며, '전쟁'의 여신이다. 그러나 같은 전쟁의 신, '아레스'와 품격이 많이 다르다. 아레스가 난폭하고 단순 무식하며, 또 폭력적인 전쟁의 신인 반면에, 아테나는 냉철한 이성과 전략으로 항상 승리를 이끄는 이성적인 전쟁의 여신이다.

그녀는 헤라클레스 같은 수많은 영웅들을 도와주는 수호신이자, 후견인 역할도 한다. 이 밖에도, '방직, 도예, 목공' 등의 기술과 공예의 신과 '예술'의 신이란 다양한 직함을 가지고 있다.

아테나 - 렘브란트 그림

아테나 - 바티칸 박물관

무지에 대한 승리 - 빈 미술사

외모와 성격

구스타브 클림트의 아테나 여신

그림과 조각에서 그녀는 갑옷과 투구를 쓰고, 창과 방패로 무장한 여전사로 등장한다. 그녀의 성격은 차갑고 냉철하지만, 반면에 이성적이고 순결하여 많은 이들에게 은혜를 베푼다.

그녀는 사냥의 여신 아르테미스같이 철저하게 독신을 고집하는 처녀 여신이다.

상징물

그녀의 상징물은 '투구, 갑옷, 창, 메두사 방패(아이기스)'고, 상징 동물은 '올빼미'다. 그림과 조각에서 투구와 갑옷을 입고, 올빼미와 함께 나오는 여신은 100%, 아테나라고 보면 된다. 그녀는 종종 승리의 여신 '니케 Nike'와 함께 등장하기도 한다.

아테나 - 바티칸 박물관

올빼미를 든 아테나 - 루브르 박물관

니케를 든 아테나 - 카피톨리노

모든 악덕을 몰아내는 아테나 여신
만테냐의 미덕의 승리

로마 중심의 빅토리오 기념관 앞에 있는 니케를 손에 든
거대한 아테나 상

레토와 개구리가 된 농부들

등장 인물

레토 : 아폴론과 아르테미스 어머니
젊은이 : 젊은 청년
동행인 : 젊은이 동행인

이 이야기는 아폴론과 아르테미스 어머니인 레토 여신에 관한 신화다. 레토는 헤라의 질투와 박해로, 제우스의 쌍둥이 남매를 낳고도 계속 고통을 겪는다. 이 신화는 바로 그 당시에 있었던 사건이다.

젊은이와 동행인

이 신화의 무대는 터키의 남서쪽에 있는 리키아 주변이다. 어느 날, 여러 사람들이 모여 대화를 나누던 중이었다. 이때, 전에 '레토' 여신의 일을 기억하는 한 젊은이가 모인 이들에게 이야기를 들려주는 것으로 시작한다.

레토와 어린 쌍둥이 남매인 아폴론과 아르테미스

젊은이 여러분! 이 이야기는 옛날에 있었던 '레토 Leto' 여신에 관한 실화입니다. 리키아 농부들이 여신을 깔봤다가, 벌을 받은 사건이지요. 사실 이 이야기는 잘 알려지지 않았지만, 정말 놀라운 얘깁니다. 전 그 기적이 일어난 연못을 직접 보았거든요. 자, 그럼 잘 들어보십시오.

사람들 ???

젊은이 저희 아버지는 너무 연로하셔서, 여행하는 게 어려워지자, 저더러 리키아에 가서, 좋은 소들을 사 오라고 하셨습니다. 제게 그 지방을 잘 아는 동행인을 붙여주면서 말이지요. 그래서 저와 동행인은 길을 떠나, 얼마 후 리키아에 도착해서, 어느 무성한 풀밭을 지나고 있을 때였습니다. 그런데 그곳 호수 한가운데에, 신에게 제물을 바치는 오래된 제단이 있지 뭡니까. 제단이 갈대밭 속에서 시커멓게 불에 그슬린 채로 말이죠. 근데, 길을 알려주던 동행인이 그 제단을 보더니, 두려운 듯 걸음을 멈춰 서서, 이렇게 중얼거리는 거였습니다.

동행인 "여신이시여! 제게 자비를 베풀어 주소서!"

젊은이 저도 멋모르고, 덩달아 따라 했죠. "제게 자비를 베풀어 주소서!" 그리고는 그에게 물었습니다. "대체, 저 제단이 누구 겁니까? 요정이나 전원의 신 제단이에요? 아니면, 여기 토속 신의 제단입니까?" 그러자 동행인이 …

동행인 "허허, 젊은이! 저 제단은 그런 신의 제단이 아닐세. 저 제단의 주인은 전에 헤라 여신이 질투해, 온 세상을 떠돌던 여신, 표류하던 델로스가 파도 위를 둥둥 떠다닐 때, 그녀의 딱한 사정을 듣고, 해산을 받아준 레토 여신의 제단이네."

젊은이 (놀라) "예? 레토 여신의 제단이라고요?"

동행인 "(끄덕이다가) 여신은 델로스 섬에서 종려나무에 기대어,
헤라의 눈을 피해 간신히 쌍둥이 남매를 낳았지.
하지만, 여신은 갓 낳은 애들을 가슴에 안고,
또다시 헤라를 피해, 도망치는 신세가 되었네.
그러다 그녀가 이곳에 도착했을 땐,
태양이 들판을 뜨겁게 내리쬐는 무더운 날이었지.
그때 여신은 너무 지쳐 목이 말라 있었고,
두 젖먹이는 게걸스레, 엄마 젖을 모두 빨아먹어 버렸다네."

젊은이 …

동행인 "그럴 때, 여신은 마침 이 작은 호수를 발견했는데,
호수에선 농부들이 버들가지와 갈대를 모으고 있었지.
목이 마른 여신이 물가로 달려가 물을 마시려 하는데,
근데, 농부들이 물을 마시지 못하게 하는 거 아닌가."

젊은이 "아니, 왜요?"

동행인 "허허허 … 레토 여신도 자네와 똑같은 말을 했네."

레토와 농부들

레토 "아니, 왜요? 왜 물을 못 마시게 하는 거죠?
물은 누구나 마실 권리가 있는 거 아니에요?
자연은 햇빛, 공기, 물을 만들 때,
어느 누구의 사유 재산으로 만들지 않았어요.
전 누구나 마실 수 있는 물을 마시려 하는데,
당신들은 무슨 권리로 못 마시게 하는 거죠?"

농부 1 (레토를 밀치며) "에헤, 이 아주머니가? 암튼 마시지 말라니까 그러네."

농부 2 (소리치며) "아줌씨! 좋은 말 할 때 썩 꺼지라고, 얼른!"

레토 "부탁입니다. 제발 물 좀 마시게 해주세요, 예?
제가 여기서 씻거나 목욕하려는 것도 아니잖아요.
전 단지 너무 목이 말라, 목을 축이려 하는 것뿐이에요.
(목이 타는 듯) 아아 .. 정말 이렇게 얘기하는 중에도 너무 목이 타서,
목에서 말도 잘 나오지 않네요. 제발 부탁이에요!
제가 물 한 모금만 마신다면, 그건 제게 넥타르와 다름없을 거예요.
만약 제가 이 물을 먹고, 다시 원기를 회복하면,
전 당신들을 생명의 은인으로 알겠습니다.
자, 보세요! 이 불쌍한 어린 것들을 한번 보세요.
내 젖가슴에서 댁들을 향해, 작은 손을 내밀어 부탁하고 있잖아요.
이 불쌍한 애들을 생각해서라도, 물 좀 먹게 해주세요, 예?"

여신이 목이 말라 물을 마시려 하는데, 심술궂은 농부들이 위협하고 훼방 놓으며 못 마시게 하고 있다 - 조슈아 크리스톨 그림

개구리 전설

젊은이 "정말 어린 쌍둥이들이 손을 내밀었습니까?"

동행인 "그럼, 정말이지! 뭘 모르는 쌍둥이도 손을 내밀었다네."

젊은이 "저런! 그래서 농부들이 물을 마시게 했습니까?"

동행인 "아니! 여신이 아무리 사정하고 또 사정해도,
그들은 한사코 물을 못 마시게 했지.
게다가 당장 떠나지 않으면 가만두지 않겠다며,
온갖 욕설을 퍼붓고, 여신을 위협까지 했다네. 어디 그뿐인가?
그들은 뭔 심술인지, 처음엔 손발로 호수 물을 탁하게 하더니,
그다음엔 호수를 이리저리 뛰어다니며,
호수 바닥에 가라앉은 진흙을 휘저어, 흙탕물로 만들어 놓았지 뭔가!"

젊은이 "쯧쯧 .."

동행인 "그러자 여신은 너무 화가 나, 목 마려운 것도 잊어버렸고,
더는 그들에게 부탁도 하지 않았다네.
그들은 그럴 가치도 없는 인간들이었기 때문이었지.
여신은 더 이상 그들에게 존댓말도 하지 않고, 또 참지도 않았지.
여신은 별들을 향해 외쳤다네. 〈너희들은 영원히 이 물속에서 살아라!〉
그러자 그자들은 결국 여신의 소원대로 되었지."

젊은이 "예?"

동행인 "그 순간, 그 못된 농부들은 모두 작게 변하더니,
물에 풍덩풍덩 뛰어들었다네. 그러고는 물속에 있는 것이 즐거운지,
때로는 물속에서 잠수하다가 머리를 내밀고,
가끔은 수면에서 헤엄치다, 둑에 앉기도 했지.
그러다 또 찬물에 풍덩 뛰어들기도 하고...!
그러나 지금도 그자들은 서로 말다툼하고,

상스러운 혀를 놀려대는 것은 마찬가지였네.
심지어는 물속에서도 부끄러운 것도 모르고, 서로 비방하며 난리였지.
그러자 어느새 목소리가 거칠어지더니, 목은 넓적하게 부풀어 오르고,
말싸움을 하느라고 악쓰던 입은 더욱 쫘악 찢어졌지.
또한 어깨와 목이 없어져 버린 거 같았다네.
그자들의 아래쪽 배는 흰색이고, 등은 초록색인데 ... 어때, 짐작 가나?"

젊은이 "그럼 .. 개구리?"

동행인 "맞네. 그들은 개구리가 되고 말았던 거야.
그래서 그들은 지금도, 아니 평생 동안,
진흙탕 연못을 펄쩍펄쩍 뛰어다닌다네."

지금까지의 이야기는 한 젊은이가 레토 여신에 관해 들려준 전설이었다. 끄~읕!

너무 화가 난 여신이 농부들에게 저주의 멘트를 날리자, 개구리가 되고 있는 못된 농부들 - 프란시스코 트레비사니 그림

레토와 개구리가 된 농부들을 소재로 한 베르사유 궁 정원의 멋진 분수의 뒷면과 앞면. 중간은 개구리로 변한 농부들

에필로그

'레토 Leto' 여신은 티탄 족 코이오스와 포이베 딸이다. 로마 신화에선 '라토나 Latona'로 불린다. 그녀는 제우스 아내가 되어, 올림포스의 막강한 실력자가 되는 '아폴론'과 '아르테미스' 쌍둥이 남매를 낳았다.

레토 패밀리
제우스, 레토, 아폴론, 아르테미스

원래 자식이 출세하고 유명해지면, 그 어머니도 덩달아 매스컴 타지 않는가? 마찬가지다. 그녀는 훌륭한 두 자식들을 어렵게 낳은 것으로 더 유명하다.

헤라는 레토가 낳을 자식들이 자기 자식보다 더 위대할 거란 예언을 듣는다. 그래서 모든 나라에 그녀를 받아주지 말 것과 해가 비치는 장소에서 아이를 낳지 못하게 명령을 내렸다. 그러자 헤라가 두려워, 어느 곳도 레토에게 해산할 장소를 제공하지 않았다.

결국 레토는 출산이 임박하자, 포세이돈에게 기도했다. 그러자 포세이돈은 바닷속에 가라앉은 작은 섬 델로스를 솟아오르게 만들고, 높은 파도로 태양을 가려주어, 레토가 해산할 수 있게 도와주었다.

델로스 섬의 아폴론 신전 유적지

또 포세이돈은 둥둥 떠도는 델로스를 굵은 쇠사슬로 밑을 단단히 묶어놓았다. 이 섬이 우리에게는 델로스 동맹으로 잘 알려진 델로스 섬이다. 델로스 섬에 가면 지금도 아폴론 신전을 비롯한 유적들이 많이 남아있다.

교만한 니오베

등장 인물

니오베 : 테베 왕비
암피온 : 테베 왕 (니오베 남편)
만토 : 테베의 여자 예언가
레토 : 아폴론과 아르테미스 어머니
아폴론 : 궁술, 태양, 예언, 의술의 신
아르테미스 : 궁술, 사냥의 여신

그리스 로마 신화에서 인간이 감히 신에게 도전하거나, 신들을 깔보고 비하하는 말과 행동을 하면 철저한 보복을 받는다. 이 이야기의 니오베가 바로 그런 케이스다. 그녀가 너무 교만했기 때문이었다.

니오베의 자식 자랑

테베 왕비 '니오베 Niobe'는 자랑할 것이 너무 많았다. 훌륭한 혈통과 가문, 막대한 재산과 권력, 거기다 자신의 아름다운 미모까지, 남한테 내세울 것이 너무 많았다.

먼저, 그녀의 아버지는 제우스 아들이자, 리디아 왕인 '탄탈로스'고, 어머니는 '아틀라스' 딸이다. 또한 남편은 테베 왕이자, 리라 연주 대가인 '암피온 Amphion'이다.

막내 딸을 품에 안은 니오베 - 우피치

그가 리라를 연주하자, 신묘한 음악 소리에 돌이 저절로 움직여, 성벽이 완성되었다는 암피온 말이다. 이 얼마나 빵빵한 금수저 집안인가!

그러나 그녀의 최대 자랑거리는 바로 많은 자식들이었다. 그녀의 자식들은 아들 7명에 딸 7명, 모두 합쳐 14명이었다. 이렇게 많은 자식을 두었다는 것이 그녀에게는 최대 자랑거리요, 자부심이었다. 그래서 그녀는 자신이 최고로 행복한 여자라고 믿었다.

하지만, 과유불급(過猶不及)이라! 지나치면, 오히려 모자란 것만 못하다고 했던가? 그녀가 신들을 우습게 보지 않았던들, 너무 지나치게 자식 자랑을 하지 않았던들, 아마 그녀는 이 세상의 그 누구보다 행복한 여자였을 것이다.

당시, 테베에는 장님 예언가인 '테이레시아스'의 딸, '만토 Manto'가 있었다. 그녀 역시 자기 아버지를 닮아서인지 신적인 영감을 받아, 미래를 예견하는 힘이 있었다. 어느 날, 만토가 거리를 지나가며 사람들에게 외쳤다.

만토 테베 여성들이여! 자, 모두 레토 여신과,
그분의 두 자녀에게 기도를 드리고 분향을 올리세요.
또, 여러분 머리에 월계관을 쓰도록 하세요.
이 말씀은 레토 여신께서, 내 입을 빌려 하신 말씀입니다!

그러자 테베의 모든 여성들은 예언자 말을 따라 머리에 월계관을 쓰고, 레토 여신의 신전에 분향을 올리고 있었다.

그런데 그때, 왕비 니오베가 수많은 시녀를 거느리고, 사람들이 모인 곳에 나타났다. 금실로 된 프리기아의 옷을 입은 그녀 모습은 정말 아름답고 장관이었다. 니오베는 흘러내린 머리카락을 흔들어 바로 세우더니, 거만하게 주위를 둘러보며…

니오베 아니, 이게 대체 무슨 미친 짓들이야?
(자신을 가리키며) 눈앞에 있는 이 여신을 섬겨야지,

여성들이 레토 여신의 제단에 분향하는데, 거만하게 나타나서 제단을 발로 차버리는 니오베
- 16세기 동판화

고작 하늘에 있는 이름만 들어본 신을 섬기는 거야?
아니, 레토는 여기 제단에서 이렇게 공경 받고 있는데,
신성한 나한테는 왜 분향을 올리지 않는 거냐고?

백성들 ...?

니오베 흥! 그럼 내가 어떤 사람인지 알려줄까?
내 아버지는 제우스 신의 아들 '탄탈로스'다.
신들의 만찬에 유일하게 참석이 허락된 인간이셨지.
또 내 어머니는 하늘을 어깨에 메고 계시는 '아틀라스'의 따님이시다.
그러니까, 최고신 제우스는 내 친할아버지가 되고,
난 제우스의 며느리란 말씀이다, 알겠느냐?

백성들 (모두 감탄하며) 와아 ~

니오베 호호 .. 어디 그뿐이냐? 난 이 나라 테베의 안주인, 바로 왕비 아니냐?
내 남편의 리라 연주에 세워진 이 성벽과 너희 백성들은,
바로 내 남편의 통치를 받고 있지 않느냐?

봐라! 왕궁의 어느 쪽으로 눈을 돌려도 사방이 내 땅이고,
게다가, 내 미모가 어디 그냥 미모냐?
여신한테나 딱 어울릴 그런 미모 아니더냐?

백성들 … !?

니오베 더구나 난 무려 7명의 아들과, 또 7명의 딸을 가지고 있다.
가만, 장차 보게 될 사위와 며느리를 한번 더해 볼까?
어휴, 이거야 원 계산이 안 되네, 계산이! 호호호호….
어때? 이 정도면 내가 자랑할 만하지 않아?

백성 1 (고개 끄덕이고) 예! 물론입죠.

백성 2 당연하죠. 오브가 코스죠.

니오베 근데 그런 날 놔두고, 잘 알지도 못하는 레토인지, 무시깽이를 섬겨?
혹시, 그거 알고는 있냐? 그녀가 출산하려 할 때,
이 세상은 그녀에게 한 뼘의 땅도 허락지 않았다.
하늘, 땅, 물도 그녀를 받아주지 않았다 이 말이야.
그녀는 그렇게 세상에서 추방된 거나 다름없다가,
겨우 델로스 섬이 그녀를 불쌍히 여겨,
"그대는 대지를 떠돌고, 나는 바다를 떠도는 구려!"
그러자 포세이돈이 그녀에게 둥둥 떠다니는 섬을 제공했다.
그래서 그녀는 그곳에서, 겨우 두 아이의 엄마가 되었다.

백성들 …

니오베 그런데, 겨우 꼴랑 2명? 내가 낳은 자식의 7분의 1에 불과한걸?
호호호… 난 행복하다! 누가 그걸 부정할 수 있겠어?
난 앞으로도 행복할 거야. 왜냐고?
내 자식들이 나를 안전하게 지켜줄 거니까 말이야.
난 너무 행복하기 때문에 아무것도 두렵지 않아.
운명의 여신들이 내 자식 중, 몇 명을 빼앗아간다 해도, 난 괜찮아!

그래도 난 레토 자식처럼, 꼴랑 2명으로 줄지는 않을 테니까 말야.
그러고 보니까 그녀는 2명으로, 무자식 팔자를 면한 셈이군.
안 그래? 호호호호.....

백성들 (그냥 시큰둥하게 보고만 있자)...

니오베 이제 그만 제사를 끝내고, 그 월계관을 벗고 해산하도록. 이상!

그러자 백성들은 월계관을 벗고, 여신의 제단을 떠났다. 그러나 그들이 마음속으로, 여신에게 무언의 기도를 드리는 것까지는 막을 수 없었다.

레토 여신과 쌍둥이 남매

한편, 레토 여신은 산 정상에서 그런 시추에이션을 내려다보며 분개했다. 그래서 그 즉시 쌍둥이 남매인 '아폴론'과 '아르테미스'를 불러...

레토 사랑하는 내 딸과 아들아!
이 어미는 지금껏, 너희를 낳은 것을 자랑스럽게 생각했고,
헤라 여신을 제외하고, 그 어느 여신보다 뒤질 게 없었다.
근데, 지금은 내가 여신인지 아닌지, 의심할 지경에 이르렀다.
얘들아! 너희들이 지금 도와주지 않으면,
난 이제 제삿밥도 얻어먹지 못하는 신세가 되게 생겼다.
내가 괴로운 것은 그뿐이 아니다.
저 오만방자한 니오베는 나한테 욕까지 섞어가며,
자기 자식들이 너희보다 잘났고,
글쎄 나를 아주 무자식이라고 모욕까지 하는구나.
오오.. 저년이 무자식이 되기를...!
정말 저년의 불순한 말을 들으니, 그 아비에 그 딸이로구나!

그러며 여신이 말을 더 하려는데, 아폴론이 도중에서 말을 뚝 자르며 ...

아폴론 그만하세요, 어머니! 말씀이 길어지면, 그만큼 처벌도 지연되니까요.

아르테미스 그래요, 어머니 고정하세요! 저희들이 알아서 처리하겠습니다.

그러더니 그들은 하늘을 날아, 니오베가 사는 성으로 내려갔다.

신들의 복수

왕궁 성벽 근처에는 넓고 평평한 들판이 있었다. 그 들판은 말과 전차를 타는 곳으로, 말발굽과 바큇자국이 무수히 나 있었는데, 그곳에서 니오베의 7명의 아들 중에, 2명의 아들이 멋진 말을 타고 있었다.

기수가 말을 탄 거대한 동상. 실제로 보면, 세월의 무게와 함께 정교하고 섬세함에 감탄을 자아낸다 - 그리스 국립 박물관

그중 장남이 거품 묻은 재갈을 바짝 잡아당기며, 곡선 주로를 커브 돌고 있을 때였다. 그런데 그때, 갑작스럽게 날아온 화살에 장남이 가슴을 맞고 비명을 질렀다.

장남 어이쿠!

뒷목에 화살을 맞은 니오베의 차남 - 우피치 미술관

장남은 손에서 고삐를 놓치더니, 말의 우측으로 조금씩 스르륵 미끄러졌다. 이어, 차남은 허공에서 덜커덕하는 화살통 소리를 듣자, 고삐를 흔들면서 도망치기 시작했다. 그 모습은 마치, 앞으로 닥칠 폭풍을 예감한 선장이 모든 돛을 내리고, 신나게 달아날 때와 같았다.

차남은 죽어라 하고 달렸지만, 그 누구도 피할 수 없는 화살이 그를 따라잡았다. 어느새 화살이 그의 뒷목에서 떨고 있었고, 화살 끝은 목 앞에 툭 튀어나와 있었다. 그러자 차남은 말위에서 떨어지더니 땅에 흥건한 피를 흘렸다.

차남 으윽 ~ ~

또 다른 2명의 아들은 기마 훈련을 끝낸 후, 몸에 올리브기름을 듬뿍 바르고, 레슬링을 하고 있었다. 그들이 서로 가슴을 맞대고, 팽팽히 맞서고 있을 때였다.

그때 화살 하나가 날아오더니, 서로 가슴을 맞대고 있던 두 사람을 함께 꿰뚫어버렸다. 그러자 2명의 아들은 동시에 신음하며 괴로워하다가 … 동시에 바닥에 넘어지더니 … 동시에 죽어가는 눈을 가물대다 … 동시에 마지막 숨을 내쉬었다.

셋째와 넷째 하아 악 …

그것을 본 다섯째 아들이 울며 달려와, 형들의 시신을 끌어안았다. 그러나 그 아들도 금방 쓰러졌다. 아폴론이 쏜 화살이 허파를 관통시킨 것이다. 그가 간신히 꽂힌 화살을 뽑자, 허파의 일부가 화살촉에 찢겨, 피가 콸콸 쏟아졌다.

머리가 긴 여섯 번째 아들은 다른 형제들보다 화살 하나를 더 맞았다. 그가 허벅지에 맞은 화살을 뽑자, 두 번째 화살이 날아와서 목을 뚫었다. 이제 마지막 남은 아들은 막내뿐이었다. 막내는 하늘을 향해 두 팔을 벌리며…

막내 신들이시여! 제발 저를 불쌍히 여기시고, 저를 살려주소서!

그 기도에 아폴론의 마음이 잠시 움직였다. 그러나 이미 활의 시위에서 떠난 화살을 멈추기엔 때가 너무 늦었다. 그래서 그랬나? 막내는 비교적 가벼운 부상을 입고 죽었다. 화살이 막내의 심장을 깊이 뚫지는 않았기 때문이었다.

아폴론과 아르테미스가 하늘 위에서 니오베의 말을 탄 아들을 비롯해, 자식들에게 화살을 쏘고 있다 - 얀 보엑호스트 그림

니오베의 분노와 딸들의 운명

니오베는 백성과 친척을 통해, 아들들의 죽음을 전해 들었다. 그랬다! 그녀는 신들이 그런 능력과 권능이 있다는 사실에 놀랐고, 또 신들이 그딴 짓을 한 것에 분노했다.

설상가상이라고 했던가? 엎친 데 덮친다고 했던가? 그녀는 다른 비보를 접해야 했다. 바로 남편인 암피온이 자살한 것이다. 암피온은 아들들이 모두 죽었다는 소식을 듣자, 상심한 나머지 스스로 칼로 목숨을 끊었던 것이다.

니오베는 참담했다. 지금의 그녀는 얼마 전의 그녀가 아니었다. 얼마 전까지만 해도 그녀는 백성들을 레토의 제단에서 내쫓고, 거만하게 도시 한가운데를 활보했었다. 그때 그녀는 모두에게 부러움의 대상이었지만, 지금은 연민의 대상이었다.

그녀는 싸늘하게 죽은 자식들 시체 앞에 무릎 꿇었다. 그리고 7명의 아들에게 마지막 작별의 입맞춤을 하더니, 갑자기 두 손을 하늘 높이 들어 소리쳤다.

니오베 오, 비정하고 잔인한 레토여!
내 슬픔을 마음껏 즐기고,
내 불행으로 실컷 잔치를 벌이시구려.
난 아들 7명이 모두 죽어 끝장났어요.
그래요! 당신이 이겼어요. 당신이 승자에요.
그러니까 어디 만세라도 부르라고요, 어서요!
(그러다 정색하며) 근데, 어째서 당신이 승자지요?
난 지금 비록 이렇게 비참해도,
아직도 당신보다 자식이 많아요.
기뻐하는 당신보다 아직도 자식이 많다고요.
난 많은 아들이 죽었지만, 난 아직도 7명의 딸이 남았거든요.
그러니까 승자는 여전히 나예요. 아시겠어요?

그러자 어디선가 화살 당기는 소리가 탕하며 울려 퍼졌다. 그 소리에 모두 놀랐지만, 니오베만은 겁먹지 않고 초연했다. 불행이 그녀를 오히려, 대담하게 만들었다고 해야 하나?

그때 니오베 딸들은 검은 상복을 입고, 머리를 풀어헤친 채 오빠들 관 앞에 있었다. 그런데, 그녀 중 딸 한 명이 가슴에 박힌 화살을 뽑으려다, 시체 위에 쿵하며 쓰러졌다.

또 다른 딸은 어머니를 위로하다, 갑자기 억하며 허리가 꺾였고 ... 한 명은 달아나다 ... 또 한 명은 언니 위에 쓰러졌다. 이 밖에도 한 명은 숨어 있다가 ... 한 명은 덜덜 떨고 있다가 ... 이렇게 여섯 딸들은 각각 다른 부위에 화살을 맞고 죽었다.

이제 남은 딸은 막내딸뿐이었다. 그러자 니오베는 다급히 막내딸을 끌어안으며 ...

니오베가 마지막 남은 막내딸을 감싸며, 화살을 쏘려는 아폴론과 아르테미스에게 살려달라 하고 있다 - 자크 루이 다비드 그림

아폴론이 막내딸마저 활을 쏘려 하자, 막내딸을 가슴에 꼭 끌어안고, 살려달라고 애원하는 니오베 - 크레타 박물관

그림 위에서 니오베 자식들에게 화살을 쏘아, 교만한 니오베를 응징하는 아폴론과 아르테미스 - 아브라함 브룸마에르트 그림

니오베 제발 .. 제발 내 막내딸이라도 살려주십시오.
그 많던 내 자식 중에, 막내딸 하나만은 살려주세요.
제발 부탁입니다 ...!

그러나 그녀가 간청하는 사이, 그녀의 하나 남은 막내도 화살을 맞고 죽었다. 그러자 니오베는 마치 영화의 한 장면같이 죽은 아들과 딸, 또 남편의 시체 사이에서 오랫동안 홀로 앉아있었다.

눈물 바위의 전설

니오베는 슬픔과 충격으로 그 자리에서 꿈쩍하지 않았다. 그러자 그녀 몸은 점차 굳더니, 머리카락은 미풍에도 흔들리지 않았고, 얼굴은 창백한 채 슬픔을 담은 두 눈은 멍하니 허공만 바라볼 뿐이었다.

어느덧, 그녀에게 살아있는 것은 아무것도 없었고, 더 이상 맥박도 뛰지 않았다. 그녀는 목을 굽힐 수도, 팔을 돌릴 수도, 다리도 움직일 수 없었다. 그러더니 그녀의 몸도 마음도 모두 돌로 변했다. 그녀는 그렇게 돌이 되었지만, 눈물만은 계속 흘렀다.

그런데 그때였다. 갑자기 토네이도와 같은 회오리 바람이 그녀를 감싸 올리더니, 그녀를 고향인 터키의 리디아로 데려갔다. 그 후, 니오베는 그곳 산 중턱에 흐느끼는 바위가 되어, 지금도 슬픔의 눈물을 흘리고 있다고 한다.

리키아의 니오베 눈물 바위

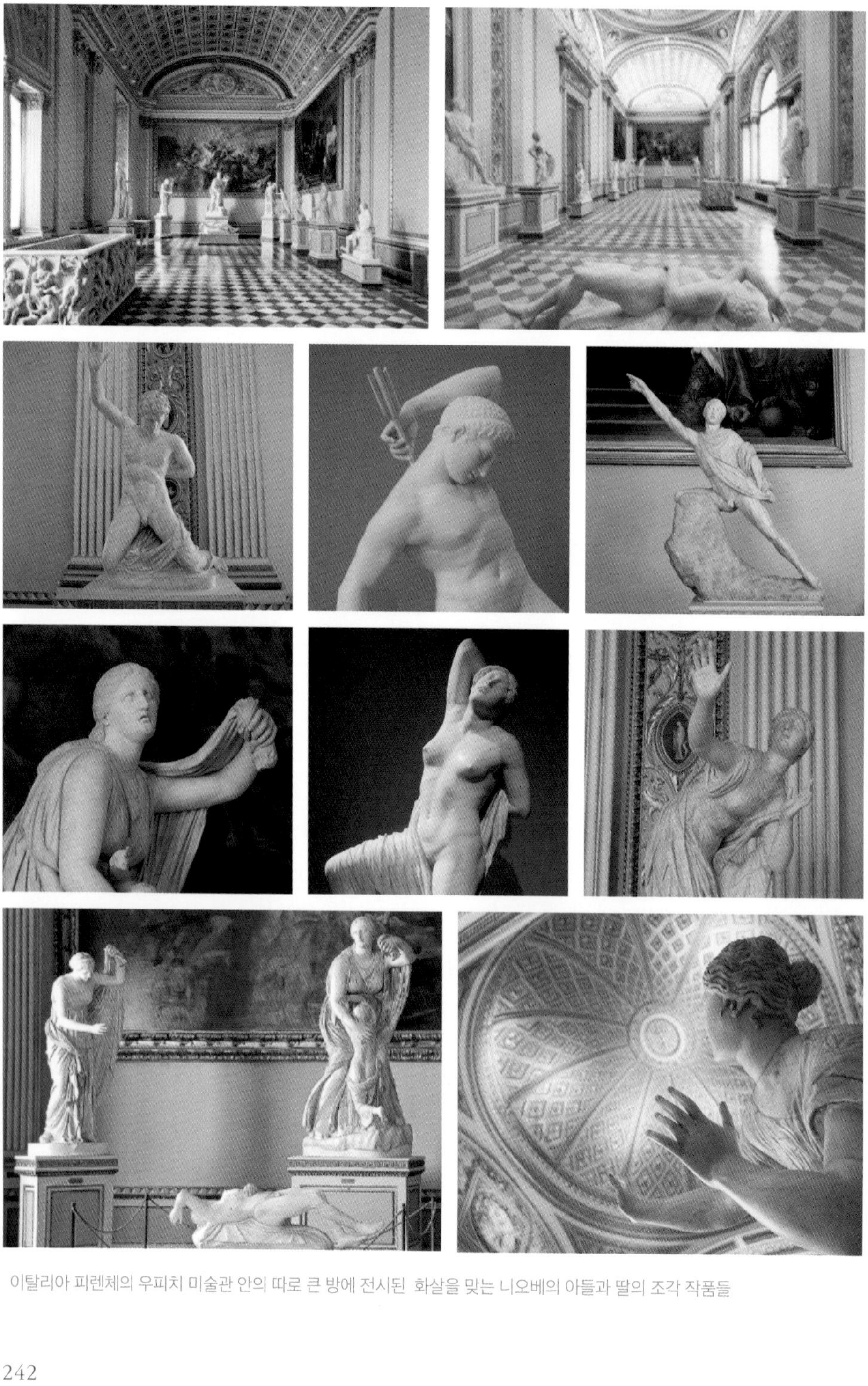

이탈리아 피렌체의 우피치 미술관 안의 따로 큰 방에 전시된 화살을 맞는 니오베의 아들과 딸의 조각 작품들

에필로그

니오베 신화는 1권의 신의 저주를 받은 '카드모스 왕가' 이야기이기도 하다. 그런데 사실, 그녀의 친정 집안 또한 신의 저주를 받은 집안이다. 그러한 이유는 그녀 아버지인 '탄탈로스'의 범죄로부터 시작된다. 〈요 내용이 바로 3권의 그리스 비극에 나오는 중요 이야기 중 하나다.〉

리디아 왕이자, 제우스 아들인 '탄탈로스'는 신들의 사랑을 듬뿍 받아, 특별히 신들의 식탁에 자주 초대되곤 했다. 그러나 그는 신들의 음식인 암브로시아와 넥타르를 훔쳐서 인간에게 주는가 하면, 신들의 비밀을 누설하고 다녔다.

게다가, 그는 신들의 권능을 시험하기 위해 자기 아들을 죽이고, 그 고기를 신들 앞에 내놓는 끔찍한 만행을 저질렀다. 그러자 분개한 신들은 그를 즉각 지하 감옥에 가두고, 영원히 고통받게 했다. 그 형벌은 이러했다.

탄탈로스는 턱 밑까지 올라오는 연못에 갇혔는데, 목이 말라 물을 마시려 해도 마실 수 없었다. 그가 허리를 구부릴 때마다, 물이 금방 말라버리기 때문이었다. 또 그가 배가 고파 머리 위에 주렁주렁 달린 과일 나무에 손을 내밀면, 마치 약을 올리듯 나무가 위로 쏙 올라가버려, 그는 영원히 허기와 갈증에 시달리고 있다.

신들의 분노는 거기에 그치지 않고, 그의 자손들에게까지 저주를 내렸다. 그래서 그의 자손들은 5대에 걸쳐, 근친상간과 친족살인 등의 서로 소름끼치는 피바다 같은 복수극을 펼친다. 이 탄탈로스 가문의 끔찍하고, 흥미진진한 이야기는 3권의 '탄탈로스 가문' 편에 자세히 나온다.

탄탈로스 - 카세로스키 그림

뮤즈 여신들의 노래 대결

등장 인물

뮤즈 : 9명의 학문과 예술의 여신들
피에리데스 : 마케도니아의 9자매
티폰 : 반인반수의 거인 거물
데메테르 : 대지의 여신

이번 신들의 복수 시리즈의 주인공은 예술과 학문의 여신들인 9명의 뮤즈고, 무대는 그리스 중부의 헬리콘산이다.

뮤즈 여신들과의 노래 대결

마케도니아에 9명의 '피에리데스 Pierides' 자매들이 있었다. 그런데 그녀들은 자기들 숫자가 많은 것을 자랑하며, 역시 9명의 '뮤즈(복수는 무사이 Mousai)' 여신들에게 노래 시합을 도전해왔다. 뮤즈 여신들은 예술과 학문 등을 담당하는 9명의 여신들로, 춤이면 춤, 노래면 노래, 연기뿐 아니라, 문학과 시, 천문, 역사 등에 능통한 만능 엔터테인먼트 여신들이다.

그런 여신들에게 피에리데스 자매들이 감히 겁 없이 도전장을 내민 것이다. 그녀들은 많은 도시를 거쳐, 여신들이 머무는 헬리콘산으로 찾아와 ...

피에리데스 뮤즈 여신들이여!
그대들은 별 볼일 없는 달콤한 노래로,

무지한 대중을 속이는 일은 이제 그만두세요.
헬리콘산 여신들이여!
자신 있으면 우리와 노래 시합을 할래요?
우린 목소리와 기교에서도, 결코 그쪽한테 뒤지지 않걸랑요?
어때요? 숫자도 9 대 9, 똑같지 않나요? 호호호....
그쪽이 지면, 즉시 이곳을 떠나세요.
만약 우리가 지면, 우린 저 눈 덮인 나라로 꺼지죠, 뭐.
어때요? 심판은 요정들이 보고, 우리 한번 붙어볼까요?

파르나소스 산에서 맨 왼쪽의 아폴론의 음악에 맞춰 춤추는 뮤즈들. 그 오른쪽이 페가수스와 함께 있는 헤르메스. 또 위쪽의 맨 왼쪽이 헤파이스토스고, 중앙엔 꼬맹이 에로스, 아레스와 아프로디테가 서있다 - 루브르 박물관

중앙에 심판과 관중들이 모인 가운데, 9명의 뮤즈 (무사이) 들과 9명의 피에리데스들이 노래 시합을 벌이고 있다 - 루브르

여신들은 그녀들과 시합하는 것 자체가 창피했다. 그러나 오만방자한 것들에게 그냥 물러서는 것은 더욱 치욕이라고 생각했다.

이리하여, 두 팀의 노래 대결이 성사되었다. 심판을 맡은 강의 요정들은 각자 자신의 강물에게 공정한 심판을 볼 것을 맹세했다. 그리고 지정된 바위에 자리를 잡았다.

먼저, 피에리데스 자매 중 한 명이 나와, 옛날에 제우스와 올림포스 신들이 거인 족과 싸웠던 신들의 전쟁을 노래했다. 그녀는 거인 족은 좋게 찬양하고, 반대로 올림포스의 신들을 조롱하는 노래를 부르기 시작했다.

그녀가 부른 신들의 전쟁 노래는 이런 내용이었다. 한때, 제우스와 올림포스 신들은 거인 '티폰 Typhon'과 일전을 벌여야 했다. 머리가 하늘까지 닿는 티폰이 바위를 던지며 올림포스를 공격해오자, 올림포스 신들은 이집트로 도망쳤다. 이때 신들은 치욕적으로 각종 동물로 모습을 변신해, 그저 황급히 숨기에 급급했다.

이 사건은 올림포스 신들에게 가장 굴욕적이고, 치욕적인 사건이었다. 그녀는 바로 그 굴욕적인 사건을 조롱하듯 노래하며 ...

피에리데스　티폰이 신들을 나일강까지 추격하자, ♩~
하늘의 신들은 동물로 둔갑했지.
제우스는 뿔 달린 왕초 숫양으로 변신했는데,
그래서 지금까지 리비아의 암몬 신은,
뿔이 달린 모습으로 그려지는 것이라네. ♬~
아폴론은 까마귀로 변신했고, 디오니소스는 염소로,
아르테미스는 고양이로, 헤라는 눈같이 흰 암소로,
아프로디테는 물고기로,
헤르메스는 홍학으로 변신했네. ♪~♬~

피에리데스는 현악기 반주에 맞춰 이런 노래를 부르며, 올림포스 신들을 조롱했다. 그리고 노래를 마치자, 이어 여신들에게 노래를 청했다.

여신들은 자신들의 대표로 큰언니인 '칼리오페 Calliope'를 뽑았다. 칼리오페는 흘러내린 머리를 질끈 뒤로 묶더니, 수금을 손가락으로 가볍게 튜닝 했다. 그리고는 반주에 맞춰, 대지와 곡물의 여신 '데메테르'를 칭송하는 내용을 부르기 시작했다.

칼리오페 - 바티칸 박물관

칼리오페　대지와 곡물의 여신은,
처음으로 쟁기를 사용해 흙을 갈아엎으시고,
이 세상에 곡식과 식량을 주신 분이라네. ♩~
나 이제 그분의 공덕을 노래할지니,
내 노래가 부족함이 없으면 좋으련만!
여신은 우리에게 부족함 없이 모두 주셨네.
데메테르 여신은... ♬~

칼리오페는 '대지의 여신'이 인간들에게 곡식을 주신 것부터 시작해, 그녀의 은총과 은혜에 대해 길게 노래했다. 그녀가 노래를 마치자, 심판을 맡은 요정들은 만장일치로 뮤즈 여신들이 이겼다고 판정했다. 그러자 판정에 불만을 품은 피에리데스들이 욕설을 퍼부으며 대들기 시작했다. 칼리오페는 더 이상 참을 수 없어 ...

칼리오페 이런 무엄하고 발칙한 것들!
먼저 시합하자고 도전한 것은 너희들이었다.
근데 이제 와서 패하니까, 반성은 고사하고 욕까지 하면서 대들어?
오냐! 우리도 더 이상 참을 수 없다.
너희에게 마땅한 벌을 주어 응징할 것이다. 알겠냐?

까치의 전설

이 말에 피에리데스들은 비웃듯 대들었다. 그녀들이 악을 쓰며, 겁 없이 여신들에게 주먹을 휘두르려 할 때였다. 그때 그녀들의 팔에서 깃털이 돋아나더니, 얼굴은 딱딱한 부리로 굳어졌다. 그러더니 그녀들은 새가 되어 공중으로 날아갔다.

그녀들은 숲속의 험담꾼인 '까치'가 되었다. 그런데 예전 버릇이 남아있어서 그런가? 그녀들은 까치가 된 지금도 옛날 말재주와 수다가 남아있어, 쉴 새 없이 계속 깍깍대며 수다를 떨고 있다고 한다.

가운데 리라를 든 아폴론과 함께, 각자 자신을 상징하는 상징물을 손에 든 9명의 뮤즈들 - 에르미타주 박물관

에필로그

'뮤즈 Muse' 여신들은 노래, 음악, 시, 연극, 역사, 철학 등을 담당하는 9명으로 구성된 예술과 학문의 여신들이다. 영어의 '뮤직 music'과 박물관을 뜻하는 '뮤지엄 museum'은 바로 뮤즈 여신들의 이름에서 나온 것이다.

그녀들은 제우스와 기억의 여신 '므네모시네 Munemosyne' 딸들이다. 한때 제우스는 거인 족과의 전쟁에서 승리한 후, 승리의 축가를 만들고 싶었다. 그래서 그 예전 전쟁을 기억하고 있는 므네모시네와 9일 밤을 격렬하게(?) 보냈는데, 그런 뒤에 태어난 딸들이 9명의 뮤즈다.

뮤즈 여신들은 예술가들에게 영적인 감흥을 불어 넣어주고, 또 예술의 신 '아폴론'과 예술의 여신 '아테나'를 수행한다. 그래서 그녀들은 많은 그림에서 아폴론과 아테나와 함께 있거나, 리라에 맞춰 노래와 춤을 추는 모습으로 등장한다.

이들 9명의 여신들이 맡은 역할은 각각 다르다. 그녀들은 각자 자기 역할을 상징하는 소품을 들고 나타나는데, 담당 분야와 소품을 정리하면 이렇다.

아폴론과 9명의 뮤즈들 - 하인리히 헤스 그림

칼리오페 Calliope (서사시) - 책, 서판, 머리에 금관

클리오 Klio (역사) - 긴 두루마리와 책

에우테르페 Euterpe (음악과 서정시) - 피리

탈리아 Thalia (희극) - 가면과 목동 지팡이

멜포메네 Merpomene (비극) - 비극 가면과 헤라클레스 곤봉

테르프시코레 Terpsichore (춤) - 수금

에라토 Erato (연애시) - 리라, 편지, 탬버린

폴림니아 Polyhymnia (찬가) - 생각과 손짓하며 말하는 모습

우라니아 Urania (천문) - 지구본, 나침판

이중 '칼리오페'는 최고 큰언니며, 다른 여신들보다 특히 중요한 캐릭터인데, 앞으로 등장할 그리스의 최고 연주자인 '오르페우스' 어머니다.

우라니아와 칼리오페

우라니아와 멜포메네

클리오, 에우테르페, 탈리아

우라니아와 에라토

칼리오페

탈리아

에라토

클리오

멜포메네

폴림니아

에우테르페

테르프시코레

우라니아

온몸의 살갗이 벗겨진 마르시아스 형벌

등장 인물

마르시아스 : 사티로스
아폴론 : 여기서는 음악, 예술의 신
아테나 : 지혜, 전쟁, 예술 등의 여신
헤라 : 제우스 아내
아프로디테 : 사랑과 미의 여신

이 이야기는 신들의 복수 시리즈 중에서 가장 끔찍하고, 잔인한 형벌에 관한 신화다. 마르시아스는 리라 연주의 대가인 아폴론과 목숨을 건, 그러니까 죽음의 서바이벌 연주 대결을 벌인다. 과연 결과는?

아테나 여신과 피리 연주

어느 날, 올림포스에서 파티가 열렸는데, 이때 '아테나' 여신은 자신이 직접 사슴뿔로 만든 피리를 불었다. 그런데 얼라? '헤라'와 '아프로디테'가 자기를 보고, 깔깔대며 웃는 것이었다.

그러나 그녀들은 이유를 말하지 않았다. 그런데 아테나가 다시 연주를 시작하자, 또 다시 키득키득하며 배꼽이 빠지도록 웃는 것이었다.

아테나 뭐야? 왜 그러지?

여신은 이유가 궁금했다. 그래서 지상으로 내려와, 샘물에 자신의 피리 부는 모습을 비춰보았다. 그런데, 오 마이 갓! 자신도 피식 웃음이 나오더니, 금방 얼굴이 붉어졌다. 그러니까 피리를 불 때, 개구리처럼 뾸록 부푼 양쪽 볼이 웃기다 못해 흉측했던 것이다. 그래서 아테나는 그 피리를 샘물가에 휙 버리며 ...

아테나 이거 웃기는 피리 아냐? (그러다 피리에게 저주를 내리며)
누구든 이 피리를 부는 자는 저주를 받을 것이다!

마르시아스와 아폴론의 연주 대결

여신이 버린 피리를 주운 자는 바로 숲의 정령인 사티로스, '마르시아스 Marsyas' 였다. 사티로스는 상체는 사람인데, 머리에 뿔이 있고, 하체는 염소 모양을 한 반은 사람이고, 반은 짐승인 숲의 정령이다. 또한 이자들은 거대한 남근(男根)을 가운데 달고, 요정들을 희롱하고 겁탈하는 자들이다.

사티로스와 요정 - 카바넬 그림

사티로스 - 카피톨리노 박물관

사티로스와 아프로디테 - 벨기에 왕립

마르시아스는 좌우 2개의 관이 있는 일명 '아울로스'란 피리를 주워서 계속 연습했다. 그러다 마침내 피리 연주의 대가가 되더니, 연주 솜씨를 자랑하고 다녔다.

마르시아스 아폴론이 아무리 리라를 잘 연주한다 해도, 내가 한수 위일걸? 만약 아폴론이 내게 도전하면, 기꺼이 도전을 받아주지, 뭐!

그가 감히 겁 대가리(?) 없이 아폴론에게 도전장을 내민 것이다. 그러자 비위가 잔뜩 상한 아폴론이 소문을 듣고, 마르시아스를 찾아왔다.

아폴론 (가소로운 듯) 정말 나하고 연주 대결을 하고 싶은가? 그냥은 재미없고, 뭘 걸고 내기를 할까?

아폴론과 마르시아스의 죽음의 서바이벌 연주 대결 장면. 맨 왼쪽에 완전 무장하고 창을 든 아테나의 모습도 보인다.

마르시아스 그쪽 마음대로, 뭐!

아폴론 그럼, 이긴 자가 패자의 껍질을 벗기기로 하는 게, 어때?

마르시아스 (너무 놀라) 허걱! 껍질을?

아폴론 심판은 음악과 예술의 여신들인 뮤즈들로 한다. OK?

이렇게 하여, 목숨을 담보로 한 죽음의 서바이벌 연주 대결이 열렸다. 많은 구경꾼이 모이고, 시합이 시작됐다. 먼저 아폴론이 리라를 연주하자, 마르시아스도 혼신의 힘을 다해 피리 연주를 마쳤다. 그러자 뮤즈 여신들이 판정을 내렸다. 결과는?

뮤즈 결과는 .. 무승부입니다!

승부를 가리지 못한 것이다. 그러자 자존심이 팍 상한 아폴론이 즉석에서 제안하며 ...

아폴론 그럼 각자 악기를 거꾸로 들고,
연주를 하자. 어때?

마르시아스 (기세가 등등해 엉겁결에)
한번 해보죠, 뭐.

헌데, 아뿔싸! 아폴론의 리라는 거꾸로 연주해도 가능했지만, 마르시아스의 피리는 거꾸로 연주를 할 수 없었다. 아폴론 억지에 얼떨결에 당했다고 해야 되나? 결과는 당연히 마르시아스의 패배였다.

그러자 아폴론은 그 즉시 마르시아스를 나무에다 거꾸로 매달더니, 그의 껍질을, 아니 살갗의 피부를 인정사정없이 벗기기 시작했다. 이에 마르시아스가 고통스럽게 비명을 지르며 ...

살갗을 벗기는 아폴론 - 빅토리아 알버트 뮤지엄

마르시아스 으아악 .. 살려주세요! 그렇다고 진짜 내 살갗을 벗기는 겁니까?

잘못했어요, 다시는 안 그럴게요.

연주에 졌다고 이러는 건 너무 심한 거 아니에요?

(고통으로 괴성을 지르며) 으아아아악 ~~~~

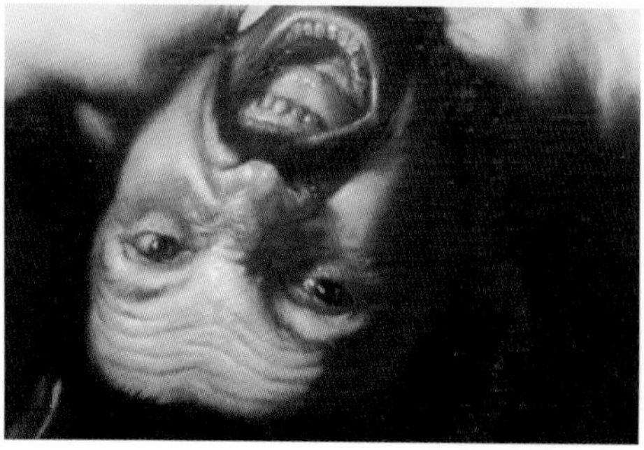

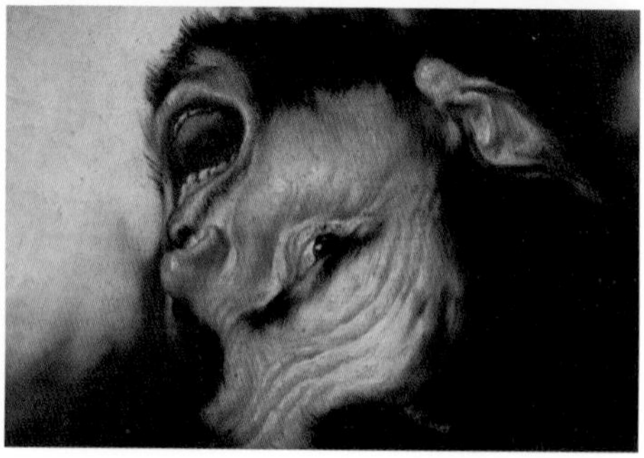

아폴론이 피부를 벗기자, 고통스러워 비명을 지르는 마르시아스! 또 위와 옆에서 클로즈업한 마르시아스 표정들! - 리베라 그림

그러나 아폴론은 그의 살갗을 모두 벗겨버렸다. 그러자 마르시아스의 온몸에선 피가 뚝뚝 떨어지고, 근육이 드러나고, 핏줄은 피부에 덮이지도 못한 채 통통 뛰고 있었다. 또 팔딱팔딱 뛰는 심장을 비롯해, 내장이 훤히 보일 정도로 형벌은 끔찍했다.

숲의 정령들, 그와 형제인 사티로스, 또 그가 사랑했던 요정들은 마르시아스가 너무 참혹하고 불쌍해 눈물을 흘렸다.

구경꾼들 아아 .. 안 돼. / 오, 노우. / 흑흑흑 ...

그러자 그들이 흘린 어마어마한 눈물이 어느새 대지를 흠뻑 적시더니, 그 눈물은 점차 모여 강물을 이루었다. 이 강물이 프리기아 땅에서 가장 맑은 '마르시아스의 강물'이다. 이 강은 그곳부터 시작해, 강물이 되어 바다로 흘러간다고 한다.

에필로그

마르시아스는 피리 연주의 달인이 되자, 아폴론과 대결하여 끔찍한 형벌을 받았다. 이렇게 그리스 로마 신화에선 감히 신과 대결하는 자는 처절한 보복을 받는다. 그중에서도, 맨 정신으로 껍질이 벗겨진 마르시아스는 가장 끔찍하고 잔인한 신의 복수를 당한 케이스다.

너무 쇼킹한 소재라서 그런가? 이 신화는 고대뿐 아니라, 중세 예술가들이 즐겨 다루었던 내용 중 하나였다. 예술가들은 주로 아폴론과 마르시아스가 연주하는 장면보다, 아폴론이 사티로스 껍질을 벗기는 극적인 장면을 더 많이 그렸는데, 특히 다음 장의 '티치아노(일명 티탄)' 그림은 압권이다.

마르시아스 - 루브르

거장 티치아노 (일명 티탄)의 산 채로 살갗을 벗기는 형벌을 받는 마르시아스

미다스의 황금 손과 임금님 귀는 당나귀 귀

등장 인물

미다스 : 프리기아 왕
디오니소스 : 술, 포도주의 신
실레누스 : 디오니소스 스승
판 : 목동, 목축의 신

이 이야기는 어리석고 탐욕적인 미다스 왕의 재미있고, 교훈적인 2가지 유명 신화다. 첫 번째는 미다스의 황금 손이고, 또 하나는 임금님 귀는 당나귀 귀다.

1. 미다스의 황금 손

실레누스 실종과 미다스 왕의 소원

술의 신 '디오니소스'는 자신을 따르는 무리인 사티로스와 광란의 여신도들과 함께, 포도밭이 있는 리디아 트몰로스 산에 갔다. 그런데 어느 날, 실레누스가 행방불명이 되었다.

'실레누스 Silenus'는 수염이 더부룩한 나이가 많은 대머리인 술주정뱅이로, 디오니소스의 스승이자, 길러 준 양아버지다. 그가 술에 취해 비틀대며 돌아다니자, 프리기아 농부들이 그를 자신의 왕인 '미다스'에게 데려갔던 것이다.

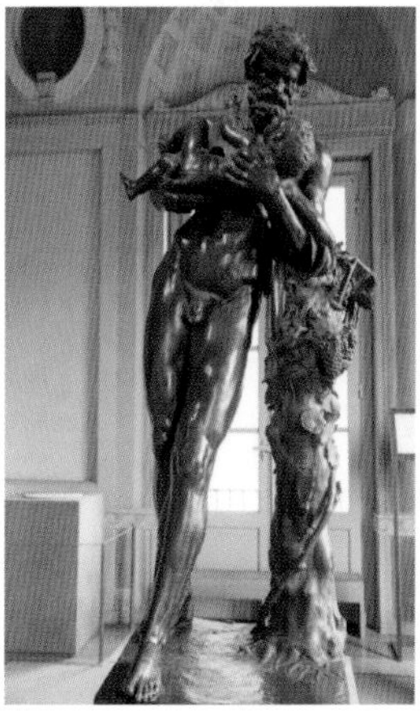

어린 디오니소스를 안은 실레누스 - 우피치

대머리에 배가 뿔록 나온 실레누스가 해롱해롱 술에 취해, 사티로스와 여신도들에게 이끌려가고 있다 - 런던 내셔널갤러리

프리기아 왕 '미다스 Midas'는 한때 디오니소스의 비밀 밀교를 배운 신자였다. 그래서 술 취한 노인을 보자, 그가 디오니소스의 스승이자 양부란 것을 단번에 알았다. 미다스 왕은 그 귀한 손님을 위해 10일 동안 잔치를 벌여주고, 또 친히 노인을 디오니소스에게 데려다주었다. 자신의 양부가 무사히 돌아오자, 디오니소스는 기뻐하며 …

디오니소스 미다스 왕이여! 정말 고맙소.
무엇이든 원하는 소원을 말하면, 그 소원을 들어주겠소.

미다스 소원이오? (잠시 생각하다가) 제 소원은 …
제 몸에 닿는 것은 무엇이든, 황금으로 변하게 해주십시오.

디오니소스 무엇이든 황금으로? (안타깝게 생각하며) 허허, 참 ..
그것보다 더 좋은 것이 얼마든지 있을 텐데?
아무튼, 그럼 약속대로 그대 소원을 들어주겠소!

미다스가 그림 왼쪽의 술 취한 실레누스를 무사히 데려오자, 알몸의 디오니소스가 소원을 말해보라 하고 있다 - 푸생 그림

미다스는 왕궁에 돌아오자마자, 신의 약속이 정말인지 아닌지 반신반의하며 시험해 보았다. 먼저 키가 작은 참나무 가지를 하나 꺾었다. 그러자 놀랍게도, 가지가 황금으로 변하는 것이 아닌가! 이번엔 돌멩이 하나를 집어 들어보았다. 그런데 그 역시 황금으로 변하자, 미다스는 너무 놀라며 ...

미다스 허거걱, 이럴 수가?
그럼 이번엔 .. 설마?

이번엔 흙덩이를 만졌더니, 그 흙덩이도 황금이 되었고 ... 곡식 이삭을 꺾자, 이삭도 황금으로 변했으며 ... 사과나무에서 사과를 따자, 그것 역시 황금으로 변했다. 그뿐이 아니었다. 그가 높은 기둥에 손을 대자, 기둥도 황금으로 번쩍였고 ... 흐르는 물에 손을 씻자, 손에서 흘러내린 물은 황금 물이 되었다.

그는 세상의 모든 것이 황금으로 변하는 것을 상상하자, 너무 좋아 어쩔 줄 몰랐다.

미다스 그럼 난 이제 얼마나 부자가 되는 거지?
왜 이렇게 자꾸 웃음이 나오지? 으하하하 ....

미다스의 불행

거기까지는 좋았다! 그가 너무 좋아, 미치도록 껄껄대고 있을 때였다. 하인들이 진수성찬을 차려왔다. 그는 빵을 먹으려고, 손으로 덥석 빵을 집었다. 그런데 이게 웬일인가! 빵이 황금으로 변하는 것이 아닌가!

다른 음식들도 마찬가지였다. 그가 먹으려 하면, 이빨에 씹히는 것은 모두 황금으로 변했다. 또 포도주를 마시려 하자, 황금이 목구멍 사이로 꿀렁 내려갔다. 재앙은 거기서 끝나지 않았다. 미다스가 사랑스런 딸을 손으로 잡는 순간, 딸마저도 황금으로 변하고 말았다. 그러자 그는 울며불며 ...

미다스 아이고, 이를 어째?
아이고, 내 딸아 ...

미다스는 이런 재앙에 간담이 서늘해졌다. 아무리 진수성찬이라도 먹을 수도 없었고, 목이 타서 갈증이 났지만 마실 수도 없었다. 그는 이제 부자지만 비참한 자신이 싫었고, 부자고 나발이고 더 이상 그런 괴상한 마력에서 벗어나고 싶었다. 결국 자신의 잘못된 선택으로 고통받자, 그는 하늘을 향해 두 팔을 벌리며 ...

미다스 디오니소스여! 제가 잘못했습니다.
저를 용서해 주십시오.
제발 저를 불쌍히 여기시여, 이 재앙에서 구해주소서.

신들은 때로는 무서운 벌을 내리지만, 때로는 자비로운 분이시다! 디오니소스는 그가 스스로 잘못을 시인하고 용서를 빌자, 기꺼이 그의 간청을 들어주었다.

디오니소스 미다스여! 탐욕스러운 황금의 마력에서 벗어나려면,
리디아의 파톨로스강으로 가라.
그리고, 그 강이 처음 시작되는 곳을 거슬러 올라가,
그 샘물에 머리와 몸을 담그고, 죄를 씻어라!

미다스는 신이 말한 대로 강의 발원지를 찾아가, 샘물에 머리와 몸을 씻었다. 그러자 황금으로 변하는 그의 마력은 강물로 옮겨갔다.

그 강물에 사금과 금빛 모래가 많은 것은 바로 이런 이유에서다. 파톨로스 강은 그런 마력을 전수받아 그런지, 지금도 그곳 축축한 흙은 금빛으로 번쩍이고 있다.

미다스가 만지자, 순식간에 황금으로 변해버린 미다스 딸

강의 발원지를 찾아가, 황금으로 변하는 마력을 씻는 미다스

2. 임금님 귀는 당나귀 귀

피리의 달인, 판

그 후, 미다스 왕은 황금이고 나발이고 부귀영화가 싫었다. 아니, 진저리가 나고 치가 떨렸다. 그래서 그는 주로 산과 들을 돌아다니며, 산속 동굴에 사는 전원과 목동의 신인 '판 Pan'의 숭배자가 되었다. 하지만, 그는 여전히 어리석고 미련한 사람이었기 때문에 또다시 실수가 이어졌다.

어느 날, 판이 트몰로스산에서 요정들을 모아놓고, 피리 연주 실력을 뽐내고 있었다. 그러다 그만 입방정을 떨고 말았다. 요정들이 '야호, 브라보, 앙콜'을 연호해서 그런가? 판은 건방을 떨며…

판 오우, 땡큐 땡큐! 어때, 예쁜 언니들!
내가 아폴론의 연주 실력보다 더 낫지 않아?
고럼! 아폴론의 실력은 나보다 훨씬 떨어지지, 암!

대충, 다음 상황을 짐작하시겠는가? 판이 이렇게 헛소리하며 아폴론에게 도전하자, 결국 아폴론이 도전을 받아들였다. 심판은 그곳 산신 '트몰로스 Tmolos'가 맡았다.

아폴론과 판의 연주 대결

심판을 맡은 나이 많은 산신 '트몰로스'는 산꼭대기에 자리 잡더니, 자신의 귀에 자란 나뭇가지를 싹둑 잘라버렸다. 좀 더 연주를 잘 듣기 위해서였다.

트몰로스 자, 심판을 볼 준비는 다 되었습니다.
그럼 판이 먼저 연주를 시작하시죠.
뮤직, 큐!

먼저 판이 투박하지만, 멋진 피리 연주를 시작했다. 그러자 그의 연주는 미다스 왕의 심금을 울렸다. 미다스는 우연하게 지나가다, 연주를 듣고 있었던 것이다. 그는 자신의 숭배자인 판의 연주에 왕창 감동 먹었다. 그래서 연주가 끝나자 ...

미다스 브라보 ~ 짱이다, 짱 ~

곧이어, 심판 트몰로스가 고개를 아폴론 쪽으로 돌렸다. 그러자 모든 나무들도 그의 얼굴을 따라 일제히 아폴론에게 고개를 돌렸다.

트몰로스 자, 다음은 아폴론 차례요.
그럼 시작하시죠. 스타트, 뮤직 큐!

초록색 옷의 산신과 미다스 등이 참석한 가운데, 판에 이어 연주를 시작하는 아폴론. 그 옆은 아테나 - 헨드릭 클럭 그림

금발의 아폴론은 머리에 월계관을 쓰고, 티로스 보라색 외투를 끌며 앞으로 나왔다. 그의 왼손에는 보석과 상아가 박힌 리라가 있었고, 오른손에는 연주하는 채가 있었다. 그 모습은 그가 역시, 예술가라는 것을 말해주고 있었다.

아폴론이 세련된 솜씨로 리라 연주를 마치자, 심판은 그 달콤하고 황홀한 소리에 너무 매료되어 아폴론의 승리를 선언했다. 관중도 모두 심판의 판정에 만족하며 동의하는 듯했다. 그러나 딱 한 사람, 미다스만이 판정에 불복하며 …

미다스 잠깐, 저스트 모먼! 이 판정은 공정치 못합니다.
이것은 주최 측 농간이자, 심판의 편파적 판정이오.
어째서 리라 연주가 이겼단 말이야?
난 피리 소리가 훨씬 좋구먼! 맞소, 승자는 피리다!

중앙의 심판은 아폴론의 승리를 선언하고 있고, 맨 오른쪽의 미다스는 판이 승리했다고 손짓하고 있다 - 요르단스 그림

그러자 아폴론이 화가 났다. 미다스의 그런 무식한 두 귀가 인간의 귀로 붙어있다는 것을 참을 수 없었다. 그래서 아폴론은 그의 귀를 쭉 길게 늘이고, 굵고 거친 털이 나게 만들어버렸다. 그러자 미다스는 당나귀 귀를 갖게 되었다.

임금님 귀는 당나귀 귀

미다스 왕은 자기 귀가 당나귀 귀란 것을 감추고 싶었다. 그래서 항상 모자를 깊숙이 눌러 써서, 흉측한 귀를 감췄다. 그러나 자기 머리를 깎는 이발사에게는 감출 수 없었다. 그는 이발사에게 명령 아닌, 협박을 했다.

미다스 너 이놈! 만약 이 사실을 발설하면, 그냥 콱 죽을 줄 알아. 알았어?

이발사는 왕의 귀가 당나귀 귀라는 것을 발설할 수 없었다. 그러나 참으면 참을수록, 도저히 입이 근질근질해서 견딜 수 없었다. 더 이상 참았다간 속이 터져버릴 것 같았다. 그래서 그는 넓은 들판에 구덩이를 판 다음, 구덩이 속에 임금님의 비밀을 속 시원하게 털어놓았다. 그리고는 다시 구덩이를 메우며 …

이발사 에고고, 시원하다 ~

그런데 그로부터 얼마나 지났을까! 그 들판에 갈대가 우거지더니, 키가 큰 갈대들이 비밀을 속삭이기 시작했다. 부드러운 미풍이 살랑살랑 불어오자, 그 갈대들은 자신들이 들었던 미다스의 비밀을 털어놓기 시작한 것이다.

갈대들 임금님 귀는 당나귀 귀.
미다스 귀가 당나귀 귀래요 ~~
임금님 귀는 당나귀 귀다 ~~~

이 신화에서 오늘날 '미다스(혹은 마이더스)'란 단어는 재주나 탐욕을 뜻하는 용어로 쓰인다. 그러니까 미다스 손은 황금 손, 즉 만지는 것마다 잘 되게 하는 재주나, 또 돈을 잘 버는 재능이란 의미로 사용된다.

판과 사티로스는 요렇게 다르다

'판'과 '사티로스'는 로마 신화에선 '파우누스 Faunus'에 해당된다. 그런데 이들은 얼핏 겉모습으로는 구분이 어렵다. 좀 고급스러운 정보지만, 정확히 이렇게 다르다.

이들은 둘 다 상체는 머리에 뿔 달린 사람 모습이지만, 하체는 판이 숫양 모양을 하고 있고, 사티로스는 염소 모양을 하고 있다.

그러나 위상은 많이 다르다. '판'은 헤르메스 아들로, 산과 들에 사는 '전원과 목동의 신'이다. 또 그는 댄스와 노래를 좋아하고 요정들과 연애를 즐기며, 시링크스란 피리를 만든 '신'이다. 요 '신'이라는 것이 중요하다.

요정에게 수작 거는 판 - 러시아 국립

반면, '사티로스'는 신이 아닌 '숲의 정령'으로, 그림에서 주로 디오니소스와 광란의 여신도들과 함께 나온다. 이들 사티로스들은 대체로 주색을 좋아하고, 성기를 발기한 채 요정들에게 거침없이 들이대는 호색한이다.

신화의 그림과 조각에서 판보다는 사티로스가 훨씬 많이 등장하는데, 그 이유는 예술가들이 사티로스와 요정들의 에로틱한 장면을 더 선호했기 때문이다.

시링크스를 부는 전원과 목동의 신 - 판

숲의 정령, 디오니소스의 추종자 - 사티로스

시링크스를 쫓는 판

요정한테 들이대는 사티로스

양과 교접하는 판 - 나폴리 국립 박물관

은근슬쩍 요정 옷을 벗기는 사티로스 - 루브르

크레타 미노스와 아테네 케팔로스팔로스

개미족 미르미돈

케팔로스와 프로크리스의 의심한 사랑

미노스와 조국을 배신한 스킬라

개미족 미르미돈

등장 인물

아이아코스 : 아이기나 섬의 왕
미노스 : 크레타 왕
케팔로스 : 아테네 장군
미르미돈 : 개미족

이번 이야기는 수많은 생명을 앗아간 코로나 바이러스나 페스트 등의 전염병과 같이 예전 그리스 시대에 있었던 끔찍한 역병(疫病)과 미르미돈 병사들에 관한 신화다.

섬나라 아이기나

섬나라 크레타 왕 '미노스 Minos'가 아테네와 싸우기 위해 전쟁을 준비하고 있을 때다. 미노스는 자기 아들이 운동 경기 중 아테네 사람에게 살해되자, 아들의 죽음을 복수하기 위해 아테네를 공격하기로 결심했다.

크레타는 당시 최강 전력을 가진 막강한 나라였지만, 미노스는 먼저 아테네와 전쟁을 하기 전에 동맹군의 확보가 필요했다. 그래서 함대를 이끌고 주변 나라들을 순회하면서 우군을 규합하고, 때로는 무력을 사용해, 근처의 섬나라들을 동맹군에 포함시켰다.

그러나 모든 나라가 다 미노스의 동맹국이 된 건 아니었다. 몇몇 섬나라는 동맹국이 되기를 거부했다. 그러자 미노스는 이번엔 함대를 서쪽으로 돌려, 섬나라 '아이기나'로 향했다. 이 섬나라가 이번 신화의 주된 무대다.

제우스의 아이기나 납치 사건

섬나라 '아이기나' 왕은 '아이아코스 Aiakos' 였다. 그는 제우스와 아이기나 아들인데, 제우스가 그의 어머니 아이기나를 납치한 사건은 이러했다.

'아이기나 Aegina'는 강의 신 '아소포스'의 20명의 딸 중 한 명이었다. 그런데 제우스가 독수리로 변신해, 그녀를 섬으로 납치했다. 이것을 목격한 자는 교활한 것으로 유명한 코린토스의 왕 '시시포스 Sisyphus' 였다.

독수리가 상징 새인 제우스가 맨 오른쪽에서 불쑥 나타나자, 누워있던 아이기나가 놀라고 있다 - 페르디탄트 볼 그림

강의 신 아소포스는 갑자기 딸이 실종되자, 딸을 찾아 세상을 헤매고 다녔다. 그러다 목격자가 시시포스라는 것을 듣고 그를 찾아가, 딸의 행방을 알려달라고 하자 ...

시시포스 (교활하게) 그럼 당신은 강의 신이니까,
우리나라에 멋진 분수를 하나 만들어 주슈.
그럼 내가 딸이 있는 곳을 알려주겠소. 오케이, 하것수?

아소포스 예, 약속하죠.

시시포스 댁의 딸은 제우스가 오이노네 섬으로 납치해 갔소.

아버지 아소포스는 섬을 찾아가, 무작정 딸이 있는 방을 쳐들어갔다. 그런데 화가 난 제우스가 벼락을 던져, 아소포스는 불에 타 죽고 말았다. 그래서 이때부터 아소포스 강 바닥엔 새까만 탄(炭)이 나온다 한다.

아무튼, 아이기나는 그 섬에서 제우스 아들인 '아이아코스'를 낳았다. 아이아코스는 커서 왕이 되자, 나라 이름을 '오이노네'에서 자기 어머니 이름인 '아이기나'로 바꿨다. 요거, 이 신화에서 상당히 중요한 대목이다. 여기까지가 섬나라 아이기나의 전설이다. 자, 그럼 이제부터 본격적인 이야기가 시작된다.

미노스 왕과 아이아코스 왕

미노스 왕이 이런 사연이 있는 아이기나에 함대를 이끌고 도착했다. 그러자 나이가 든 '아이아코스' 왕이 ...

아이아코스 크레타 왕이시여! 무슨 일로 오셨습니까?

미노스 제가 아테네와 전쟁을 하려고 하는데,
저희 편에 가담하여 싸워주셨으면 합니다.

아이아코스 미안합니다만, 그럴 수는 없군요.

우린 아테네와 이미 예전부터 혈맹 관계니까요.

미노스 혈맹 관계? 훙, 두고 봅시다. 나중에 값비싼 대가를 치를 것이오.

미노스는 생각 같아선 당장 무력을 사용하고 싶었다. 그러나 괜히 아테네와 큰 전쟁을 앞두고 전력을 낭비하는 것보다, 그쯤 겁주고 떠나는 것이 낫다고 생각하여 철수했다.

그렇게 크레타 함대가 떠난 후였다. 이번엔 아테네 배 한 척이 급히 항구에 도착했다. 그 배에는 아테네의 명장 '케팔로스 Kephalus'가 타고 있었다. 그는 아테나 왕의 친서를 가지고 섬에 도착한 것이다.

아이기나의 끔찍한 역병(疫病)

케팔로스는 아이아코스 왕을 만나, 친서를 전달했다. 또한 아테네와 크레타가 전쟁을 하면 자기 쪽을 도와 달라 부탁하며, 양국의 오랜 동맹관계와 혈맹관계를 상기시켰다. 그러자 아이아코스 왕이 …

아이아코스 장군! 이렇게까지 직접 찾아와서 도움을 청할 거 없이,
우리 병사를 마음대로 데려가도 좋습니다.

케팔로스 예? 병사를 마음대로 데려가라고요?

아이아코스 그렇소! 이 섬의 병사들을 모두 데려가시오.
우린 병사가 얼마든지 있으니까요. 허허허 …
이 모든 것이 신이 주신 축복이라고나 할까요?

케팔로스 아무튼 감사합니다! 부디, 그대 왕국과 백성들이 번창하시길!
근데, 왕이시여! 제가 항구에 도착했을 때,
수많은 같은 또래의 잘생긴 청년들이 마중 나와서 기뻤습니다.
근데, 제가 지난번에 이 나라를 방문했을 때,
그때 보았던 사람들은 거의 보이지 않더군요. 어떻게 된 일이죠?

그러자 왕은 긴 한숨을 내쉬더니, 슬픔에 잠긴 목소리로…

아이아코스 전에 장군이 알고 있던 사람들은 모두 죽었답니다.
그들의 죽음과 함께 내 나라도 쑥대밭이 되었지요.

케팔로스 (놀래며) 아니, 모두 죽다니요? 왜요?

아이아코스 그 이유는 잔혹한 헤라 여신 때문이지요.
제가 나라의 이름을 '오이노네'에서,
우리 어머니 이름인 '아이기나'로 바꾸었더니,
헤라 여신은 이 나라가 제우스의 애인 이름으로 바뀌자,
우리를 미워해서 이 나라에 역병을 퍼트렸답니다.

질투의 여신 헤라는 이 나라에 역병(疫病), 즉 전염병을 퍼트렸다. 이유는 단지, 나라 이름이 남편의 애인 이름이었기 때문이었다. 정말 헤라답지 않은가?

아이아코스 맨 처음에 병의 원인이 밝혀지기 전까지는,
우린 그저 의술로 병을 고치려 했습니다.
그러다 결국, 전염병에 무릎을 꿇고 말았지요.

왕은 침울해하더니, 무섭고 끔찍했던 역병에 대해 자세히 설명하기 시작했다.

아이아코스 역병의 시작은 이러했습니다.
처음엔 시꺼먼 구름이 하늘을 덮더니,
푹푹 찌는 더위가 2달 동안 계속되었죠.
그렇게 뜨거운 남풍의 열기로 무더위가 계속되자,
샘과 호수에 서서히 치명적인 독이 스며들더니,
수천 마리의 독 있는 뱀들이 강물을 오염시켰습니다.

케팔로스 역병의 징조가 시작한 거군요.

아이아코스 예! 맹렬하고 갑작스런 역병의 기세에,
처음엔 개, 소, 양, 말, 들짐승이 죽어갔습니다.
농부들은 힘센 황소가 밭을 갈다,
철퍼덕 ~ 밭고랑에 쓰러지는 걸 보고 깜짝 놀랐죠.
양떼는 음메음메 ~ 하고 울부짖다가, 털이 빠져 야위어갔고,
전에 경기장에서 우승한 튼튼한 명마도,
지난날의 영광도 잊은 채 죽을 날만을 기다렸죠.
멧돼지는 난폭하게 굴지도 않았고, 암사슴은 달리지도 않았으며,
또 곰은 가축을 공격하지도 않더군요.

니콜라 푸생의 아슈도드의 흑사병

케팔로스 어허..

아이아코스 이어, 산과 들에 짐승의 시체가 누워 썩어가자,
대기는 그 악취로 인해 오염되기 시작했죠.
근데 이상하게 들리겠지만,
독수리나 늑대조차 그 시체를 건드리지 않더군요.
그렇게 시체들이 썩으며 공기를 오염시키자,
순식간에 전염병이 퍼져갔습니다.

케팔로스 그럼.. 사람들은요?

아이아코스 예! 이번엔 사람 차례였습니다.
역병은 먼저 불쌍한 시골 농부들을 덮치더니,
마침내 성안의 사람들까지 전염시켰습니다.
우선 병에 걸린 사람들은 고열이 나더니,
피부가 붉어지고, 호흡이 곤란하고,
혀가 붓고, 마른 입술은 바싹 타들어갔습니다.
그러자 그들은 고열을 참지 못해 옷을 벗고는,
얼굴을 땅에 대고 열을 식히려 했지만,
하지만, 땅바닥도 뜨거운 데 어디 몸이 식나요?
역병을 이길 사람은 아무도 없었습니다.

케팔로스 아니, 의사들이 있잖습니까?

아이아코스 의사들도 속수무책이었습니다. 그들도 금방 전염이 되었으니까요.
성실한 의사일수록, 더 빨리 죽음의 길로 들어섰죠.

케팔로스 쯔쯔..

아이아코스 사람들은 살아날 가망이 없고, 역병의 끝이 죽음뿐이라고 생각하자,
자포자기 상태에서 마음대로, 자기 하고 싶은 대로 하더군요.
그들은 염치고 뭐고 없이 샘이나 강으로 달려가,
아무리 마셔도 해소되지 않는 갈증을,

그래도 해소해 보겠다고 오염된 물을 먹기 시작했죠.
그들 중 대다수가 그 물에서 죽어갔는데도,
어떤 사람들은 또다시 그 물을 마셨답니다.

왕은 한숨을 푸욱 내쉬더니 계속해서 ...

아이아코스 침대에 오래 누워있던 환자들은 집을 뛰쳐나가고,
일어설 기운조차 없는 사람들은,
몸을 땅에 굴려서라도, 집을 빠져나오려 했습니다.
아직 역병의 원인이 밝혀지지 않은 상태에서,
그들은 협소한 집안이 병의 온상이라고 생각한 거죠.

전염병으로 수많은 사람들이 거리에 쓰러져 죽거나 화장되는 참혹한 참상이 그려진 중세 작품

그중 더러는 휘청거리며 거리를 헤매고 다녔지만,
대부분은 땅에 누워 몸부림치거나,
눈만 뜨고 허공만 바라보다가, 숨을 거두었답니다.

케팔로스 .. 비통한 심정이셨겠네요.

아이아코스 그때 제 심정이 어떠했겠습니까?
저도 정말 그들과 함께 죽고 싶은 심정이었지요.
온 천지에 백성들이 쓰러져 누워있는데,
그 모습은 마치, 바람에 썩은 사과가 떨어지듯,
떡갈나무에서 도토리가 떨어질 때와 같은 모습이었죠.

케팔로스 쯧쯧 ..

아이아코스 저기 저, 계단이 많은 우뚝 솟은 신전 보이시죠?
바로 저 신전이 제우스 신전이랍니다.
사람들은 제단에 분향했지만, 다 부질없는 짓이었습니다.
남편이 아내를 위하여, 아버지가 아들을 위하여,
그들은 기도 도중, 손에 향을 든 채 숨을 거두었지요.
또 신전에 제물로 끌려온 황소는,
사제가 칼로 찌르기 전에 쓰러져 죽더군요.
저도 이 나라와 자식을 위해 제물을 드리려는데,
황소 목에선 피도 나오지 않았고,
역병이 내장까지 침범해, 신의 뜻도 알 수 없었지요.

옛날 그리스의 예언가와 사제들은 동물의 간과 내장을 보고, 점을 보거나 예언했다. 그런데 황소가 역병에 걸리자, 내장 등을 보고 점을 칠 수 없었던 것이다.

아이아코스 사람들은 신을 원망해서 그랬는지, 시체를 제단 앞에 던지고,
더러는 다가올 죽음의 공포에서 벗어나고자,

스스로 목을 매어 죽었답니다.

케팔로스 …

아이아코스 죽은 시신은 관습에 따라 매장해야 했지만,
너무나 많은 사람들이 한꺼번에 죽은 바람에,
시신은 매장도 못하고 땅에 버려져 있거나,
화장할 장작 위에 무더기로 쌓였죠.

케팔로스 …

아이아코스 이미 죽은 자들에 대한 예의는 없던 때라,
화장할 나무를 두고 서로 싸우고,
남이 화장하고 있는 불에, 자기 식구들의 시체를 던지더군요.
또 죽은 망자를 위해 애도해 줄 사람도 남지 않자,
수많은 혼백이 곡소리를 듣지 못해 헤매고 있었고,
마침내 무덤도, 또 화장할 나무도 모자랐습니다.

케팔로스 저런..

아이아코스 전 그런 엄청난 재앙에 망연자실하다가,
저의 아버지 제우스께 소리쳐 기도를 올렸죠.
"오오.. 나의 아버지, 제우스시여!
당신께서 제 어머니 아이기나를 사랑했다면,
당신이 제 아버지란 것이 부끄럽지 않으시다면,
제발 제 백성들을 돌려주거나,
아니면, 저도 그들과 함께 죽게 해주소서!"

케팔로스 …

아이아코스 그때 꽈르릉, 번쩍하는 소리가 들렸습니다.
제우스께서, 아니 제 아버지께서 천둥과 번개로,
제 기도를 들었다는 신호를 보내신 것이었죠.
그래서 전 다시 한번 하늘을 향해,

"아버지 뜻을 잘 알겠습니다. 당신의 표시가 좋은 전조가 되기를!
당신이 주신 징조를 제 기도의 대답으로 알겠습니다!"
그런데 그때 마침 제 옆엔,
사방으로 가지가 쭉쭉 뻗은 참나무 한 그루가 있었는데,
그 귀한 나무는 제우스에게 봉헌된,
도도나에서 가져온 씨앗으로 성장한 나무였습니다.

'도도나 dodona'는 그리스에서 가장 오래된 제우스 신탁소로 유명하다. 또 제우스의 신성한 신목(神木)은 참나무인데, 도도나 신탁에선 참나무가 바람에 살랑거리는 소리를 듣고, 신의 뜻을 알려주었다 한다.

개미족, 미르미돈의 탄생

아이아코스 그런데 그때 그 참나무를 보니까,
수없이 많은 개미 떼가 곡식알을 입에 물고,
긴 행렬을 지어 길을 따라가더군요.
전 그들의 수가 엄청난 것에 놀라,
"오, 신들의 아버지시여!
저에게도 저렇게 많은 백성들을 주시어,
텅 빈 이 나라를 백성들로 가득 채워주소서!"

케팔로스 ??

아이아코스 그러자 참나무가 살랑살랑 흔들거리더군요.
바람도 불지 않는데, 가지가 소리를 내면서 말이지요.
전 두려움에 온몸이 떨리고, 머리카락이 곤두섰지만,
참나무에 입을 맞추고, 속으로 기도를 올렸답니다.

케팔로스 ...??

아이아코스가 개미 떼를 보고 저렇게 많은 백성들을 달라고 하자, / 꿈에 그 개미 떼가 무럭무럭 자라 백성으로 되고 있다.

아이아코스 이윽고 밤이 되어, 전 근심과 걱정으로 잠이 들었는데,
그 참나무가 꿈속에 다시 나타났지 뭡니까?
낮에 보았던 개미 떼와 함께 말이죠.
근데, 꿈속에서 참나무가 살랑살랑 흔들리더니,
개미 떼를 나무 아래 들판으로 막 뿌리는 거 같았습니다.
그러자 개미들이 땅에서 무럭무럭 자라,
갑자기 모두 벌떡벌떡 일어나더니,
어느새 개미들은 몸과 발의 검은 색깔을 벗고,
모두 인간의 모습으로 변하는 것 같았습니다.

케팔로스 개미가 .. 인간으로요?

아이아코스 예! 그때 전 잠에서 깨어났죠.
꿈이었지요. 꿈이라고 생각하니 허탈하더군요.
'아! 하늘의 신이 도와주신 게 아니구나!'
그렇게 생각하며 신들을 원망하고 있는데, 바로 그때였습니다.
궁 안에 웅성거리는 큰 소리가 들리지 뭡니까?
정말 오랜만에 듣는 사람 소리였지요.

전 그 소리도 꿈이라고 생각하고 있었는데,
그때 제 아들 '텔라몬'이 벌컥 문을 열더니 ...

텔라몬 (다급한 목소리로) "아버지, 아버지!
어서 밖으로 나와 보세요, 빨리요!
믿지 못하시겠지만, 놀라운 일이 일어났어요.
어서 나오세요. 빨리요 ~ "

아이아코스 그래서 제가 밖으로 나갔더니, 그랬더니 ...
꿈에서 보았던 똑같은 자들이 엄청난 대열로 서있지 뭡니까?
그리고는 제게 다가와 ...

미르미돈 (다 같이 소리 높여) "왕이시여! 우리의 왕이시여.
저희를 백성으로 받아주십시오!"

아이아코스 허허허 ... 저는 그들을 제 백성으로 받아들이고,
새 백성들에게 농지를 나누어 주었답니다.
그리고 그들이 개미에서 태어났기 때문에,
전 그들을 개미란 뜻인 '미르미돈 Myrmidon'이라 불렀습니다.

트로이 전쟁에서 아킬레우스가 적장 헥토르를 말 뒤에 끌고 가고 있고, 뒤따르는 병사들이 미르미돈이다 - 프란츠 마치 그림

케팔로스 미르미돈이요?

아이아코스 예! 이미 아까 그들을 보셨지요?
그들은 개미의 습성을 고대로 가지고 있어,
검소하고 힘든 일을 잘 견디며,
한번 얻은 것을 잘 지키고, 저축을 하는 종족이지요.
나이도 똑같고, 용기 또한 비슷한 그들이,
장군을 따라 전쟁터로 갈 것입니다.
당신을 우리나라로 모시고 온 것이 동풍이었으니까,
이제 바람이 바뀌면, 그들과 같이 떠나시죠! 허허허 ...

에필로그

'미르미돈'은 '개미'란 뜻으로, 개미들의 성질 그대로 검소하면서, 힘든 일을 잘 견디는 종족이었다. 아이아코스 손자이자, 트로이 전쟁 영웅 '아킬레우스'는 후에 미르미돈을 데리고 전쟁에 참전하는데, 그때 이 개미족들은 목숨을 걸고 싸워 혁혁한 공을 세운다. 그래서 지금까지 명령을 충실히 수행하는 부하를 미르미돈이라 부른다.

저승의 심판관이 된 아이아코스

'아이아코스'는 경건하고, 정의로운 인물이었다. 그래서 그는 죽은 후, '라다만토스'와 '미노스' 함께 죽은 자들을 심판하는 저승의 3대 심판관이 되었다.

케팔로스와 프로크리스의 의심한 사랑

등장 인물

케팔로스　: 아테네 명장
프로크리스 : 그의 아내 (아테네 공주)
에오스　　: 새벽의 여신
아르테미스 : 사냥의 여신

이번 이야기는 바로 앞의 개미족 미르미돈에 등장한 아테네의 명장 케팔로스와 그의 아내에 관한 이야기다.

새벽의 여신의 케팔로스 납치

'잘생긴 머리'라는 뜻의 아테네 미남 '케팔로스 Kephalus'와 '먼저 선택된 여자'란 뜻을 가진 아테네 공주 '프로크리스 Procris'는 서로 진심으로 사랑해 부부가 되었다.

세상 사람들은 이들을 가장 행복한 부부라며 부러워했다. 그러나 이들의 행복은 그리 오래가지 못했다. 사건은 이들이 결혼식을 올리고, 겨우 2달이 지났을 때 일어났다.

어느 이른 새벽, 케팔로스가 산에서 사슴을 잡으려고, 그물을 치고 있었다. 근데 그때 새벽의 여신 '에오스 Eos'가 그에게 반해서, 강제로 그를 납치해 갔다. 너무 잘생긴 것이 탈이라고나 할까?

겁나게 아름다운 새벽의 여신 에오스가 잘생긴 케팔로스에게 반해, 그를 구름에 띄워 납치해가고 있다 - 푸시킨 박물관

'에오스'는 '새벽의 여신'으로, 매일 아침 태양이 뜨기 전 밤을 몰아내고, 아침을 활짝 여는 여신이다. 그런데 그녀는 한때 아레스와 연애하다, 아프로디테의 저주를 받았다. 그래서 그 이후, 신이 아닌 죽을 운명의 인간만을 사랑하게 되었는데, 그런 이유 때문에 그녀는 새벽부터 하늘을 날아올라, 인간 남자를 헌팅 해야 했다.

새벽의 여신은 쭉쭉 빵빵 겁나게 아름답고 섹시했지만, 케팔로스가 진정 사랑한 이는 그의 아내였다. 케팔로스는 납치당한 뒤에도 계속 아내만을 생각하며 …

케팔로스 오, 나의 프로크리스! 여신이여, 제발 저를 아내에게 보내주십시오.
전 신성한 결혼식에서 그녀에게 사랑을 약속했고,
또 혼인의 의무를 지키겠다고 맹세했습니다.
제발 그 언약을 지키게 저를 보내주십시오.

에오스 (질투심이 폭발해) 이제 그딴 소리는 듣기도 싫으니까, 작작 좀 해!
그래! 가, 가라고. 그녀가 그렇게 좋으면 가란 말이야.
(의심을 불어넣으며) 근데 말야, 내가 앞날을 내다보니까,
그댄 아내와 결혼한 걸 후회할 거야! 내 말 명심하고, 어서 가보라고. 흥!

케팔로스가 아내에게 돌아가겠다고 하자, 에오스가 가지 말라고 허리를 붙잡고 있다 - 런던 내셔널갤러리 (푸생 그림)

마침내 에오스가 풀어주자, 케팔로스는 아내를 다시 볼 수 있다는 희망에 부풀어 집을 향해 걸었다. 그런데 그는 길을 가던 도중, 문득 여신이 했던 말이 생각났다.

케팔로스 응? 대체 여신이 한 말이 무슨 뜻이지?
아내와 결혼한 것을 후회하게 될 거라니?

그러다 그는 갑자기 아내의 순결, 다시 말해 정절을 의심했다. 그렇다! 아내는 너무 젊고, 너무 치명적으로 아름다웠다. 더구나 그는 그동안, 아내와 오랫동안 떨어져 있지 않았던가!

케팔로스 혹시, 아내가 그 사이에? (고개를 저으며)
아니야, 그럴 리 없어! 그녀의 품성을 보면, 절대 그럴 리 없지.
(그러다) 하지만.. 그래도 혹시?

의심은 의심을 낳는 법! 사랑하는 사람들은 무엇이 두려워 사랑을 의심하고, 또 계속 확인하고 싶은 것일까?

그는 아내의 정절을 한번 테스트해 보고 싶었다. 비록, 그 결과로 인해 자신이 고통을 받더라도, 선물 공세를 펼쳐 아내를 떠보기로 마음먹었다. 그는 새벽의 여신의 도움을 받아, 감쪽같이 다른 사람의 모습으로 변신하고, 자기 집을 찾아갔다.

아내를 시험한 케팔로스

케팔로스가 집에 가자, 그를 알아보는 사람은 없었다. 집안엔 별로 달라진 게 없었고, 그저 주인이 납치된 걸 걱정하고 있을 뿐이었다. 그는 천신만고 끝에, 간신히 아내에게 접근할 수가 있었다. 그런데 아내를 보는 순간, 잠시 머리가 핑 돌았다. 너무나 아름다운 그녀를 보는 순간, 잠시 아내의 정절을 시험하려던 것을 포기할 뻔했다.

케팔로스 여보, 내가 왔소! 당신 남편인 내가 왔단 말이야!

그는 그러며 아내에게 달려가 키스하며, 자기 정체를 밝히고 싶었다. 그러나 간신히, 간신히 참았다. 아내는 자신을 애타게 그리워하며 슬픔에 잠겨 있었고, 슬픈 모습은 그 어느 여자보다 아름다웠다. 케팔로스는 집요하게 들이대면서 유혹했다. 그러나 아내는 그럴 때마다 유혹을 물리치며…

프로크리스 안돼요, 제발 이러지 마세요.
그이가 어디에 계시든, 제 몸과 마음은 오직 남편 것입니다.

케팔로스는 '이 정도면 충분하지 않을까?' 하는 생각도 해보았다. 그러나 그것만으론 왠지 성이 차지 않았다. 그래서 자신에게 마구 상처를 입히기로 작정한 사람처럼, 계속 대시하며…

케팔로스 나와 하룻밤만 자면, 엄청난 재산을 주겠소. 딱 한 번만 나와 잡시다.

그는 계속 선물에, 또 선물에 끊임없이 선물 공세를 했다. 그러자 마침내 그녀 마음이 흔들리기 시작했다. 아니, 결국 무너지고 말았다. 그때였다. 케팔로스가 본래 모습으로 돌아와 분개하며…

케팔로스 이 더럽고, 사악한 여자야! 봐라, 당신을 유혹했던 자가 바로 나다.
이 배신자! 난 이제야 당신이 부정한 여자란 걸 알았어!

아내는 아무 말도 하지 않았다. 너무 부끄럽고 민망했지만, 그런 음흉한 남편이 싫어 집을 뛰쳐나갔다. 그리고는 남자들을 증오하며, 산속에서 사냥의 여신 '아르테미스'를 신봉하며 지냈다.

막상 아내가 집을 떠나자, 케팔로스는 그녀에 대한 사랑이 더욱 물밀듯이 밀려왔다. 그래서 결국 아내를 찾아가 용서를 빌었다.

케팔로스 여보! 내가 잘못했어. 날 용서해 줘.
사실 나도 그런 큰 선물로 유혹을 받았다면,
아마 당신과 비슷한 실수를 저질렀을 것이야.
자, 이제 나와 같이 집에 갑시다. 응?

그러자 아내는 그 말에 자존심이 좀 회복되었는지, 남편을 따라 다시 집에 돌아왔다.

사냥개와 여우의 달리기 시합

그런데 아내는 집에 돌아올 때, 사냥개 한 마리와 투창을 남편에게 선물로 주며 ...

산속을 찾아가 아내를 다시 집으로 데려오는 케팔로스. 이때 프로크리스가 사냥개와 투창을 선물로 주고 있다 - 알렉산더 그림

남편 케팔로스에게 모든 개를 앞지르는 사냥개와, 백발백중의 창을 선물로 주는 아내 프로크리스 - 필리페 그림

프로크리스 이 개와 창은 아르테미스 여신이 주신 선물이에요.
이 개는 달리기에서 모든 개를 앞지르고,
또 이 창은 무엇이든 백발백중,
절대 과녁을 빗나가는 법이 없는 창이에요.

여기서 잠깐! 이 사냥개에 관한 희한하고, 놀라운 사건을 잠시 소개하면 이렇다. 혹시 1권에 스핑크스의 수수께끼를 기억하시는가? '아침에는 네 발, 낮에는 두 발, 저녁에는 세 발로 걷는 것이 무엇이냐?' 하는 질문에 오이디푸스가 인간이라고 대답하자, 스스로 벼랑에 떨어져 죽은 스핑크스 말이다.

질서의 여신 '테미스'는 스핑크스가 그렇게 맥없이 죽자, 이번에는 2번째 재앙으로, 커다란 여우를 보냈다. 그런데 이 여우는 어떤 사냥개한테도 잡히지 말아야 하는 그런 여우였다.

커다란 여우가 나타나 가축을 마구 헤치자, 사람들은 넓은 들판을 그물로 에워쌌다. 그러나 요놈은 그물과 덫을 훌쩍 뛰어넘고, 개들의 추격을 여유 있게 따돌렸다. 아니, 엄청 빨리 달아나며, 그냥 개들을 가지고 놀았다. 그러자 사람들이 케팔로스에게 긴급 SOS를 보내어 ...

사람들 어서 '라일랍스'를 풀어 도와주게. / '돌풍'이밖에 없네. /
여우가 어찌나 빠른지, 대적할 개는 돌풍이뿐이야.

'라일랍스'는 '돌풍이'란 이름을 가진 사냥개로, 바로 그의 아내가 선물로 준 개였다. 녀석은 벌써부터 개 목걸이를 풀어달라면서, 발버둥을 치고 있었다. 그러자 케팔로스가 풀어주며 ...

케팔로스 알았어! 알았다고. 인석아!
자, 돌풍아. 파이팅!

녀석은 목걸이를 풀자, 순식간에 먼지를 휘날리며 시야에서 사라졌다. 창과 화살도, 투석기의 포탄도, 녀석보다 빠르지 못할 정도였다. 드디어 운명의 경주가 시작되었다. 아르테미스 사냥개와 테미스 여신이 풀어놓은 여우의 숙명적인 경주! 과연 승자는?

여우는 사냥개에 잡힐 뻔했다가도, 살짝 비껴나곤 했다. 또 직선으로 곧장 가지 않고, 지그재그로 방향을 바꾸며 공격을 피했다. 반면, 사냥개는 매번 여우 뒤꿈치까지 따라 붙어 사나운 이빨로 덥석 물었지만, 정작 문 것은 허공뿐이었다.

그러자 케팔로스가 절대 빗나가는 법이 없는 창을 집어, 여우에게 던지려 할 때였다. 그런데 그때 그는 놀라 눈이 커지며 ...

케팔로스 헉, 저건 뭐지? 대리석상 아냐?

그 순간 들판 한가운데, 2개의 석상이 우뚝 서있었다. 하나는 달아나는 석상이었고, 또 하나는 추격하는 석상이었다. 그것은 어느 신의 뜻이었다. 신은 둘 다 경주에서 지는 것을 바라지 않았던 것이다.

여기까지가 사냥개와 여우의 달리기 경주다. 그럼 이제, 백발백중을 자랑하는 투창에 관한 이야기가 시작된다.

남편을 의심한 프로크리스

케팔로스 부부가 다시 몇 년 동안 행복하게 지내던 어느 날이었다. 케팔로스는 이날도 백발백중의 창을 가지고, 혼자 숲속에 사냥을 갔다. 그리고 사냥을 하다 싫증이 나거나 날씨가 더울 때면, 계곡에서 불어오는 시원한 산들바람을 찾아가 더위를 식히며…

케팔로스 오라, 아우라여! 어서 와서, 나를 기쁘게 해주오.
오오.. 반가운 이여! 어서 내 품 속에 들어와,
항상 그렇듯 이내 열기를 식혀다오. ♪ ~

'아우라 Aura'는 라틴어로, '산들바람'이란 뜻이다. 그는 이렇게 산들바람을 부르다가, 흥이 나면 살짝 몇 마디 아첨을 보태어…

케팔로스 오, 그대는 나의 기쁨이오! 어서 내게 힘을 주고, 나를 애무해 주오.
난 그대 때문에 이 적막한 숲을 좋아하는 거라오.
내 입술은 언제나 당신의 숨결을 느낀다오.
오, 그대여! 나의 아우라여. ♬ ~

그런데 아뿔싸! 누군가 숲에서 이 말을 듣고, 그 뜻을 오해했다. 그러니까 '아우라'가 숲속의 요정 이름인 줄 알고, 케팔로스가 그녀를 사랑하고 있다고 착각한 것이다.

이 경솔한 자는 얼씨구나 하며 프로크리스에게 달려가, '당신 남편이 글쎄, 아우란지 뭐시깽이하고 어쩌고 저쩌고 ...!' 뺑튀기를 튀겨가며 고자질했다.

사랑을 하면, 귀가 얇아지는 것일까? 아내는 그런 충격적인 가짜 뉴스를 듣더니, 뒤로 꽈당하며 졸도했다. 그러더니 겨우 의식이 돌아오자, 눈물을 흘리며 ...

프로크리스 아아, 불쌍하고 비참한 내 팔자!
이런 나쁜 남자! 나 몰래 그딴 짓을 하고 다니다니 ...
그 여자 이름이 뭐라 그랬죠? 마후라요? 아니, 아우라요?
(그러다 못 믿겠다는 듯) 아니에요, 그럴 리가 없어요.
내 눈으로 직접 확인하기 전엔 절대 믿을 수가 없어요.
아 참, 거기가 어디라고 그랬죠?

다음 날, 남편을 의심한 프로크리스가 사냥하는 남편을 따라가, 숲속에 숨어 몰래 지켜보고 있다 - 피터 사이먼 그림

다음 날이었다. 케팔로스는 이날도 백발백중의 창을 가지고 사냥을 나갔다. 그리고 여느 때처럼 풀밭에 누워 …

케팔로스 오라, 아우라여! 어서 뜨거운 이내 가슴을 진정시켜다오. ♪ ~

그런데 갑자기 숲속에서 신음 소리 같은 소리가 들렸다. 그러나 그는 대수롭지 않게 생각하고 계속해서 …

케팔로스 어서 오라, 내 사랑 아우라여! ♬ ~

그때 다시 숲에서 나뭇잎이 떨어지며 바스락 소리가 들리자, 그는 그 소리가 짐승의 소리로 알고, 백발백중의 창을 잡아 힘차게 던졌다. 그러자 윽 하는 비명 소리가 들렸다. 바로 프로크리스의 비명소리였다. 프로크리스는 가슴에 박힌 창을 움켜잡고 …

프로크리스 아아, 슬프구나!

그러자 케팔로스는 아내의 목소리를 알아듣고, 후다닥 소리가 났던 곳으로 달려갔다. 그리고는 의식을 잃어가는 아내를 안아, 피를 지혈시키려고 안간힘 썼다.

케팔로스 여보, 제발 죽지 말아요!
날 당신을 죽인 죄인으로 만들지 말아요.

그러자 아내는 숨이 넘어가면서, 남편에게 부탁하며 …

프로크리스 여보! 우리의 결혼과, 하늘과, 저승의 신,
그리고 당신을 사랑하는 제게 약속해 주세요.

제발 간청하오니, 내가 죽은 뒤에도...
그 얄미운 '아우라'를 아내로 삼지 말아주세요. 알았죠?

허걱! 남편은 그때서야 이름으로 오해가 생긴 것을 알고, 아내에게 전후 사정을 말해 주었다. 그러나 이제 와서 그딴 것이 무슨 소용이 있겠는가!

아내는 남편의 품 안에서 서서히 미끄러지면서, 마지막 순간까지 남편을 바라보았다. 그리고 남편 입술에 마지막 숨을 길게 내쉬었다. 그러나 그녀의 표정은 행복해 보였고, 만족한 듯 미소를 지으며 죽었다.

백발백중의 창을 맞은 아내의 손을 잡고, 이름으로 생긴 오해를 설명해 주는 케팔로스 - 베로네세 그림

아내를 의심했던 남편과 남편을 의심했던 케팔로스와 프로크리스 부부! 이 이야기는 서로 사랑했지만 서로 의심하다, 결국 파국을 맞는 부부 이야기다. 연애도, 부부생활도 마찬가지다. 서로 간 신뢰와 믿음에 금이 가면, 파국을 맞는 것이 사랑의 종말이다. 지금 사랑하고 있는 모든 이들이여, 서로 의심하지 말지어다!

새벽의 여신 에오스

새벽의 여신 '에오스 Eos'는 라틴어로는 '아우로라 Aurora', 또 영어식 이름은 '오로라 Aurora'다. 그녀는 티탄 딸로, 태양신 '헬리오스'와 달의 여신 '셀레네'와 남매다. 그리고 '아스트라이오스'와 결혼해, '에우로스(동풍), 제피로스(서풍), 노토스(남풍), 보레아스(북풍)' 등 많은 바람과 별의 신을 낳았다.

그녀는 수많은 그림에서 2마리 말이 끄는 마차를 타고… 보랏빛 망토를 휘날리며… 태양신 아폴론의 마차 앞에서 새벽을 여는 모습으로 등장한다. 또한 아름다운 금발에 아침을 상징하는 흰 날개를 달고… 사랑스런 미소를 마구 날려 남성들의 마음을 흔드는 섹시한 여신이다.

마차에서 꽃을 뿌리는 에오스 - 루브르

그런데 그녀는 한때 전쟁의 신이자, 아프로디테의 애인인 아레스를 사랑하다가, 아프로디테의 분노를 사서 저주를 받았다.

그래서 신이 아닌 인간 남성만을 사랑하고, 그 사랑 역시 불행한 결과를 맞는다. 그녀는 케팔로스 외에도 거인 사냥꾼 '오리온'과 트로이 왕자 '티토노스' 같은 인간 미남 청년과 허무한 사랑을 한다.

에오스와 매미가 된 티토노스

에오스 신화 중 '티토노스 Tithonus' 이야기가 제일 유명하다. 어느 날, 그녀는 트로이 미남 왕자인 티토노스에게 반해, 그를 하늘로 납치했다. 그리고 그와 영원히 같이 살고 싶어, 제우스에게 간청했다.

에오스 제우스 신이시여! 저희 둘이 영원히 함께 살 수 있게,
티토노스에게 죽지 않는 불사의 생명을 주십시오.

제우스 (그러자) 아니, 고것만 줘도 돼?

그런데 이때, 그녀가 깜빡한 것이 있었다. 불사의 몸과 함께, 늙지 않는 불노(不老)의 몸으로 해달라는 것을 사탕 까먹듯 깜빡 까먹은 것이다. 그리하여, 티토노스는 세월이 지나도 죽지는 않았지만, 점점 백발의 쭈글쭈글한 할배가 되어 노쇠해갔다.

결국 티토노스가 너무 늙어 몸이 작게 줄어들자, 에오스는 그를 방에 가두어버렸다. 그런데 그가 갇힌 방에서 계속 웅얼웅얼 매미 같은 소리를 내자, 에오스는 티토노스를 매미로 만들어버렸다 한다.

이들 사이의 아들이 에티오피아 왕인 '멤논 Memnon'이다. 이 멤논은 트로이 전쟁에서 아킬레우스에게 죽는데, 그때부터 여신은 새벽이면 눈물을 흘렸다. 그래서 이른 아침, 풀잎에 내린 서리는 여신이 흘린 '에오스의 눈물'이라 한다.

에오스와 누워있는 늙은 티토노스 - 카포디몬테 박물관

미노스와 조국을 배신한 스킬라

등장 인물

미노스 : 크레타 왕
스킬라 : 메가라 공주 (니소스 딸)
니소스 : 메가라 왕

이 신화는 크레타 왕 미노스가 아테네 동맹국인 메가라를 공격하고 있을 때 얘기다. 그런데 적국의 공주 스킬라가 그만 적장 미노스 왕을 짝사랑하고 말았다. 주요 인물은 미노스와 스킬라다.

나라의 운명이 걸린 머리카락 한 올

'미노스 Minos'는 메가라 해안을 쑥대밭으로 만들고, 6개월간 성을 완전 포위했지만, 상대는 항복할 생각을 전혀 안 했다. 이유는 바로, 메가라 왕 '니소스 Nisus' 머리에 있는 '보라색 머리카락 한 올' 때문이었다. 신탁의 예언에 의하면...

신탁의 예언 메가라 운명은 왕의 보라색 머리카락 한 올이,
그의 머리에 붙어 있는 한, 절대 정복되지 않을 것이다!

그러니까 메가라 왕국의 안전은 왕의 보라색 머리카락 한 올에 달려있었다. 반대로, 그것이 없어지는 날엔 끝장인 운명이었다.

니케를 주제로 한 '승리의 알레고리'란 작품 - 빈 미술사

승리의 여신 니케 - 루브르 박물관

적장 미노스를 짝사랑한 스킬라

6개월 동안의 포위전 속에서 전세는 막상막하, 용호상박, 백중지세였다. 승리의 여신 '니케 Nike'가 어느 쪽을 이기게 할 것인지, 마음을 정하지 못했기 때문이었다.

메가라 성벽에는 탑이 하나 있었다. 전하는 전설에 의하면, 한때 음악의 신 아폴론이 그 탑에 황금 리라를 걸어둔 적이 있었는데, 그 이후 돌로 벽돌을 두드리면, 마치 리라의 현을 치는 소리가 난다고 한다.

메가라 공주 '스킬라 Skylla'는 가끔 탑에 올라가, 돌로 벽돌을 두들기는 것을 즐겼다. 그녀는 평화 시에도 그랬지만, 전투가 한창 벌어지는 상황에도 종종 전망 탑에 올라가, 치열한 전투를 내려다보곤 했다.

말을 탄 크레타 왕 미노스에게 반한 스킬라가 그림 오른쪽의 성벽 위에서 보고 있는 동판화 그림

전쟁이 오래 계속되자, 스킬라는 적장들 이름은 물론, 그들의 무기, 말, 갑옷과 화살에 대해 상세히 알게 됐다. 그러나 그녀의 최대 관심사는 단연코 '미노스' 왕이었다. 아니, 그녀는 미노스에 대해 필요 이상으로 너무 관심이 많았다.

스킬라는 미노스가 너무 멋져 보였다. 그가 깃털장식으로 된 투구를 쓰고 있으면, 투구 쓴 모습이 너무 멋져 보였고, 번쩍이는 청동 방패를 들고 있으면, 방패 든 모습이 너무 잘 어울려 보였다. 또한 그가 창을 던지면, 그 힘과 재주에 감탄사가 저절로 나왔고, 화살을 시위에 얹고 활을 잡아당기면...

스킬라　우아! 아마 아폴론도 저런 모습으로 활을 쏠 거야.
아잉.. 멋쟁이~

또 그가 투구를 벗고 쌩 얼굴을 쓱 드러내면, 그녀는 무슨 아이돌 스타를 보는 것처럼 '오빠~'하며 자지러졌고... 그가 멋진 전투복을 입고 화려한 백마에 앉아 고삐를 잡아당기면, 그녀는 '꺄악~!'하며 거의 정신 줄을 놓을 정도로 혼수상태가 되었다. 그녀는 이제 미노스가 손에 쥐고 있는 창과 고삐마저 부러워하며...

스킬라 그가 잡은 저 창과 고삐는 얼마나 행복할까 ~ 앙?
에고고! 나빴어, 나빴어, 창과 고삐 ~ 잉.

그녀는 그것이 가능하다면, 적진을 뚫고 달려가, 그의 가슴에 그냥 팍 안기고 싶었다. 아니면, 높은 탑 위에서 번지 점프하듯 미노스 진영에 몸을 슝 던지거나 … 적에게 자기 성문을 열어주고, '어서 오세요' 하던지 … 미노스가 원하는 것은 뭐든 다 해주고 싶었다. 이날도, 그녀는 탑 위에 앉아 미노스 막사를 바라보며 …

스킬라 이 전쟁을 기뻐해야 할지, 슬퍼해야 할지 모르겠네.
아아 .. 내가 사랑하는 그이가 적이란 게 슬프구나.
아냐! 그래도 전쟁이 안 일어났다면, 그를 만나지 못했겠지?
근데 혹시, 그가 날 볼모로 잡는다면, 전쟁이 끝나지 않을까?
그러면 그는 날 아내로 맞아, 평화가 오지 않을까?
(그러다) 아아 .. 사랑하는 나의 잘생긴 미노스여!
그대 어머니가 당신처럼 아름답다면,
제우스 신이 그녀에게 불타는 사랑을 느낀 것도 당연하네요.

미노스의 어머니는 '에우로페'다. 황소로 변신한 제우스에게 납치당해, 크레타까지 끌려간 여인 말이다. 에우로페는 크레타에서 3명의 제우스 자식을 낳았는데, 그 장남이 미노스다.

스킬라 아아 .. 만약 내게 날개가 있다면,
하늘을 날아 미노스의 막사에 들어가, 이 불타는 사랑을 고백하고,
그가 어떤 지참금을 원하는지 물어볼 수만 있다면,
난 너무너무, 너무 행복하련만 … !
그때 그가 우리 왕국만은 요구하지 말았으면 좋으련만 … !

그러다 문득 자기 아버지와 조국이 생각나자 …

스킬라 가만! 아버지를 배신해야 이룰 수 있는 사랑이라면?
아아 .. 차라리 내게서 그런 희망이 사라져 버리기를 …
(그러다 자기 합리화를 하며) 아냐, 아니지.
만약 정복자가 관대하게 관용을 베푼다면,
그럼 우린 그에게 정복당해도 괜찮은 거 아닌가?
그는 살해된 아들을 위해 전쟁을 시작했다지?
그래! 그는 대의명분도 있고, 막강한 군대도 있어.
난 우리가 분명히 전쟁에서 질 거라고 확신해.
가만! 우리가 지는 것이 확실하면,
왜 꼭 그가 공격해서 성문을 열어야만 하지?
내가 사랑하는 그를 위해, 성문을 활짝 열어주면 안 되나?
맞아! 더 이상 피를 보지 않고,
그가 빨리 이기게 하는 편이 훨씬 더 나을 거야.
그럼 난 어떤 멍청이가 그를 부상 입히지 않을까,
그런 걱정 할 필요가 없을 건데 …!

사랑에 빠진 그녀는 혼자 북 치고, 장구 치고 … 피리 불고, 퉁소 불고 … 하여간 혼자 다 해 먹었다. 그러다 자신의 계획이 마음에 들었는지 …

스킬라 오, 예스! 그 계획이 마음에 드는데?
그래! 그에게 나와 조국을 지참금으로 넘겨주고, 이 전쟁을 끝내는 거야.
근데, 그렇게 하려면 뭘 어떻게 해야 하지?
성문은 수비대가 지키고 있고, 열쇠는 아버지가 갖고 계시는데 말야.
아 .. 나에게 두려운 존재는 아버지고, 내 소원을 막는 것도 아버지뿐이구나.

아아, 불쌍한 내 신세! 내게 아버지가 없었으면 좋으련만 ...!

그녀는 잠시 좌절하다 이내 용기를 내더니, 스스로 전의를 불태우며...

스킬라 아니야! 사람은 누구나 자기 자신이 신이야.
운명의 여신들은 비겁한 자의 기도를 들어주지 않아.
만일, 다른 소녀가 나처럼 불같은 사랑에 빠졌다면,
그녀는 벌써 방해가 되는 건, 과감히 제거했을 거야.
근데, 왜 난 그녀들만큼 용감하지 못하지?
(용기를 내어) 그래! 난 불길 사이도 지나갈 수 있고,
쉭쉭거리는 칼싸움 사이라도 지나갈 수 있어.
맞아! 지금 내게 필요한 건, 오직 아버지 머리카락이야.
그것이 지금 내겐 황금보다 더 소중하고 귀중하다고.
그 보랏빛 머리 한 올이 날 행복하게 해줄 거고,
내 소원을 다 이루게 해줄 거야. 호호호...

조국을 배신한 스킬라

그녀가 이런 생각을 하고 있을 무렵에, 밤이 찾아왔다. 밤이 되자, 그녀는 더욱더 대담해졌다. 모두가 잠든 시간이었다.

스킬라는 살금살금 침실에 들어가더니, 아버지 정수리에 왕국의 운명이 달려있는 보라색 머리카락 한 올을 뽑았다. 그리고 잽싸게 성문을 빠져나와, 미노스 막사를 향해 급히 달려갔다.

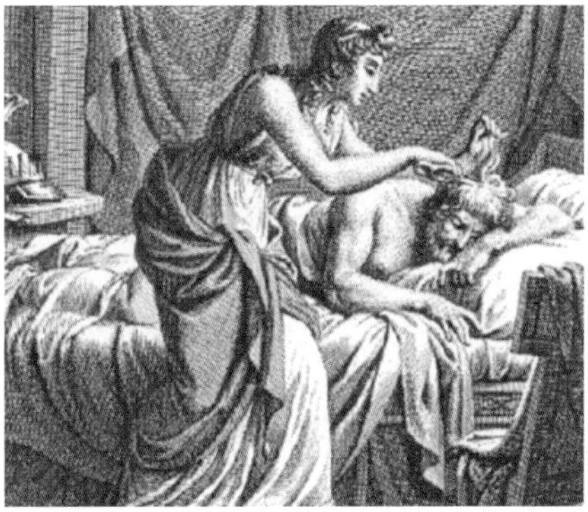
몰래 아버지의 보라색 머리카락 한 올을 뽑는 스킬라

스킬라 왕이시여! 전 니소스 왕의 딸 스킬라입니다.
(머리카락을 내밀며) 자, 여기 제 조국을 바칩니다.
전 당신밖에 원하는 것이 없습니다. 제 사랑의 징표로 머리카락을 받으소서.
제가 지금 당신께 드리는 것은 머리카락이 아니라,
저희 아버지의 머리라 생각하고 받아주소서.

그러나 미노스는 예상과 다르게 그녀가 내민 손을 피했다. 그러더니, 상상조차 할 수 없는 그녀의 엽기적인 범행에 기겁하며...

미노스 이런 사악하고, 추악한 계집이 있나? 넌 우리 시대의 수치요, 치욕이다.
오, 신들이시여! 이 계집을 이 세상에서 추방시켜주소서.
땅이나 바다, 그 어디에도 발붙이지 못하게 하소서.

스킬라가 머리카락을 내밀자, 고개를 돌리며 거절하는 미노스 왕

사실 미노스는 공정하고, 정의롭기로 유명했다. 그래서 그는 죽은 후, 저승의 심판자가 되어 죽은 인간을 심판했다. 그런 그에게 그녀 행위는 도저히 용납할 수 없었던 것이다.

결국, 미노스는 마침내 포위했던 성을 함락시키고, 함선에 올라 본국으로 철수 명령을 내렸다.

그러자 스킬라는 그저 멍하니, 크레타로 철수하는 함선들을 바라보는 신세가 됐다. 기껏 조국을 배신했건만, 그런 대가가 이 모양 이 꼴이라니! 그녀는 제발 자기를 데려가 달라고 소리치며 빌었다. 그러다 점차 분노로 바뀌더니, 그녀는 분을 참지 못하고 미쳐 날뛰었다.

스킬라 야, 이 미노스야! 날 버리고 어디 가는 거야?
난 내 조국보다, 내 아버지보다 당신을 더 사랑했는데 어디 가냐고, 응?
당신이 승리한 것도 나 때문이고, 내 공이란 말이야. 알아?
오오, 이 잔인한 자여!
내가 당신에게 준 선물과 사랑도,
당신에겐 아무것도 아니었단 말인가요?
(그러다) 그럼, 버림받은 난 어디로 가야 하지?
내 조국으로? 아니면, 내가 배신한 아버지한테 가란 말인가요?
흑흑흑 … 내 조국은 망했어요.
내 동포들도 배신한 나를 받아주지 않고,
이웃나라도 나를 보고 배울까 봐, 날 경계하고 있다고요.
난 이제 다른 나라도 갈 수 없고, 당신의 크레타밖에 갈 데가 없어요.
이 배은망덕한 자여!
만일 그대가 날 데려가지 않고 이곳에 버린다면,
당신 어머니는 에우로페가 아니고,
당신은 제우스 아들이 아니에요. 알았어요?

그녀는 이제 오도 가지 못하는 자기 신세를 한탄하다, 그 자리에 털썩 주저앉으며 …

스킬라 아버지! 제게 천벌을 내리세요.
그리고 내가 배신한 성벽이여! 너희는 내 고통을 기뻐하라.
내 고백하지만, 난 죽어야 마땅한 사람이다.
하지만, 내가 가장 고통을 준 사람이 나를 죽이게 하라.

그때, 미노스 함대가 서서히 해안을 떠나 출항을 시작했다. 그러자 스킬라는 다급한 마음에 …

스킬라 아아, 슬프구나! 그가 부하에게 출항을 명령하고,
나를 남겨둔 채 크레타로 떠나고 있구나.
(그러다 안 되겠다는 듯이) 흥! 그래봤자, 소용없을걸?
그래요. 내가 당신에게 해준 걸 잊었어도 상관없어요.
난 당신이 오지 말래도, 꼭 당신을 따라갈 거예요.
당신이 탄 배 옆에 매달려서라도, 따라갈 거라고요.

물수리 새와 키리스의 전설

그러더니, 바닷속으로 첨벙 뛰어들었다. 그리고 힘차게 헤엄쳐, 미노스가 탄 배 옆에 껌딱지같이 찰싹 매달렸다.

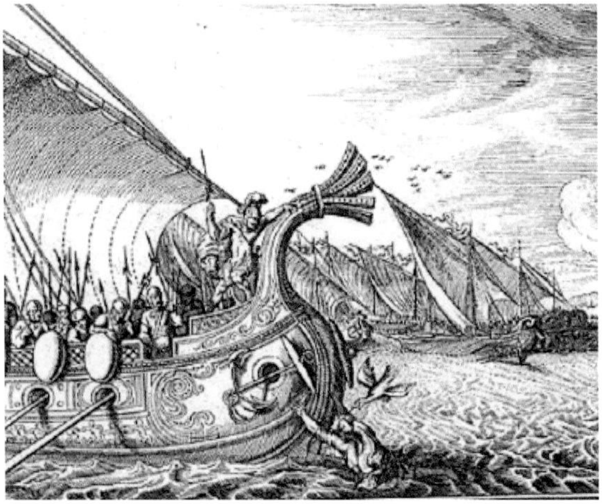

배에 매달린 스킬라를 뾰족한 부리로 공격하는 물수리 새

그때였다. 하늘 높이 공중을 맴돌던 황갈색 '물수리' (그것은 스킬라 아버지 니소스가 변신한 새다.) 한 마리가 그녀를 본 것은 그때였다.

그는 배신자 딸년을 가만두지 않았다. 물수리 새가 배에 찰싹 매달린 스킬라를 뾰족한 부리와 발톱으로 내리찍자, 그녀는 배를 잡았던 손을 놓쳤다.

스킬라 아아악 ~

그러나 그녀는 물에 풍덩 빠지진 않았다. 그 순간 불어온 미풍이 그녀를 살짝 떠받쳐 주었던 것이다.

어느 인자한 신이 그렇게 해주었는지는 몰라도, 그녀는 그 찰나 어느새 백로 일종인 '키리스 Ciris'란 바다 새로 변해 있었다.

키리스는 그리스어로, '자르다'란 뜻이다. 그녀가 아버지 머리카락을 잘랐기 때문에, 그 새는 그러한 이름을 갖게 되었다 한다.

스킬라가 변한 키리스

에필로그

'미노스 Minos'는 크레타 섬의 전설적인 왕으로, 제우스와 에우로페 사이에서 태어난 장남이다. 한때, 그의 어머니 에우로페는 황소로 변신한 제우스에게 크레타로 납치되어, 3명의 제우스 아들을 낳았다. 이중 장남이 미노스, 차남이 '라다만티스 Rhadamanthys'고, 막내가 트로이 전쟁에 등장하는 '사르페돈 Sarpedon'이다.

미노스는 '파시파에 Pasiphae'와 결혼해, 3명의 아들과 '아리아드네 Ariadne', '파이드라 Phaidra' 2명의 딸을 두었다. 그는 제우스에게 통치술을 배워, 현명한 군주와 입법자로, 세상에 이름을 떨쳤다. 그래서 죽은 후, 동생 라다만티스와 아이기나 왕 아이아코스와 함께 저승의 3대 심판관이 되었다.

미노스 이름에서 유래한 미노스 문명

크레타 문명은 약 기원전 2,000년 경, 크레타 섬과 에게해를 중심으로 고도로 발달한 역사적인 청동기 문명이다. 보통 크레타 문명을 '미노아', 혹은 '미노스' 문명이라 하는 것도 바로 미노스 왕이 집권할 때 전성기를 누렸기 때문이다.

이 문명은 20세기 초, 영국의 고고학자 '아서 에반스'에 의해 발굴되었는데, '크노소스 궁전'이 가장 유명하다.

이 궁전은 고대 왕궁 중 규모가 가장 큰 궁전 중 하나로, 화려한 색상의 벽화뿐 아니라, 복잡하게 방을 배치한 미궁으로 유명하다. 고대 7대 불가사의 건축물 중 하나다.

세계 7대 불가사의 건축물이자, 미궁으로 유명한 크레타의 크노소스 궁

크노소스의 대표적인 고래 그림과 집 내부

아테네 영웅 테세우스

1. 테세우스의 모험

2. 미궁과 아리아드네의 실타래

3. 파이드라와 히폴리토스

4. 켄타우로스 족과의 싸움

5. 테세우스의 저승 여행과 종말

1. 테세우스의 모험

등장 인물

테세우스　　: 아테네 영웅
아이게우스 : 아테네 왕 (테세우스 아버지)
피테우스　　: 트로이젠 왕 (테세우스 외할아버지)
아이트라　　: 트로이젠 공주 (테세우스 어머니)
메데이아　　: 마녀 (아이게우스 후처)

테세우스는 아테네의 전설적 영웅이다. 그의 파란만장한 이야기는 영웅 헤라클레스 못지않게 다양하고 재미있다. 이야기는 출생의 비밀부터 시작된다.

테세우스 출생의 비밀

아테네 왕 '아이게우스 Aegeus'는 2번이나 결혼했지만, 슬하에 왕권을 이어받을 아들이 없었다. 그래서 그는 어떻게 하면 아들을 얻을 수 있는지, 델피의 신탁소를 찾아갔다. 그런데 애매모호하고 수수께끼 같은 신탁의 예언은 이러했다.

신탁을 받는 아이게우스

신탁의 예언　당신은 아테네로 돌아갈 때까지,
포도주 부대의 끈을 풀지 마라!

'포도주 부대의 끈을 풀지 마라?' 대체, 이게 무신 소린가? 옛 그리스 사람들은 이동할 때, 짐승의 가죽으로 만든 부대에 포도주를 담아 갔다. 그러니까 신탁의 예언은 집으로 돌아갈 때까지 '포도주를 막은 끈을 풀지 마라.', 즉 '술을 조심하라'는 뜻이었다.

그런데 왕은 그 신탁의 의미를 이해 못 했다. 그래서 아테네로 돌아가는 도중, 신탁에 대해 조언을 듣기 위해 친구인 트로이젠 왕 '피테우스 Pitteus'를 찾아갔다.

피테우스는 지혜롭고, 유명한 예언자였다. 그는 신탁을 듣자, 수수께끼 같은 의미를 금방 언더스탠했다. 그래서 아이게우스 왕에게 조언 대신 포도주를 잔뜩 권해 먹이고, 자기 딸을 은근슬쩍 그의 침실에 들여보냈다.

다음날 아침, 아이게우스는 잠에서 깨어나서 깜짝 놀랐다. 자기 바로 옆에 트로이젠 공주인 '아이트라 Aethra'가 누워있는 것이 아닌가!

아이게우스 (놀라서) 헉!
(그러다 생각하며) 아니, 그렇다면?

그는 혹시 공주가 자기 아이를 가졌을지 모른다고 생각했다. 그래서 떠나기 전, 계단 모퉁이에 있는 큰 바위를 들어 올렸다. 그리고 그 밑에 왕의 문장이 새겨진 칼을 놓으며 공주에게 ...

아이게우스 만약 아들이 태어나 성인이 되어,
혼자 이 바위를 들 수 있을 만큼 성장하거든,
이 징표와 함께 아들을 내게 보내시오.

그로부터 달이 차고 기울어, 공주는 아들을 낳았다. 그녀는 아이 이름을 '테세우스 Theseus'라고 지었다. 테세우스는 무럭무럭 자라나, 어느새 지성과 힘을 겸비한 씩씩한 청년으로 성장했다.

어머니가 바위를 들어보라고 하자, 커다란 바위를 단숨에 들어 올리는 테세우스 - 니콜라 푸생 그림

테세우스가 16살이 되자, 어머니는 아들을 커다란 바위가 있는 곳으로 데려가, 바위를 들어보라고 했다. 테세우스가 단숨에 번쩍 들어 올리자, 그 밑엔 칼이 있었다.

아이트라 이 칼은 너의 아버지가 남긴 징표란다.
사실 너의 아버지는 아테네 왕인 아이게우스이시다.

테세우스 예? 제 아버지가 아테네 왕이라고요?

아이트라 그렇다! 너의 아버지는 네가 이 바위를 들어 올릴 만큼 성장하면,
너를 자기한테 보내라고 하셨다.

테세우스 어머니! 그럼 당장 이 징표를 가지고, 아테네로 가겠습니다.

트로이젠에서 아테네로 가는 길은 2가지 방법이 있었다. 하나는 배 타고 뺑 돌아가는 안전한 방법과 다른 하나는 육로를 통해 가는 방법이었다.

육로는 배보다 거리는 짧지만, 가는 도중에 산적과 악당이 도사리고 있었다. 그래서 사람들은 비록 거리는 멀지만, 안전하게 배를 타고 갔다. 테세우스는 용감하게 육로로 가는 코스를 택했다. 그러자 외할아버지는 손자가 걱정되어 ...

피테우스 얘야! 육로는 위험하니까, 배 타고 가라, 응?

테세우스 아닙니다, 할아버지! 전 육로로 갈 겁니다.

그는 헤라클레스를 그리스 최고 용사로 생각했다. 거의 왕팬, 광팬이라고 할까? 평소 헤라클레스의 행적과 업적을 우러러보았고, 자기도 그와 같이 위대한 영웅이 되겠다고 다짐했다. 더구나 그들은 이종사촌이었다. 사촌과 같이 악당을 물리치고 영웅이 되어, 아버지 앞에 나타나고 싶었던 것이다.

테세우스 악당들에게 꽁무니를 뺄 순 없어요, 할아버지!
비겁하게 배로 여행하는 것은 아버지의 명예를 욕되게 하는 일입니다.
전 뛰어난 업적을 세우고, 아버님을 만나고 싶습니다.

도중에 만난 도둑과 악당들

그가 아테네로 가는 도중, 처음 만난 악당은 '페리페테스 Periphetes'였다. 이자 별명은 '몽둥이 사나이'였다. 이 악당은 지나가는 나그네를 약탈하고, 잔인하게 몽둥이로 때려 죽이는 것으로 유명했다.

테세우스는 그가 길을 막고 몽둥이를 휘두르자, 살짝 피한 다음 한방에 쓰러뜨렸다. 그리고는 그자가 나그네에게 했던 것과 똑같이, 그자를 몽둥이로 때려죽였다. 그 후로 테세우스는 그 몽둥이를 자신의 상징으로 삼았다.

테세우스 이것은 내 최초 승리의 기념물이자, 앞으로 내 트레이드마크다.

그가 코린토스의 좁은 해협에서 2번째 만난 악당은 '시니스 Sinis' 였다. 이 악당의 닉네임은 '소나무를 구부리는 자'였다. 이자는 지나가는 나그네를 붙잡아, 마치 새총을 쏘듯이 사람을 공중에 날려 죽였다.

그러니까 이자는 고무 새총을 쏘는 것처럼 나그네를 2그루 나무 사이에 묶은 다음, 줄을 팽팽히 잡아당겼다가 손을 확 놓았다. 그러면 공중에 날아간 사람은 바위에 부딪혀, 박살이 나서 죽었던 것이다.

악당 시니스를 붙잡아, 나무에 묶는 테세우스

테세우스는 이자를 붙잡아, 그자가 했던 똑같은 방법으로 줄을 잡아당기며 ...

테세우스 너도 어떤 기분인지는 한번 느껴봐야지, 안 그래?

시니스 안 느껴 봐도 되는데 ... 헤헤헤 ...

테세우스 아냐! 어떤 기분인지 연락 줘, 응? (슝 ~ / 퍽!)

3번째 영웅적 행적은 난폭하고, 사나운 암퇘지를 처치한 일이었다. 늙은 마녀와 사는 암퇘지는 농작물을 해치고, 지나가는 사람들에게 공포의 대상이었다. 하지만 그 녀석도 테세우스의 몽둥이 한방에 죽고 말았다.

그가 4번째로 메가라 절벽에서 만난 악당은 '스키론 Skiron'이었다. 이자는 지나가는 사람을 붙잡아 물건을 뺏은 다음, 자기 발을 씻기게 했다. 그리고는 발을 씻길 때, 절벽 아래로 떨어뜨려 죽였다. 테세우스는 그자에게 붙잡혀서 발을 씻기는 척하다가, 재빨리 그 악당을 절벽 아래로 떨어뜨려 죽였다.

테세우스 악당은 지옥으로! 아니, 절벽 아래로 ...

그가 5번째 만난 악당은 엘레우시스 왕 '케르키온 Cercyon'이었다. 이자는 지나가는 나그네를 붙잡아 죽음의 레슬링 시합을 강요했는데, 지금까지 이자를 이긴 사람은 단 한 사람도 없었다.

그런데 문제는 이자의 피부에 바른 미끈미끈한 기름이었다. 테세우스는 일단 먼지를 뿌려, 손이 미끄러지지 않게 만들었다. 그리고는 요놈을 번쩍 거꾸로 들어서, 머리부터 땅바닥에 내다 꽂아 요절내 버렸다.

테세우스 근데 이런 기술을 뭐라고 하지? 머리 박기..? 하하하 ...

그가 무찌른 악당 중에 재미있고 유명한 악당이 '프로크루스테스 Procrustes'란 자다. 이자의 이름은 '늘이고, 펴는 자'란 뜻이다, 이 잔인한 악당은 숙소를 차려놓고, 손님이 오면 붙잡아서 침대에 눕혔다.

그리고는 키가 침대보다 크면, 그만큼 톱으로 잘라 죽이고 ... 반대로 키가 침대보다 작으면, 침대 길이만큼 억지로 늘여 죽였다. 테세우스는 이 잔인한 자를 붙잡아, 그자가 했던 똑같은 방법으로 죽이며 ...

테세우스 자넨 침대보다 머리가 큰데?
그럼 머리를 자를 수밖에! (싹둑!)

다른 전설에 의하면, 원래 이 악당은 큰 침대와 작은 침대, 그러니까 2개의 침대를 가지고 있었다 한다.

그러다 키가 큰 사람은 작은 침대에 눕혀 죽였고, 반대로, 키가 작은 사람은 큰 침대에 늘여 죽였다. 결국, 전부 죽였다는 얘기다.

테세우스의 업적들이 담긴 도자기 그림

이 신화에서 '프로크루스테스 침대 Procrustean bed'라는 용어가 생겼다. 이 말은 '자기 기준에 다른 사람의 생각을 억지로 맞추는 아집과 편견' 또는 '남에게 해를 끼치며, 자기 주장을 굽히지 않는 횡포'라는 의미로 사용된다. 테세우스는 이렇게 악당들이 나그네를 괴롭힌 방법 그대로 악당들을 없애고 아테네로 향했다.

마녀 메데이아와 독을 탄 포도주

그가 악당들을 물리치고 아테네에 입성하자, 수많은 시민이 영웅을 열렬히 환영했다. 그러나 그곳엔 또 다른 위험이 도사리고 있었다.

당시 아테네 왕에게는 '메데이아 Medeia'란 새 아내가 있었다. 마녀인 그녀는 마법을 통해, 테세우스가 왕의 아들이란 것을 알았다. 원래 자기 아들이 후계자였는데, 갑자기 테세우스가 나타나자 죽이기로 작정한 것이다. 그래서 그녀는 아테네 왕 아이게우스를 꼬드기며…

메데이아 여보! 테세우스란 자는 장차 음모를 꾸며,
왕권을 위협할 위험한 인물이에요.
따라서, 반드시 그자를 제거해야 해요.

아이게우스 (생각하다) 그럼 어떻게 제거하지?

메데이아 간단하지요. 그를 축하하는 잔치를 연 다음,
포도주에 슬쩍 독을 넣어서 살해하면 되죠, 뭐!

궁에서 영웅을 위한 축하연이 벌어졌다. 그때 메데이아는 몰래 테세우스 잔에 독약을 넣었다. 아무것도 모르는 테세우스가 독이 든 포도주를 마시려 할 때였다.

그때였다. 왕은 테세우스가 옆에 차고 있던 칼자루에 왕의 문장이 새겨져 있는 것을 보았다. '응, 저 칼은?' 오래전에 자신이 바위 밑에 두고 온 바로 그 칼이 아니던가! 깜짝 놀란 왕은 얼른 독이 들은 잔을 밀치며…

아이게우스 잠깐! 자넨 누구고, 그 칼은 어디서 났지?

테세우스 제 어머니는 트로이젠 공주고,

이 칼은 집 안의 큰 바위 밑에서 가져온 것입니다.

아이게우스 (그러자 테세우스를 껴안으며) 내 아들아!

(너무 기뻐 백성에게) 여러분! 이 영웅은 바로 내 아들이오.

난 이 아들을 내 후계자로 삼겠소!

왕이 테세우스를 후계자로 임명하자, 궁전 안은 백성들의 함성 소리로 떠나갈 듯했다. 그러자 음모가 들통난 메데이아는 자기 아들과 함께 멀리 아시아로 도망쳤다.

테세우스가 차고 있던 칼자루에 자신의 문장이 새겨진 것을 보고, 아들이란 것을 알아차리는 아이게우스 왕 - 플랑드랭 그림

2. 미궁과 아리아드네의 실타래

등장 인물

미노스 : 크레타 왕

파시파에 : 미노스 아내

아리아드네 : 미노스 딸

미노타우로스 : 소의 머리와 뿔을 한 괴물

미노타우로스와 미궁

이후, 테세우스는 작은 아버지와 그의 아들 50명이 왕권을 빼앗기 위해 공격해오자, 그들을 제압했다. 또한 마라톤의 사나운 황소를 퇴치하여, 영웅다운 면모를 과시했다. 그러나 이번엔 나라를 위해 더 위험한 일을 해야 했다. 그것은 그동안 온 백성을 공포로 몰아넣은 괴물을 처치하는 일이었다.

마라톤에서 미쳐 날뛰는 황소의 뿔을 잡아끌고 오는 테세우스 - 샤를 반루 그림

당시 아테네는 강대국 크레타에게 공물을 바치고 있었는데, 이유는 이러했다. 한때, 크레타섬 '미노스' 왕의 아들은 아테네에서 열린 경기에서 전 종목을 우승했다. 그런데 그것을 시기한 아테네 사람이 아들을 죽이자, 미노스는 자기 아들의 원수를 갚기 위해 아테네로 쳐들어왔다.

아테네가 크레타와 힘겨운 전쟁을 하고 있을 때였다. 그런데 설상가상으로, 아테네에 전염병이 돌고 흉년이 들었다. 그래서 아테네 사람들은 신탁의 예언을 들었더니 …

신탁의 예언 아테네는 미노스 왕에게 항복하고, 그와 화해하라.
그럼 신들의 분노가 사라지고, 전염병과 흉년도 없어질 것이다!

아테네는 신탁의 예언에 따라, 미노스에게 사죄하고 항복했다. 그때 미노스는 그런 대가로 …

미노스 매년 아테네의 청년 7명과 처녀 7명을, 미노타우로스의 먹이로 바쳐라.

'미노타우로스 Minotauros'는 몸은 인간이지만, 황소 머리에 뿔을 가진 괴물이었다. '미노스의 소'란 뜻인 이 괴물은 사실 미노스 왕의 잘못으로 태어났다. 그가 신을 교묘히 속이고 기만했기 때문이었다.

한때, 미노스는 크레타 왕이 되기 전, 형제들과 왕권을 다투고 있었다. 그때 그는 백성들에게 자신이 신한테 왕권을 부여받았다며 …

사람 몸에 황소 머리가 달린 미노타우로스 - 조지 와츠 그림

미노스　난 신에게 이미 왕권을 부여받았기 때문에,
내가 신에게 기도를 하면, 신께서 내 소원을 들어줄 것입니다.
자, 잘들 보시오. (기도하며) 오, 포세이돈이여!
제게 저 깊은 바다로부터 멋진 황소를 보내주소서.
그럼 그 황소를 나중에 제물로 바치겠습니다.

그러자 포세이돈이 정말 멋지고, 잘생긴 황소를 바닷속으로부터 보내주었다. 그래서 미노스는 왕이 될 수 있었다. 그러나 그는 막상 왕이 되자, 그 멋진 하얀 황소를 제물로 바치기 아까웠다.

미노스　요놈은 외양간에 숨기고, 대신 다른 소를 슬쩍 바치면 되는 거 아냐?
그런다고 뭐, 별일 있겠어?

그러나 별일 있었다. 이에 포세이돈이 분노하여 …

포세이돈　이런 배은망덕한 놈! 감히 나를 속이고 기만하다니 …
오냐! 넌 두고두고 너의 선택을 후회할 것이다.

포세이돈은 그에게 직접 형벌을 내리지 않았다. 대신 그의 아내인 왕비 '파시파에 Pasiphae'에게 엽기적이고, 비정상적인 욕정을 품게 만들었다.

그때부터 파시파에는 사람이 아닌, 황소에게 욕정을 느꼈다. 그녀는 시도 때도 없이 외양간에 들어가 황소를 껴안고, 황소와 관계를 맺고 싶어 안달하기 시작했다. 그러다 마침내 그녀의 변태적이고, 엽기적인 욕망은 이루어졌다.

건축과 공예의 달인 '다이달로스'는 왕비의 집요한 부탁을 받자, 나무로 암소 모형을 만들어주었다. 그러자 파시파에는 속이 빈 그 모형 속에 들어가 황소를 유혹했다.

나무로 암소 모형을 만들어주는 다이달로스

나무로 만든 암소 모형에 들어가, 황소를 유혹하는 미노스의 아내 파시파에

이윽고, 황소는 그것을 암소로 착각하여 교접했다. 이렇게 하여 태어난 괴물이 바로 몸은 인간이지만, 황소 머리에 뿔이 달린 괴물 '미노타우로스'다.

한편, 미노스는 그 기이한 잡종 괴물이 태어나자, 곤혹스러웠다. 그래서 자기 가문의 치욕이자, 구역질 나는 괴물을 복잡한 미궁을 만들어 가두려 했다. 미노스는 그 일 역시, 다이달로스에게 맡겼다.

미노스 어서 복잡한 미로인 미궁을 만들어라.
한번 들어가면 빠져나올 수 없게 말이다. 알겠냐?

명령을 받자, 다이달로스는 꼬부랑길 모양의 복잡한 '미궁 (迷宮 labyrinth)'을 만들기 시작했다. 그 미궁은 꼬불꼬불 흐르는 강처럼 미로로 설계되었는데, 자기 자신도 겨우 입구를 찾을 정도로 복잡하고, 교묘한 감옥이었다.

미노스는 그 미궁 안에 괴물 미노타우로스를 가두었다. 그리고 1년에 한 번씩, 아테네 처녀 총각을 먹이로 주었다. 일단 처녀 총각이 미궁에 들어가면 괴물에게 잡혀 먹거나, 설사 도망친다 해도 출구를 찾지 못해, 결국 죽음을 맞았다.

아리아드네의 실타래

마침내, 각각 7명의 아테네 처녀 총각들이 제비뽑기로 괴물의 먹이로 선택이 되었다. 그런데, 테세우스가 자기도 그들도 함께 간다고 나섰다.

테세우스 아버님! 저도 함께 가서, 꼭 괴물을 처치하고 돌아오겠습니다.

아버지가 아무리 말려도 소용없었다. 그의 의지가 확고했던 것이다. 지금까지 그들을 싣고 크레타로 떠나는 배에는 항상 죽음을 상징하는 검은 깃발을 달았다. 아이게우스는 배가 떠나려 하자, 배의 키잡이한테 흰 깃발을 주며…

아이게우스 이보게! 만일 내 아들이 무사히 살아 돌아오면,
그때 배에 이 흰 깃발을 달고 오게.

아리아드네가 미궁으로 가는 테세우스에게 칼과 실타래를 주며, 빠져나오는 방법을 알려주고 있다 - 장 밥티스트 레그노 그림

테세우스는 젊은이들과 함께 크레타 섬에 도착했다. 그런데 그때, 미노스 왕의 딸인 '아리아드네 Ariadne'가 테세우스에게 첫눈에 반했다. 아리아드네는 그를 미궁에서 죽게 할 수 없었다. 그래서 그녀는 몰래 테세우스를 만나 …

아리아드네 저를 아내로 맞아, 아테네에 데려가 주세요.
그럼 제가 미궁에서 살아나올 수 있는 방법을 알려 드릴게요.

테세우스 고맙소! 당신을 아내로 맞아, 아테네로 데려가겠소.
근데, 미궁에서 어떻게 살아나올 수 있죠?

아리아드네 (날카로운 칼과 긴 실타래를 건네주며) 자요!
먼저 이 실의 한쪽 끝을 미궁 입구에 고정시켜 놓으세요.
그리고 실을 풀며 안으로 들어가서, 이 칼로 괴물을 물리친 다음,
다시 실을 따라 입구로 나오시면 돼요. 아셨죠?

미궁으로 실을 풀고 들어가, 괴물 미노타우로스를 쭉 뻗게 만들고, 아테네의 젊은 남녀들을 구출하는 테세우스 - 체이스 그림

테세우스는 그녀가 알려 준대로 실을 입구에 묶고, 실타래를 살살 풀면서, 미궁으로 들어갔다. 그리고 얼마 후, 붉은 눈에 독기를 품은 미노타우로스와 마주쳤다. 그렇지만 그는 괴물을 단숨에 칼로 죽이고, 다시 실을 따라 무사히 미궁을 빠져나왔다.

이 이야기에서 '아리아드네의 실타래'란 용어가 나왔다. 이 말은 '어려운 문제를 푸는 유력한 열쇠', 또는 '위험한 상황을 벗어나기 위한 열쇠'란 뜻으로 쓰인다.

테세우스는 크레타섬을 탈출하기 전에, 크레타의 배들 밑에 구멍을 뚫어, 추격할 수 없게 만들었다. 그리고는 아리아드네를 비롯한 젊은이들을 태우고, 배를 몰아 아테네로 향했다. 그러다 도중에 식수를 보충하기 위해, 잠시 낙소스 섬에 들렀다.

그런데 아리아드네는 그 섬에서 테세우스와 함께 아테네로 돌아가지 못했다. 그녀가 섬에서 깜빡 잠든 사이, 배가 그녀를 두고 떠나버렸기 때문이었다. 아무리 정신머리가 없어도 그렇지, 왜 데려가지 않았냐고? 글쎄다! 요게 바로 후세 사람들이 궁금해하는 대목이다.

멀리 떠나는 배를 향해 소리치는 아리아드네 - 카우프만 그림

여러 가지 설이 있다. 어떤 이들은 그사이 그녀가 싫어져서 그랬을 거라 하고, 또 어떤 이들은 아테나 여신이 버리라 명령했다고 한다.

반면 다른 사람들은 그녀가 뱃멀미 때문에 잠시 내린 사이, 배가 파도에 휩쓸려 가버렸다고, 나름대로 썰(?) 아닌 설을 내세운다.

암튼, 아리아드네는 잠에서 깨어나 주변을 두리번거리다, 멀리 떠나가는 배를 보며, 제발 자기를 두고 떠나지 말라고 소리쳤다.

그녀는 홀로 섬에 남게 되자, 슬프고 무서워 눈물을 흘렸다. 그런데 그때, 술의 신인 '디오니소스'가 나타나, 그녀를 도와주었다. 근데 왜 갑자기 디오니소스가 나타났냐고? 낙소스 섬은 그의 성도(聖島), 그러니까 그가 머물던 신성한 섬이었다. 그래서 그 이후, 디오니소스는 아리아드네와 결혼하고, 결혼 선물로 왕관을 주었다.

또한 디오니소스는 그녀가 죽은 뒤, 왕관을 하늘로 던져 별자리가 되게 했는데, 이것이 북쪽 하늘에 반짝이는 '왕관자리'다. 이 이야기에 관한 그림은 르네상스의 대표 화가인 '티치아노'의 '디오니소스(바커스)와 아리아드네'에 잘 묘사되어 있다.

디오니소스가 자신을 따르는 일행과 다가오더니, 표범이 끄는 마차에서 내려오며, 아리아드네에게 선물로 그림 왼쪽 위에 있는 왕관을 하늘로 날리고 있다 - 런던 내셔널갤러리 (티치아노 그림)

죽음을 부른 검은 깃발

한편, 테세우스 일행이 탄 배가 아테네 항구로 돌아오고 있었다. 그런데 배 꼭대기에 흰 깃발이 달려있지 않았다. 이놈의(?) 키잡이가 깜빡 까먹고 잊었던 것이다.

아이게우스 왕은 아들의 무사 귀환을 고대하며, 항구에서 초조하게 기다리고 있었다. 그러다 수평선 넘어 귀환하는 배의 깃발을 보았다. 그런데 흰 깃발이 아닌, 검은 깃발이 펄럭이는 것이었다. 그러자 왕은 절망하며 ...

아이게우스 내 희망이던 아들이 결국 괴물에게 희생되었단 말인가?
아아 .. 그럼 난 이제 더 이상 살 이유도 없어졌구나!

절망한 왕은 절벽 아래로 몸을 던졌다. 그가 몸을 던진 바다는 이후 그의 이름을 따서 '아이게우스의 바다'로 불렀는데, 이것이 오늘날의 '에게해 Aegean Sea'다. '에게해'라는 이름은 이렇게 해서 붙여진 이름이다.

테세우스는 아버지가 죽자, 아테네 왕권을 이어받았다. 그리고 많은 함대를 건조해, 크레타로 쳐들어갔다. 결국, 전투에서 승리한 테세우스는 크레타와 우호 관계를 맺고, 더 이상 희생 제물을 바치지 않게 되었다.

에필로그

'미노타우로스'는 몸은 인간인데, 황소 머리에, 뿔이 달린 괴물이다. 이러한 괴물을 미노스는 복잡한 미로를 만들어 가두었다. 이 감옥이 '라비린토스 labyrinthos', 즉 영어로는 '라비린스 labyrinth'라고 하는 미궁(迷宮)이다. 이 미궁은 한번 들어가면 입구를 잘 찾을 수 없어, 미로(迷路)라고도 한다.

황소 머리의 괴물 미노타우로스를
몽둥이로 강타하는 테세우스
파리 룩상공원

중세 시대에 그려진 테세우스가 크레타에 도착해
미노타우로스를 물리치고, 다시 돌아가는 그림
한 프레임에 전체적인 내용이 담겨있다.

3. 파이드라와 히폴리토스

등장 인물

테세우스 : 아테네 왕
히폴리토스 : 테세우스와 안티오페 아들
파이드라 : 테세우스의 두 번째 아내

아마존 원정과 여왕의 납치

테세우스는 왕이 된 후, 영토를 확장하고 민주 정부를 수립하는 등등.. 정치가로서의 능력도 발휘했다. 그러나 그는 왕이 되어서도 모험을 멈추지 않았다. 그의 모험 중에서 유명한 것은 아마존 정벌이다.

'아마존 Amazon'은 흑해 연안에 살던 여자로만 구성된 종족이었다. 아마존이란 '가슴, 유방이 없는'이란 뜻인데, 그녀들은 활을 쏠 때 방해가 되지 않도록 오른쪽 가슴을 잘라 버렸기 때문에 붙여진 이름이었다.

아마존은 여왕의 지휘 하에 전쟁과 수렵을 하며, 화살과 창을 잘 다루고, 말을 잘 타는 기마 민족이었다. 또한 그녀들은 종족 보존을 위해서 매년 날짜를 정한 다음, 다른 나라 남자들과 관계를 가져 후손을 낳았다. 그런데 태어난 아이 중에서 여자아이만 키우고, 남자아이는 죽이거나 남편의 나라로 돌려보냈다.

테세우스가 아마존을 향해 처들어갔을 때, 그녀들은 이미 헤라클레스에게 공격당해, 상당히 타격을 입은 상태였다. 그 와중에, 테세우스는 새로운 여왕 '안티오페 Antiope'를 사로잡아 아테네로 귀국했다.

루벤스의 아마존과 테세우스의 싸움
아마존이 여왕을 구하기 위해 아테네의 한복판인 다리까지 쳐들어와, 치열하게 싸우고 있다.

그러자 아마존은 여왕을 구하기 위해 과감히 아테네 한복판까지 쳐들어왔지만, 결국 테세우스에 의해 패주했다. 그 후 아마존 여왕은 테세우스와 결혼해, 아들 '히폴리토스 Hippolytos'를 낳았는데, 곧 병으로 죽고 말았다.

큐피드 화살을 맞은 파이드라

테세우스는 아내가 죽자, 크레타와 관계 개선을 위해 '파이드라 Phaedra'와 재혼했다. 〈파이드라는 '미노스와 파시파에' 딸로, 테세우스의 옛 애인 '아리아드네'와 자매다.〉 지금부터 시작되는 이야기는 계모가 의붓아들을 사랑해서 벌어지는 사건으로, 무대는 트로이젠이다.

한때, 테세우스는 작은 아버지와 그의 50명 아들을 살해한 죄로, 1년간 트로이젠으로 망명을 가야 했다. 그때 미남 아들 '히폴리토스'는 트로이젠 총독이 되어 아버지, 계모와 함께 살고 있었다. 그런데 그만, 계모 '파이드라'가 의붓아들에게 연정을 품었다.

그 이유는 이러했다. 사랑과 미의 여신 '아프로디테'는 히폴리토스가 결혼도 안 하고, 청정한 생활을 하자 …

아프로디테 흥! 이제 이곳 트로이젠에서,
유일하게 저 아마존 여인의 아들이,
연애는커녕, 결혼할 생각도 하지 않는다지?
그리고 뭐? 날 사악한 여자라고 조롱한다고?
저자는 사냥의 여신인 아르테미스만 존경하고,
그녀를 가장 위대한 여신으로 여긴다지, 아마?
흥! 내가 그럼 가만히 있을 여신인가? 그렇지, 바로 이때야.
테세우스가 잠깐 집을 비운 이때가 기회라고.
그럼 우선, 파에드라를 사랑의 포로로 만들어 줘야겠군.

히폴리토스는 순수하고, 품위를 겸비한 독신주의자였다. 그래서 여자한테 눈길 한번 주지 않고, 아르테미스 여신을 존경하며 사냥을 즐겼다. 그러자 질투 난 아프로디테가 파이드라로 하여금, 의붓아들을 사랑하게 만든 것이었다.

파이드라는 사랑의 큐피드 화살을 맞아 상사병 걸리자, 벌써 3일째 식음을 전폐하고 누워만 있었다. 그러자 그녀를 어릴 때부터 돌보던 유모가 걱정이 되어 …

유모 내 딸이나 다름없는 마님! 대체 왜 그렇게 괴로워하시는 거예유?

파이드라 아아 .. 유모! 사람들이 사랑이라고 하는 것은 뭘까?

유모 사랑은 달콤하면서도 쓰라린 것이지유.

파이드라 그럼 내 사랑은 쓰라린 것이구나.

큐피드 화살을 맞아 의붓아들을 사랑한 파이드라가 상사병에 걸려 식음을 전폐하고 누워있고, 걱정하는 하인들 - 카바넬 그림

유모 (놀라며) 예? 마님이 사랑에 빠지셨다고유?
고것이 대체 어떤 남자래유?

파이드라 아, 괴롭다! 아마존 여인의 아들을 …

유모 (너무 놀라) 예? 그럼 히폴리토스 말씀인가유?

파이드라 유모! 전 죽기로 결심했어요.
그런 부끄러운 짓을 할 바에는 전 죽을 거예요.

유모 죽다니유? 제발 어리석은 생각일랑 버리세유.
안 되겄어유. 이왕 이렇게 된 거, 저한테 맡기세유.

늙은 유모는 그녀 대신, 아들에게 마음을 전했다. 그러자 히폴리토스는 불같이 화를 내며 …

히폴리토스 뭐요? 이런 늙은 뚜쟁이 같은 할망구를 봤나!
무슨 그따위 말도 안 되는 소리를 하는 거야?
그럼 나보고 아버지의 침상을 더럽히라고?

유모 도련님! 제발 부탁이니, 다른 사람에게 알리지 마세유. 예?

히폴리토스 이 손 치워요, 불결하게!
난 아버지가 돌아오시면, 이 사실을 알릴 겁니다.

파이드라는 자신의 부정한 욕망이 들통나자, 절망감과 수치심에 남편에게 거짓으로 유서를 썼다. 그리고 마치 자신이 히톨리토스에게 강제 추행을 당한 듯, 알몸으로 목을 매고 자살했다. 이런 유서를 남기고 말이다.

파이드라 유서 〈 당신 침대는 히폴리토스에 의해 더럽혀졌어요.
능욕 당한 이 몸은 세상을 하직합니다. 〉

얼마 후, 테세우스는 신전에서 돌아와, 아내가 목을 매고 자살했다는 비보를 들었다. 그가 문을 열고 방으로 들어가자, 아내 손에는 유서가 있었다. 그는 유서를 보고 너무나 화가 났다. 그래서 자세한 내막도 모른 채, 신에게 아들의 복수를 부탁했다.

테세우스 오, 포세이돈이여!
그대는 예전에, 저에게 3가지 소원을 들어주신다고 하셨습니다.
그 한 가지 소원으로, 오늘 제 아들을 죽여주십시오.

이때였다. 히폴리토스도 계모가 자살했다는 비보를 듣고 달려와 …

히폴리토스 아버지, 대체 이게 무슨 일이에요? 그분이 돌아가셨다면서요?

테세우스 (유서를 보여주며) 자, 봐라 이 악당아!

넌 내 아내를 범하고, 내 침대를 더럽힌 놈이다.
이제 너의 정체가 만천하에 드러났단 말이다,
꼴도 보기 싫으니까, 어서 이 나라를 떠나, 이놈아!

히폴리토스 아버지! 그렇지 않습니다.
전 부끄러운 짓도, 나쁜 짓도 하지 않았어요.
전 지금 이 순간까지도 숫총각이니까요.
아마 아버지께서 제 순결을 믿지 않겠지만,
전 결코 그녀를 범하지 않았어요.
그런 일은 원치도, 또 생각해 본 적도 없었고요.

테세우스 듣기 싫다, 이 나쁜 놈! 당장 어서 여기를 떠나지 못해, 이 악당아!

아들은 추방 명령을 받고, 전차를 몰아 해변을 달렸다. 그런데 갑자기 거대한 파도가 하늘 높이 솟구쳐 해안을 강타하더니, 그 속에서 사나운 황소 한 마리가 불쑥 나타났다. 그 거대한 황소는 무섭게 울부짖으며, 말들을 공포로 몰아넣었다.

그러자 공포에 휩싸인 말들이 해안 암벽 쪽으로 달리기 시작했다. 그때 황소가 전차 바퀴를 뿔들로 들이박자, 전차는 암벽에 부딪히더니, 공중으로 튀어 올라 히폴리토스를 갈기갈기 찢어버렸다. 불행하게도, 테세우스의 소원이 이루어진 것이었다.

테세우스가 하인에게 아들이 몰던 전차가 사고 났다는 소식을 전해 듣고 있을 때였다. 그때 사냥의 여신 '아르테미스'가 지붕 위에 나타나 ...

아르테미스 테세우스여! 그대는 왜 아내의 거짓말을 믿고,
아들을 죽이는 파멸을 자초하였는가?
내가 여기 온 것은 그대의 아들이 명예롭게 죽을 수 있게 하고,
또 그대 아내의 거짓 유서와 애욕을 밝히기 위함이니라.
경건한 그대 아들은 애욕의 제안을 거절했다.

황소에 놀란 말들이 암벽을 세차게 들이받자, 마차에서 떨어져 발이 묶인 채 질질 끌려가는 히폴리토스 - 알마 타데마 그림

그러자, 그녀는 자신의 음탕한 애욕이 발각될까 두려워,
거짓 유서로 아들에게 파멸을 안겨주었던 것이다.
그대는 증거도 없이, 또 심사숙고도 하지 않고,
아들에게 저주를 퍼부어 자식을 죽였던 것이다.

테세우스 (그때서야 전후 사정을 알고) 그랬었군요.
으으.. 전 지금 죽고 싶은 심정입니다.

아르테미스 그대는 큰 잘못을 저질렀다. 그러나 용서받을 수 있다.
단지 모르고 행한 만큼, 거기에 악의가 없었기 때문이다.

그럴 때, 히폴리토스가 만신창이가 되어, 들것에 실려 왔다. 아들은 거의 죽어가며...

히폴리토스 아버지, 저를 좀 잡아 주세요! 전 죽어가고 있어요. 으으..

테세우스 (잡아 주며) 아들아! 이 아비를 용서해다오.

히폴리토스 예! 전 아버지를 미워하지 않을 거예요.
비록 아버지의 저주로 이렇게 되었지만,
전 아버지를 용서하며 떠날 거예요.

테세우스 뭐? 이 못난 아비를 용서한다고?
아아.. 이 얼마나 고결하고, 경건한 심성인가!

히폴리토스 아버지! 전 이 세상을 하직해요.
어서.. 제 얼굴을 옷으로 덮어주세요. 그럼 안녕히...

그리고는 머리를 아래로 떨어뜨렸다. 그러자 테세우스는 자책의 눈물을 흘리며, 아들 얼굴에 옷을 덮어주었다.

에필로그

파이드라 콤플렉스

이 이야기에서 '파이드라 콤플렉스' 또는 그녀의 영어식 이름인 페드라에서, '페드라 콤플렉스'란 정신 분석학적 용어가 생겼다. 이 말은 어머니가 아들에게 연정을 느끼고, 지나치게 아들에게 집착하는 일종의 강박 증상을 말한다.

우리나라 드라마에서 며느리를 구박하는, 다시 말하면 아들에게 지나치게 집착하는 어머니도 일종의 '파이드라 콤플렉스' 아닐까? 이 이야기는 고대 그리스의 비극 작가인 '에우리피데스'가 쓴 '히폴리토스'에 나오는 내용이다.

4. 켄타우로스 족과의 싸움

등장 인물

페이리토스 : 테살리아 라피타이 족 왕
테세우스 : 아테네 왕
켄타우로스 : 반인반마 (半人半馬)
카이네오스 : 여자였다가 남자로 된 사람

페이리토스와 테세우스의 우정

테세우스의 친한 친구는 '페이리토스 Peirithous'였다. 두 사람은 친구도 그냥 친구가 아니었다. 서로 없으면 죽고 못 살 정도로 가까운 친구라고 해야 하나? 요즘 말로 '베프(베스트 프렌드)'였다. 이들의 남다른 우정은 유명했는데, 두 사람이 친구가 된 사연은 이러하다.

페이리토스는 테살리아 지역의 '라피타이 Lapithae' 족의 왕이었다. 그는 테세우스가 정의롭고 용감한 것으로 소문이 나자, 한번 만나고 싶었다. 그래서 일부러 마라톤에서 소 떼를 훔쳐 달아났다. 그러자 테세우스가 소식을 듣고 화가 나 …

테세우스 뭐, 내 소들을 훔쳐 갔다고? 어느 간땡이 부은 놈이 감히 그딴 짓을?

테세우스는 그 즉시 추격에 나섰다. 드디어 시야에 소 떼와 도둑이 들어왔다. 그런데 얼씨구! 이 간땡이 부은 도둑놈이 도망치기는커녕, 오히려 자기를 반기는 것이 아닌가? 테세우스가 칼을 빼들고 다가서려 할 때였다. 그때 도둑이 급히 제지하며 …

페이리토스 잠깐, 저스트 모먼!

테세우스 이 도둑놈아! 뭐가 저스트고, 모먼이야?

페이리토스 마이 네임은 페이리토스라 하오.

난 소 떼가 탐나서 훔친 게 아니고, 당신을 만나보고 싶어 그랬소.

테세우스 뭐, 도둑놈 주제에 감히, 나를 만나보고 싶은 이유가 뭐냐?

페이리토스 소를 훔친 죄는 어떤 벌이든 받겠소. 난 당신과 친구가 되고 싶소.

테세우스 왓? 나와 .. 프렌드를?

페이리토스가 손을 내밀어 악수를 청하자, 테세우스도 손을 내밀고 악수했다. 그러며 두 사람은 앞으로 친구가 되고, 죽을 때까지 생사를 함께 하자고 맹세했다. 이후 이들은 우정을 과시하며, 각종 모험과 원정을 함께 했다.

라피타이 족과 켄타우로스 족의 싸움

페이리토스가 결혼식 하는 날이었다. 이 이야기는 그때 벌어진 사건이다. 페이리토스는 테세우스에게 자신의 라피타이 족과 인사도 나눌 겸, 결혼식 날에 오라고 초청했다.

결혼식엔 많은 귀족도 참석했지만, 켄타우로스도 초대를 받았다. '켄타우로스 Kentaurus' 생각나시는가? 허리 윗부분은 사람인데, 하반신은 말이고, 또 여자와 술을 좋아하는 자들 말이다.

켄타우로스 - 카피톨리노 박물관

식장 안은 하객들의 잡담과 축가로 시끌벅적했다. 드디어, 엄청 아름다운 신부가 들러리 여인들과 함께 입장했다. 그러자 하객들은 이구동성으로 ...

축하객들 우와, 신부가 정말 미인이네. / 행복하게 사슈. / 컨그레츄레이션입니다!

그런데, 술이 곤드레만드레가 되어 맛이 간 켄타우로스 한 명이 미모의 신부를 보자, 그만 헤까닥 눈이 뒤집혔다. 이자는 순식간에 신부의 머리채를 잡더니, 끌고 가려 했다. 그러자 식탁이 엎어지며, 피로연장은 난장판이 되었다.

다른 켄타우로스들도 이때다 싶었다. 그들이 각자 마음에 드는 여자를 한 명씩 골라 강제로 끌고 가자, 식장은 여자들의 비명 소리로 난리 브루스였다. 그러자 테세우스가 벌떡 일어나 소리치며...

테세우스 이게 무슨 미친 수작들이냐?
감히 내 앞에서 친구의 신부를 능욕하다니!
내 친구를 모욕하는 것은 날 모욕하는 것과 똑같다는 걸 몰라?

켄타우로스가 페이리토스의 신부인 히포다메를 납치해가는 루벤스 그림 - 프라도 미술관

그러며 급히 신부를 구출하자, 그자가 주먹으로 테세우스 얼굴을 강타했다. 마침 그 옆엔 큰 술 항아리가 있었다. 테세우스가 그 항아리를 번쩍 들어 그자의 얼굴에 던지자, 그자는 피를 토하며 죽었다. 그것을 본 켄타우로스들이 격분하더니 ...

켄타우로스 우리 동료가 죽었다. / 어서 무기를 들고 싸우자 ~ /
우리가 누군지 보여주자. / 죽여라, 죽여 ~

이리하여, 라피타이 족과 켄타우로스 간의 싸움이 벌어졌다. 처음에는 술잔, 항아리, 양동이가 이리저리 공중을 휙휙 날아다녔다. 얼마 전까지 잔치에 사용되었던 물건들이 이제는 살인 도구가 된 것이다.

어떤 놈은 제단 촛대를 던지고, 또 어떤 놈은 술상 다리를 뽑아 갈기고, 아예 제단을 번쩍 들어 던지는 놈도 있었다.

인간 라피타이 족과 반인반마 켄타우로스 족의 싸움. 서로 죽고 죽이는 치열한 싸움이 벌어지고 있다 - 세바스티아노 리치 그림

그런가 하면, 나무에 걸어놓은 사슴 뿔로 눈을 찌르고, 불타는 장작으로 상대를 가격하고, 문지방 돌을 뜯어 던지는 자도 있었다. 칼과 칼이 부딪히고, 창과 창이 날아다니고, 죽이고 죽고, 도망치다 죽고, 죽이다가 죽는 치열한 싸움이 이어졌다.

신랑 페이리토스는 켄타우로스 한 놈이 도토리가 주렁주렁 달린 참나무를 뽑으려는 것을 보았다. 그놈이 두 팔로 참나무를 들어 올리는 순간, 페이리토스는 그자의 가슴을 창으로 깊숙이 찔러, 참나무에 고정시켜 버렸다.

그때 그걸 본 켄타우로스 한 녀석이 바위를 번쩍 들어, 그에게 던지려 했다. 그 찰나, 테세우스가 몽둥이로 그 녀석의 팔꿈치를 박살 내고, 이번엔 다른 놈 등 위에 훌쩍 뛰어 올라탔다. 테세우스는 마치 말을 탄 것처럼 무릎으로 그놈의 옆구리를 누르고, 머리를 움켜쥐었다. 그러자 그놈이 육두문자와 욕을 해대며 ...

켄타우로스의 목을 뒤로 꺾어, 몽둥이로 강타하려는 테세우스 - 빈 미술사

켄타우로스 아아 아파! 아 씨X. 야, 이 XXX야. 머리 안 놓아?

테세우스 짜식! 입이 더럽게 지저분하구먼.
그럼 입 청소도 좀 해줘야겠는데?

그러며 몽둥이로 놈의 시궁창 같은 입을 가격해, 더 이상 욕을 못 하게 만들었다.

여자에서 남자가 된 카이네오스

이 싸움에서 테세우스를 비롯한 많은 이들이 종횡무진 활약했지만, 단연 아군 편에서 맹활약을 한 사람은 '카이네오스 Caeneus' 였다.

그는 특이하게도 여자로 태어났지만, 남자로 성전환을 한 자였다. 말하자면 '트렌스젠더 Transgender'였다. 그런데 더욱 놀라운 것은 그는 어떤 무기에도 상처를 입지 않고, 칼로 수백 번을 찔러도 끄떡없었다. 그가 그렇게 된 사연은 이러했다.

그는 원래 테살리아에서 가장 아름다운 처녀였다. 그래서 수많은 남자들이 그녀에게 앞을 다투어 청혼할 정도로 미녀였다. 그러나 그녀는 철저한 독신주의자로, 그 누구와도 결혼하려고 하지 않았다. 그런 어느 날, 그녀는 외딴 해변을 걷다가, 포세이돈에게 그만 겁탈 당했다. 포세이돈은 새로운 애인을 얻자 너무 좋아서 …

포세이돈 예쁜이! 두려워하지 말고 내게 소원을 말해 봐.
그럼 내 어떤 소원이든, 원하는 것을 들어줄 테니깐.

카이오네스 당신이 나를 이렇게 겁탈한 것은,
제가 순전히 여자이기 때문 아니겠어요?
그래요! 전 제가 여자인 게 너무 싫어요.
제게 더 이상 이딴 일이 없었으면 좋겠어요.
저를 남자가 되게 해주세요. 그것이 제 소원이에요.

그녀가 소원을 말하는 동안, 벌써 그녀가 한 마지막 말은 남자나 낼 수 있는 굵은 목소리가 흘러나왔다. 포세이돈은 그녀를 그렇게 남자로 만들어 주었을 뿐만 아니라, 그 어떤 무기에도 상처를 입고 죽지 않게 해주었다.

그가 벌써 싸움에서 5명의 켄타우로스들을 저승길로 보냈다. 그러자 머리가 희끗희끗한 켄타우로스 한 명이 큰 소리로 조롱하며 ...

포세이돈에게 소원을 말하는 카이네오스

켄타우로스 야, 이 계집애야! 내가 너 같은 여자한테 당할 거 같으냐?
네가 지금 남자 행세를 하고 있지만, 넌 나한텐 언제나 여자야, 알아?
야! 어서 집에 가서 실이나 감고 물레나 돌려.
여기 싸움은 우리 남자들에게 맡기고 말야.
알았니, 이 계집애야? 푸하하하 ....

이에 화가 난 카이네오스가 창을 던져, 그자 허리를 맞췄다. 그러자 그자는 엄청나게 고통스러워하더니, 카이네오스 얼굴에 긴 창을 던졌다. 그런데 이게 어떻게 된 일인가! 그가 던진 창이 얼굴을 맞더니, 도로 튕겨 나오는 것이었다. 그러자 그는 이번엔 가까이 돌진해, 칼로 옆구리를 찔렀다. 하지만 칼이 몸에 들어가지도 않자 ...

켄타우로스 이게 어찌 된 일이지? 칼끝이 무뎌서 그런가?
좋다. 그럼 칼날로 단숨에 베어주겠다.

그러며 칼을 비스듬히 치켜들어, 배를 내리쳤다. 그런데 마치 칼이 단단한 대리석을 내리쳤을 때처럼 '캥'하는 소리가 나더니, 칼날이 산산조각 나버렸다. 켄타우로스들이 놀라 입이 쩌억 벌어지고 있을 때, 카이네오스가 ...

카이네오스 어때, 내 몸을 잘 시험해 봤냐? 그럼 이번엔 내가 한번 시험해 볼까?

그러며 그자 옆구리를 칼로 푹 찔러, 내장을 확 비틀어버렸다. 그러자 켄타우로스들이 격분하더니, 그에게 집중적으로 창들을 던지고 칼을 휘둘렀다. 그러나 아무리 가격해도 피 한 방울 나지 않자, 아연실색했다. 이때 대장 같은 녀석이 소리치며…

켄타우로스 잠깐! 이게 무슨 창피한 짓들이야?
우리가 여자 한 명에게 지다니, 말이 되겠어?
우린 세상에서 가장 용감하고,
말과 인간의 이중 본성을 가진 용감한 종족 아닌가?
어서 바위, 나무, 산을 통째로 저자 위에 던져, 숨통을 끊어버리자.
저자는 칼이나 창에 부상당하지 않기 때문에,
숨을 못 쉬게 하는 게 최상의 방법이다. 자, 공격 ~ ~

이 말과 함께 나무를 집어던졌다. 그것을 스타트로 켄타우로스들은 산이 벌거숭이가 되도록 나무를 뽑아 던지기 시작했다. 그러자 카이오네스는 나무에 깔려 몸부림치더니, 점점 숨도 못 쉬고 차츰 기운이 빠지기 시작했다. 그는 공기 있는 쪽으로 머리를 내밀고, 나무를 치우려고 안간힘 썼다. 그러나 그럴 때마다 나무들이 무너져 내렸다.

그의 최후가 어떻게 되었는지는 확실치가 않다. 어떤 이는 그가 나무에 깔려 죽었다고 하고, 또 어떤 이는 그 나무들 가운데서 황갈색 날개를 가진 새가 날아올랐다 한다.

아무튼, 화가 난 테세우스와 라피타이들이 켄타우로스를 죽이고 또 죽였다. 그자들이 어둔 밤을 틈타 도망갈 때까지 분풀이는 계속되었다. 결국, 싸움에 진 켄타우로스들은 테살리아를 떠나야 했다.

이 켄타우로스와 라피타이 족 간의 싸움을 '켄타우로마키 Centauromachy'라 부르는데, 이 싸움은 고대부터 조각 등 수많은 예술 작품의 소재가 되었다.

'켄타우로스'는 상반신은 사람이고, 하반신은 말 모양의 반인반마(半人半馬)다. 그들 아버지는 테살리아 왕 '익시온 Ixon'인데, 그는 결혼식 때 자기 장인을 불속에 넣어 죽인 자로, 그리스 신화 최초로 친족 살인을 한 인물이다.

그러나 제우스는 그의 죄를 용서하고, 올림포스 신들의 잔치에 초대했다. 그런데 그때 익시온은 '헤라'에게 흑심을 품고 껄떡댔다. 제우스가 그를 시험하려고, 구름으로 헤라 모습을 만들었다. 그러자 익시온은 그 구름을 헤라로 착각해 구름과 관계를 맺었는데, 그렇게 구름 사이에서 생겨난 자식들이 반인반마 켄타우로스다. 익시온은 그러한 벌로 저승에서 활활 타오르는 불 수레에 묶여, 영원히 고통받고 있다.

맨 왼쪽의 익시온이 구름으로 만든 가짜 헤라를 안고 있다.
오른쪽이 진짜 헤라고, 위에서 요런 사태를 심각하게 보고 있는 제우스 - 루벤스 그림

5. 테세우스의 저승 여행과 종말

등장 인물

테세우스 : 아테네 왕
페이리토스 : 테세우스 친구
헬레네 : 스파르타 공주
하데스 : 저승의 왕

헬레네와 페르세포네 납치

이 이야기는 영웅에게 가장 흠이 되는 사건이다. 이 당시, 테세우스와 페이리토스는 각각 아내가 죽어, 돌싱이 된 홀아비 상태였다. 어느 날, 두 사람은 농담이 아닌, 진담을 주고받으며...

페이리토스 이봐! 우리 제우스의 딸을 아내로 삼는 거 어때?
테세우스 그거 굳 아이디어인데?
페이리토오스 그럼 자네는 누구를 초이스 할 건가?
테세우스 그야 난 세상에서 가장 아름다운 여자인,
스파르타의 공주, 헬레네를 선택하겠네.

'헬레네 Helene'는 백조로 변신한 제우스가 '레다 Leda'를 겁탈해 낳은 그리스 최고의 미인이었다. 그녀의 미모 때문에 그 유명한 트로이 전쟁이 일어났을 정도로, 세상 최고 미인이 헬레네였다.

헬레네를 납치하는 테세우스와 페이리토스 - 팔라지 그림

두 사람은 헬레네를 몰래 납치해, 아테네로 데려갔다. 그러나 그 당시 헬레네는 아직 혼기가 차지도 않은 겨우 12살의 어린 나이었다.

그래서 테세우스는 헬레네가 자라 성숙할 때까지, 그녀를 어머니에게 맡겼다.

테세우스 자, 이번엔 자네 차례네. 자넨 누굴 선택하겠나?

페이리토스 나는 저승의 여왕인 페르세포네를 선택하겠네.

'페르세포네'는 저승의 왕인 하데스 아내 아니던가? 정말 겁 대가리, 아니 겁을 상실한 것일까? 어쨌든, 두 사람은 저승의 왕비를 납치하기 위해 저승세계로 내려갔다.

두 사람의 저승 여행

저승에 도착하자, 페이리토스는 감히 저승의 왕 하데스에게 ...

페이리토스 하데스여! 당장 페르세포네를 내놓으시오.
내 말이 안 들리시오?
당신 부인을 내 아내로 삼고 싶다 이거요. 내 말 언더스탠?

그 순간 하데스는 '누구를 내놓으라고? 이놈이 미쳤나, 그냥 퍽!' 한방에 보내버리고 싶었다. 그러나 항상 침울하고 우울한 표정을 짓는 하데스는 아무 말도 않다가, 겁나게 무거운 입을 열었다.

하데스 쏘리! 내가 잘못 들은 거 같아서, 다시 물어보겠네.
자넨 저승의 여왕을 아내로 삼고 싶은 것인가,
아니면, 내 아내를 빼앗아 가겠다는 건가?

페이리토스 그 말이 그 말 아니오?
흰 구두나 백구두나, 기본 안주나 마른 안주나!

하데스 허허허 ... 좋소!
그럼 내가 아내의 생각을 물어보고 올 테니까,
그동안 잠깐, 여기 의자에 앉아 기다리시오.

하데스가 썩은 미소를 지으며 의자 2개를 내놓자, 두 사람은 박력 있게 의자에 앉았다. 그런데 그들은 의자에 앉자마자, 깊은 잠에 빠졌다. 그 의자는 바로 모든 것을 잊게 하는 망각의 의자였다. 이리하여, 두 사람은 꼼짝없이 저승에 붙잡힌 신세가 되었다.

그로부터 수많은 세월이 흘렀다. 그리스 영웅 '헤라클레스'가 12번째 과업인 저승의 개, 케르베로스를 데려가기 위해 저승에 왔다. 헤라클레스는 그곳에서 의자에 앉은 두 사람을 발견하고, 하데스에게 그들을 지상으로 데리고 가도 좋냐고 물어보았다. 그러자 하데스가 ...

하데스 페이리토스는 절대 안 돼.
감히 내 아내를 빼앗아 가려던 놈이기 때문이지.
하지만, 테세우스는 데려가도 좋다.
단, 그자를 의자에서 떼어낼 수 있다면 말이다.

헤라클레스는 온 힘을 다해 끙끙대며, 테세우스를 망각의 의자에서 떼어냈다. 그러나 억지로 떼어내는 바람에, 테세우스의 엉덩이 살점은 그만 의자에 찰싹 달라붙고 말았다. 그렇게 헤라클레스는 테세우스를 저승에서 데리고 나왔지만, 페이리토스는 지금까지 망각의 의자에 앉아있다고 한다.

테세우스의 종말

테세우스는 다시 아테네로 돌아왔지만, 그가 저승에 붙잡혀있는 동안에 많은 변화가 있었다. 헬레네의 두 오빠가 군사를 이끌고 쳐들어와 자기 여동생을 데려갔고, 그동안 아테네는 새로운 왕이 통치하고 있었다. 결국 그는 오랫동안 국정을 제대로 돌보지 못한 관계로, 백성들의 비난을 피할 수 없었다.

그러자 그는 아테네를 떠나서, 선조들의 땅인 스키로스 섬에 갔다. 스키로스 섬의 왕은 '리코메데스 Lycomedes'였다. 그는 테세우스가 자기 섬나라를 찾아오자, 그에게 왕위를 빼앗기게 될까 봐 두려웠다.

그래서 어느 날, 리코메데스는 선조들의 땅을 보여주겠다며, 테세우스를 섬의 높다란 절벽으로 유인했다. 그리고 영웅이 한눈을 파는 사이, 절벽 아래로 떨어뜨렸다. 아테네 영웅 테세우스는 이렇게 허무하게, 타국에서 암살 당해 죽었다.

에필로그

테세우스 시체는 영영 찾지 못했다. 근데 그로부터 한참 후, 아테네와 페르시아 간의 마라톤 전쟁 때였다. 아테네 병사들은 전쟁 중에 테세우스가 땅에서 솟아나, 페르시아 군대와 싸우는 것을 보았다고 했다.

전쟁이 끝난 뒤였다. 승리한 아테네 사람들은 델피 신탁소를 찾아가 신탁을 들었는데, 신탁은 테세우스 유골을 찾아, 아테네에서 합당한 장례를 치르라 했다. 그런데 문제는 그의 무덤이 어디 있는지, 아무도 모른다는 것이었다. 그러자 아테네 장군 '키몬'이 그의 유골을 찾으러 스키로스 섬에 갔다.

어느 날, 그는 독수리 한 마리가 부리로 흙을 쪼고, 발톱으로 땅을 마구 파헤치는 것을 보았다. 그러자 키몬은 하늘의 도움이라 생각하고 그곳을 파보았는데, 놀랍게도 그곳에 테세우스의 유골과 청동 칼이 묻혀 있었다.

영웅의 유골과 유품이 다시 돌아오자, 아테네 사람들은 마치 그가 살아 돌아온 것처럼 기뻐했다. 그리고 그의 신전을 지어 제사를 올렸다. 이렇게 아테네의 영웅 테세우스는 사후에 명예를 회복했고, 아테네인들은 그를 신과 같은 반신의 존재로 추앙했다.

테세우스는 고대 아테네의 전설적인 왕이자, 일종의 시조 영웅이다. 그는 여러 곳을 정복해 아테네를 매우 부강하게 만들고, 정치적으로는 중앙 집권화를 이룩한 개혁자로 평가한다. 파란만장한 그의 영웅적인 일대기는 '플루타르크 영웅전'과 헤로도토스가 쓴 '역사 2편' 등에 나와 있다.

미노타우로스를 칼로 찌르는 테세우스 - 루브르

켄타우로스를 강타하려는 테세우스 - 빈 미술사

인간의 시대와 자연의 소중함

하늘을 비행하는 다이달로스와 이카로스

등장 인물

다이달로스 : 건축가, 공예가, 발명가
이카로스 : 다이달로스 아들
페르딕스 : 다이달로스 조카
미노스 : 크레타 왕
코칼로스 : 시칠리아 왕

이번 이야기는 미궁(迷宮)을 만든 다이달로스와 그의 아들 이카로스에 관한 신화다. 다이달로스는 테세우스가 도망치자, 그 벌로 자기 아들과 함께 미궁에 갇혔다. 그러나 그는 아들과 함께 멋지게 미궁을 탈출하는데 ...!

그리스의 최고 명장 (名匠) 다이달로스

그리스의 천재 명장 '다이달로스 Daidalos'는 미궁을 만들고, 왕비를 위해 나무로 만든 암소를 제작한 건축가이자, 공예의 대가다. 또 미궁을 탈출하는 방법을 아리아드네에게 알려준 것도 사실 다이달로스라고 한다.

그는 원래 아테네의 명가 출신으로, 건축과 그림, 조각 등에서 뛰어난 솜씨를 발휘해, 당대 최고의 명성을 날렸다. 특히, 그의 조각품은 살아 움직이는 것 같아 많은 사람들의 탄성을 자아낼 정도였다.

또 그는 예술적인 재능과 더불어, 도끼, 추, 송곳 등을 만든 천부적인 발명가였다. 가히 르네상스 시대의 천재 화가이자, 과학과 발명에 이르기까지 다양한 방면에 재능을 보인 레오나르도 다빈치와 같은 인물이라고나 할까?

자고새 전설

그가 아테네에서 섬나라 크레타에 온 이유는 이러했다. 다이달로스에겐 '페르딕스 Perdix'라는 조카가 있었다. 그의 여동생은 12살 된 총명한 아들을 다이달로스에게 보내 배우게 했다. 그런데 웬걸? 이 아이는 오히려 삼촌보다 훨씬 더 탁월한 소질을 가지고 있었다.

어린 소년은 물고기 뼈를 보더니, 쇠에 이빨을 내어 톱을 발명했고, 2개의 작은 막대를 하나로 묶어서 캠퍼스를 고안했다. 또 도자기 빚는 녹로와 물레 등등.. 다양한 발명품을 만들어서 온 나라에 명성을 떨쳤다. 그러자 다이달로스는 어린 제자의 명성에 질투하기 시작했다. 영화 아마데우스에서 모차르트를 질투한 살리에리처럼 말이다.

다이달로스 어쭈, 요놈 보게? 인석을 가만두면 안 되겠는걸!

그래서 그는 어린 조카를 절벽에서 '아테나' 여신의 신성한 아크로폴리스로 떨어뜨렸다. 근데 페르딕스가 절벽 아래로 떨어질 때, 지혜를 사랑하는 아테나 여신이 소년을 받아, 새로 변신시켜 주었다.

페르딕스를 새로 변신시켜주는 아테나

이 새 이름이 자고새다. '페르딕스'는 그리스 언어로, '자고새 Perdix'란 뜻이다. 이 새는 언제나 하늘을 높이 날지 않고 땅 가까이 날아다니며, 나무에 둥지를 틀지 않고 산울타리에 알을 낳는다. 그 이유는 예전에 높은 절벽에서 떨어진 아픈 기억이 있기 때문이었다.

하늘을 나는 다이달로스와 아들 이카로스

다이달로스는 그 일로 아테네 법정에 섰으나, 그는 조카가 실수로 미끄러진 것이라고 거짓말했다. 그러나 목격자가 나타나, 결국엔 살인 혐의로 사형을 선고받았다. 하지만, 그는 영화 '쇼생크 탈출'과 같이 교묘히 감옥에서 탈출하는데 성공해, 아테네의 적국인 크레타로 도망쳤다.

크레타 왕인 '미노스'는 당대 최고의 건축가이자, 공예의 달인을 따뜻이 맞았다. 그러고는 그에게 괴물 미노타우로스를 가둘 수 있는 미궁을 만들게 했다.

그러나 다이달로스는 자기가 만든 미궁에 자신이 갇히는 신세가 되고 말았다. 테세우스가 탈출하자, 미노스 왕은 그 책임을 물어, 그와 아들 '이카로스'를 함께 미궁에 가두며 ...

미궁 (미로)

미노스 요놈! 테세우스를 탈출시킨 것도 바로 너지?
네놈이 어디 미궁에서 빠져나올 수 있는지 두고 보자.

다이달로스는 미궁을 탈출하려고 했지만, 크레타섬이 온통 바다로 빙 둘러싸여 있기 때문에 해상 탈출은 쉽지 않았다. 그러던 어느 날, 그는 문득 좋은 아이디어가 떠올랐다.

다이달로스 옳지, 바로 그거야!
왕이 아무리 육지와 바다를 봉쇄했다 해도,
하늘로 날아가는 길은 열려있어.
그래! 하늘을 날아 탈출하는 거야.
미노스가 땅과 바다는 추격할 수 있겠지만,
하늘까지는 따라오지 못하겠지.

그때부터 그는 한 번도 시도한 적 없는 기술에 온 정열을 쏟으며, 작업하기 시작했다. 바로 새의 날개를 만드는 것이었다. 그는 우선 새의 깃털을 모으더니, 가장 작은 것부터 시작해, 점점 긴 깃털을 순서대로 정리했다.

그리고 깃털의 중간 부분은 실로 꽉 묶고, 아랫부분은 밀랍으로 단단히 붙였다. 그런 다음 살짝 구부리자, 그것은 진짜 새의 날개와 흡사했다.

그렇게 아버지가 작업하고 있는 동안, 아들 이카로스는 옆에서 마냥 신났다. 녀석은 때로는 공중에 둥둥 떠다니는 깃털을 잡기도 하고, 때로는 손가락으로 밀랍을 짓이겨, 아버지의 일을 방해했다.

마침내 날개가 완성되자, 다이달로스는 몸에 날개를 달아서 균형을 잡더니, 날개를 아래위로 펄럭였다. 그러자 공중에 붕 ~ 뜰 수 있었다. 그는 아들에게도 방법을 가르쳐 주며, 주의 사항을 알려주었다.

아들에게 날개를 달아주는 다이달로스 - 샤를르 브랭 그림

아들에게 비행 방법을 알려주는 다이달로스 - 레이튼 그림

다이달로스 이카로스야! 하늘을 날 때는 적당한 높이를 유지해야 한다. 너무 낮게 날면, 날개가 바다의 습기 때문에 무거워지고, 또 너무 높게 날면, 날개가 태양의 열기에 녹아내리거든. 그러니까 바다와 태양의 중간을 가야 하는 거야. 아무튼, 내 뒤만 바짝 따라와. 알겠지?

이카로스 옛썰, 대디!

아들의 어깨에 날개를 달아주는 동안, 그의 두 볼은 왠지 눈물에 젖고 두 손이 떨렸다. 그리고는 아들에게 입맞춤했는데, 그것이 마지막 입맞춤이 되고 말았다.

먼저, 아버지가 날개를 펄럭이며 하늘로 떠올라, 아들의 비상을 격려했다. 그 모습은 마치, 어미 새가 처음 비행하는 어린 새를 높은 둥지에서 데리고 나와, 어서 날아보라며 재촉하는 것 같았다. 드디어 아들도 용기를 내어, 힘차게 하늘을 날자 …

다이달로스가 하늘을 보며, 아들에게 너무 높지도 너무 낮지도 말고, 태양의 중간을 가라고 알려주고 있다 - 카포디몬테 미술관

다이달로스 맞아, 바로 그거야! 자, 그럼 출발하자. 렛츠, 고!

부자가 하늘을 날아가자, 쟁기질하던 농부와 고기를 잡던 어부, 지팡이에 몸을 기댄 목동들이 놀란 얼굴로 하늘을 쳐다보았다. 아마도 그들은 하늘을 나는 부자를 신들임에 틀림없다고 믿었을 것이다.

두 사람은 어느새 수많은 섬들을 지나, 하늘을 훨훨 날았다. 거기까지는 순조로웠다. 그런데 아들은 점점 비행하는 재미가 났는지, 더 높이 날고 싶은 욕망에 혼자 하늘 높이 날아올랐다. 그러자 급기야는, 아버지가 경고한 무서운 일이 벌어졌다.

이카로스가 태양 가까이 올라가자, 날개에 이어 붙인 밀랍이 뜨거운 태양 열기에 녹기 시작한 것이다. 밀랍이 녹아서 날개가 산산조각 떨어지자, 아들은 허우적거리며 날개를 펄럭였지만 소용없었다. 이카로스는 밑으로 떨어지며, '아버지'하고 소리쳤다.

이카로스가 너무 태양 가까이 날아올라 가자, 날개에 붙인 밀랍이 녹아 지상으로 추락하고 있다 - 카포디몬테 미술관

아들은 곧바로 바다에 추락했다. 그 후, 그 바다는 '이카로스 해'라 불렀다. 아버지는 추락한 아들을 애타게 찾으며 ...

다이달로스 이카로스, 이카로스야! 너 어디에 있는 거야?
아이고, 얘를 어디서 찾지? 으흐흑 ....

그러다 아들의 깃털이 수면에 떠있는 것을 보더니, 자신의 기술을 후회하며, 아들을 건져 가까운 섬에 묻었다. 이때부터 그 섬도 '이카로스 섬'이라 불렀다.

그가 아들의 시신을 무덤에 매장하고 있을 때였다. 그때 수다스런 자고새 한 마리가 그것을 쳐다보며, 기쁨의 노래를 불렀다. 이 자고새는 다름 아닌, 절벽에서 떨어진 그의 조카 페르딕스였다.

다이달로스가 아들을 매장하는데, 그가 절벽에서 떨어뜨려 자고새가 된 조카가 빙빙 날며 노래를 부르고 있다 - 카포디몬테

소라껍데기 속에 실을 집어넣는 방법은?

다이달로스는 다시 하늘을 높이 날아, 시칠리아 섬으로 갔다. 시칠리아의 '코칼로스 Kokalos'왕도 그를 극진히 환대하며 대접했다. 그러자 그는 절벽 위에 난공불락 요새와 지하의 증기를 모아, 요즘의 사우나와 찜질방 같은 증기탕을 만들어 주었다.

하지만, 그를 악착같이 뒤쫓는 추격자가 있었다. 그 추격자는 바로 미노스 왕이었다. 미노스는 그를 잡기 위해, 한 가지 꾀를 생각해냈다. 가는 곳마다 다이달로스가 아니면 절대 풀 수 없는 문제를 내며…

미노스 < 소라껍데기 속에 실을 꿰어, 집어넣는 방법은?>
누구든 이 문제를 푸는 자에겐,
상상도 할 수 없는 엄청난 상금을 줄 것이다.
자, 어서 망설이지 말고 신청을 하시오!

과연 정답은 무엇일까? 여러분도 풀어보시길…! 정답은 광고 후, 발표하겠다. 아니, 1분 후에 밝혀진다.

드디어, 미노스가 시칠리아 왕을 찾아가 똑같은 문제를 제시하자, 왕은 몰래 숨어있던 다이달로스에게 문제를 풀라고 명령을 했다. 그러자 퀴즈의 달인, 아니 머리가 비상한 다이달로스는 순식간에 문제를 풀었다. 과연 정답은?

다이달로스 정답은…
소라껍데기 끝에 작은 구멍을 뚫은 다음,
개미허리에 실을 묶어,
구멍을 통과하게 하면 됩니다.
바로 요렇게요.

조개를 어깨에 맨 아틀라스

쪼매 더 자세히 설명하면 이렇다. 우선 소라껍질 끝에 작은 구멍을 낸 다음, 거기에 개미가 좋아하는 꿀을 살짝 바른다. 그리고 개미허리에 실을 묶어 소라 입구에 넣으면, 위로 올라가는 습성이 있는 개미가 구멍 사이를 슬금슬금 위로 기어 나와, 소라껍질을 통과한 것이다.

문제를 푼 왕이 자랑스럽게 소라를 쓱 보여주자, 미노스는 그가 다이달로스를 숨기고 있는 것을 확신하며 …

미노스 으하하 … 드디어 찾았군.
어서 좋은 말 할 때, 다이달로스를 내놓으시지.
이 문제를 풀 수 있는 자는 그놈밖에 없다.
그놈을 내놓지 않으면, 곧장 함대로 공격할 것이다.

그러자 막강한 크레타와 싸울 능력이 없었던 코칼로스는 요구를 들어주는 척하며 …

코칼로스 그럼 그자를 넘겨 드리지요.
근데 먼 길을 오느라 피곤하셨을 텐데,
우선 저희 사우나의 증기탕에서,
여행의 피곤부터 푸시겠습니까? 헤헤헤 …

왕은 무례한 미노스를 죽이기로 작정했다. 그래서 미노스가 증기탕에 들어가자, 비밀 수도관을 통해 뜨거운 물을 마구 탕에 쏟아부어 죽였다. 크레타 영웅 미노스는 이렇게 허무하게, 타국에서 생을 뜨겁게(?) 마감했다.

이후, 다이달로스는 시칠리아에 계속 머물며 많은 기술자들을 길렀고, 그곳에서 생을 마쳤다. 그러나 아들이 추락해 죽은 다음부터는 조금도 행복하지 않았다 한다.

에필로그

이카로스 추락은 태양 마차를 운전한 '파에톤' 신화와 매우 비슷하다. 이들 두 신화는 예전엔 '과욕을 경계하라, 분수를 모르면 파멸한다, 부모의 충고를 들어야 한다.' 등의 교훈으로 활용되었다 한다.

하지만, 요즘은 또 다른 시각으로 해석하기도 한다. 하늘을 날고 싶은 인간의 욕망과 미지의 세계를 동경하는 상징으로 말이다. 이카로스가 더 높이 날고 싶은 욕망은 무모한 과욕이 아니라, '높은 곳을 향하는 자, 또는 목숨을 걸고, 이상을 향해 나아가는 자!'라는 뜻으로 해석되기도 한다. 동전의 양면성 같다고나 할까?

아무튼, 인간은 오래전부터 새처럼 하늘을 날고 싶었다. 그러나 옛날에는 도저히 상상조차할 수 없는 꿈이었다. 그러다 라이트 형제의 도전과 모험 정신으로, 인간은 드디어 하늘을 날게 되었다. 아니, 지금은 먼 행성까지 우주를 여행하는 시대가 된 것이다.

태양 마차에서 추락하는 파에톤 - 프라도 미술관 (루벤스)

추락하는 이카로스 - 루브르 박물관

멜레아그로스와 알타이아의 선택

등장 인물

멜레아그로스 : 칼리돈 왕자
오이네우스 : 칼리돈 왕
알타이아 : 칼리돈 왕비
아탈란타 : 처녀 사냥꾼

이번 신화는 그리스의 수많은 영웅들이 참가한 칼리돈의 멧돼지 사냥과 그 사냥에서 일어난 일로 벌어지는 사건이다.

1. 칼리돈의 멧돼지 사냥

아르테미스 여신의 복수

사냥의 여신 아르테미스 - 루브르

그리스 서북쪽의 칼리돈 왕인 '오이네우스 Oeneus'는 풍년이 들자, '데메테르'에겐 곡식을, '디오니소스'에겐 포도주를, '아테나'에게는 올리브기름을 바쳤다. 또한 농촌 등을 비롯해, 하늘의 모든 신들에게 각각 감사의 제물을 바쳤다.

그런데 그가 깜빡 잊고 빼먹은 여신이 있었다. 바로 사냥의 여신 '아르테미스 Artemis'였다. 이 여신에게만 제물을 바치지 않고, 그냥 지나쳤던 것이다.

인간만 삐치고, 토라지는 것이 아니다. 그리스 로마 신화에 나오는 신들 역시, 인간과 똑같이 사소한 것에 삐치고 질투한다. 그러자 이에 화가 난 여신은 …

아르테미스 흥! 나만 쏙 빼놓고 그냥 지나쳐?
내가 벌하지 않고, 그냥 넘어갈 줄 알았냐?
내가 비록 공경은 못 받는 여신이란 소리는 들어도,
복수할 줄 모르는 여신이란 소리는 듣지 않을 것이다.

여신은 그런 모욕을 당하자, 오이네우스 왕이 다스리는 칼리돈 들판에 사나운 멧돼지 한 마리를 보내, 나라를 쑥대밭으로 만들었다.

이 멧돼지 녀석은 크기가 황소만큼 엄청나게 컸다. 핏발이 선 녀석의 두 눈은 불꽃이 이글거렸고, 목은 겁나게 튼튼했으며, 몸엔 뾰족한 털이 곤두서 있었다. 또 툭 튀어나온 송곳니는 코끼리 이빨 만큼 컸고, 입에선 불이 뿜어져 나왔다.

녀석은 이제 막 자란 곡식을 비롯해, 추수할 곡식까지 마구 짓밟는가 하면 … 수확을 앞둔 포도와 올리브 열매는 물론, 가지까지 몽땅 쓰러뜨렸고 … 미친 듯이 가축도 마구 공격했다. 일단 녀석이 나타나면, 목동이나 개도 가축을 지킬 수 없었다.

그러자 사람들은 논밭을 포기하고, 모두 성안으로 몰려들었다. 성안 말고는 더 이상 안전한 곳이 없었기 때문이었다. 사태가 이 지경에 이르자, 마침내 왕은 그리스의 모든 영웅들에게 …

오이네우스 그리스의 영웅들이여! 우리 칼리돈을 좀 도와주시오.
멧돼지를 잡는 영웅에겐 녀석의 가죽을 상으로 주겠소.

이렇게 최고 상을 공표하자, 그리스 전 지역 영웅들이 명예와 영광을 차지하기 위해 칼리돈에 모여들었다.

처녀 사냥꾼 아탈란타

사냥엔 칼리돈 왕자 '멜레아그로스 Meleagros'를 비롯해, 당대 내놓으라 하는 그리스 최고 용사 40여 명이 참가했다. 그런데 이 스타 군단에 유일한 여성으로, 처녀 사냥꾼인 '아탈란타 Atalanta'도 있었다.

아탈란타는 광이 나는 목걸이를 목에 걸고, 머리를 꾸밈없이 뒤로 질끈 묶고 있었다. 또한 어깨에 걸친 상아 장식의 화살통에서는 그녀가 움직일 때마다, 통 안의 화살들이 덜커덩거렸다. 그녀의 얼굴은 소년이라기보다는 소녀 같았고, 소녀 얼굴이라기보다는 소년 같았다.

그런데 멜레아그로스가 그녀를 보고, 그만 사랑에 빠졌다. 그는 자신도 모를 불타는 사랑에 긴 한숨을 쉬며 ...

멜레아그로스 아! 저런 여자를 아내로 삼으면, 그 남자는 얼마나 행복할까?

멜레아그로스를 비롯해, 파란 옷의 처녀 사냥꾼 아탈란타, 그리스의 최고 용사들이 멧돼지를 사냥하기 위해 총출동하고 있다.

그러나 더 이상 그녀에 대해 생각할 틈이 없었다. 드디어 본격적으로 멧돼지 사냥이 시작되었기 때문이었다. 참가 영웅들은 울창한 숲에 도착하자, 어떤 이는 그물을 치고, 또 어떤 이는 사냥개를 풀었다. 또 다른 이들은 멧돼지 발자국을 추격하기 시작했다.

사냥꾼들 여기 발자국이 있군. / 어디, 어디? 맞네! /
자, 어서 놈의 발자국을 따라서 추격합시다.

멧돼지와의 사투

숲속에 움푹 파인 협곡이 있었다. 그 늪지대에는 실버들을 비롯해 각종 풀이 빽빽이 자라 있었는데, 바로 그곳에 멧돼지 놈이 숨어있었다. 사냥꾼과 사냥개가 그곳에 가까이 접근했을 때였다. 이때 흥분한 멧돼지가 갑자기 번개처럼 일행에게 맹렬히 돌진하자, 모두 기겁하며 ...

사냥꾼들 으악, 멧돼지다! / 멧돼지 처음 보냐? /
응! 저렇게 겁나 무섭게 생긴 놈은 처음 봐! / 피하라, 조심해라!

녀석의 맹렬한 돌진에 수풀은 맥없이 옆으로 쓰러졌고, 나무들이 우지끈 소리를 내며 부러졌다. 멧돼지 녀석이 앞을 가로막는 개들을 들이박아 허공에 날리자, 놀란 일행이 함성을 지르며 창을 들었다.

첫 번째 던진 창은 녀석을 맞히지 못하고, 단풍나무 바로 밑 둥에 꽂혔다. 그 다음 창은 '이아손'이 던졌는데, 너무 힘이 들어가서 녀석을 맞추지 못하고, 더 멀리 날아가 버렸다. 그러자 '몹소스 Mopsus'가 ...

몹소스 오, 아폴론 신이시여!
부디, 제 창이 녀석을 맞추게 해주소서.

신은 그 기도를 들어주었다. 그러나 그의 창이 녀석을 맞추긴 했지만, 부상을 입히진 못했다. 그 순간, 멧돼지를 보냈던 '아르테미스'가 날아가던 창 끝의 창날을 빼내버렸기 때문이었다. 그래서 창의 날도 없이, 녀석을 맞혔던 것이다. 그러자 뿔따구 난 멧돼지가 더 씩씩대며, 미친 듯이 덤벼들었다. 녀석의 공격에 일행 중 2명이 쓰러지며 ...

사냥꾼 2명　억 ~ / 으악 ~

동료들이 부상당해 쓰러진 2명을 끌고, 급히 피하려 했다. 하지만 그중 한 명은 또다시 공격해온 녀석을 피하지 못했다. 이미 무릎이 반쯤 잘려나가, 다리가 말을 듣지 않았기 때문이었다. 이때부터 숲은 그야말로, 사람과 개들의 함성과 비명 소리로 난리 브루스가 아니었다.

사냥꾼들　또 공격해 온다. / 토껴라! / 어디로 피하지?

이때, 트로이의 전쟁 영웅 '네스트로'는 하마터면 일찍 저세상에 가실 뻔했다. 그는 녀석이 덤벼들 때 잽싸게 창을 짚고, 나무 위로 올라갔다. 마치 올림픽의 장대높이 선수처럼 말이다. 그는 나무 위에서 씩씩거리는 녀석을 감상 아닌, 감상을 하고 있었다.

그러자 약이 바싹 오른 멧돼지 녀석이 나무에 커다란 송곳니를 쓱쓱 갈더니, 누구든 까불면 박살 내겠다는 듯이 재차 공격했다. 그 공격에 또 한 명이 송곳니에 허벅지를 푹 찔려, 그 자리에 쓰러졌다.

사냥꾼　아이고 .. 마이 허벅지야!

그럴 때, 제우스의 쌍둥이 아들 '카스토르'와 '폴리데우케스'가 새하얀 말을 타고, 급히 달려와 창을 날렸다. 그러나 그 순간, 녀석은 창과 말이 들어갈 수 없는 빽빽이 우거진 숲으로 쑥 들어가 버렸다.

사냥꾼들이 모두 공격에 실패했지만, 활을 쏘아 정확히 멧돼지를 명중시키는 처녀 사냥꾼 아탈란타 - 루브르 박물관

하지만 그때였다. 숲속에 매복해 있던 처녀 사냥꾼 '아탈란타'가 활을 쏘자, 멧돼지는 귀밑을 맞고 피를 뚝뚝 흘리기 시작했다. 그러자 '멜레아그로스'가 소리치며 ...

멜레아그로스　브라보! 명중이다, 명중! 어서들 와서 봐요.
처녀가 놈을 명중시켰소! 하하하 ...

아탈란타가 녀석을 명중시킨 것을 누구보다 기뻐한 사람은 멜레아그로스였다. 그는 아름다운 처녀에게 ...

멜레아그로스　오, 용감한 처녀여!
그대의 용기는 그에 합당한 상이 주어질 것이오.

그 말에 남자들은 얼굴을 붉히더니, 쓰러진 멧돼지를 향하여 무질서하게 창을 던지기 시작했다. 그러나 한꺼번에 창을 던지는 바람에, 오히려 정확하게 맞히는 창은 없었다. 이때, 양날 도끼를 잘 쓰는 도끼의 달인 '안카이오스'가 앞으로 나서며 …

안카이오스 쯧쯧. 이런 불쌍한 남자들 하고는 …!
남자가 창피하게 여자만도 못해서 되겠어?
내가 남자들이 여자보다, 더 강하다는 걸 보여주지.
아무리 아르테미스 여신이 녀석을 보호한다 해도,
잘 보시오! 내가 한방에 끝내 버리겠소.

그가 큰소리치며, 양날 도끼로 내리치려 할 때였다. 그러나 멧돼지 녀석이 더 빨랐다. 녀석이 재빨리 남자들의 치명적인 급소인 거시기를 송곳니로 들이박았다. 그러자 그의 내장이 피투성이가 되어 쏟아져 나왔다. 테세우스의 절친 페이리토스가 동료의 부상에 흥분하더니, 창을 휘두르며 앞으로 나섰다. 그러자 테세우스가 소리치며 …

테세우스 이보게 잠깐! 거리를 두고 물러서 있게.
안카이오스가 무모하게 죽는 거 못 봤나?

그가 친구 대신 창을 던졌지만, 참나무가 창을 막아 명중하지 못했다. 또 다른 영웅도 창을 던졌지만, 엉뚱하게 빗나간 창이 죄 없는 사냥개의 내장을 꿰뚫었다.

사냥의 전리품과 외삼촌들의 죽음

그러나 멜레아그로스에겐 운이 따랐다. 그는 창을 2개 던졌는데, 그중 하나가 녀석의 등 한복판에 명중했다. 그는 멧돼지가 피투성이가 되어 뱅뱅 돌 때 지체 없이 다가가서, 녀석의 어깨에 깊숙이 창을 찔러 넣었다. 그러자 일행이 환호성을 질렀다.

멧돼지 어깨에 창을 깊숙이 찔러 넣는 멜레아그로스. 그 뒤의 활을 든 여자가 아탈란타다 - 루벤스 그림

아탈란타가 활을 쏘고 있고, 멧돼지를 창으로 공격하는 멜레아그로스.
그러자 사냥꾼들이 너도 나도 일제히 멧돼지를 향해 창을 찌르려 하고 있다 - 루벤스 그림

사냥꾼들　와, 대박! / 빙고. / 굳 잡! / 승자는 자네구먼?

일행은 멧돼지 놈의 크기가 엄청난 것을 보고 놀라며, 아직 안전하지 않다고 생각해서 그랬는지, 쓰러진 녀석에게 마구 창을 찔렀다. 이윽고, 멜레아그로스가 녀석의 머리에 척 한 발을 얹더니 아탈란타에게 ...

멜레아그로스　오, 용감한 처녀여! 이놈을 가질 권리는 내게 있지만,
난 그대와 이 영광을 같이 나누고 싶소.

그러며 머리를 잘라서 선물로 주었다. 그 선물에 아탈란타도 만족했다. 아니 선물도 선물이었지만, 선물을 준 사람 또한 마음에 들었다.

멜레아그로스가 아탈란타에게 준 멧돼지 머리를 오른쪽의 외삼촌들이 위로 쏙 빼어가고 있다
- 프라도 미술관 (요르단스 그림)

그런데 문제의 사건은 여기서 발생했다. 질투한 일행이 구시렁 구시렁 투덜대고 있을 때였다. 이때, 멜레아그로스의 두 외삼촌이 큰소리로 고함치며 …

외삼촌 이보게, 처녀!
당장 그 전리품을 내려놓으시오.
우리 모두의 것을 혼자 가로채지 말란 말이오.
흥! 당신의 미모를 믿고 까불면 큰코다칠 것이오.
내 조카가 당신에게 홀딱 빠져서 선물을 주었지만,
조카도 당신에게 도움이 못 될 테니까,
조심하란 말이오. 알았소?

그러며 다가가 전리품을 빼앗자, 사랑에 눈먼 멜레아그로스가 분개했다. 그는 상대가 외숙부라는 것을 잊고, 이를 바드득 갈며 …

멜레아그로스 잠깐! 잠깐 기다리시오.
이런 남의 명예나 가로채는 도둑들 같으니 …
좋아! 내가 말로 하는 위협과,
실제로 하는 행동이 어떻게 다른지 가르쳐주겠소.

그러더니 아뿔싸! 설마 하고 멍 때리고 있던 자기 외삼촌 한 명을 칼로 푸욱 찔렀다. 그러자 또 다른 외삼촌은 어찌해야 좋을지 망설였다. 얼른 원수를 갚고 싶기도 하고, 또 같은 운명이 될지 몰라 망설였다.

그러나 그 망설임도 오래 허락지 않았다. 멜레아그로스가 그 외삼촌의 가슴도 칼로 푸욱 찔렀던 것이다.

2. 어머니 알타이아의 선택

운명의 장작개비

한편, 어머니 '알타이아 Althaea'는 아들의 승전보를 전해 듣고, 신전에 감사의 제물을 바치러 가던 길이었다. 그러다, 남동생 2명이 시체로 실려 오는 것을 보았다.

그녀는 자세한 내막도 모르고 슬피 울다, 황금 옷을 벗고 검은 상복으로 갈아입었다. 그런데 동생들을 죽인 자가 아들이란 것을 알고는 눈물이 복수심으로 바뀌며 …

알타이아 (부들부들 떨며) 이런 죽일 놈! 내 동생들의 복수를 어떻게 갚지?

그러다 알타이아는 문득 옛날 일이 생각났다. 그녀가 멜레아그로스를 출산한 후, 산후조리를 하고 있을 때였다. 그때, 운명의 여신들인 '모이라이 Moirai' 3자매들이 방에 왔다. 인간의 수명을 담당하는 운명의 여신들은 난로에 장작 하나를 툭 던지며 …

운명의 여신들 이제 막 태어난 아가야! 이 나무와 똑같이 너의 수명을 주겠노라!

인간의 수명을 관장하는 모이라이 3자매 - 베를린 내셔널갤러리

모이라이 3자매. 첫째가 그 사람의 운명의 실을 뽑으면, 둘째가 실을 감고, 막내가 가위로 잘라 생명을 거둔다 - 골든 트레드 그림

이게 무슨 소린가? 아기의 수명이 타고 있는 장작과 똑같다니? 그럼 장작이 다 타면, 아이는 죽는다는 것이 아닌가! 알타이아는 운명의 여신들이 나가자마자, 잽싸게 불타고 있던 장작을 꺼내 불을 껐다. 그리고 운명의 장작을 집안 가장 깊숙한 곳에 숨겨두었다. 그 덕분에 멜레아그로스가 지금까지 살아있었던 것이다.

모정이냐, 형제간의 우애인가?

알타이아는 바로 그 운명의 장작을 꺼내더니, 하인에게 불을 피우게 했다. 그러고는 장작을 4번이나 불 속에 던지려다 말고, 또 던지려다 손을 내려 놓으며…

알타이아 아아.. 내 아들을 내 손으로 죽여야 한단 말인가?

그녀 마음엔 모정과 형제애가 대비되어 싸웠다. 그녀는 때론 사랑하는 아들을 죽이는 두려움에 얼굴이 창백했고, 때로는 분노로 눈이 충혈됐다.

그녀의 얼굴은 어떨 때는 무시무시한 짓을 할 것만 같았고, 또 어떨 때는 연민의 정을 느끼는 것처럼 보였다. 그녀는 그렇게 상반된 감정으로 갈팡질팡했다.

그러나 누나란 존재가 어머니란 존재보다 더 강하기 시작했다. 그래서 죽은 동생들의 영혼을 피로 달래주기로 결심했다. 그녀는 아들의 죽음을 부르는 불꽃이 점차 세차게 일어나자 ...

알타이아 저 타오르는 불길이 내가 낳은 자식을 죽이는 불길이구나!
(그러더니, 세차게 타오르는 불길 앞으로 다가가)
오오 .. 복수의 여신들이여!
저는 지금 제 동생들의 죽음을 복수하려 합니다.
죽음은 죽음으로, 범죄는 범죄로,
파멸은 파멸로 갚아야 합니다.
남편의 집안은 아들의 승리로 즐거워하는데,
왜 저희 친정은 자식들이 죽어 슬퍼해야 하나요.
두 집안이 공평해야 하는 거 아닌가요?
오오 .. 내 동생들의 혼령들이여!
자, 내 자궁에서 태어난 내 아들의 제물을 받아라.

그러며 장작을 불속에 던지려다, 손을 내려놓으며 ...

운명의 장작을 불에 넣으려는 알타이아

알타이아 아아 .. 내 마음이 왜 이렇게 흔들리지?
동생들아! 어미인 내 마음을 용서해라.
이 손이 .. 이 손이 차마 말을 듣지 않는구나.
그래! 내 아들 놈이 ...
죽을죄를 졌다는 것은 나도 안다.
하지만 내가 내 자식을 죽인다는 게,

마음이 아프구나! (그러다)
그러나 너희들은 싸늘히 누워 죽었는데,
내 아들은 벌도 받지 않고 살아남아,
사냥의 승리자로 명예와 영광을 거머쥔 채,
이 칼리돈 왕국을 차지해서야 되겠는가.
아니야, 안 된다! 그것만은 절대 용납할 수 없다.
아들아! 넌 죗값을 받고 죽어야 한다, 알았니?

그러다 또다시 어머니란 모정이 샘솟자 …

알타이아 그럼 어미의 마음은, 또 부모의 자식 사랑은 어디 갔지?
열 달 동안 배 아팠던 내 고생은 어디 갔지?
아아, 네가 어릴 때 장작과 함께 죽었으면 좋았을 것을 …
그때, 내가 그냥 타게 두었더라면 좋았을 것을 …
아들아! 지금까지 네 삶은 이 어미의 선물이었다.
넌 이제 네 잘못으로 죽게 된다.
잘못한 대가를 치러야 한다. 아, 그런데 어떡하지?
내 눈에 동생들의 끔찍한 살해 장면이 보이다가도,
어머니의 사랑과 어머니란 이름이 내 결심을 꺾고 있으니 …
아아, 나야말로 정말 불쌍한 인간이구나.
그러나 동생들아!
너희들이 이기는 건 마음 아프지만, 그래도 너희가 이겨라.
아, 나도 아들과 같이 죽었으면 좋으련만 …!

그러며 얼굴을 돌리더니, 마침내 떨리는 손으로 운명의 장작을 불속에 던졌다. 그러자 장작은 불에 휩싸여, 마치 신음 소리 같은 소리를 내며 활활 타오르기 시작했다.

불에 타 죽는 멜레아그로스

그때, 멜레아그로스는 그 자리에 없었지만, 갑자기 몸속에 불이 타오르는 걸 느꼈다. 그는 안간힘을 다해 그 고통을 참으려 했지만, 무엇보다 자신이 피 한 방울 흘리지 않고, 허무하게 죽는 것이 슬펐다. 차라리, 멧돼지 사냥 때 죽었던 동료들이 부러웠다.

멜레아그로스 으으.. 아버지, 내 형제, 누나,
그리고 내 아내여...

어쩌면, 어머니 이름도 불렀을 것이다. 그의 고통은 불길과 함께 점점 심해지다, 불이 완전히 꺼지자, 고통도 함께 점점 사라졌다. 남은 불길에 흰 재가 덮이면서, 그의 생명은 바람에 실려 날아갔다.

호로새가 된 누나들

모든 칼리돈 백성이 모여 그의 죽음을 애도했고, 오이네우스 왕은 엎드려 통곡하며, 자기가 너무 오래 산 것을 한탄했다. 그때서야 알타이아는 자신이 얼마나 끔찍한 범행을 저질렀는지 알고, 스스로 칼로 가슴을 찔러 자살했다.

그의 누나들도 가슴을 치며, 시신에 입 맞추고 또 입맞춤했다. 마침내 동생의 육신이 재가 되자, 그녀들은 재를 모아 무덤을 만들고, 하염없는 눈물로 비석을 적셨다.

아르테미스는 그 집안에 내린 재앙이 그만하면 충분하다고 생각했다. 그래서 자매 중 '고르게'와 나중에 헤라클레스 아내가 되는 '데이아네이라'만 빼고, 나머지 자매들 몸에 깃털과 날개를 달아 하늘로 날려 보냈다.

이 새가 바로 '뿔닭, 색시 닭'이란 호로새다. 이 호로새는 한 마리가 울면, 여러 마리가 시끄럽게 합창하는 버릇이 있다.

운명의 여신들, 모이라이 3자매

그리스 로마 신화에서 아이가 태어나면, 출산의 여신이 '운명의 여신들'을 데려온다. 운명의 여신들은 인간의 수명, 즉 인간의 생명을 담당하는 3명의 여신들로, '모이라이 Moirai'라 부른다. '각자가 맡은 몫'이란 뜻이다.

3자매들이 각자 맡은 역할은 다음과 같다. 첫째인 '클로토 Clotho'가 운명의 실을 뽑기 시작하면, 둘째 '라케시스 Lachesis'는 생명의 길이만큼 실타래의 실을 감고, 그러면 막내 '아트로포스 Atropos'는 실을 가위로 싹둑 잘라, 그 사람의 생명을 거두어들인다.

이 여신들이 정한 운명은 절대적이다. 그래서 아무리 신이라도 이들의 법칙을 맘대로 할 수 없고, 인간은 정해진 수명에서 벗어날 수 없다고 한다.

3명의 운명의 여신들. 각자 역할에 따라 실을 뽑고, 감고, 가위로 잘라, 그 사람의 운명을 거둔다 - 피티 궁

아탈란타와 죽음의 달리기경주

등장 인물

아탈란타　　: 아르카디아 공주
히포메네스 : 보이오티아 왕자

이번 이야기는 칼리돈의 멧돼지 사냥에서 명성을 떨친 처녀 사냥꾼 아탈란타에 관한 신화다. 그런데 그녀는 자신에게 청혼한 남자들과 목숨을 담보로 죽음의 달리기 경주를 펼친다. 과연 그녀에게는 무슨 일이 있었고, 경주의 결과는?

미모의 처녀 사냥꾼 아탈란타

처녀 사냥꾼 '아탈란타 Atalanta'는 아르카디아 왕인 '아이소스' 딸로 태어났다. 그런데 왕은 자신의 뒤를 이을 아들을 바랐지만, 딸이 태어나자 아이를 산속에 버렸다. 하지만 아이는 죽지 않고 곰의 젖을 먹다가, 사냥꾼에게 발견되어 그의 손에 자랐다.

아탈란타는 어려서부터 산과 들에서 자라 그런지, 성인이 되어서도 남자보다 체력도 뛰어나고 사냥도 잘했다. 특히, 달리기는 왕년의 육상 단거리 세계 챔피언 '우사인 볼트'라도 그녀를 이길 수 없을 정도로 무척 빨랐다.

그녀는 미모 또한 겁나게 아름다웠다. 얼굴은 남자라고 보기엔 여자 같고, 여자라고 보기에는 남자 같은 보이시한 스타일이라고나 할까? 하여튼, 예전의 드라마 제목같이 그녀는 예뻤다!

스타 군단 영웅들이 참가한 칼리돈의 멧돼지 사냥에서, 아탈란타가 활로 멧돼지 귀를 명중시키고 있다 - 안핏과 피터 피스 그림

그녀가 칼리돈의 멧돼지 사냥으로 이름을 날리자, 그녀 아버지는 아탈란타가 자기 딸이란 것을 알고 극적으로 상봉했다. 그 후, 아버지는 딸을 서둘러 결혼시키려 했다.

아탈란타의 운명

그런데 한때, 아탈란타는 자신의 결혼에 대해 델피 신탁소를 찾아가 예언을 들었다. 그 신탁의 예언은 이러했다.

신탁의 예언 너는 남편이 필요 없는 팔자니까 결혼을 피하라.
넌 만일 결혼하면, 너 자신을 잃게 될 것이다!

오 마이 갓! 남편이 필요 없는 팔자며, 결혼을 피하라고? 또한 결혼하면 자신을 잃게 된다니! 그래서 그녀는 결혼도 피하고, 숲에서 사냥만 하며 지냈다. 그러다 계속 귀찮게 치근대는 구혼자들을 피하려고, 일부러 가혹한 조건을 내걸었다.

아탈란타 저와 결혼하려면 한 가지 조건이 있어요.
저와 달리기 경주를 해서,
저를 이기면 결혼할 수 있지만,
지는 사람은 그 대가로 목숨을 바쳐야 합니다.
자, 자신 있는 사람은 저에게 도전하세요.

이 얼마나 무섭고, 살 떨리는 결혼 조건인가? 목숨을 걸고 달리기 경주 시합을 하자니! 그러나 그녀가 워낙 아름답고 매력적이기 때문에, 남자들은 그딴 것은 생각하지 않고, 뭉게구름처럼 몰려들었다.

목숨을 건 죽음의 달리기 경주

드디어, 목숨을 건 죽음의 달리기 경주가 열렸다. 이런 잔인한 경주의 구경꾼 가운데 '히포메네스 Hippomenes'라는 청년이 있었다. 그는 관중석에 앉아서 …

히포메네스 쯧쯧.. 저런 한심한 놈들!
그까짓 계집 하나 얻자고,
목숨까지 건단 말이야?
저런 미친놈들 같으 ~
(그러다 아탈란타를 보더니)
으 - 오잉?
허 - 허걱!

그는 순간 아탈란타 얼굴과 옷을 벗은 섹시한 몸매를 보고는 입을 다물지 못했다. 그러더니 조금 전에 자신이 했던 말을 취소하며 …

샌들을 신는 아탈란타 - 루브르 박물관

히포메네스 얘들아! 미안, 미안.. 쏘리, 쏘리!
내가 좀 전에 미친놈이라고 했던 걸 용서해라.
난 자네들이 경쟁하는 여자의 가치를 몰라서 그랬거든?

그는 그녀를 보자마자, 금방 사랑의 포로가 되었다. 그때부터 이 젊은 청춘은 경주에 참가한 사내들이 지기를 바랐고, 혹시 그들이 이기면 어쩌나 하는 질투심에 두렵기까지 했다. 그러다 문득...

히포메네스 응? 가만있어 봐.
근데, 왜 난 경주에 참가하면 안 되는 거지?
맞아! 신들도 용감한 자만을 돕는 법이잖아?

그가 이런 생각을 하고 있을 때였다. 아탈란타가 마치 발에 날개가 달린 것처럼 쌩 ~ 하고 앞을 지나쳤다. 그녀는 화살 못지않게 빨리 달렸다. 그는 그녀의 우아한 매력에 푹 빠져, 자기도 모르게 소리치며...

히포메네스 와우.. 판타스틱 ~ 러블리 ~

그녀는 멋졌다! 샌들 발목의 끈은 미풍에 살랑거렸고, 무릎 끈은 샤방샤방 흩날렸으며, 윤기가 나는 머리는 상아처럼 하얀 어깨 위에 찰랑거렸다. 또한 그녀의 하얀 살이 뛰면서 발그레 달아오르자, 그 모습은 마치 하얀 대리석 위에 자줏빛 커튼을 드리운 것처럼 고왔다.

그가 그런 걸 보고 있는 사이에 아탈란타가 마지막 한 바퀴를 돌더니, 사내를 모두 이기고 승리를 차지했다. 그러자 시합에 진 사내들은 약속대로 전부 목이 댕강 날아갔다.

화살처럼 쌩 달리는 아탈란타 - 루브르

아탈란타와 히포메네스의 경주

히포메네스는 사내들이 목이 날아갔지만, 겁먹지 않고 경기장 중앙으로 나오며 ...

히포메네스 하하하 ... 아름다운 처녀여!
그대는 왜 저런 느림보 거북이들을 이기고, 승리를 뽐내는 것이오?
자, 이제 나와 한번 겨루어 봅시다.
내 아버님은 보이오티아 왕이시고, 그분 할아버지는 포세이돈이오.
물론 내 용기도 우리 가문 못지않소.
그대가 나같이 위대한 자에게 지는 것은,
치욕이 아닐 것이고, 또 내가 진다 해도,
그대는 날 이긴 승자로 큰 명성을 얻을 것이오.

그 순간, 아탈란타는 다정한 눈빛으로 그를 쳐다보았다. '응? 뭐지? 뭐야! 저 남자한테 질까, 아니면 확 이겨 버릴까?' 그녀는 이렇게 혼자 속으로 중얼거리며 ...

아탈란타 저렇게 잘생긴 남자를 질투하는 신이 누구지?
왜 저 사람을 죽게 하려고, 내게 청혼하라고 하는 거지?
정말 난 그럴만한 가치도 없는 여자인데 ...
저 사람이 날 감동시킨 것은 잘생긴 것도 잘생긴 거지만,
젊음과 죽음도 두려워하지 않는 용기야.
또 목숨을 걸고, 나와 결혼하고 싶어 하지 않는가!
(그러다) 잘생긴 청년이여! 더 늦기 전에 어서 이곳을 떠나세요.
나와 결혼하면 잔혹한 파멸을 맞걸랑요?
그대 정도면 여자들이 줄줄 따를 거고,
현명한 여자라면, 당신 같은 신랑을 원할 거 같으니까요.

그녀는 상대를 걱정하기 시작했다. 그러다 문득…

아탈란타 근데 왜, 내가 저 사람을 걱정하지?
저 사람 걱정은 저 사람이 해야지, 왜 내가 하지?
그래! 죽고 싶으면 죽으라고 그래.
이미 수많은 사내가 죽는 걸 보고도 저러는 걸 보면,
아마 사는데 싫증 난 모양이지.
(그러다) 아냐, 아니지!
그는 나와 결혼을 원하기 때문에 죽게 되고,
단지, 날 사랑한 죄로 부당하게 죽는 거 아닌가!
내가 이기면, 날 엄청 미워하게 될 텐데 어쩌지?
근데 그게 뭐 내 잘못인가?
아아, 저 사내가 경기를 포기하거나,
나보다 빨리 달려, 날 이겼으면 좋으련만…!
오, 불쌍한 청년이여!
그대가 날 만나지 않았으면, 더 오래 살 수 있을 텐데…
내가 결혼할 수 있는 운명이라면,
진정 내가 잠자리하고 싶은 상대는 그대였을 텐데…!

순진한 그녀는 난생처음 사랑의 포로가 되었지만, 그것이 사랑이란 걸 알지 못했다. 그러는 사이, 그녀의 아버지와 관중들이 빨리 경주하라고 재촉했다.

한편, 히포메네스는 막상 경주를 시작하자, 왠지 걱정이 앞섰다. 그래서 사랑과 미의 여신 '아프로디테'에게 기도를 올리며…

히포메네스 오, 사랑의 아프로디테 여신이여!
제발 제가 이길 수 있게 도와주십시오. 제발…

그때, 아프로디테는 바람에 실려 오는 그의 기도를 듣고 감동을 먹었다. 그러나 그를 돕기 위해선 꾸물댈 시간이 없었다. 여신의 신전이 있는 키프로스에는 황금 사과가 열린 사과나무 한 그루가 있었다. 여신은 거기서 황금 사과 3개를 따서, 경기장으로 날아갔다. 그리고 히포메네스에게 사과를 주며, 사용법을 알려줬다.

드디어 출발 나팔 소리가 울리자, 두 사람은 웅크린 자세로 있다가 재빨리 스타트했다. 그들은 마치 바다 수면 위를 스치며 달리듯, 곡식 이삭 위를 날아 달리듯, 화살처럼 빨리 달렸다. 그러자 관중들이 큰 소리로 히포메네스를 일방적으로 응원하며 ...

구경꾼 힘내라, 힘. 빳팅! /
히포메네스! 막 달려, 킵 언 런닝 ~~ /
꾸물거리지 마. 넌 꼭 이길 거야! 파이링 ~

총알처럼 달리는 2사람. 왼쪽의 지친 히포메네스가 아탈란타를 보더니, 황금 사과를 던지려 하고 있다 - 루브르 박물관

이런 응원에 그가 좋아했는지, 아니면 그녀가 좋아했는지는 확실치 않다. 아탈란타는 상대를 충분히 앞지를 수 있었지만, 그럴 때마다 자주 멈칫했다. 또 어떨 때는 한참 동안 그의 얼굴을 빤히 보다가, 마지못해 앞질러 달렸다.

시간이 좀 지나자, 히포메네스는 점점 숨이 거칠어지기 시작했다. 그러나 결승지점은 아직 멀기만 했다. 그는 가지고 있던 3개의 황금 사과 중, 1개를 휙 던졌다. 그러자 깜짝 놀란 아탈란타가 욕심이 났던지, 코스를 벗어나 굴러가는 사과를 집었다. 그러는 사이 히포메네스가 앞지르자, 구경꾼들이 함성과 박수를 쳤다.

구경꾼들 와, 추월했다. / 오케바리, 바로 그거야. /
앞섰다, 앞섰어. / 빳팅! / 고, 고! /
킵 언 런닝구 ~~

귀도 레니의 히포메네스와 황금 사과를 줍는 아탈란타 - 카포디몬테 미술관

아탈란타가 마지막 황금 사과를 줍는 사이, 마치 슬로 비디오처럼 손을 뻗어 결승선에 골인하는 히포메네스 - 루브르 박물관

그녀가 잽싸게 달려 순식간에 다시 앞지르자, 그는 2번째 사과를 던졌다. 그러나 이번에도 그녀가 사과를 줍더니, 또다시 그를 따라잡았다. 이제 결승점도 얼마 남지 않았다. 지친 그는 다급하게 여신에게 기도를 올렸다.

히포메네스 오, 저에게 황금 사과를 주신 여신이여!
제발 오서서, 저를 도와주소서!

그러며, 마지막 남은 사과를 대각선으로 힘껏 멀리 던졌다. 그녀가 줍고 돌아오려면, 오래 걸리도록 말이다. 그 찰나, 그녀는 '사과를 주울까 말까?' 망설이는 것 같았다. 그때 아프로디테가 그녀의 마음을 움직였다. 또 여신은 사과를 무겁게 만들어, 그녀가 들고 뛰려면 힘이 들도록 방해 공작을 해주었다.

결국, 히포메네스는 달리기 경주에서 승리를 차지했다. 그리고 아탈란타를 아내로 맞았다.

키벨레 여신과 사자가 된 두 사람

그러나, 히포메네스가 깜빡한 게 있었다. 자신을 도와준 여신에게 감사 인사를 하지 않은 것이었다. 감사 인사는커녕, 여신의 제단에 분향조차 하지 않았다. 그러자 여신이 몹시 화가 나서 ...

아프로디테 이런 배은망덕한 놈! 나에게 감사는커녕, 분향도 안 해?
오냐! 내가 앞으로 이렇게 무시당하지 않도록,
너희들을 응징해, 인간에게 교훈으로 삼을 것이다.

어느 날이었다. 히포메네스와 아탈란타 부부는 나무가 울창한 숲의 신전 옆을 지나고 있었다. 그 신전은 바로, 산신들의 어머니 '키벨레 Kybele' 신전이었다. 먼 길을 걸어온 두 사람은 쉬고 싶었다. 그때였다. 아프로디테가 히포메네스 마음에 신성(神性)을 불어넣었다. 그곳에서 아내와 사랑을 하고 싶은 욕정을 불어넣었던 것이다.

신전 한쪽에 햇빛이 잘 들지 않는 구석진 곳이 있었다. 그곳은 사제들이 신들의 나무 목상을 모셔둔 성스러운 장소였다. 그는 아내를 그곳으로 데려가, 자기 욕망을 채우고 성소를 더럽혔다. 그러자 키벨레 여신은 분노하여 ...

키벨레 괘씸하고, 무엄한 것들! 저것들을 확 스틱스 강에 버려?
아니지! 그 정도 벌은 저것들에겐 너무 가볍지. 그렇다면?

여신이 형벌을 내리자, 그들의 목은 누런 갈기가 덮이고 손톱은 휘어져, 짐승의 발톱이 되었다. 또한 양팔은 다리가 되고, 힘 살은 가슴에 모이고, 꼬리가 돋아나 바닥에 끌렸다. 그들은 성난 표정이 되더니, 말하는 대신 울부짖고, 그들의 신혼 방은 숲이 되었다.

그들이 이렇게 '사자'가 되자, 키벨레 여신은 그 암사자와 수사자를 자신이 항상 타고 다니는 마차를 끌게 했다.

아탈란타는 '남자와 맞먹는 여자..'란 뜻으로, '아탈란테 Atalante'라고도 부른다. 한때 그녀는 아킬레우스 아버지 '펠레우스'와 레슬링 시합을 해, 한판으로 제압하기도 했다.

아탈란타와 히포메네스를 주제로 한 많은 그림 중에 가장 유명한 작품은 '귀도 레니 Guido Reni' 그림이다. 죽음의 달리기 경주 중에 사과를 줍는 그녀와 사과를 던지고 뒤를 돌아보는 사내의 숨 막히는 표정이 살아있는 걸작이다.

산신들의 어머니 키벨레 여신

'키벨레' 여신은 터키 프리기아에서 그리스로 건너온 여신으로, 풍요와 다산 그리고 산림의 수호신이다. 그리스 '레아 Lea' 여신과 동일시되는 여신으로, 로마에서는 엄청난 스타 대접을 받았던 여신이다.

손에 심벌즈를 들고 2마리 사자가 끄는 마차를 탄 키벨레 여신

그녀는 또 산신들의 어머니로, 산속 동굴에 살다가 세상 밖으로 나올 때면, 좌우에 2마리 사자가 이끄는 전차를 타고 나타난다. 2마리 사자가 바로 아탈란타와 히포메네스다.

미술 작품에서 여신은 머리에 작은 탑 모양 관을 쓰고, 손엔 심벌즈 같은 악기를 든 모습으로 나온다. 특히 사자 2마리가 끄는 전차를 탄 여신은 거의 100%, 키벨레 여신이라 보면 된다.

키벨레 여신과 나일강의 신 - 보르게세 미술관

스페인 마드리드 중심 광장의 키벨레 여신의 분수. 흐린 날에 찰칵!

먹보가 된 에리식톤

등장 인물

에리식톤 : 테살리아 왕
메스트라 : 그의 딸
데메테르 : 곡물, 대지의 여신
파메스 : 허기, 기아의 여신

고대 그리스 로마 사람들은 강, 바다, 나무 등에 요정이 살고 있다고 생각했다. 그래서 자연을 파손하면, 처벌을 받는다고 믿었다. 이 신화는 자연을 마구 훼손하다가 벌받은 에리식톤에 관한 재미있고, 교훈적인 얘기다.

신성한 나무를 베어버린 에리식톤

테살리아 왕 '에리식톤 Erysichthon'은 신을 경멸하고, 우습게 아는 인간이었다. 더구나 이자는 대지와 곡물의 여신이자, 숲과 나무들의 수호신인 '데메테르' 여신에게 봉헌된 나무를 베어버리는 만행을 저질렀다.

대지, 곡물, 나무의 수호신 데메테르

사건은 이러했다. 어느 신성한 숲 중앙에, 아주 오래된 거대한 참나무 한 그루가 있었다. 그 나무는 어찌나 큰 나무인지 그 자체가 숲이었다. 나무 주변엔 실과 꽃다발, 감사 문구가 걸려있었는데, 그것은 사람들이 참나무에 소원을 빌고, 감사 표시로 남긴 것들이었다.

숲의 요정들은 가끔 그 나무 밑에서 축제를 열고, 서로 손에 손을 잡고 춤을 추었다. 둘레가 약 8미터나 되는 그 나무는 다른 나무에 비해, 한참을 더 높이 우뚝 솟아있었다.

그런데 에리식톤은 나무를 보호하지 않고, 하인들을 시켜 신성한 나무를 베어버리라 명령했다. 하인들이 망설이며 꾸물대자, 이 잔인무도한 자는 도끼를 확 뺏더니 ...

에리식톤이 데메테르에게 봉헌된 참나무를 베려 하자, 그 안에 살던 나무 요정이 놀라 말리고 있다 - 필리페 빈 그림

에리식톤　이놈이 벌벌 떨기는 왜 떠는 거야?
난 이 나무가 아무리 여신이 좋아하는 나무라 해도,
또 이 나무가 여신이라 해도, 땅에 쓰러트릴 테다.
자, 잘 봐 두어라. 으라차차 …

그가 도끼로 찍으려 하자, 참나무는 두려움에 떨며 신음 소리를 냈다. 또 나뭇잎들과 가지, 도토리 열매도 동시에 창백해졌다. 그런데도 그가 도끼로 마구 내리찍자, 갈라진 껍질에서 피가 흘러나왔다. 그때, 하인 한 명이 용기를 내어 제지하자 …

에리식톤　(화를 벌컥 내며) 어쭈! 날 말렸다 이거지?
네놈이 그렇게 신을 잘 섬기는 놈이었냐?
고래? 그럼 상으로 이거나 받아라, 이놈아!

그러며 도끼로 하인의 머리를 퍽 찍어버리더니, 다시 나무를 베기 시작했다. 그러자 나무 안에 살고 있던 요정이 비명을 지르며 …

나무 요정　으으 .. 난 이 나무 안에 살고 있는,
데메테르 여신이 가장 사랑하는 요정이다.
내 예언하건대, 넌 천벌을 받을 것이다.
난 죽지만 그걸로 위안을 삼을 것이다.

나무 요정 드라이드 - 모건 그림

그러나 그자의 도끼질은 멈추지 않았다. 마침내 수없는 도끼질에 찍힌 참나무는 마지막에 밧줄을 당기자, 요란한 소리를 내며 쓰러졌다. 이때 그 주변의 많은 나무들도 함께 참나무 밑에 깔려 버렸다. 그러자 다른 나무 요정들이 같이 애도하더니, 데메테르를 찾아가 빌었다.

나무 요정들 여신이시여! 저 잔인한 에리식톤에게 부디 천벌을 내려주십시오.

여신은 요정들의 간청을 승낙했다. 여신이 승낙의 표시로 고개를 끄덕이자, 온 들판의 모든 곡식들도 머리를 끄덕였다.

기아의 여신 파메스

우선 여신은 그자에게 어떤 벌을 내릴까 고민하며 ...

데메테르 그런 놈은 동정받지 못하는 벌이 좋겠는데?
그러면서 동정을 불러일으킬 그런 무서운 벌을 말이야.
옳지! 그자를 허기와 기아에 시달리다가, 죽게 만들어야겠군.

그러한 일은 허기와 기아의 여신인 '파메스 Fames'에게 부탁해야 했다. 하지만 여신은 그녀를 직접 만날 수 없었다. 풍요로운 '곡식'의 여신과 배가 고픈 '허기'의 여신은 서로 상극 관계라, 운명의 여신들이 같이 만나는 것을 금지했기 때문이었다. 그래서 여신은 요정을 한 명 불러 ...

데메테르 얘야! 저 멀리 눈 덮인 스키티아 외딴곳에 가면,
그곳에 나무도, 곡식도 자라지 않은 불모지가 있다.
거기에 '추위, 오한, 허기'의 여신들이 살고 있는데,
그중에 '허기의 여신'에게 내 말을 전해라.
신성모독을 한 에리식톤 뱃속에 들어가,
그자가 음식을 먹고도, 계속 배고프게 만들라고 해라.
아 참! 행여 길이 멀다고 겁먹진 마라.
용이 끄는 내 마차를 타고가면, 금방 도착할 것이다.

명령을 받은 요정은 마차를 타고 순식간에 목적지에 도착하여, 허기의 여신을 찾으러 갔다. 허기와 기아의 여신 '파메스'는 돌이 많은 황무지 들판에서, 얼마 남지 않은 풀을 뜯어 먹고 있었다.

파메스 머리는 헝클어져 부스스했고, 두 눈은 움푹하게 들어갔으며, 얼굴은 창백하고, 입술은 바싹 말라 갈라져 있었다. 또 그녀의 혀는 백태가 하얗게 껴있었고, 온몸은 삐쩍 말라 내장이 훤히 보일 정도로 피골이 상접했다.

이뿐만이 아니라, 그녀의 앙상한 허리 골반은 뼈만 남아 툭 튀어나와 있었고, 배는 쑥 꺼져있었다. 또 너무 몸이 앙상해 관절이 뼈보다 굵었고, 무릎과 복사뼈는 혹처럼 나와 있었다. 요정이 그 모습을 보고, 너무 놀라 기겁하며 ...

산의 요정 에고, 무시라! 근데, 어떻게 여신의 명령을 전달하지?

산의 요정은 너무 무서워, 가까이 다가갈 용기가 나지 않았다. 그래서 좀 멀리 떨어져, 여신의 명령을 전했다. 그런데 요정은 그곳에 잠깐 있었는데도 어느새 허기를 느꼈다. 그래서 도망치듯 그곳을 빠져나와, 다시 마차를 타고 오던 길을 되돌아갔다.

마차를 탄 요정이 삐쩍 마른 파메스에게 명령을 전하자, 그림 왼쪽처럼 파메스가 자고 있는 에리식톤에게 허기를 불어넣으려 하고 있다.

파메스는 부탁을 즉각 이행했다. 그녀는 바람을 타고 에리식톤 집에 도착하여, 지체 없이 침실로 향했다. 그리고 깊은 잠에 빠진 그를 두 팔로 껴안더니, 그의 목과 가슴, 또 입안에 숨을 크게 불어서, 허기를 꽉꽉 채워 넣었다.

그렇게 임무를 마치자, 파메스는 다시금 자기가 살던 배고픈 곳으로 돌아갔다.

걸신들린 병에 걸린 에리식톤

그때, 에리식톤은 진수성찬이 차려진 꿈을 꾸고 있었다. 그는 자면서도 무엇을 먹는 것처럼 계속 입을 움직였고, 음식을 목에 넘기는 것처럼 꿀꺽 공기를 삼켰다.

그는 잠에서 깨자, 견딜 수 없이 배가 고팠다. 이때부터 무지막지한 식욕이 일어나서, 미쳐 날뛰기 시작했다. 그러더니 하인들에게 땅과 바다, 하여튼 먹을 수 있는 모든 것을 가져오라고 명령했다. 그러나 한상 가득 차린 음식들을 먹고도 배고픈 타령을 하더니, 음식을 먹고 있으면서도 또 음식을 찾았다.

에리식톤 야, 이것들아! 왜 먹을 것을 더 안 가져오는 거야?
더 가져오란 말이야. 더! 더! 더!

그의 걸신들린 시장기는 온 세상이 먹을 수 있는 양을 먹고도 충분치 않았다. 먹으면 먹을수록 더 많은 음식을 요구했고 공복감을 느꼈다. 어느새, 그는 조상한테 물려받은 재산마저 팔아먹었지만, 그의 식탐은 진정될 줄 모르고 더해만 갔다.

딸까지 팔아먹는 에리식톤

마침내, 그에게는 딸 하나만 남았다. 다행히 딸은 아버지와 달리, 착한 성품을 지니고 있었다. 에리식톤은 더 이상 음식을 마련할 돈이 없자, 급기야 자기 딸마저 돈을 받고 팔았다.

어느 날, 그의 딸 '메스트라 Mestra'는 하녀로 팔려가려고, 해안에서 자신의 주인이 될 사람과 배를 기다리고 있었다. 그러나 그녀는 남의 집 하녀로 팔려가기 싫었다. 그래서 포세이돈에게 기도를 올리며...

메스트라 오, 포세이돈이시여! 난 이미 그대에게 내 처녀성을 바쳤나이다.
그 대가로 제발 저를 구해 주소서.

걸신 걸린 에리식톤이 더 이상 먹을 음식을 마련할 돈이 없자, 상인에게 자기 딸인 메스트라를 팔아 빵을 사고 있다.

이게 무신 소린가, 자기 처녀성을 바쳤다니? 아마 포세이돈이 이미 그녀의 처녀성을 빼앗은 모양이다. 그래서 그랬나? 포세이돈은 기도를 듣더니, 그녀를 감쪽같이 강에서 낚시하는 남자 어부로 둔갑시켜 주었다. 그러자 주인은 깜짝 놀랐다. 갑작스레 처녀가 사라지고, 낚시하는 남자 어부만 있는 거 아닌가! 주인이 그녀에게 …

주인 이보슈, 거기 낚시하는 양반!
방금 전에 여기 있던 처녀 못 봤수?
허름한 옷을 입고, 머리가 헝클어진 여자 말이오.
발자국을 보니까 멀리 못 갔을 거 같은데, 혹시 모르슈?

그녀는 그때서야, 포세이돈이 자기를 변신시켜 준 것을 알았다. 또한 주인이 변신한 자기를 모르는 것이 재미있었다. 그래서 능청맞게 주인 질문에 …

메스트라 거 뉘신지 모르겠지만 미안하오!
난 낚시에 정신이 팔려, 아무도 보지 못했거든요.
내 맹세코 말하지만, 나 말고는 여기 아무도 없었는데 ...
처녀요? 여자라고는 코빼기도 안 보였소.
(다시 낚시하며 괜히) 허참 .. 왜 이렇게 고기가 안 잡히지?

주인은 그녀의 능청맞은 연기에 깜빡 속더니, 고개를 갸우뚱거리면서 자리를 떠났다. 그러자 그녀는 다시 본래의 모습으로 돌아와, 아버지에게 방금 전의 일을 말해주었다. 에리식톤은 딸이 변신의 능력이 있는 것을 기뻐하며 ...

에리식톤 효녀, 내 딸아! 이번에 딱 한 번만 더 너를 팔자, 응?

그러나 딱 한 번이 아니었다. 이후, 그는 수차례 딸을 팔아먹었다. 그때마다 딸은 새, 사슴, 암소, 암말 등으로 변신하여 다시 도망쳐왔다. 그러나 아무리 딸을 팔아서 먹고 또 먹어도, 그의 허기는 가시지 않았다.

마침내, 에리식톤은 더 이상 먹을 게 없자, 자기 팔다리와 사지를 뜯어먹기 시작했다. 자기 몸을 뜯어먹고라도, 자신의 목숨을 부지하려 했던 것이다. 그는 그렇게 죽어서야, 데메테르 여신의 복수에서 벗어날 수 있었다.

에필로그

고대 그리스인들은 나무와 산, 물과 바다 등에 요정, 즉 '님프 Nymph'라는 정령(精靈)이 살고 있다고 믿었다. 그래서 자연을 해치는 행위는 엄벌에 처했는데, 대표적 케이스가 에리식톤이다. 자연의 요정들은 크게 4가지 요정으로 분류되는데 다음과 같다.

나무 요정

나무 요정은 '드리아드 Dryad'고, 복수형은 '드리아데스 Dryades'라고 부른다. 이들은 나무들과 수명을 같이하고, 그 나무들이 죽으면 같이 죽는다. '하마드리아스' 역시 각자 자기 나무에 살며, 그 나무와 수명을 같이하는 요정이다.

산과 동굴의 요정

'오레아스 Oreas', 또는 '오레이아스 Oreias'라고도 한다. 복수형은 '오레이아데스'다. 대표적 요정은 나르키소스를 사랑하다, 메아리가 된 에코다. 이들 산의 요정들은 모두 불사의 존재들이다.

강의 요정

'나이아스 Naias'이고, 복수형은 '나이아데스 Naiades'다. 이들은 다시, 강과 호수 등의 요정으로 나누어진다. 불사의 존재들이다. 대표적인 요정이 다프네와 시링크스다.

나무 요정 드리아드 - 루브르

산과 숲의 요정들인 오레이아데스

강의 요정 나이아스 - 루브르

바다의 요정

'네레이드 Nereid' 또는 '네레이데스 Nereides'라 부른다. 네레이드는 '네레우스 딸'이란 뜻으로, 바다의 신 '네레우스'의 50명 딸을 말한다. 이들은 신이나 영웅과 결혼한 요정도 많은데, 대표적인 요정이 포세이돈의 아내인 '암피트리테'다. 불사의 존재들이다.

바다의 요정 암피트리테와 네레이드 - 샤를 나투아르 그림

네레이드 조각들 - 대영 박물관

대형 네레이드 신전과 조각 - 런던 내셔널갤러리

포플러나무가 된 드리오페

등장 인물

드리오페 : 오이칼리아 공주
이올레 : 그녀의 여동생
프리아포스 : 아프로디테와 디오니소스 아들

이 이야기 주인공인 드리오페는 아무 생각 없이 꽃을 꺾었는데, 그 꽃은 사연이 있는 꽃이었다. 과연 무슨 사연일까?

무심코 연꽃을 꺾은 드리오페

'드리오페 Dryope'는 그리스 오이칼리아 공주였다. 어느 날, 그녀는 여동생 '이올레 Iole'와 강둑으로 산책을 나갔다. 강둑은 완만하게 경사졌고, 물가 옆에는 도금양나무가 무성히 자라있었다. 자매들은 거기서 꽃다발을 만들어, 요정에게 바칠 생각이었다.

이때, 드리오페는 한 살 된 아들에게 젖을 먹이다가, 아기를 기분 좋게 해주고 싶었다. 그래서 호수 가까이에 자란 연꽃 몇 송이를 꺾었다. 그런데 꽃에서 피가 뚝뚝 떨어지며, 가지들이 두려움에 떨었다. 나중에 농부들이 들려준 얘기에 의하면...

농부 이 나무는 요정 '로티스 Lotis'입니다.
그녀는 음탕한 '프리아포스 Priapus'의 겁탈을 피해 도망치다,
이곳에서 '로투스 lotus' 나무로 변신한 것이지요.

드리오페는 그 사연을 몰랐던 것이다. 꽃에서 피가 나자, 그녀는 깜짝 놀라 요정에게 사죄하고, 급히 돌아가는 순간이었다. 그런데 그녀 두발이 땅에 박혀 움직일 수 없었다. 빠져나오려 발버둥 쳤지만, 움직이는 건 상체뿐이었다.

포플러 나무가 된 드리오페

포플러 나무가 되는 드리오페

어느새, 나무껍질이 점점 밑에서부터 조금씩 올라오더니, 그녀의 허리까지 왔다. 그녀는 너무 괴로운 나머지, 머리를 쥐어뜯으려 했다. 그러나 양손에 잡히는 것은 나뭇잎이었고, 벌써 나뭇잎이 그녀의 목을 덮고 있었다.

아이는 젖이 나오지 않자 칭얼거리기 시작했고, 여동생은 바로 옆에 있었지만, 바라보기만 할 뿐 도울 방법이 없었다. 그저 동생이 할 수 있는 것은 언니를 안아, 가지들이 자라는 것을 조금 늦추는 것뿐이었다.

이올레 언니! 이게 대체 무슨 일이에요?
나도 같이 나무에 덮였으면 좋으련만 … 흑흑흑!

그때 소식을 듣고 드리오페의 남편과 아버지가 허겁지겁 달려오더니, 나무에 매달려 미친 듯이 입을 맞추었다. 이제 드리오페에게 남은 것은 오로지 얼굴뿐이었다. 그녀는 눈물을 흘리며 …

드리오페 흑흑 .. 정말 신들께 맹세하지만,
난 이런 끔찍한 벌을 받을 만한 짓을 한 적이 없어요.
내가 왜 죄도 없는데, 이런 벌을 받아야 하죠?
난 여태 누구에게도 해를 끼친 일도 없이 살았다고요.

만일 제 말이 거짓말이라면, 제 잎이 말라죽고,
도끼에 베어져서 불에 타도 좋아요. (그러다 아들을 보며)
흑흑.. 불쌍한 내 아들! 이 아이는 유모에게 맡기고,
가끔 내게 데려와 젖도 먹이고, 이 나무 그늘에서 놀게 해주세요.
그리고 아이가 커서 말을 배우면,
저에게 인사하며 이렇게 말하게 해주세요.
'이 나무 안엔 우리 엄마가 숨어 있어!' 라고요.
그러나 아이는 연못을 두려워하고,
또 함부로 나무의 꽃을 꺾지 않게 해주세요.
그리고 모든 수풀은 여신의 몸이란 걸 알려주시고요.

그리고는 남편과 아버지, 여동생에게 마지막 인사를 하며...

드리오페 사랑하는 내 남편, 아버님, 내 동생, 모두 안녕히 계세요!
그대들이 진정 날 사랑한다면,
내 잎이 낫이나 도끼로 상처입지 않게 해주시고,
양 떼나 짐승에게 뜯어 먹히지 않게 해주세요.
자, 제가 몸을 구부릴 수 없으니까, 올라와 제게 입맞춤해 주고,
제 아들도 들어 올려, 내게 입맞춤하게 해주세요.
(이때, 나무껍질이 그녀 얼굴까지 덮으려 하자) 아아..
이제 더 이상은 말할 수 없을 거 같네요.
제 눈에서 손을 치우셔도 돼요. 그대들이 도와주지 않아도,
나무껍질이 올라와, 내 눈을 감겨줄 테니까요.

그녀 말은 여기까지였다. 비록 그녀는 나무가 되었지만, 새로 생긴 가지들은 한동안 따뜻한 온기가 그대로 남아있었다.

프리아포스와 요정 로티스

거대한 프리아포스 - 폼페이 벽화

이 신화 속에 나오는 음탕한 '프리아포스'와 요정 '로티스'에 관한 조금 더 자세한 이야기는 이렇다. '프리아포스 Priapus'는 '디오니소스'와 '아프로디테' 사이의 아들이다. 그런데 그는 태어나자마자, 온몸에 포도 알 같은 수많은 혹이 있고, 상상을 불허하는 큰 성기를 가진 흉측한 모습으로 태어났다.

그는 이런 추한 모습 때문에 태어나자마자 산속에 버려져, 양치기 손에 자랐다. 그런데 그런 그에게도 사랑이 찾아왔다. 상대는 포세이돈 딸인 요정 '로티스 Lotis'였다. 그녀에게 홀딱 반한 프리아포스는 스토커처럼 졸졸 쫓아다니며 들이댔지만, 그녀는 혐오스러운 그를 피해 도망 다녔다.

프리아포스 - 바티칸 박물관

어느 날, 프리아포스가 자는 그녀를 겁탈하려 하는데, 당나귀가 우는 바람에 실패했다. 그래서 그녀가 도망을 치자, 프리아포스도 맹렬히 추격했다. 그 후는 신화의 단골 레퍼토리처럼, 도망치던 그녀는 신들에게 기도를 드려, 연꽃 '로투스'로 변했다 한다.

유난히 커다란 생식기를 가진 프리아포스는 바티칸 박물관과 터키 에페소스 등의 박물관에서 그의 조각을 볼 수 있다. 그는 소아시아에서 풍요와 번식의 신으로 숭배되었으며, 다산뿐 아니라, 들판과 정원, 과수원의 수호신 역할을 했다.

인간의 죽음과 영원한 사랑

여자에서 남자가 된 이피스

오르페우스의 죽음을 초월한 사랑

코로니스와 의술의 신 아스클레피오스

알케스티스의 목숨을 바친 사랑

여자에서 남자가 된 이피스

등장 인물

이피스 : 크레타 소녀
리크도스 : 이피스 아버지
텔레투사 : 이피스 어머니
이안테 : 이피스 약혼녀
이오 : 이집트 여신
이시스 : 이집트 최고 여신
오시리스 : 이집트 태양신 (이시스 남편)

이번 신화는 여자에서 남자가 된 이피스의 흐뭇한 러브 스토리다. 자, 그럼 지금부터 진기하고 흐뭇한 그의 이야기가 시작된다.

여보, 딸은 절대 낳지 마시오!

크레타 섬에 '리크도스'란 사람이 살고 있었다. 그는 결혼해서 열심히 살았지만, 매우 가난했다. 그래서 임신한 아내 '텔레투사 Teletusa'의 해산 날이 다가오자, 그는 아내에게 경고하며…

리크도스 여보! 내겐 2가지 소원이 있소.
하나는 당신이 해산할 때 진통을 덜 겪는 것이고,
또 하나는 당신이 아들을 낳는 것이오.

나도 그런 일이 없기를 바라지만, 혹시 당신이 만약 딸을 낳으면,
(차마 말을 못 하고 망설이다가) …
여보! 이런 말을 하는 나를 용서해 주오.
그때 그 딸아이는 죽을 수밖에 없소.

그가 이런 말을 하자, 부부는 같이 펑펑 울었다. 그러다 아내는 남편을 붙잡고 매달려 애원했다.

텔레투사 여보! 제발 그러진 마세요. 제가 이렇게 애원하고, 또 빌게요, 예?

그러나 소용없었다. 이미 남편의 결심은 확고부동했던 것이다.

꿈에 나타난 이오 여신

어느덧, 텔레투사가 몸을 가누기조차 힘들 때였다. 그녀는 한밤중에 꿈을 꾸었다. 그런데 꿈에 '이오 Io' 여신이 수많은 이집트 신을 거느리고 방에 나타났다. 여신은 멋진 옷차림에, 머리에는 초승달 모양의 뿔을 달고 있었고, 그 뿔엔 번쩍이는 황금으로 된 곡식 이삭 화환이 걸려있었다.

잠깐, 이오라니? 어디서 많이 들어본 이름 아닌가? 그렇다! 이오는 바로 암소로 변한 여인이다. 제우스가 헤라를 속이기 위해, 감쪽같이 뚝딱 암소로 둔갑시킨 여인 말이다.

이오는 헤라의 박해로 이집트로 도망가, 죽은 후에 이집트의 최고 여신 '이시스'가 되었던 것이다.

이시스 여신이 된 이오 - 카피톨리노

꿈에 나타난 이시스 일행. 왼쪽부터 침대의 텔레투사, 호루스, 부바스티스, 이시스, 아누비스, 오시리스, 황소 아피스

이오 옆에는 이시스 남편이자, 죽음과 부활의 신인 '오시리스 Osiris'와 자칼 머리를 한 '아누비스 Anubis', 고양이 머리의 '부바스티스 Bubastis', 황소 '아피스 Apis', 침묵의 신인 '호루스 Horus', 또 사람을 잠들게 하는 뱀들도 있었다. 이오 여신이 아내에게 ...

이오 오, 나를 숭배하는 텔레투사여!
걱정과 근심은 벗어던지고, 해산하면 남편을 속여라.
그러니까, 사내든 여아든 상관없이 아이를 잘 키우란 말이다.
난 도움을 청하는 자에게 도움을 주는 여신이다.
너는 날 숭배한 것을 결코 후회하지 않을 것이다!

여신은 이러한 말을 하고, 유유히 방에서 사라졌다. 잠에서 깬 아내는 기쁜 마음으로 두 손을 모아 기도를 올리며 ...

텔레투사 오, 내가 숭배하는 신이시여! 제발 이 꿈이 이루어지게 하소서.

그리고 얼마 후, 그녀는 아이를 낳았다. 그런데 딸이었다! 그녀는 남편에게 아들이라 속였고, 다행히 남편은 몰랐다. 이웃도 그녀 말을 믿었고, 오직 진실을 알고 있는 사람은 아이를 받은 산파뿐이었다. 남편이 아이 이름에 대해서 아내에게 말했다.

리크도스 여보! 아이 이름은 할아버지의 이름을 따서,
'이피스 Iphis'라고 지었는데, 어때 마음에 들어?

아내도 그 이름이 마음에 들었다. 이피스란 이름은 남녀 할 거 없이 두루두루 혼용해 쓰는 이름이었기 때문이었다. 아이는 소년 옷을 입고 다녔다. 얼굴은 소녀 같기도 하고, 소년 같기도 하고, 암튼 남달리 예뻤다.

소녀가 소녀를 사랑하다

이후, 13년이란 세월이 흘렀다. 이피스가 13살이 되자, 그녀의 아버지는 그 도시에서 최고 미인인 금발의 '이안테 Iante'를 이피스의 결혼 상대로 정했다. 둘은 나이도 같았고, 똑같이 예뻤으며, 같은 스승 밑에서 공부한 사이였다. 그러다 보니 두 사람은 자연스레 가깝게 지내다가, 서로 사랑하는 사이가 되었다.

그러나 그들이 바라는 희망은 달랐다. 이안테는 결혼식 날만 고대하며, 곧 그가 자기 남편이 될 거라는 것을 믿어 의심치 않았다. 반면에, 이피스는 이루어질 수 없는 사랑을 하고 있었다. 그래서인지, 그녀를 더 애타게 사랑했다. 그러니까 소녀 몸으로, 소녀에게 달아오른 것이다. 이피스는 눈물을 참으며...

이피스 세상 사람들이여, 들어본 적이 있는가!
이 놀랍고도 상상조차 할 수 없는 나의 사랑 얘기를...

아아, 대체 나에게 어떤 결과가 기다리고 있을까?
오, 신들이시여! 애초에 날 살릴 작정이었으면,
제게 이런 일이 없게 해야 되는 거 아닌가요?
그렇지 않고 날 죽일 작정이었다면,
자연스러운 재앙을 주셨어야 하는 거 아닌가요?
암소는 암소를, 암말은 암말을 사랑할 수 없는 법입니다.
숫양은 암양에게 몸이 달아오르고, 수사슴은 암사슴을 따라다니며,
하물며, 새들도 그렇게 짝을 맺습니다.
이 세상에 암컷이 암컷을 사랑하는 동물이 있던가요?
아, 내가 태어나지 말았으면 좋았을 것을 ...
(그러다) 하긴, 여기 크레타의 왕비 파시파에는 황소를 사랑했었지!
가만! 근데 왕비는 여자였고, 황소는 수소가 아니었든가.
그래도 왕비는 사랑이 이루어질 희망이라도 있었고,
나무 모형으로 만든 가짜 황소 속에 들어가,
결국 황소를 속이고, 교합까지 하지 않았습니까?

그렇다! 크레타의 왕비 '파시파에'는 신의 형벌로, 황소에게 부적절한 욕정을 느꼈다. 그래서 그녀는 다이달로스가 나무로 만든 황소 모형 속에 들어가, 마침내 황소와 교합을 시도했고, 그렇게 하여 태어난 괴물이 '미노타우로스'다.

이피스 그런데 제 경우는 어떤가요?
설령 세상의 재주꾼이 다 온다 해도,
다이달로스가 날개로 날아온다 해도,
그가 나를 여자에서 남자로 만들 수 있겠어요?
(그러다 자신에게) 아서라, 이피스야!
넌 왜 정신을 못 차리고, 부질없는 사랑을 하니?

넌 먼저 너 자신을 속이지 말고, 네가 남자인 지 여자인 지 알아야만 해.
도리에 맞게 여자가 사랑할 수 있는 남자를 사랑하란 말이야.
그래! 사랑은 희망을 낳고, 희망은 사랑을 키우지.
그러나 현실은 너에게 희망조차 허락하지 않아.
자, 생각해 봐!
네가 그녀와 결혼을 못 하게 막는 건 그 누구도 아니야.
세상 사람들도, 엄격한 아버지도 아니라고.
그녀도 널 좋아하지만, 넌 그녀를 가질 수 없어.
설사 모든 게 잘 되고 신이 도와준다 해도,
넌 절대 그녀와 행복할 수 없어. 알겠니?
아아.. 나와 그녀, 아버지와 장인 되실 분도 결혼을 원하는데,
오직 자연의 순리만이 결혼을 원치 않는구나.
아아.. 자연만이 적대적이고 허락하지 않는구나!

이피스는 고개를 푸욱 떨어뜨렸다. 그러다 닥쳐온 혼인날이 걱정되어...

이피스 드디어 결혼식 날이 다가오고,
그녀는 곧 내 사람이 될 거야.
아냐! 결코 내 사람이 될 수 없어.
이제 난 물속에 있어도 갈증을 느끼겠지?
오오.. 가정의 신 '헤라' 여신이여,
결혼의 신 '히멘 Hymen'이여!
그대들은 내 결혼식에 오실 건가요?
신랑은 없고 신부만 둘인,
우리 결혼식에 말입니다.

횃불을 손에 든 히멘 - 러시아 국립 박물관

어머니 텔레투사의 기도

딸과 함께 신전에서 소원을 비는 텔레투사

한편, 텔레투사는 딸의 혼인 날짜가 점점 다가오자, 자꾸 날짜를 연기했다. 때로는 병이 났다는 핑계로, 때로는 꿈자리가 안 좋다며 핑계를 둘러댔다. 그런데 이제는 더 이상 써먹을 핑계도 남지 않았다. 마침내 혼인 날짜가 코앞까지 바싹 다가와, 정말로 하루밖에 남지 않았다.

그러자 그녀는 이피스를 데리고 이오 신전에 갔다. 그리고 딸의 머리띠를 벗겨 머리를 푼 다음, 제단을 끌어안고...

텔레투사 오오.. 이시스 여, 이오 여신이여!
이집트의 나일강에 사시는 분이여!
부디 저희를 도와주시고, 두려움을 없애주소서.
전 예전에 당신을 꿈에서 보았습니다.
그대의 수행원과 딸랑이 소리, 횃불도 보았고,
전 당신 말씀을 그대로 따라 했습니다.
제 딸이 이렇게 살아있는 것도,
또 제가 거짓말하고 벌을 받지 않은 것도,
바로 당신의 가르침이며, 당신의 선물이옵니다.
오, 여신이시여! 제발 우리 두 모녀를 불쌍히 여기시고,
그대 도움으로 우리를 구해주소서!

그러자 여신이 제단을 움직여, 기도에 응답했다. 갑자기 신전 문이 흔들리더니, 여신 머리의 뿔이 번갯불을 번쩍였고, 딸랑거리는 소리가 신전에 울려 퍼졌다.

남자가 된 이피스

텔레투사는 아직은 마음이 놓이진 않았지만, 기분 좋은 징조에 기쁜 마음으로 신전을 나왔다. 모녀가 신전을 나와, 길을 걸어가고 있을 때였다.

그런데 이게 웬일인가! 이피스가 보통 때보다 큰 보폭으로, 껑충껑충 걸어가는 것이 아닌가! 걸음만이 아니었다. 이피스의 피부색은 더 검게 보였고, 근육이 붙어나 힘이 더 강해 보였다. 또 얼굴은 좀 더 날카롭게 보였고, 머리털은 훨씬 짧아져 있었다.

그렇다! 얼마 전까지 소녀였던 이피스가 소년, 즉 남자로 변한 것이다. 두 사람은 너무 기뻐 신전에 제물을 바치고, 감사의 표시로 다음과 같은 글귀를 남겼다.

감사의 글 〈여기 이 제물은 이피스가 여자로서 바치는 것이 아니라,
남자로서 바치는 겁니다! 〉

다음 날, 아침 햇살이 세상을 비추자, 결혼식이 열렸다. 두 사람의 결혼식에는 헤라와 아프로디테, 결혼의 신 히멘도 참석했다. 그리하여 남자 이피스는 여자 이안테를 아내로 맞아, 두 사람은 오래오래 행복하게 잘 살았다 한다.

에필로그

신화 속의 성전환 인물들

그리스 로마 신화에서 트랜스젠더, 성 전환자는 이피스 외에 2명이 더 있다. 한 명은 장님 예언가 '테이레시아스 Teiresias'다. 그는 숲에서 교미 중이던 뱀들을 막대기로 때려 여자가 되었는데, 7년 후에 다시 교미 중인 뱀을 때리고 남자로 돌아왔다.

또 한 명이 테세우스 편에 나온 '카이네오스 Caineus'다. 그는 원래 미모의 처녀였는데, 포세이돈에게 납치됐다. 그때 그녀는 포세이돈에게 남자로 변신시켜 달라고 했고, 또한 그 어떤 무기에도 상처를 입지 않는 무적의 전사가 되었다.

이시스 여신이 된 이오

이오는 이집트에서 본래의 모습을 찾고 제우스와 동침해, 아들 '에파포스'를 낳았다. 그리고 죽은 후, 이집트의 최고 여신 '이시스'가 되었다.

'이시스 Isis'는 고대 이집트와 그리스, 또한 로마 등지에서 숭배했던 여신으로, 그리스 사람들은 '데메테르' 여신과 동일시하며 숭배했다. 이 여신은 그림과 조각에서 머리에 황금 관을 쓴 모습으로 등장한다.

오시리스와 이시스 - 에르미타주 박물관

간단히 알아보는 이집트 신화

이집트인들이 최고로 숭배하는 신은 '암몬 Amon (감추어진 자라는 뜻)'으로, 암몬은 제우스와 같은 클래스의 이집트 최고신이다.

그 후에 탄생한 중요한 신이 태양신인 '오시리스 Osiris'와 대지의 여신 '이시스 Isis'다. 이들은 남매이면서 부부였는데, 최초로 이집트인들에게 농사와 농기구 사용법, 법과 결혼 제도 등등의 문명을 전해준 신이다.

그런데 오시리스 동생 '세트 Seth'는 형을 시기해, 그를 죽이고 왕권을 강탈하려 했다. 어느 날, 세트는 형의 몸에 맞는 멋진 궤짝을 만들어, 축하연에 갔다. 그러고는 그 속에 들어가는 자에게 멋진 궤짝을 선물로 주겠다며 음모를 꾸몄다. 그러한 음모를 모르는 오시리스가 속에 들어가자, 세트는 뚜껑을 닫아, 그 궤짝을 나일강에 버렸다.

오시리스 아내 '이시스'는 이집트 방방곡곡을 헤매다, 간신히 남편의 사체를 찾았다. 그러나 세트는 또다시 그 사체를 14 조각으로 토막 내, 이집트 각지에 뿌렸다. 이시스는 다시 오랜 고생 끝에 남편의 사체 13 토막은 찾았으나, 나머지 한 토막인 성기는 찾을 수 없었다. 이미 나일강의 물고기가 날름 먹어버렸기 때문이었다.

그래서 이시스는 할 수 없이 없어진 성기를 나무로 대신 복원한 다음, 미라로 만들어 보존했다. 이후 오시리스는 부활하여 이집트의 수호신이자, 저승을 다스리는 통치자가 되었다 한다.

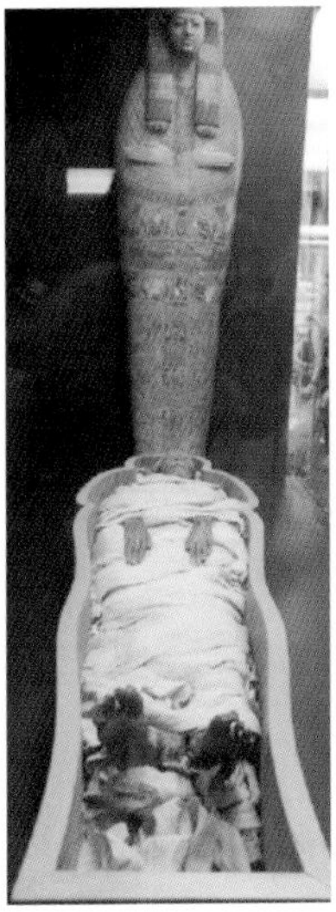

이집트 관과 미이라

이집트 실제 미이라들

오르페우스의 죽음을 초월한 사랑

등장 인물

오르페우스 : 아폴론과 칼리오페 아들
에우리디케 : 그의 아내 (요정)
히멘 : 결혼, 혼인의 신
하데스 : 저승의 왕
페르세포네 : 저승의 왕비

이 이야기는 죽은 아내를 찾아, 저승까지 간 죽음을 초월한 러브 스토리다. 주인공은 당대의 최고 시인이자, 리라 연주의 대가인 오르페우스다.

아내를 찾아 저승을 내려간 오르페우스

트라키아의 '오르페우스 Orpheus'는 예술의 신 '아폴론'과 9명의 뮤즈 여신 중, '아름다운 목소리를 가진'이란 이름을 가진 '칼리오페' 여신 사이에서 태어난 아들이다. 정말 피는 못 속이는 법인가?

그는 아버지에게 리라 연주 재능을 물려받고, 어머니한테 아름다운 목소리를 물려받아, 당대 최고 연주자이자 시인이 되었다. 그가 리라를 연주하며 노래 부르면, 인간과 동물은 물론, 산천초목도 그의 음악에 심취해, 모든 슬픔과 고통을 잊을 정도였다.

연주하는 오르페우스 - 루브르

오르페우스와 요정 '에우리디케 Eurydice'의 결혼식 날이었다. 그런데 이날 결혼의 신 '히멘 Hymen'은 참석했지만, 히멘은 축복도 해주지 않고, 표정이 매우 어두웠다. 더구나 그가 들고 있던 횃불은 제대로 타지도 않고 계속 연기만 내뿜어, 하객들 두 눈에 눈물만 나게 했다.

그 불길한 징조는 결혼 후 현실로 나타났다. 어느 날, 새색시 에우리디케는 친구들과 풀밭을 걷는데, 몹쓸 놈이 성폭행을 하려 했다. 그러자 그녀는 그자의 만행을 피하려다, 뱀에게 발뒤축을 물려 죽고 말았다. 아내가 죽자, 오르페우스는 슬피 울며 ...

오르페우스 아아 .. 사랑하는 아내가 없으니, 난 이제 어떻게 살아야 하지?

뱀에게 발뒤축을 물려 죽어가는 아내 에우리디케를 붙잡고, 안타깝게 바라보는 오르페우스 - 프라도 미술관

그러다 그는 죽은 자들이 사는 저승에 가서, 아내를 데려오기로 결심했다. 저승 세계 왕의 마음을 움직여볼 생각이었다. 그는 우여곡절 끝에 죽은 망령들 사이를 지나, 저승 세계 왕인 '하데스 Hades'와 그의 아내 '페르세포네 Persephone'를 찾아갔다. 그리고 그들 앞에서 리라 반주에 맞춰, 노래를 부르기 시작했다.

오르페우스 오오, 지하 세계를 다스리는 신이시여. ♪~
언젠가 죽는 인간은 누구나 오게 되어있는,
이곳을 다스리는 저승의 신이여!
자질구레한 말은 집어치우고,
진실을 말하는 걸 허락해 주신다면, 제 말을 들어보소서. ♬~
제가 여기 온 것은 타르타로스를 구경하려는 것도 아니고,

오르페우스가 아내를 되찾기 위해, 죽은 자들이 사는 지하 세계를 찾아가, 하데스와 페르세포네 앞에서 연주하고 있다 - 피티 궁

메두사나 케르베로스를 잡으러 온 것도 아닙니다.
바로 꽃다운 청춘에 뱀에 물려 죽은,
제 아내를 찾으러 여기 온 것이지요. ♪~
전 아내를 보고 싶어도 참고 견딜 줄 알았습니다.
아니, 잊으려고 노력도 많이 했지만,
결국, 전 사랑의 신 에로스에게 지고 말았지요.
에로스는 여기선 어떤지 모르겠지만,
저 땅 위에서는 꽤 유명하고, 아마 여기서도 그럴 겁니다.
맞네요! 옛날 저승의 왕께서 왕비님을 납치했을 때,
그때도 사랑의 신이 두 분을 맺어주신 거 아닌가요? ♬~

예전에, 저승의 왕 하데스는 에로스의 사랑의 큐피드 화살을 가슴에 맞았다. 그래서 그는 페르세포네를 저승으로 납치해, 왕비로 삼았던 것이다.

오르페우스 오오, 공포와 침묵의 왕이신 저승의 신이시여! ♪~
제발 너무 일찍 죽은 제 아내를 돌려주십시오.
어차피, 우린 언젠가 당신에게 돌아갑니다.
우리는 잠시 지상에 살다가, 얼마 후 이곳으로 오지요.
이곳은 우리들 최후의 안식처고,
그대는 인간을 가장 오래 통치하는 분입니다.
그래요! 제 아내도 수명대로 살다가,
다 때가 되면 그대에게 올 겁니다. ♬~
저승의 왕이시여!
전 아내를 그냥 달라는 게 아니고,
잠시, 잠시만 빌려달라는 거뿐입니다.
만약 제게 그런 특혜를 주시지 않는다면,

전 절대 혼자 돌아가지 않을 겁니다.

그럼 두 사람이 죽게 되니까, 그대들은 기뻐하실런지요. ♬ ~~

그가 이렇게 노래를 마치자, 모든 망령이 눈물을 흘렸다. '탄탈로스'는 물 마시는 것을 잊었고, '익시온'의 바퀴도 멈추었으며, 독수리는 '티티오스'의 간을 쪼아 먹지도 않았고, '다나오스'의 딸들은 항아리를 내려놓았다. 또 '시시포스'도 바위에 앉아 귀를 기울였고, '복수의 여신들'도 노래에 감동한 나머지, 이때 처음 눈물을 흘렸다 한다.

절대 뒤를 돌아보지 마라!

저승의 왕과 왕비는 차마 그의 간청을 거절할 수 없었다. 저승의 왕이 에우리디케를 불렀다. 그러자 아내는 방금 도착한 망령들 사이에서 절뚝이며 나왔다. 남편이 아내를 반갑게 맞았고, 아내는 남편에게 안겼다. 그때 저승의 왕 하데스가 …

하데스가 명령하자, 죽음의 신 타나토스가 에우리디케를 오르페우스 옆에 데려오고 있다. 맨 왼쪽은 운명의 여신들 - 루브르

하데스 오르페우스여!

아내를 데려가도 좋지만, 한 가지 조건이 있다.

이곳을 벗어나 저승 입구에 도착할 때까지,

자넨 절대로 아내를 뒤돌아보아서는 안 된다.

만일 그럴 경우, 아내는 여기로 다시 컴백할 것이다.

내 말, 언더스탠? 굿 바이, 오르페우스여!

그와 아내는 적막에 싸인 저승을 지나, 지상으로 가는 오르막길을 오르기 시작했다. 그 길은 너무나 가파르고, 짙은 안개 때문에 앞이 잘 보이지가 않았다. 그러자 앞서가던 오르페우스가 뒤따라오는 아내가 걱정되어 …

오르페우스 여보! 잘 따라오고 있지? 이제 거의 다 왔는데 괜찮아?

오르페우스가 아내 손을 잡고, 짙은 안개에 싸인 저승길을 지나, 지상으로 올라가는 오르막길을 가고 있다 - 에드워드 포인터 그림

그는 못내 아내가 걱정됐다. 혹시 지쳐 넘어지지는 않았는지 걱정되고, 아내를 너무 보고 싶어 그만 뒤를 돌아보고 말았다. 그러자 아내가 다시 저승으로 미끄러지며 …

에우리디케 여보 ~ 아악 ~~

그 순간 그는 얼른 팔을 뻗어, 저승으로 떨어지는 아내를 붙잡으려 했지만, 그의 손에 잡히는 것은 허공뿐이었다.

오르페우스 여보 ~ 안 돼 ~~

오르페우스가 뒤돌아보는 순간, 아내 에우리디케를 다시 저승으로 데려가는 영혼의 안내자인 헤르메스 - 마르탱 드롤랭 그림

그러나 아내는 두 번 죽으며, 남편을 원망하지 않았다. 하기야, 그런 극진한 사랑을 받았는데, 무슨 불평을 하겠는가! 그녀는 다시 저승으로 미끄러지며, 남편에게 들릴 듯 말 듯...

에우리디케 사랑해요~

오르페우스는 아내가 또다시 저승으로 가자, 패닉 상태가 됐다. 다시 아내를 찾으러 저승에 갔지만, 이번에는 저승의 강을 건네주는 뱃사공 노인 '카론 Charon'이 배를 태워 주지 않았다. '카론'은 저승의 강에서, 죽은 자들에게 배 삯을 받고 건네주는 노인인데, 아마 상부(?)의 지시였는지 몰라도, 오르페우스의 부탁을 거절한 것이다.

그러자 그는 7일간 식음을 전폐하고, 그곳 강가에 앉아 슬피 울었다. 그러다 저승의 신을 원망하며...

오르페우스 오, 잔인한 저승의 신이여!
이렇게 애원하고 간청해도 들어주지 않다니...
그래요! 난 이제 북풍이 몰아치는 내 고향으로 돌아가리다.

오르페우스의 죽음

그로부터, 3년이라는 세월이 흘렀다. 그동안 그는 그 어떤 여자도 가까이하지 않았다. 수많은 여자들이 유혹했지만, 그때마다 단칼에 퇴짜를 놓았다. 오히려 그는 그때부터 여자보다 어린 소년들과 동성애 사랑을 하며, 트라키아 남자들에게 그 방법을 전수해 주었다.

그러던 어느 날이었다. 그가 산에서 리라를 연주하며 노래를 부르자, 짐승과 숲들이 그의 연주에 감동하고 있을 때였다. 그때 디오니소스 축제를 벌이던 광란의 여신도들이 그를 보았다. 그중의 한 여자가 소리치며...

온갖 짐승이 모인 가운데 연주하며 노래를 부르는 오르페우스 - 보르게세 미술관

오르페우스가 연주하며 노래하면, 인간과 동물은 물론 산천초목도 슬픔과 고통을 잊을 정도였다 한다 - 런던 내셔널갤러리

여자 모두 저길 봐요, 저기요.
우리를 퇴짜 놓고, 모욕한 자가 저기 있어요.

그러며 지팡이를 던졌지만, 오르페우스에게 상처를 입히진 못했다. 또 다른 여자가 돌을 던졌는데, 날아간 돌은 리라와 노랫소리에 압도되어, 오르페우스 발 앞에 힘없이 툭 떨어졌다. 그러자 그의 마력에 광분한 여자들이 거의 미친 듯이 떼거지로 공격하기 시작했다.

여신도들 우리를 우습게 대한 저놈을 죽여라. /
저자에게 어서 돌을 던져라. /
모두 피리와 북을 쳐, 저자의 리라와 노래를 제압하라.

광분한 여자들이 엄청난 고함 소리, 피리 소리, 북소리, 박수 소리, 울부짖는 소리를 내자, 그 소리가 리라와 노래를 압도했다. 그러자 오르페우스는 그들이 던진 돌에 맞아 피를 흘렸다.

미친 여자들은 먼저 연주에 넋을 잃고 구경하던 수많은 새와 뱀 등의 짐승을 죽였다. 그러더니, 피투성이 손으로 다시 오르페우스 주위에 몰려들어, 지팡이와 나뭇가지, 돌을 던지고, 또 근처 농부한테서 호미와 곡괭이를 빼앗아 공격했다. 그러자 오르페우스가 두 손을 내밀며 ...

오르페우스 살려주시오. 대체 나한테 왜 이러는 겁니까?
제발 살려주시오, 제발 ..
이제 그만하라니까요. 으아악 ~~

하지만, 그의 호소와 애원도 소용없었다. 그녀들은 오르페우스 사지를 갈기갈기 찢어 죽였다. 그러자 바위와 숲, 나무와 강물이 그의 죽음을 슬퍼했다.

오르페우스를 인정사정없이 때리고, 갈기갈기 찢어 죽이는 디오니소스 신도들인 광란의 여신들 - 오르세 미술관

그의 사지는 갈기갈기 찢겨 강에 버려졌다. 그런데 놀라운 일이 벌어졌다. 오르페우스의 머리와 리라가 강에 떠내려가는 동안, 리라는 슬픈 소리를 냈고, 그의 혀는 슬피 중얼거렸다. 그러자 강둑도 화답을 하듯, 그의 슬픈 노래를 따라 했다.

오르페우스 머리와 리라는 바다로 떠내려가, 레스보스 섬에 닿았다. 그런데 뱀들이 머리를 습격하자, 아폴론이 뱀을 돌로 만들어버렸다. 그의 머리는 섬 주민이 묻어주었다. 또 신들은 그를 기리기 위해, 그의 리라를 '하늘의 별자리(거문고자리)'로 만들어 주었다.

오르페우스의 목과 리라를 든 강의 요정 - 모로 그림

저승에서 아내와 해후한 오르페우스

죽은 오르페우스는 망령이 되어, 저승 세계로 내려갔다. 거기서 그는 신들의 총애를 받는 사람들이 가는 '엘리시온 Elysion' 〈파리의 '샹젤리제 거리'는 '엘리시온 들판'이란 뜻이다.〉이라는 축복받는 자들의 들판에서 다시 아내를 만났다. 그는 아내를 과격하게 포옹하며…

오르페우스 여보! 정말 당신을 무지 보고 싶었소!

지금도 그들은 축복받은 자들이 사는 행복한 곳에서 나란히 함께 걷고 있다. 때로는 그가 앞서가는 그녀를 뒤따르고, 때로는 앞서가던 그가 이제는 마음껏, 아내를 뒤돌아 보면서 말이다.

오르페우스 비교 (秘敎)

이 신화는 후에 종교로 발전했는데, 그 종교가 바로 그를 교주로 모시는 '오르페우스 비교(秘敎)'다. 고대 그리스인들은 그가 저승에서 지상으로 돌아올 때, 천상에 이르는 비법을 가져왔다고 믿었다. 그래서 그의 교리와 신비 의식을 토대로 종교를 만들었다.

그의 비교는 디오니소스의 비교처럼 죽음에 관한 내용이 많은데, 주로 영혼 불멸설과 윤회설을 모티브로 삼았다. 즉, 아무리 현재 생활이 비참해도 죽으면 하늘로 올라가서, 편안한 생을 산다는 것이다.

저승에서 영원한 형벌을 받는 자들의 죄와 벌

티티오스 Tityus

그의 죄명은 감히 '레토' 여신을 겁탈하려고 시도한 죄다. 그는 두 손이 묶인 상태로, 인간을 창조한 프로메테우스와 같이 독수리에게 간을 쪼아 먹히는 형벌을 받고 있다.

익시온 Ixion

죄명은 '헤라'를 범하려고 한 괘씸죄다. 그는 신들 만찬에서 겁 없이 헤라를 겁탈하려 했다. 이에 제우스가 지옥에 떨어뜨려, 영원히 계속 멈추지 않는 불 수레바퀴에 묶여서 고통받게 만들었다.

탄탈로스 Tantalus

그의 죄는 신들의 비밀을 누설하고, 신이 먹는 음식을 훔쳐 인간에게 준 죄다.

그는 허리까지 잠긴 곳에서 물 마시려 숙이면, 물이 쑥 밑으로 사라지고... 배가 고파 머리 위에 있는 과일을 따려고 하면, 위로 쏙 올라가버린다. 이렇게 저승에서 영원한 갈증과 허기에 시달리는 형벌을 받고 있다.

시시포스 Sisyphus

이자 죄명은 신을 기만한 죄다. 그에게 부과된 형벌은 큰 바위를 산꼭대기까지 올리는 것이다. 그러나 바위를 정상까지 올리면, 바위가 또다시 떼굴떼굴 아래로 내려가, 그 노역은 끝나지 않고 영원히 되풀이되고 있다.

다나오스 Danaus **50명의 딸들**

그녀들의 죄명은 첫날밤에 각각 50명의 남편들 목을 벤 죄다. 그러한 벌로 구멍이 뚫린 항아리에, 밑 빠진 독에 물 붓기 식으로, 영원히 채워지지도 않는 물을 붓는 형벌을 받고 있다.

코로니스와 의술의 신 아스클레피오스

등장 인물

아폴론	: 의술, 태양, 음악 등의 신 (여기서는 의술의 신)
코로니스	: 테살리아 공주
아스클레피오스	: 아폴론과 코로니스 아들
케이론	: 현인 켄타우로스

아폴론을 배신한 코로니스

수다스런 까마귀는 예전에는 눈처럼 흰 깃털을 가진 새였다고 한다. 까마귀의 눈처럼 흰 털은 비둘기, 거위, 백조에 뒤지지 않을 만큼 희고도 고왔다. 그런데 그런 하얀 털이 새까맣게 된 이유는 혀를 잘못 놀렸기 때문이었다. 이유는 이러했다.

테살리아 공주 '코로니스 Coronis'는 그 누구보다 아름다운 절세미인이었다. 그래서 포세이돈을 비롯한 많은 이들이 노렸지만, 그녀를 차지한 이는 아폴론이었다. 아폴론은 그녀가 너무 좋았다. 아니, 정확히 말하자면, 그녀가 순결했을 동안은 좋아했다. 그녀의 부정(不貞)이 밝혀지기 전까지는 매우 사랑했던 것이다.

코로니스는 아폴론 아이를 임신했다. 그러나 그녀는 아폴론과의 사랑이 어쩐지 항상 불안했다.

유전자 변이로 색이 흰 까마귀

까마귀에게 먹이 주는 아폴론 - 대영 박물관

색이 까만 보통 까마귀

코로니스　아폴론은 신이기 때문에 늙지도 죽지도 않지만,
난 인간이기 때문에, 나중엔 늙고 죽을 목숨 아닌가!
나중에 그에게 버림받으면 어쩌지?

물론 그것은 그녀가 부정을 저지르기 위한 자기 합리화였는지도 모른다. 코로니스는 결국 아폴론 몰래, 인간 남성과 부정을 저지르기에 이른다. 아르카디아 왕자와 은밀한 밀애를 시작한 것이다.

사랑은 깨지기 쉬운 유리알 같은 것일까? 아폴론도 그녀를 사랑했지만, 왠지 그녀가 늘 불안했다. 그래서 자신의 시종이자, 전령 새인 까마귀에게 그녀를 감시하게 했다.

그러던 어느 날, 수다스런 까마귀는 드디어 현장을 목격했다. 코로니스가 아르카디아 왕자와 침대에 누워있는 것을 포착한 것이다. 말 많은 까마귀는 얼씨구나, 지화자 좋다! 즉시 아폴론에게 날아가 일러바쳤다.

까마귀　주인님, 기뻐하십시오.
아니, 드디어 제가 현장을 딱 잡았습니다. 헤헤..

아폴론　(놀라며) 뭐라고? 현장을 잡았다니?

까마귀　글쎄, 제가 두 눈으로 똑똑히 목격했다 이겁니다.
그녀가 젊은 남자와 침대에 함께 누워있는 것을 봤다니까요.

아폴론　그게 정말이냐? 젊은 남자와 함께?

까마귀　그럼요, 정말이지 않고요.
(혼자 속사포같이 수다를 떨며) 내 그럴 줄 알았어.
쳇. 절세미인이네 어쩌고 할 때부터 내가 알아봤다니까.
하여튼, 우리 주인님은 여자를 골라도 꼭 ... (하는데)

아폴론　(꽥 소리치며) 시끄러, 샷다 마우스! 그만 아가리 닥쳐!

코로니스의 가슴을 향해 활을 쏘는 아폴론

아폴론은 그녀가 부정을 저질렀단 소식을 듣더니, 안색이 변하며 몸을 부르르 떨었다. 머리 위의 월계관이 스르르 내려갔고, 손안에 있던 리라가 바닥에 툭 떨어졌다. 그는 못내 끓어오르는 분노를 참을 수 없었다. 그래서 그 누구도 피할 수 없는 화살을 코로니스의 가슴 쪽을 향해 쏘았다.

그러자 코로니스가 화살을 맞고 그 자리에 쓰러지며, 피를 흘리기 시작했다. 그녀는 간신히 입을 벌려 아폴론에게 ...

코로니스　이 년에게 벌을 주려거든,
아이라도 낳은 뒤에 벌을 줬으면 좋았을 것을 ...
저도 죽지만, 뱃속의 아이도 함께 죽네요.

그녀는 마지막 말과 함께 싸늘히 죽어갔다. 그때서야 아폴론은 자신이 너무 잔혹한 벌을 내린 것을 후회했다.

아폴론 아아 .. 내가 왜 고자질을 듣고, 화를 참지 못했던가!
차라리 몰랐으면 좋았을 것을 ...! 그딴 걸 알려준 까마귀가 밉고,
아니, 성급하게 활을 쏜 내 손도 밉고, 이 화살도 밉구나.

그러나 이미 때늦은 후회였다. 아폴론은 그녀를 끌어안아 입 맞추고, 다급히 그녀를 살리려 했다. 그러나 그의 의술도 소용이 없었다.

까마귀 깃털이 검은 까닭은?

이윽고, 사람들이 그녀를 화장하기 위해 장작을 쌓고 있었다. 아폴론은 그녀가 한줌의 재가 된다고 생각하니까 한 숨만 나왔다. 울고 싶지만 울 수도 없었다. 하늘의 신은 눈물조차 흘릴 수 없었기 때문이었다. 아폴론은 그녀 몸에 향료를 뿌리고, 작별 키스를 했다.

그림 오른쪽에 사람들이 장작을 피우고 있고, 앞 그림은 그 이후 불에 탄 재 속에서 아이를 꺼내는 아폴론 - 리버풀 갤러리

마침내, 장작더미에 불이 타오르기 시작했다. 그때였다. 아폴론은 그녀 뱃속에 있는 자기 자식을 차마 죽일 수 없었다. 그래서 얼른 불에 뛰어들어, 그녀의 자궁 속에 있는 아이를 꺼내며 ...

아폴론 난 이 아이를 내 후계자로 삼아, 의술의 신으로 만들 것이다!

왼쪽부터 아폴론, 케이론, 아스클레피오스 - 나폴리 국립

그는 아이를 영웅들의 스승인 켄타우로스 '케이론 Chiron'에게 맡겼다. 이 아이가 바로 유명한 의학과 의술의 신인 '아스클레피오스 Asklepios'다.

한편, 아폴론은 까마귀를 조용히 불렀다. 그러자 고자질한 까마귀는 은근히 그 대가를 기대하며 ...

까마귀 부르셨어요, 주인님?
뭐 저한테 주실 선물 같은 거라도 ...? 헤헤 ..

물론, 아폴론은 혀를 놀린 까마귀에게 고자질하고 일러바친 선물, 즉 대가를 주었다. 그는 까마귀 깃털을 흰색에서 새카만 색으로 만들어, 다시는 흰 새들 축에 끼지 못하게 만들었다. 그리스어로 까마귀는 '코로니스'다.

죽은 자도 살리는 의술의 신, 아스클레피오스

'아스클레피오스'는 스승 케이론 밑에서 사냥과 의술을 배웠는데, 특히 의학 분야에서 그의 실력은 급성장했다. 또 아폴론한테 신비한 의술을 전수받아, 온갖 질병을 치료하는 의학의 명인이 되었다. 그래서 마침내, 죽은 사람도 살리는 경지에 올랐다.

그런데 문제 아닌, 문제가 발생했다. 그가 탁월한 의술로 죽은 사람까지 살리자, 인간 세상엔 죽는 사람이 없어졌다. 이제 저승에 갈 사람이 없어진 것이다. 그러니까 저승에 손님이 텅텅 비었다고 할까? 저승 세계가 그야말로 임시 휴업, 아니 점포 정리라도 해야 할 판이었다.

그러자 저승의 왕 '하데스 Hades'는 몹시 화가 났다. 더 이상 사태를 수수방관할 수가 없었다. 하데스도 먹고(?) 살아야 했다. 저승 세계가 손님 한 명도 없이 텅텅 비자, 그는 제우스를 찾아가 ...

하데스 마이 브라더여! 매사 바쁘겠지만,
한번 시간 있으면 저승에 와 봐, 응?

제우스 아니, 왜?

하데스 아스클레피오스가 죽은 자까지 살려서,
지금 내 저승 세계는 텅텅 비어있거든.
모름지기 인간이란,
태어나면 언젠가는 죽는 법!
그것이 자연의 이치 아냐?

제우스 그야 오브가, 코스지!

하데스 내가 이런 말 하는 건 좀 그렇지만,
제발 저승에 손님 좀 보내줘.
나 요즘 폐업 일보 직전인 거 있지?
우리 같이 먹고살자고.
마이 브라더! 꼭 부탁할게, 응?

저승, 지하 세계의 왕 하데스와
저승을 지키는 개, 케르베로스

제우스는 자신이 다스리는 인간 세상에 자연의 법칙이 파괴되는 것이 두려웠다. 또한 아스클레피오스 때문에 인간들이 영원히 죽지 않은 불사의 몸, 신이 되는 것이 겁났다. 그래서 아스클레피오스에게 벼락을 던져, 그를 죽이고 말았다.

아폴론의 분노

한편, 아폴론은 자기 아들이 벼락을 맞고 죽자, 몹시 분개했다. 그렇다고 감히 최고신 제우스에게 대들 수도 없었다. 그래서 그는 그 분풀이로, 제우스에게 벼락을 만들어 준 '키클롭스 Cyclops'를 죽여, 아들의 죽음을 복수했다.

이런 것을 종로에서 뺨 맞고, 한강에서 눈 흘긴다고 했던가? 시어머니한테 야단맞고, 똥개 배를 냅다 걷어찬다고 했던가? 그야말로, 불똥이 엉뚱한 곳으로 튄 것이다. 그러자 제우스가 노발대발하며 ...

제우스 어쭈! 이놈 성깔 봐라.
내 이놈을 그냥 콱 ...
오냐! 네놈을 당장 지하 감옥에 처넣을 것이다.

레토 (그러자 아폴론의 어머니 레토가 사정하며) 참으세요.
제가 이렇게 빌게요. 저를 봐서라도 참으세요.
제발 제 아들을 타르타로스에 보내지 마세요, 예?

제우스 (좀 진정하며) 좋아!
그럼 아폴론은 그 벌로, 1년간 인간 세상에 내려가,
인간의 종살이를 하도록 하라. 내 말 알겠느냐?

이렇게 하여, 얼마 후 아폴론은 인간 세상에 내려가, 1년 동안 귀양살이를 해야 했다. 〈이때 아폴론은 테살리아 왕 밑에서 종살이를 하는데, 그때 이야기가 다음 편에 나오는 '아드메토스와 알케스티스' 이야기다.〉

한편, 제우스는 죽은 아스클레피오스를 측은하게 여겨 별자리로 만들어 주었는데, 그 별자리가 밤하늘의 '뱀자리'다. 아스클레피오스는 이렇게 죽은 뒤에 하늘로 올라가 신이 되었다.

에필로그

고대 그리스 로마 사람들은 '아스클레피오스'를 의학의 신, 의술의 아버지라 불렀다. 그의 신전은 그리스와 로마 곳곳에 세워졌는데, 사람들은 병을 치료하기 위해서 이분의 신전을 찾아가, 기도와 제물을 바치고 잠든다. 그러면 꿈에 아스클레피오스가 나타나, 병을 고치는 방법을 알려주었다 한다.

아스클레피오스 - 알템프 궁

아스클레피오스 - 카피톨리노

아스클레피오스 - 루브르

아스클레피오스 신전의 아고라와 야외극장 - 터키 에페소스

치유 장소로 가는 동굴 입구 - 에페소스

치유 장소 - 에페소스

딸 히리에이아와 함께 사람들을 치유하는 아스클레피오스 - 베르사유 궁

앰뷸런스 뒷문에 뱀 지팡이가 그려져 있는 까닭은?

아스클레피오스는 환자를 치료할 때, 뱀 한 마리가 똬리를 틀고 오르는 지팡이를 늘 가지고 다녔다. 그래서 그의 뱀 지팡이가 오늘날 전 세계적으로 의료와 의학의 상징이 되었다.

그런데 왜 하필 뱀이 의학의 상징일까? 이유는 이러하다. 어느 날, 아스클레피오스가 숲길을 걷고 있는데 갑자기 뱀이 달려들자, 가지고 있던 지팡이로 때려죽였다. 그런데 동료 뱀이 약초를 물고 오더니, 죽었던 뱀을 치료해서 다시 살려내는 것이었다.

아스클레피오스는 그런 것을 보고, 의술을 연구해 의학의 신이 되었고, 그 뱀에 대한 고마움과 미안함을 지팡이에 넣어, 자신의 상징으로 삼았다. 그렇다! 뱀이 허물을 벗는 것은 새로운 생명과 소생을 의미한다. 그래서 뱀은 치유의 의미로, 지금까지도 의학의 상징이 되었던 것이다.

한번 기회 있을 때 앰뷸런스 뒷문에 있는 그림을 보시라! 대개 뱀 한 마리가 지팡이를 휘감고 올라가는 문양이 있을 것이다. 그게 바로 의술과 의학의 신, 아스클레피오스의 지팡이다. 그의 뱀 모양 지팡이는 특히 코로나 바이러스 때문에 뉴스에 많이 등장했던 세계 보건기구 WHO, 세계 의사협회, 대한 의사협회, 대한 응급 구조협회 등등 .. 국내외 의학과 약학 관련 기관의 휘장 속에 들어있다.

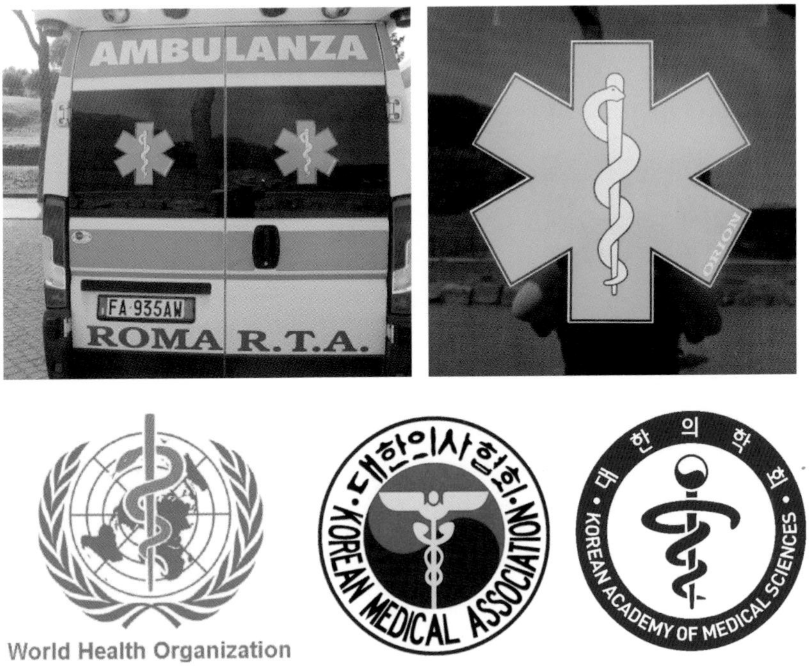

로마 앰뷸런스 뒤에 새겨진 아스클레피오스 지팡이 상징 로고와, 세계 보건기구와 대한 의학회 등의 휘장과 로고

알케스티스의 목숨을 바친 사랑

등장 인물

아드메토스 : 테살리아 왕
알케스티스 : 그의 아내 (테살리아 왕비)
헤라클레스 : 제우스 아들 (영웅)
타나토스 : 죽음의 신 (저승사자)
헤스티아 : 화로, 가정의 수호 여신
모이라이 : 3명의 운명의 여신들

이 신화는 아내가 남편을 위해 목숨을 바친 숭고한 열녀 이야기로, 내용은 흐뭇하면서 유쾌하다. 또 극 중엔 영웅 헤라클레스가 의리남으로 등장해, 우리를 씨익 웃게 만드는 재미와 위트를 선사한다. 기대하셔도 좋다!

아드메토스를 돕는 아폴론

이 이야기는 내용상 바로 앞의 전편과 이어진다. 전편에서 '아폴론'은 자신의 아들인 '아스클레피오스'가 제우스의 벼락을 맞고 죽자, 그 보복으로 제우스에게 벼락을 만들어 주었던 키클롭스를 죽였다.

그러자 화가 난 제우스는 아폴론에게 1년 동안 인간 세상에 내려가, 종살이를 하라는 엄벌을 내렸다. 이때, 아폴론이 자기 종살이 주인으로 선택한 사람이 바로 테살리아 왕 '아드메토스'였다.

1년간 아드메토스 왕의 종살이를 하게 된 아폴론이 가축을 돌보다가, 리라를 연주하고 있다. 그런데 그 뒤에는 아폴론의 소를 몰래 훔쳐가는 헤르메스 - 클로드 로랭 그림

'아드메토스 Admetus'는 호의적이고, 겸손한 왕이었다. 그는 아폴론이 가축을 기르며 종살이를 하겠다고 찾아오자, 극진하고 따뜻이 대접했다. 그러자 아폴론은 그 답례로, 왕의 암소들이 새끼를 낳을 때마다, 쌍둥이들을 낳게 해주었다. 그러니까 왕의 소들을 왕창 불어나게 만들어 주었던 것이다.

또한, 아드메토스가 결혼한 것도 아폴론 덕분이었다. 아드메토스는 아름답고, 순수한 이웃 나라의 공주 '알케스티스 Alkestis'를 마음속에 두고 있었다. 그런데, 그녀의 아버지 '펠리아스'는 딸에게 구혼자들이 몰려들자, 다음과 같은 어려운 조건을 내걸었다.

펠리아스　　사자와 멧돼지를 함께 묶어 마차를 타고 오면,
그 사람에게 내 딸을 줄 것이다.

사자와 멧돼지가 함께 마차를 끈다? 도대체 그게 말이 되는 소린가! 아니, 자기 딸을 처녀 귀신으로 만들 셈인가? 아니면 그만큼 용기가 있고, 지혜로운 사내를 사위로 맞고 싶은 것일까?

물론, 아무도 그 황당한 마차를 타고 온 구혼자는 전혀 없었다. 하지만 아드메토스는 아폴론의 도움으로 그 황당한 이륜마차를 몰고 와, 공주를 아내로 맞았다.

이뿐이 아니었다. 요 내용이 가장 중요하다! 아폴론이 1년 동안 종살이를 마치고, 다시 하늘로 떠날 때였다. 그런데 그만, 아드메토스 왕이 병에 걸려 죽게 생겼다.

3명의 운명의 여신들인 모이라이 자매 - 빅토리아 알버트 뮤지엄

인간의 수명은 3명의 '모이라이 Moirai' 여신들이 관장한다. 여신 중 한 명이 실을 뽑으면, 다른 한 명이 그 사람의 수명을 배당하고, 마지막 한 명이 운명의 실을 가위로 끊어, 그 사람의 수명을 결정한다.

그러니까 이들 운명의 여신들이 아드메토스의 운명의 실을 끊으려 할 때였다. 아폴론은 떠나기 전에 마지막으로 그를 돕고 싶었다. 그는 그래서 운명의 여신들에게 간곡히 부탁하며…

아폴론 여신들이여, 부탁이오!
만약 누군가 아드메토스를 대신해 저승에 가면,
그러니까 왕을 대신해 죽는다면, 그를 살려주시오.
내 일생일대의 마지막 부탁이니, 제발 들어주시오!

다행히, 운명의 여신들은 아폴론의 부탁을 아주 아주, 정말 스페셜하게 들어주었다. 자, 본격적인 이야기는 여기서부터 시작된다.

남편을 대신해 죽는 알케스티스

아드메토스 왕이 살기 위해선 누군가 그를 대신해 죽어야 했다. 그래서 왕은 충직한 하인들과 백성들, 또 전쟁터에서 충성을 맹세하고, 목숨 바쳐 싸웠던 장군들에게 자기를 대신해 죽을 수 있냐고 물었다. 그러자 모두 이구동성으로 …

하인들 미쳤어요, 저보고 대신 죽으라고요? /
저 오늘서부터 하인 그만 둘게요, 그럼 수고하세요.

장군들 노 (No)! 절대, 네버 (Never)! /
전쟁에서 목숨을 바쳐 죽는 거 하고, 그거 하곤 다르지요. /
그거야말로 개죽음이지요. 저 이만 군복 벗겠습니다. /
죄송합니다. 제가 좀 바빠서 그러는데, 미안해서 어쩌죠?

백성들 그러지 말고, 부모님께 한번 사정해 보세요. /
요즘 연세가 많아, 오늘 내일하며 골골하시는 거 같은데? /
맞네, 맞아! 그러면 되겠네.

아무도 왕을 대신해, 기꺼이 죽겠다고 나서는 사람이 없었다. 그러자 왕은 이번에는 늙은 아버지와 어머니에게 말했더니 …

아드메토스 왕이 충직한 하인들, 용맹한 장군들, 또 늙은 부모에게 자기 대신 죽을 수 있냐고 묻자, 모두 손을 내젓고 있다.

아버지 (딱 잘라) 이게 무신 소리냐? 나 보고 너 대신 죽으라고?
아무리 부모지만, 자식을 위해 죽을 의무는 없다.
아버지가 아들 대신 죽은 것은 우리 관습도 아니야. 고럼!

어머니 얘야, 나한테 대신 죽으란 것은 그건 정말 막돼먹은 불효다.
난 너를 그딴 불효 자식으로 키우지 않았다. 정말이다!

그럴 때, 그의 아내 알케스티스가 나서며…

알케스티스 여보! 제가 당신을 대신해 죽겠어요.

아드메토스 (깜짝 놀라며) 뭐요? 안 돼, 당신은 안 되오.
당신한텐 물어보지도 않았소.

알케스티스 아니에요! 한 여인이 남편을 진정 사랑한다면,
남편을 위해 죽는 것보다, 더 숭고한 게 어디 있겠어요.
여보! 전 당신을 진정 사랑해요. 제가 당신을 대신해 죽겠어요!

아드메토스 안 돼. 당신만은 절대로 안 되오.

그는 아내를 말렸지만, 이미 때는 늦었다. 그녀가 대신 죽겠다고 말하는 순간, 운명의 여신들이 그렇게 하는 것으로 이미 결정해버렸기 때문이었다.

오늘이 바로 그날이었다. 죽음의 신 '타나토스 Thanatos'가 왕비를 저승으로 데려가기 위해 오는 날이었다. 티나토스는 죽은 자의 머리카락을 자르고, 제물의 피를 마신 다음, 저승 세계로 데려가는 죽음의 신이다. 우리가 드라마 '전설의 고향' 등에서 많이 보았던 바로 그 저승사자라고나 할까?

죽음의 신이 찾아오자, 시름시름 앓던 알케스티스는 깨끗한 옷으로 갈아입고, 곱게 마지막 단장을 했다. 그러고는 가정의 수호신 '헤스티아 Hestia'에게 기도를 올리며 ...

알케스티스 가정의 수호신, 헤스티아 여신이여!
부디, 엄마 없는 제 자식들을 보살펴주소서.
제 아이들은 이 어미처럼 일찍 죽게 하지 마시고,
행복하고 즐거운 인생을 다 마치게 해주소서.

그러면서 어린아이들을 끌어안고 울자, 남편과 하인들도 모두 흐느껴 울기 시작했다. 어느새, 알케스티스는 팔이 아래로 축 늘어지더니, 숨을 가쁘게 내쉬며 ...

알케스티스 으으 .. 누군가 나를 데려가려고 해요.
저승에서 날 빨리 오라고 재촉하고 있어요.

아드메토스 여보! 기운 차려요. 날 버리지 말아요. 여보!

알케스티스가 마지막으로 남편에게 유언을 남기고 눈을 감자, 옆에서 울부짖으며 통곡하는 사람들 - 프레드릭 레이튼 그림

알케스티스 여보! 죽기 전에 당신에게 할 말이 있어요.
난 누구보다 당신을 사랑했어요.
당신을 너무 사랑했기에 당신 대신 죽는 거고,
난 당신 없이 애들과 살고 싶지 않았어요.
그래서 아낌없이 내 목숨을 희생하는 거예요.

아드메토스 여보! 당신이 죽으면, 난 더 이상 살지 않겠소.

알케스티스 그런 말씀 하지 마세요.
난 당신에게 지나친 건 바라지 않아요.
다만 한 가지 … 당신이 우리 애들을 나만큼 사랑한다면,
제발 부탁이니, 계모는 얻지 마세요.

아드메토스 걱정 말아요. 내 맹세코 새 여자는 얻지 않을 것이오.
여보! 꿈속에라도 날 찾아오시오.
내가 죽을 때까지 저승에 먼저 가서 날 기다리시오.

알케스티스 아아 .. 이제 눈꺼풀이 점점 무거워지네요.
작별하고 싶지 않지만, 이제 작별해야겠네요.
여보, 편히 계세요! 잘 있어라, 얘들아 ...

아드메토스 (소리쳐 울며) 여보, 여보 ~~

아내는 사랑하는 남편과 아이들을 남겨두고 눈을 감았다. 그녀가 죽자, 왕은 고인을 위해 성대한 장례 준비를 하라고 지시했다. 또 그녀의 죽음을 애도하기 위해 전 백성은 검은 상복을 입고, 1년간 나라 안에서 리라와 피리를 불지 말라고 명령했다.

초상집에 찾아온 헤라클레스

왕과 하인들이 장례식을 준비하면서, 애도하고 있을 때였다. 이때, 왕의 오랜 친구인 헤라클레스가 궁에 찾아왔다. 헤라클레스는 당시 12가지 과업 중, 디오메네스의 식인 암말을 잡으러 가는 도중에 방문한 것이었다.

헤라클레스 하이, 프렌드! 그동안 잘 있었나?

아드메토스 어서 오게, 친구!

헤라클레스 근데, 왜 상복을 입고 있는 거야?
혹시, 자네 부친께서 돌아가셨나?

아드메토스 아니! 그분은 아직 건강히 살아 계시네.

헤라클레스 그럼 가족 중에 누가 죽었나?

아드메토스 (둘러대며) 저기 .. 한 이방인 여인이 죽었는데,
그 여인은 집에 필요한 여인이었거든. 크음 ..

헤라클레스 - 베르사유 궁

그는 오래간만에 찾아온 친구가 불편해할까 봐, 그냥 어떤 이방인 여인이 죽었다고 둘러댔다. 그러자 ...

헤라클레스 오호, 이런! 내가 자네를 상중에 만나게 되다니 ...
그럼 난 다른 친구 집에 가야겠는데?

아드메토스 (가려 하자, 얼른 붙잡으며) 아니야, 가지 말게.
제발 날 나쁜 놈으로 만들지 말게.

헤라클레스 아니, 무슨 소리야? 상중에 손님을 맞으면 성가신 법이지.

아드메토스 죽은 사람은 죽은 사람일 뿐이네. 자, 어서 안으로 들어가세.

헤라클레스 초상집에서 접대받는 건 도리가 아닌데 ...!

아드메토스 걱정 말게. 손님방은 멀리 떨어져 있으니까 말이야.
(하인에게) 얘들아, 뭐하고 있냐? 어서 이분을 별채에 모셔라.
그리고 음식을 풍족히 대접해드리고,
별채 문을 잠가, 손님에게 곡소리가 안 들리게 해라.

고대 그리스에서는 집안에 손님이 찾아오면, 환대하고 접대하는 그런 풍습이 있었다. 문전 박대하는 것은 신의 형벌을 받는 금기 사항이었다. 그래서 왕은 비록 상중이지만, 오래간만에 찾아온 친구를 그냥 보낼 수 없었다. 한때 자기가 그를 찾아갔을 때, 자신도 잘 대접받았기 때문이었다.

영웅이 별채에 들어간 사이, 궁전에는 장례식이 거행됐다. 그리고 식이 끝나자, 왕과 조문객은 장례 행렬을 이루어 무덤으로 향했다.

헤라클레스는 친구의 아내가 죽은 줄도 모르고, 음식을 사양 않고 먹고 또 먹더니, 또 가져오라고 재촉했다. 그리고는 코가 삐뚤어지게 포도주를 부어라 마셔라 퍼마시다가, 머리에 화관을 쓰고, 고래고래 '에헤라디여 ~ 떵까떵까 ♬' 돼지 멱따는 소리로 노래를 불러댔다.

헤라클레스 한 많은 ~ 이 세상 야속도 한데, ♪ ~

(술 한 잔 마시고) 캬, 좋다! 얘들아, 뭐 하냐? 술을 더 가져와, 술 ~

그러자 그를 접대하는 하인은 이런 주책바가지가 미웠다. 아니 미운 정도가 아니라, 이 주책바가지 때문에 돌아가신 마님을 위해 울 수도 없었다. 왕이 절대로 손님 앞에서 눈물을 보이지 말라고, 명령했기 때문이었다.

하인은 술이 떡이 된 헤라클레스가 방에서 나오자, 못마땅한 듯이 찌푸린 얼굴로 그를 째려봤다. 그러자 헤라클레스가 소리를 꽥 지르며…

헤라클레스 이봐, 하인 나리! (딸꾹질하며) 큭..

왜 그렇게 날 못마땅하게 째려보는 거야, 엉?

하인이면 하인답게, 싹싹하고 공손해야 할 거 아냐?

에고고, 취한다! 알딸딸한 게 기분 최고네.

(그러다) 이봐, 자넨 인생이 뭔지 아나?

인간은 누구든 다 죽기 마련이야.

오늘 죽을지 내일 죽을지 모르는 게, 인생이라 이거야.

그러니까 그따구 우중충한 슬픈 표정은 싹 걷어치우고,

나와 한잔하며, 고통을 날려버리자고. 응?

(한 잔 들이키며) 캬, 좋다! 에헤라디여 ~ ♬

하인 지금 이 집에 누가 돌아가셨는지 모르세요?

헤라클레스 알줘, 알어! 이방인 여인이 죽었지, 아마?

그까짓 여인이 죽었다고, 뭐 술 좀 마시면 안 되나?

하인 예? 정말 이 집에 일어난 재앙을 모르세요?

헤라클레스 (문득 이상한 생각이 들어) 응? 설마..

이 친구가 나한테 뭘 숨긴 건 아니겠지? 대체 죽은 사람이 누군가?

하인 친구분의 아내가 돌아가셨습니다요!

헤라클레스 (놀라며 술이 확 깨는 듯) 뭐라고, 아드메토스의 아내가?
아니, 그런데도 날 이렇게 대접했단 말이야?

하인 예! 차마 손님을 문전 박대 못하신 거지요.

헤라클레스 어쩐지, 처음에 그를 보자마자 이상한 낌새는 챘지만,
난 그냥 이방인 여인이 죽었다는 그의 말만 믿었지!
에헤, 이거 참! 난 그런 줄도 모르고,
불행을 당한 초상집에서 술이나 처먹고,
돼지 멱따는 소리로 노래까지 불렀구먼.
이보게! 하지만 자네 책임도 있어.
나한테 그런 말을 해주지 않았으니까 말이야.
그나저나 왕비는 어디에 묻혔나?
내가 어디 가면 친구를 만날 수 있나?

하인 성문 밖을 나가, 길을 따라가면 돌무덤이 있는데,
거기에 마님이 묻혔을 겁니다. 으흐흑 ...

하인이 눈물 바람으로 가버리자, 헤라클레스는 잠시 생각하다 결심한 듯 ...

헤라클레스 그래, 내가 누구던가!
이참에 내가 제우스의 아들이란 것을 보여주자.
내 친구의 호의를 갚기 위해서라도,
난 죽은 친구의 아내를 반드시 데려오고야 말겠어.
가만! 그렇다면 난 먼저 무덤 옆에 숨어서,
죽음의 신인 '타나토스'를 기다려야겠군.
그럼 그자가 제물의 피를 마시러 나타날 때,
그때 잽싸게 그자의 허리를 아프도록 꽉 붙잡고,
친구의 아내를 돌려주기 전까진, 절대 놓아주지 않을 거야.

그럼 왕비를 되찾아 올 수 있겠지? 하하하...

오케바리! 출발, 렛츠 고!

그가 궁전을 나가고 얼마 후, 아드메토스가 아내의 장례를 치르고 궁전에 돌아왔다. 왕은 아내가 없는 썰렁한 침실을 보며, 멍하니 그 자리에 오랫동안 서있었다.

헤라클레스와 죽음의 신 타나토스의 대결. 헤라클레스가 손목을 꽉 잡고 힘으로 제압하려 하고 있다 - 프레드릭 레이톤 그림

베일에 싸인 수상한 여인

얼마나 시간이 지났을까! 아드메토스가 썰렁한 궁에 혼자서 쓸쓸하게 있을 때였다. 그때, 헤라클레스가 웬 베일에 가린 여자를 데리고 들어오며 …

헤라클레스 이보게, 친구! 친구라는 게 뭔가?
친구한텐 솔직히 말해야 되는 거 아냐?
난 자네가 불행한 일을 당했을 때,
자네의 진정한 친구란 걸 보여주고 싶었네.
근데, 자넨 아내가 죽은 걸 비밀로 하고,
마치 이방인 여인이 죽은 듯, 날 접대했더군.
근데 난 그것도 모르고 불행을 당한 집에서,
주책없이 술이나 퍼마시고, 노래까지 부르고,
정말 미안하고 섭섭하네.

아드메토스 너무 섭섭해하지 말게.
내가 아내의 죽음을 숨긴 건, 자넬 무시해서가 아니야.
자네가 다른 집에 갔으면, 내 슬픔은 더 컸을 것일세.

헤라클레스 자네 마음 알겠네! 아, 그건 그렇고 …
내가 왜 여기 다시 돌아왔는지 궁금하지 않나?

아드메토스 … ?

헤라클레스 자, 여기 이 여인을 좀 안전하게 맡아주게.
내가 과업을 마치고, 다시 돌아올 때까지 말이야.
내가 못 돌아오면, 이 여인을 자네한테 주겠네.

아드메토스 엉?

헤라클레스 (괜히 너스레 떨며) 하하하 …
내가 이 여인을 얼마나 힘들게 얻었는지 알아?
아, 글쎄 길을 가는데 레슬링 경기를 하고 있지 뭔가.

참새가 방앗간을 그냥 지나칠 수 있나?
난 우승한 포상으로 이 여인을 얻어오는 길이지.
이 여인은 훔친 게 아니니까, 잘 좀 돌봐 주게.

아드메토스 친구, 부탁일세!
가능하면 이 여인은 다른 사람한테 맡기게.
자네는 이 나라에 친구가 많으니까 말이야.
난 집안에서 이 여자를 보면, 눈물이 나서 참을 수 없을 거 같거든.
죽은 아내가 자꾸 생각날 거 같아서 말야.
더구나 이 젊은 여인이 집안 어디에서 살겠어?
그럼 .. 죽은 아내 방에서 나하고 살라고?
내가 어떻게 이 여인을 아내의 침실로 데려갈 수 있겠나?

헤라클레스 ... ??

아도메토스 내가 그러지 못하는 것은 2가지 이유 때문이라네.
하나는, 백성들이 내가 죽은 아내를 배신하고,
젊은 여자와 잠자리를 했다고 비난할 것이고,
또 하나는, 죽은 아내가 날 비난하는 것이 두렵기 때문이지.
난 처신을 똑바로 하지 않으면 안 되는 몸이네.

글쎄다! 강한 부정은 긍정이라 했던가? 왠지 그의 강한 부정 속에는 베일 속 여자가 마음에 든다는 눈치다. 이래서 남자는 다 똑같다는 걸까? 아니면, 베일 속 여자가 죽은 아내와 닮아서일까?

아드메토스 (좀 더 가까이 다가가, 여자를 보며) 근데 .. 이보시오!
당신은 내 아내와 체격과 몸매가 같다는 것을 알아요?
(그러다) 아아, 친구! 제발 이 여인을 딴 데로 데려가게.
이 여인을 보면, 꼭 내 아내를 보는 거 같거든?

그러자 능청맞은 헤라클레스가 은근히 떠보며…

헤라클레스 이봐, 친구! 만약에 내가 그럴 힘이 있다면 말이야,
자네 아내를 저승에서 데려와,
자네 호의에 보답할 수 있으면, 참 좋을 텐데 말이야. 그치?

아드메토스 자네 마음은 알겠는데, 그게 뭐 가능한 일이야?
죽은 사람이 저승에서 살아오는 건 불가능하지.

헤라클레스 그러니까 슬프더라도, 꾹 참고 견디라고.
슬퍼한다고 죽은 아내가 다시 살아 돌아오겠나?
세월이 흘러가면, 그 슬픔도 약해지는 법이야.

아드메토스 (한숨을 길게 쉬며) 휴우…

헤라클레스 이봐! 그러지 말고, 얼른 재혼하지 그래?
그럼 아내에 대한 그리움도 금방 사라질 거 같은데?

아드메토스 뭐? 자네 지금 뭐라고 했나?
닥치게! 나한테 재혼을 하라고?
난 자네가 그런 말을 할 줄은 몰랐네. 치이..

헤라클레스 그럼 자넨 재혼도 안 하고, 계속 홀아비로 남겠다는 거야?

아드메토스 당연하지! 난 앞으로 다른 여자와 잠자리도 안 할 걸세.

헤라클레스 아니 그런다고 뭐, 죽은 아내가 고맙다고 할 거 같은가?

아드메토스 어쨌든, 난 그녀를 존중하고 사랑하네.

헤라클레스 캬아, 정말 훌륭하네, 훌륭해!
근데, 난 그건 어리석다고 생각하거든?

아드메토스 난 아내를 배신하느니, 차라리 콱 죽을 것일세.

헤라클레스가 재혼하라고 은근히 떠보았지만, 아드메토스는 꿈쩍하지 않았다. 과연 그럴까? 그것이 궁금하다.

헤라클레스 자, 그렇다면 날 위해 이 여인을 맡아주게.
만약 거절하면, 자넨 크게 후회할 거고,
내 말대로 하면, 자넨 나한테 고맙다고 할 걸세.

아드메토스 뭐, 정 그렇다면 자네가 이기게.
(하인들에게) 이 여인을 어서 집안으로 안내해라.

헤라클레스 잠깐! 스톱.. 스탑!
난 이 여인을 하인에게 맡기고 싶지 않고,
꼭 자네 손에 직접 넘겨주고 싶네.

아드메토스 무슨 소린가? 난 만지고.. 싶지 않은데?

헤라클레스 에헤! 고집 피우지 말고, 과감히 이 여인의 손을 잡으라니깐.

헤라클레스가 베일을 벗기자, 다시 살아 돌아온 아내를 보고, 아드메토스가 벙찐 얼굴로 확인하고 있다 - 하인리히 티슈바인 그림

아드메토스 (괜히 얼굴을 돌려, 손을 내밀며) 잡았네, 뭐! .. 됐어?

헤라클레스 그럼 이제 돌아서서, 이 여인 얼굴을 한번 봐봐.
자네 아내를 닮았는지, 안 닮았는지 말이야.

그러며 여인의 베일을 벗겼다. 베일 속의 여자는 알케스티스였다. 죽은 아내가 다시 살아 돌아온 것이다. 그러자 아드메토스는 너무 놀라, 입을 다물지 못하며...

아드메토스 아니, 이게 꿈인가 생시인가?
이런 기적이 일어나다니...!
지금 내 앞에 있는 여자가 내 아내란 말이야?
아니면, 내가 지금 아내의 환영을 보고 있는 거야?

헤라클레스 하하하... 천만에, 유아 웰컴이네!
자넨 지금 오리지널, 자네 아내를 보고 있는 중일세.

아드메토스 오오.. 이 사랑스러운 아내의 눈과 얼굴!
난 당신을 다시는 못 볼 줄 알았는데,
이렇게 다시 당신을 보니, 꿈을 꾸는 것 같군.
근데, 자넨 어떻게 내 아내를 저승에서 데려왔지?

헤라클레스 무덤 옆에 숨어서 죽음의 신을 기다렸다가,
그자를 두 팔로 제압하고, 아내를 데려왔지, 뭐. 하하하...

아드메토스 근데, 왜 내 아내는 말없이 서있기만 하는 거지?

헤라클레스 아 참! 그녀는 아직 말을 들을 수 없네.
저승의 신에게 제물을 바친 다음,
사흘이 지나면, 그때서야 정상으로 돌아올 걸세.
근데 뭐하고 있나? 어서 아내를 안으로 데려가지 않고...!
그리고, 앞으로도 손님한텐 따뜻이 대접하게.
친구여! 그럼 부디 편안하고 행복하시게!

아드메토스가 아내를 포옹하고 있고, 주변엔 부모와 아이들, 또 궁에 모인 사람들이 모두 놀라 입을 다물지 못하고 있다 - 피티 궁

아드메토스 이보게, 헤라클레스!
우리 집에 좀 더 머물러 주게. 부탁이야!

헤라클레스 다음에 .. 다음에 그렇게 하겠네.
난 정말 왜 이렇게 바쁘지? 허허허 ...
자, 그럼 이만 가보겠네. 굿바이 마이 프렌드!

아드메토스 고맙네, 자네도 행복하게!

영웅은 콧노래를 부르면서 궁전을 나갔다. 그러자 아드메토스는 하인들에게 풍악을 울리고, 마음껏 춤추며 노래하라고 외쳤다. 그리고는 신들에게 제물을 바치고, 감사의 기도를 올렸다. 아드메토스와 알케스티스는 이렇게 다시 만나, 오래오래 행복하게 잘 살았다 한다. 끄읏!

아내가 사랑하는 남편을 위해 목숨을 바친 이 이야기는 해피 엔딩으로 끝나는 부부의 러브 스토리다. 일종의 숭고한 열녀 이야기라고나 할까? 이 신화는 비극과 희극이 모두 공존하는데, 그 중심에는 헤라클레스가 있다. 그는 친구의 아내를 구해오는 의리 있고 장난기 넘치는 캐릭터로 등장해, 우리에게 흐뭇한 웃음을 선사한다.

이 이야기는 '에우리피데스 Euripides'의 희곡 '알케스티스'가 원작으로, 기원전(BC) 438년 비극 경연 대회에서 2등을 차지한 작품이다.

에우리피데스의 생애와 그의 작품들

'에우리피데스 (기원전 480년 - 기원전 406년)'는 아이스킬로스와 소포클레스와 함께, 고대 그리스 3대 비극작가 중의 한 명이다. 총 92편의 작품을 썼으며, 비극 경연 대회에서 5회의 우승을 차지했다.

그는 신들을 인간적으로 묘사한 작가였다. 또 특히 사랑의 열정을 주제로 한 작품을 많이 썼는데, 여성의 심리를 다룬 기법에서는 누구도 그를 따라올 작가가 없을 정도로 탁월했다.

에우리피데스 - 메디치 궁

오늘날 그의 작품은 유명한 '메데이아'를 비롯해 19편이 전해지고, 상연 연대별로는 다음과 같다. '알케스티스 - 메데이아 - 히폴리토스 - 트로이 여인 - 헬레네 - 아울리스의 이피게네이아 - 바카이 - 안드로마케 - 헤라클레스 후예들 - 헤카베 - 구원 청하는 여인들 - 엘렉트라 - 발광한 헤라클레스 - 타우로스 이피게네이아 - 이온 - 페니키아 여인'이다.

참고 문헌

변신 이야기 (Metamorphoses Ovidius) 오비디우스 지음 / 천병희 옮김

신들의 계보 (Theogonia Hesiodos) 헤시오도스 / 천병희 옮김

헤로도토스의 역사 (Historiae Herodotus) 헤로도토스 / 박현태 옮김 - 동서문화사

아폴로도로스의 신화집 - 아폴로도로스 / 강대진 옮김 (민음사)

일리아스 (Ilias) - 호메로스 지음 / 천병희 옮김 (도서출판 숲)

오디세이아 (Odysseia Homeros) - 호메로스 지음 / 천병희 옮김 (도서출판 숲)

아이네이아스 (Aeneis Vergilius) - 베르길리우스 지음 / 천병희 옮김 (도서출판 숲)

소포클레스 (Sophokles) 비극전집 - 소포클레스 지음 / 천병희 옮김 (도서출판 숲)

그리스 비극 소포클레스 편 - 소포클레스 지음 / 조우현 옮김 (현암)

에우리피데스 (Euripides) 비극전집 1, 2 - 에우리피데스 지음 / 천병희 옮김 (도서출판 숲)

그리스 비극 에우리피데스 편 - 에우리피데스 지음 / 여석기 옮김 (현암)

아이스킬로스 (Aischylos) 비극전집 - 아이스킬로스 지음 / 천병희 옮김 (도서출판 숲)

그리스 비극 아이스킬로스 - 아이스킬로스 지음 / 이근상 옮김 (현암)

로마의 축제들 - 오비디우스 지음 / 천병희 옮김 (도서출판 숲)

서양 문화의 역사 1,2 - 로버트 램 지음 / 이희재 옮김 (사군자)

그리스와 로마사 - 맥세계사 편찬위원회 (느낌이 있는 책)

벌핀치의 그리스 로마신화 - 토마스 벌핀치 지음 / 이윤기 편역 (창해)

장영란의 그리스 신화 - 장영란 지음 (살림)

서양 미술사 (The Story of Art) - 곰브리치 지음 / 백승길, 이종승 옮김 (예경)

황금당나귀-루키우스 아플레이우스 지음 / 송병선 역 (매직 하우스)

The Age of Fable - Thomas Bulfinch

Myths of Greece and Rome - Thomas Bulfinch / Bryan Holme (Penguin Books)

The Trojan War - Barry Strauss 지음

The Metamorphoses Ovid - Horace Gregory 지음

The Greek and Roman Myths - Philip Matyszak 지음 (Thames and Hudson)

Greek Mythology - Elizabeth Spathari 지음 (Papadimas Ekdotiki)

Sculpture - Georges Duby and Jean-Luc Daval 편집 (Taschen)

Myths Tales of the Greek and Rome Gods - Lucia Impelluso 지음(Abrams)

Jason and Argonauts - Aron Poochigian 번역 (Penguin Classics)

The Odeyssey - Robert Fagles 지음 (Penguin Classics)

Aenerid - H.R. Fairdough 번역 (Penguin Classics)

[최초 신들의 가계도]

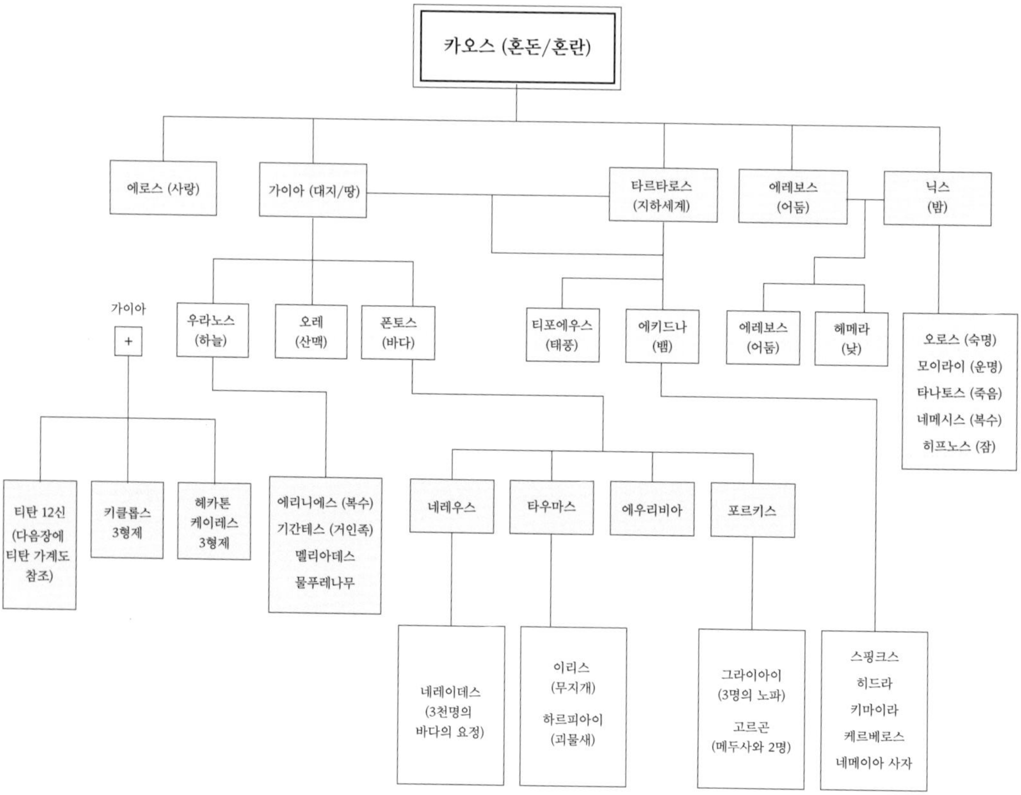
카오스 (혼돈/혼란)
에로스 (사랑)
가이아 (대지/땅)
타르타로스 (지하세계)
에레보스 (어둠)
닉스 (밤)
가이아
+
우라노스 (하늘)
오레 (산맥)
폰토스 (바다)
티포에우스 (태풍)
에키드나 (뱀)
에레보스 (어둠)
헤메라 (낮)
오로스 (숙명)
모이라이 (운명)
타나토스 (죽음)
네메시스 (복수)
히프노스 (잠)
티탄 12신 (다음장에 티탄 가계도 참조)
키클롭스 3형제
헤카톤 케이레스 3형제
에리니에스 (복수)
기간테스 (거인족)
멜리아데스
물푸레나무
네레우스
타우마스
에우리비아
포르키스
네레이데스 (3천명의 바다의 요정)
이리스 (무지개)
하르피아이 (괴물새)
그라이아이 (3명의 노파)
고르곤 (메두사와 2명)
스핑크스
히드라
키마이라
케르베로스
네메이아 사자

[가이아와 우라노스 자식들인 12명의 티탄 가계도]

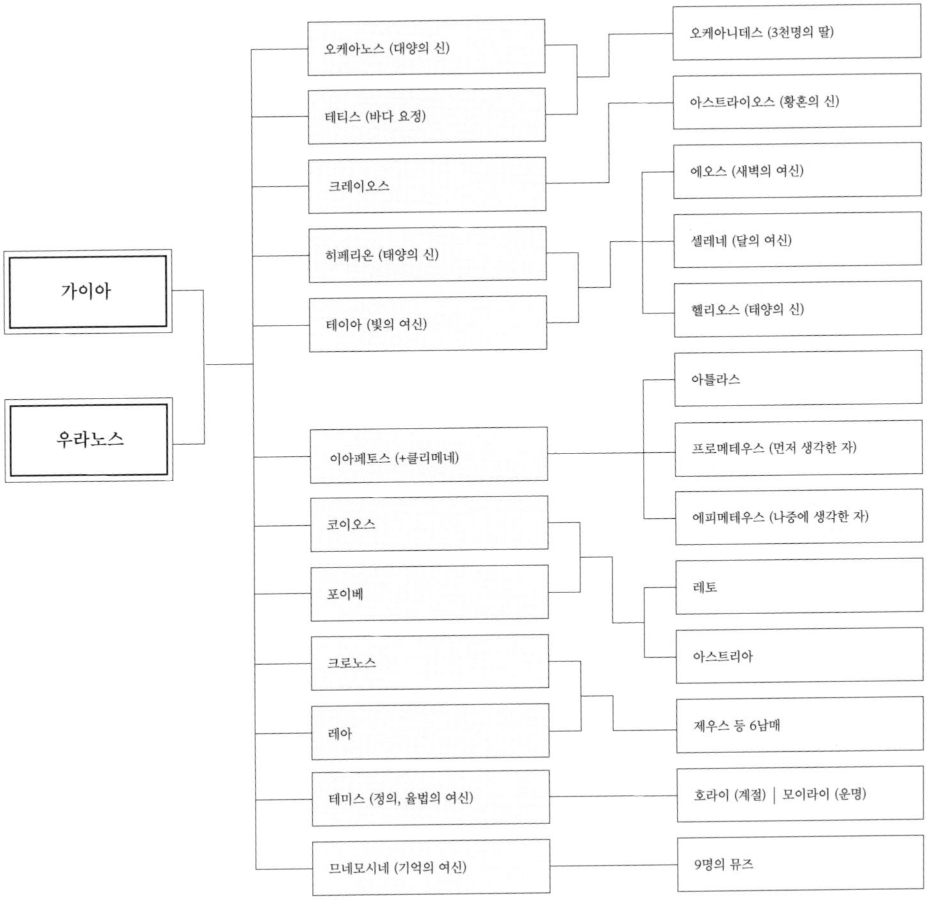

[크로노스와 레아 사이의 자식인 올림포스 12신]

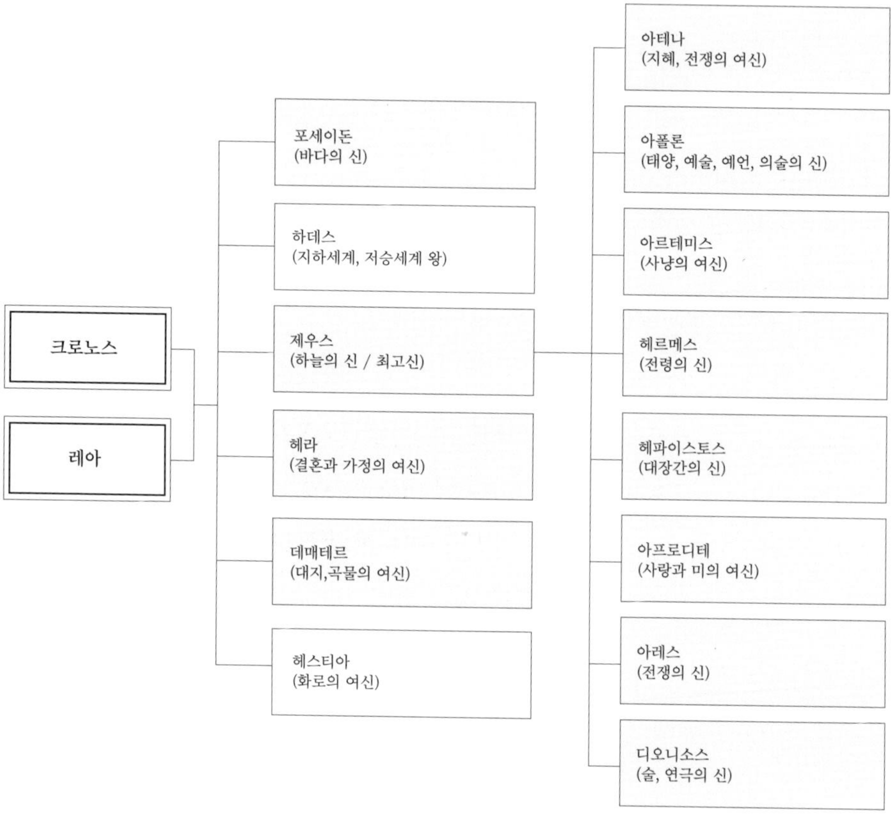

[가이아와 폰토스 자식과 포르키스와 케토 사이의 괴물 자식들]

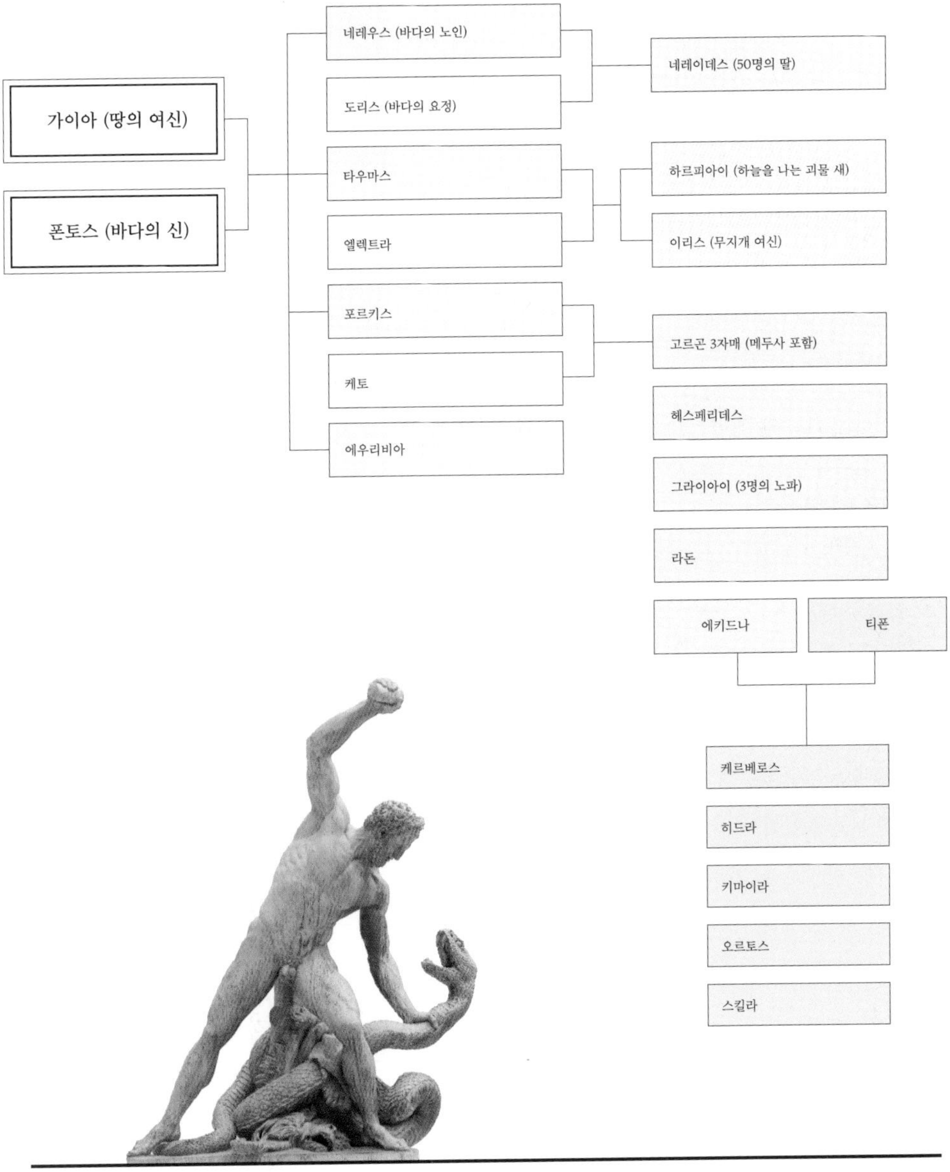

3권 차례

이아손의 아르고호 모험과 메데이아

트로이 전쟁

탄탈로스 가문의 저주

오디세우스의 모험과 귀향

아이네이아스 이야기

1권 차례

신들의 탄생과 제우스

인간의 탄생과 대홍수

헤라의 질투 편

달달하면서 감동적인 사랑 이야기

강남길의 명화와 함께 후루룩 읽는

그리스 로마 신화 2권

초판인쇄 발행 1쇄 | 2023년 1월 25일
초판인쇄 발행 2쇄 | 2023년 2월 22일

엮은이 | 강남길
펴낸 곳 | 델피 스튜디오
펴낸 이 | 데이비드 강 (강경완)

주소 | 경기도 고양시 일산동구 중앙로 1322
홈페이지 | www.delphistudio.co.kr
출판등록 | 2021년 11월 15일

ISBN | 979-11-976783-4-9
값 | 22,000원